HET ATLANTIS ARTEFACT

NICK THACKER

HOOFDSTUK 1

PROLOOG

HET IS NET ALS PESACH, dacht hij. *Pesach. Een symbool, ja, maar tegelijkertijd een zeer reële weerspiegeling van de macht van de Heer.*

Stephan reed met de zware kar door de gangen terwijl hij het vers in zijn hoofd opdreunde.

Want de Here zal doorgaan om de Egyptenaren te slaan; en wanneer Hij het bloed aan de bovendorpel en aan de twee zijposten ziet, zal de Here de deur doorlaten en de Vernietiger niet toelaten in uw huizen te komen om u te slaan.

Stephan draaide naar links, verplaatste zijn gewicht zodat hij met zijn linkerhand het karretje tot stilstand kon trekken en tegelijkertijd met de kaart in zijn rechterhand de toegangsdeur kon vegen. Hij hoorde de piep en de klik, en zag toen het groene lampje boven het mechanisme verschijnen.

Vanavond was als de Pesach, en Stephan zelf zou de voorname rol van de Vernietiger spelen.

Hij ging verder met voordragen, ditmaal uit een ander gedeelte van het boek Exodus: *'En het geschiedde te middernacht, dat de Here alle eerstgeborenen in het land Egypte sloeg, van de eerstgeborenen van Farao, die op zijn troon zat, tot de eerstgeborenen van de gevangene, die in de kerker was, en al de eerstgeborenen van het vee. En Farao stond op in de nacht, hij, al zijn dienaren, en al de Egyptenaren; en er was een groot geschrei in Egypte, want er was geen huis, waar niet een dode was.*

Hij liep door, het karretje weer voor zich uit duwend, nu in de grote hal. Hij stopte de kaart terug in zijn zak en drukte met zijn nu vrije hand zijn uniform plat.

Hij maakte met zijn rechterhand het kruisteken en nam een ogenblik de tijd om de betekenis van deze gebeurtenis te beseffen. *Dit is mijn Pesach,* zei hij stilletjes tegen zichzelf. *Mijn Pesach.*

En het *was* alleen zijn Pesach - zijn werkgever was niet zo vroom godsdienstig als hij; zijn werkgever zag godsdienst zoals de meeste seculiere mensen het zien: als een onnodige afleiding van het dagelijks leven.

Maar voor Stephan *was* religie het leven van alledag - al het *andere* was de afleiding.

Hij was klaargestoomd voor dit werk, lang geleden door de Kerk opgenomen en door een systeem van broederschappen geleid dat hem uiteindelijk vond als student van de Oude Traditie. Het was een broederschap binnen de kerk, maar het geloofssysteem dat de Oude Weg deelde kon niet meer verschillen van dat van de kerk.

Dat hij de Ancient Way *en* zijn werkgever had gevonden was een geluk bij een ongeluk - of, zoals hij graag dacht, Gods hand die hem langs de paden van zijn leven leidde. Hij was opgeklommen in de gelederen van de Ancient Way en had ontdekt dat zijn werkgever op zoek was naar mannen zoals hij - mannen die hun lot in eigen handen wilden nemen - en hoewel zijn werkgever geen voorstander was van zijn religieuze overtuigingen, was het duidelijk dat hun doelen en oogmerken opmerkelijk op elkaar aansloten.

Het karretje had een piepend voorwiel, maar hij kreeg het zo gedraaid dat het gepiep onmerkbaar was. Er waren nog steeds mensen in de buurt, het gala was nog niet begonnen, en hij wilde geen ongewenste aandacht trekken. Hij voelde zich al kwetsbaar genoeg in het uniform van een bewaker die hij dood had achtergelaten in de toegangshal.

De zalen van het Nationaal Archeologisch Museum van Athene waren donker, zo was de opzet, om de bezoekers in een constante stroom door het netwerk van tentoonstellingen en zalen te leiden. Kleine sfeerlichtjes verspreidden een warme, gelige gloed op schilderijen, glazen vitrines en de heldere LED-verlichting erin, die onbetaalbare artefacten uit de Griekse geschiedenis bevatten. Amberkleurige verlichting verlichtte het pad voor ons. Geen ander licht, natuurlijk of anderszins, bereikte Stephan's ogen.

Hij hield van het donker. Het was comfortabel voor hem, een manier om zich te verbergen. Hij was nooit zo sociaal, en het schemerig museum leek hem te bespotten.

Probeer je te verstoppen, zei het museum, *ik weet dat je hier bent. En wat je van plan bent te doen.*

Hij slikte een zware brok weg die achter in zijn keel was ontstaan.

Mijn Pesach, herinnerde hij zichzelf. *Mijn werk om te doen.*

De kar was zwaar, maar grotendeels leeg. Een enkele pot met een wit poeder stond onder een laken op de bovenkant van de kar, maar de rest van het gewicht kwam van de kar zelf en zijn industriële wielen. Ze rolden soepel, maar hij had nog steeds te kampen met de wrijving van de zwaartekracht.

De weg die hij had gekozen was duidelijk: linksaf vanuit de hal het atrium van het hoofdmuseum in, dan rechtsaf naar een kleiner, centraal atrium waar zijn eindbestemming lag: De tentoonstelling *Antiquiteiten van Thera,* een gloednieuw spektakel waar Athene en zijn museum heel trots op waren. Hij had de advertenties voor de grote opening gezien: honderden kunstvoorwerpen, afkomstig van de eilanden voor de kust van Griekenland, allemaal van duizenden jaren geleden.

Vanavond was niet de grote opening, maar een soort 'zachte opening', een viering van de nieuwste attractie van het museum, en een manier om - hopelijk - meer giften te genereren van de meest vooraanstaande donateurs van het museum. Het gala was een evenement met gesloten deuren, alleen voor genodigden, dat begon zodra het gebouw voor het publiek gesloten was.

Stephan had dus een beetje haast. Hij zou geen van de gasten het hoofd omdraaien zolang het museum open was tijdens de normale kantooruren, maar zodra het gala begon, zou de beveiliging een beetje verscherpen.

Deze mensen behoorden tenslotte tot de top van Athene, en dat betekende dat ze meer waard waren voor het museum dan de gewone dagbezoeker. Deze donateurs en VIP's konden elk moment arriveren, dus zijn kans zou snel voorbij zijn.

Er waren een paar minuten tussen de ploegenwisselingen waarin het het veiligst was om rond te lopen, zonder angst dat hij zou worden gezien door een gewone werknemer die hem misschien niet zou herkennen en achterdochtig zou worden.

Rustig, zei hij tegen zichzelf. *Volg het plan. Het plan is goed, het plan is degelijk.*
Mijn Pesach.

HOOFDSTUK 2
JENNIFER

Naast de gloednieuwe *Antiquiteiten van Thera* had het Nationaal Museum een collectie antiquiteiten en beeldhouwwerken van wereldklasse in zijn talrijke afdelingen, waaronder het bekende Antikythera Mechanisme en een enorme Epigrafische vleugel. Het museum, dat oorspronkelijk in 1829 werd gebouwd, is in de loop van zijn bijna 200-jarige bestaan van locatie veranderd en heeft nieuwe curatoren, tentoonstellingen en namen gekregen.

Het Nationaal Museum van Archeologie, dat zich nu op een prachtige en grandioze groene plek in het hart van het centrum van Athene bevindt, was een glorieuze bezienswaardigheid te midden van een bruisend en modern stadslandschap. Ionische zuilen die in een opgewaardeerd eerbetoon aan het Dorische architectuurontwerp van het Parthenon zelf teruggrijpen.

Toen de ingang uitkwam in de eerste van de grote lobby's waar de kudde gasten was samengestroomd, trok Jenny Polanski zachtjes aan de arm van haar man. *Laten we gaan,* dacht ze. *We komen te laat.*

Ze durfde niets te zeggen.

Haar man, de man met het zout en de pels die naast haar stond en een kop groter was dan zij, was diep in gesprek met een ander stel voor hen. Beide paren droegen hun meest elegante outfits - smokings voor de mannen en formele jurken voor de vrouwen. Jenny's eigen jurk zat strak, strak gevormd naar haar lenige, atletische lichaam. Op strategische plaatsen op de jurk schitterden rode lovertjes, die de aandacht vestigden op delen van de outfit waarvan ze wist dat ze bewonderende blikken van de mannelijke aanwezigen en een paar ongemakkelijke blikken van hun vrouwelijke tegenhangers zouden opleveren.

Zij had de jurk niet uitgezocht - dat was het werk van haar man geweest, want hij hield ervan dat alles 'perfect' was, zolang 'perfect' maar door hem werd gedefinieerd. Jonathan Polanski was een rijzende ster in de politieke arena van Massachusetts, en zijn werk als advocaat tijdens het bankroet van Griekenland had hem een plaats opgeleverd tussen de Atheense elite. Ze waren hier vanavond om de ellebogen te smeren met de andere VIP's die aanwezig waren, waaronder vooraanstaande economische adviseurs, politieke spelers, en de hoogste klasse van Griekse beroemdheden.

Ze zuchtte, bijna onhoorbaar, maar luid genoeg dat Jonathan het zou horen. Hij was een fenomeen in het bewerken van een kamer, en ze wist dat hij in staat zou zijn geweest om haar sociale signalen van de andere kant van de uitgestrekte lobby te detecteren. Het feit dat hij haar negeerde terwijl ze aan zijn arm hing - opnieuw, door zijn ontwerp - betekende dat hij haar ook een non-verbale hint gaf.

Je bent niet zo belangrijk als deze twee, zei hij.

Ze trok een gezicht, maar richtte het op de marmeren vloer.

Het echtpaar waarmee haar man sprak behoorde tot de elite van Athene - een filmster en zijn vrouw, een prachtige blondine met een jurk die nauwelijks haar dijen bedekte en slechts ver genoeg omhoog reikte om een indrukwekkend bovenlichaam te laten zien. De jurk leek uit één schraal stuk stof te zijn gemaakt.

Sheer, bijna doorzichtige stof.

Zij kende haar man goed genoeg om te weten dat hij nauwelijks geïnteresseerd was in wat die andere Griekse filmster - een man die Jonathan Polanski geen politieke waarde bood - te zeggen had.

Ze schudde haar hoofd.

"We moeten maar eens gaan," zei de blonde plotseling, zich ermee bemoeiend.

"Juist, natuurlijk," antwoordde Jonathan. Hij keek even naar zijn peperdure horloge, een cadeau van president Pavlopoulos van Griekenland. Hij keek omlaag naar Jenny. "Klaar, schat?"

Ze glimlachte, maar ze wist dat hij de woede in haar ogen las. *Natuurlijk, schat,* dacht ze. *Ik ben er klaar voor.*

Hij knikte en nam het voortouw terwijl hij Jenny de hal van het museum uitsleepte naar de gang die naar hun bestemming leidde: de gloednieuwe tentoonstelling over de *Oudheden van Thera*. De opening zou over een week plaatsvinden, maar de staf van het museum had overuren gedraaid om dit 'zachte opening'-gala voor de VIP-bezoekers vanavond te organiseren. Het zou weer een evenement worden zoals alle anderen, volgens Jenny. Veel uitgebreide uitstallingen van hors d'oeuvres, garnalencocktails op enorme ijssculpturen, felgroene oneetbare flora en fauna die een kleurrijke achtergrond vormden voor het echte eten, en natuurlijk live muziek.

Ze kon de tonen van een van Haydns kwartetten al in haar oren horen voordat ze de luxueus ingerichte zaal binnenstapten. Een personeelslid in zwarte jassen begroette hen, overhandigde haar een programma - haar VIP echtgenoot werd blijkbaar niet laag genoeg geacht om een stuk papier te dragen - en begeleidde hen naar hun tafel.

"Dineert u met meneer en mevrouw Ellison?" vroeg de stafmedewerker. Hij wees naar het echtpaar achter hen.

De filmster en zijn trofeevrouw straalden. "Dat zou uitzonderlijk zijn, als je het niet erg vindt," zei de filmster.

Jonathan klemde zijn kaak een keer, een tik die Jenny allang als ergernis had geïnterpreteerd, en knikte. "Natuurlijk," zei hij. "Dat is goed."

HOOFDSTUK 3

JENNIFER

ALTIJD DE POLITICUS, dacht ze. Haar man had waarschijnlijk in een fractie van een seconde de scenario's in zijn hoofd doorlopen en besloten dat het de mogelijke politieke gevolgen niet waard was om de filmster een één-op-één gesprek te ontzeggen. Ze wist dat hij had gehoopt aan de andere kant van de tafel te zitten met een van de machtige spelers in de zaal, misschien een Ralph Friedman, Europa's moderne John D. Rockefeller, die zonne-energie naar de massa's in West-Europa bracht, of Prins Alwalam bin Alam, een oliemagnaat en filantroop die zijn rijkdom op de best mogelijke manier had vergaard: door er in geboren te zijn.

De tafels waren allemaal met vier tafelbladen, en de ober bracht ze naar een tafel in de verste hoek van de zaal. Het was weer een klap in het gezicht van haar man, die nu zo ver uit de schijnwerpers zou zitten dat hij blij zou zijn als hij zelfs maar werd opgemerkt door de bewoners van de tafels direct naast hen.

Ik weet zeker dat ik hier later voor zal boeten, mijmerde ze. Aan het eind van de avond zou hij hunkeren naar aandacht, en als hij zich niet op haar zou storten tijdens de rit met de limousine terug naar hun hotel, zou het zeker gebeuren zodra ze in de slaapkamer van de suite waren.

Als Jenny geluk had, zou haar man zelfs kunnen proberen de actrice-supermodel echtgenote van de filmster van haar man los te wrikken en ergens in de stad een late 'werkbespreking' met haar regelen, zodat Jennifer alleen achterbleef om zich op te krullen met de laatste David Berens roman.

Ze gingen zitten, de ober trok Jenny's stoel voor haar uit. Zij legde haar handvat op de tafel naast haar en liet zich in de stoel zakken. De man schoof naar de overkant en deed hetzelfde voor de vrouw van de acteur, ging toen aan de rand van de tafel staan en nam hun drankbestelling op.

Jenny bestelde gedachteloos 'iets met wodka erin, en wees niet gierig,' terwijl ze toekeek hoe een andere museummedewerker in zwart pak zich door de halflege zaal haastte, een kar voor zich uitsjouwend. Hij leek nerveus, maar hield zijn blik strak op het midden van de zaal gericht.

De ober vertrok, draaide zich snel om en ging naar de tafel die het dichtst bij de hunne was. Jenny keek naar de ruimte net voorbij hem, in het midden van de grote zaal, waar een prachtig antiek klokvormig voorwerp stond, met de lichten van de LED-armaturen ver boven haar hoofd erop schijnend. Het leek een soort metaal te zijn - brons of zilver - maar het was op sommige plaatsen mat, de glans was afgesleten door eeuwen van weer en wind. Ze nam het tafereel even in zich op, voor het eerst sinds ze het museum waren binnengegaan, waardeerde ze het prachtige ontwerp van het interieur van het museum.

De medewerker die de kar duwde ging recht naar het midden van de zaal. Er stonden twee tafels naast de centrale klok, één dichter bij Jenny en één aan de andere kant, dichter bij de man en zijn kar. Op beide tafels lagen verzamelingen van kleinere artefacten, elk met een tentkaart ervoor met een opschrift erop. Ze nam aan dat op elk kaartje stond om welk voorwerp het ging en waar het gevonden was. De hele uitstalling was groots, maar het was niets vergeleken met het podium en de eettafels die waren opgesteld in de brede nis aan een kant van de lange zaal die nog net te zien was achter de centrale uitstalling van de tentoonstelling. Ze had gelijk gehad over het meeste - de ijssculptuur, het groen, de hors d'oeuvres - maar één ding klopte niet.

Er was geen ijssculptuur. Of beter gezegd, er was geen *enkele ijssculptuur*. Rondom het voedsel, met strategisch geplaatste blaadjes peterselie en andere garnituren als kleine kleuraccenten op het verder monochrome beeld, stond een paar van twee massieve mensen, beide uit ijs gesneden.

De ijsmannen waren verwikkeld in een intens duel van man tot man, hun zwaarden nog hangend aan hun zijden, beiden zonder shirt, met een leren doek om hun middel en sandalen aan hun voeten.

Ze hapte naar adem. Het was opvallend mooi, en de glans van het langzaam smeltende ijs droeg bij aan het effect, waardoor ze de indruk kreeg dat de twee beelden werkelijk aan het zweten waren terwijl ze met elkaar vochten. De beeldhouwer had zelfs een van hen een paardenstaart van haar op zijn achterhoofd gegeven, die magisch door de ruimte zweefde terwijl de bevroren krijgers naar elkaar uithaalden.

"Indrukwekkend, niet?"

Ze draaide haar hoofd om en herinnerde zich dat er nog drie andere mensen aan tafel zaten. "Sorry," antwoordde ze, "ik zie het nu pas. Het is - fenomenaal."

"Het is zo," zei de man. "Henrique Waltham Joaquin,' zei hij, elke lettergreep overdreven articulerend, alsof hij tegelijkertijd op een knikker zoog. "Een in Frankrijk geboren beeldhouwer die zich de laatste decennia in Griekenland heeft gevestigd. Hij zit daar, direct naast het stuk."

Hij wees naar de andere kant van de kamer en Jenny zag de man. Joaquin zat gebogen over een glas champagne, beide ellebogen op de tafel. Zijn haar zag er vuil en verfomfaaid uit, maar hij droeg een onberispelijke smoking, compleet met staartjes. "Interessant," zei ze.

"Heel interessant," vervolgde de acteur. "Om zo'n mooi assortiment mannen en vrouwen te verzamelen, nou - het is echt heel opmerkelijk."

Jenny dacht daar anders over. *Met genoeg geld op tafel, kan* iedereen een *paar beroemde mensen voor een nacht bij elkaar krijgen.*

De man die het karretje voortduwde stopte voor de reusachtige klok en keek er recht naar. Hij had een permanente frons, zijn wenkbrauwen knapperig en dik, donker en piekerend.

"Het is gewoon een inzamelingsactie," zei ze.

"*Gewoon* een inzamelingsactie - ha!" De filmster was blijkbaar een joviale man, en hij liet nog een paar grinnikjes horen voordat hij zichzelf uitlegde. "Dit evenement is zeker een inzamelingsactie, mijn beste," zei hij. "Maar het is een inzamelingsactie voor meer dan alleen een gevoel van trots."

"Oh?" Jenny keek naar haar man. Hij had zijn kenmerkende grijns op zijn gezicht, die ene die tegen de wereld zei*: ik heb geen idee wat er aan de hand is, maar je zult het nooit kunnen zien.* Hij haalde zijn schouders op.

Hij had haar eerder die avond verteld dat de inzamelingsactie gewoon een manier was om het museum in de zwarte cijfers te houden voor het volgende fiscale jaar. Het land was in een soort depressie beland na de economische ineenstorting van een paar jaar geleden, dus veel van de non-profit instellingen zoals deze hadden gewerkt aan het verhogen van hun donatie-inkomsten.

"Ja, natuurlijk," zei de man, terwijl hij zich nu ook tot Jonathan richtte. "Het museum zal profiteren van de steun van de fijne mensen hier, maar het is niet bedoeld als een altruïstische inspanning. Er staat iets heel waardevols op het spel voor de veiling."

"De veiling?" Jenny keek naar de toren van antiquiteiten op de tafel in het midden van de kamer.

"Niet voor die pietluttige voorwerpen," zei hij. "Die blijven hier wonen, net als al die andere potten en pannen van eeuwen geleden. Nee, sommige van de stille partners van het museum hebben het voorrecht een aantal offshore belangen te bezitten die het vanavond hoopt te verkopen."

Jonathan was nu geïntrigeerd, merkte Jenny. Hij ging rechter op zijn stoel zitten en leunde iets naar binnen, naar de acteur die tegenover hem zat.

"De afgelopen vijf jaar bezaten ze een stuk land van gemiddelde grootte op het eiland Santorini.

Jenny wist van Santorini. Jonathan was er twee keer voor 'zaken' geweest toen hij de afgelopen twee jaar voor de Griekse regering werkte, hoewel ze vermoedde dat wat hij bedoelde met 'zaken' voor hem een heel andere betekenis had dan voor de rest van de wereld.

"Zij hebben een aantal van deze voorwerpen van dat land opgegraven, maar de druk van de regering en een tanende belangstelling voor de Egeïsche regio als geologische geschiedenis hebben hen doen geloven dat het tijd is voor een nieuw hoofdstuk in hun eigen geschiedenis. Zij hopen dat de nieuwe eigenaar zorg zal dragen voor het land en het eventueel zelfs open zal stellen voor het publiek als park of wildreservaat, hoewel zij nogal vaag zijn geweest in hun beschrijvingen".

Het klonk nu bekend. Ze dacht dat ze daar iets over gelezen had in een van de plaatselijke kranten die hun portier die ochtend naar het hotel bracht. Iets over een museum dat hoopte een mooi stuk land te kunnen verzilveren voor winst op korte termijn. De krant had een anti-kapitalistische inslag gehad, maar was uiteindelijk geëindigd met de optimistische verklaring dat Griekenland weer op zou staan door zich te richten op het historische verleden waaruit het was voortgekomen, en niet door de geschiedenis van andere naties te importeren.

Jenny keek weer op naar de klok in het midden van de kamer. Het personeelslid dat het karretje naar de klok had geduwd, was er vlak voor gestopt en goot nu een soort vloeistof in een holte aan de onderkant van het antieke voorwerp. Hij concentreerde zich aandachtig, zich niet bewust van de twee andere bewakers van het museum die hem van achteren naderden.

Ze fronste haar wenkbrauwen. *Vreemd,* dacht ze. De bewakers waren gehaast, een van hen nam een radio ter hand terwijl de andere een hand aan zijn zijde had.

Een pistool vasthouden.

HOOFDSTUK 4

JENNIFER

ZE KNEEP IN DE RAND VAN DE TAFEL. De filmster was nog steeds aan het doorzeuren, blijkbaar verveeld door de filantropische praatjes en nu over het onderwerp waar hij echt in geïnteresseerd was: zichzelf. Haar man had nog steeds de slappe lach en gebruikte het beetje zelfbeheersing dat hij had om zich op de acteur en zijn verhaal te concentreren.

De bewaker met de enorme wenkbrauwen was klaar met het overgieten van de vaas met vloeistof in de spleet en kiepte de kruik terug op zijn kar. Hij greep in de voorzak van zijn hemd terwijl hij knielde en een laken opzij schoof dat het onderste deel van de kar had verborgen.

Jenny keek goed, maar kon niet zien wat de man onder het laken aan het doen was. Hij haalde een klein apparaatje uit zijn borstzakje en legde het neer naast iets groters, maar zijn lichaam ontnam hem het zicht.

De twee bewakers waren nu bijna bij hem en naderden stilletjes. Blijkbaar had de veiligheidschef hen bevolen hun beoordeling van de situatie stil te houden, om het groeiende aantal VIP gasten in de kamer niet te storen. Jenny stelde zich voor dat hun leidinggevende toekeek vanaf een gesloten televisiecircuit in een achterkamer, communicerend met de man met de walkie-talkie.

Ze keek naar de vrouw van de acteur - ze luisterde aandachtig naar het verhaal van haar man over hoe ze elkaar hadden ontmoet - ze deed heel goed alsof het de eerste keer was dat ze het verhaal hoorde of dat het ook echt de eerste keer was dat ze het hoorde. Ze keek naar de acteur zelf en had plotseling de vreemde neiging hem te zeggen zijn mond te houden, hem te onderbreken en de tafel te vragen te kijken naar wat er in het midden van de zaal gebeurde.

Ze hoefde Jonathan niet aan te kijken - hij had zich niet bewogen sinds het verhaal was begonnen, en had zijn bevroren blik van belangstelling vastgehouden sinds ze waren gaan zitten. Dus keek ze de kamer rond om te zien of iemand anders zich ervan bewust was dat er iets vreemds gaande was.

De enige persoon die zij samen met haar het tafereel zag gadeslaan was de kunstenaar, Henrique Waltham Joaquin, die met zijn hoofd een beetje opzij gebogen tegenover haar in de kamer zat, terwijl de man met de wenkbrauwen voor zijn karretje knielde.

De eerste bewaker was op dat moment bij hem. Hij greep de schouder van de man, duwde hem omhoog, en de man gehoorzaamde. Hij stond op, net toen de tweede bewaker hem bereikte.

Zij zag hen woorden wisselen, hoewel zij niets kon horen boven het geluid van Mozart en het geklets voor het diner dat haar oren bereikte. De man met de dikke wenkbrauwen haalde zijn schouders op en zij kon zich voorstellen dat hij zei: *"Ik weet niet wat het probleem is. Ik kwam alleen even het bel-dingetje controleren.*

Zij keek naar het voorwerp waarop de man zich had geconcentreerd sinds hij met zijn kar de kamer was binnengekomen. Het was versleten, en had de vorm van een keramieken kap die ooit een getinte metalen bel had bedekt. Het was ongeveer een meter hoog en een meter in doorsnee. Er waren geen markeringen groot genoeg om zichtbaar te zijn van waar zij zat, maar de metalen structuur leek kleine krassen te hebben, zoals een schrift, rond de buitenkant.

Een van de bewakers inspecteerde de bel, terwijl de andere de medewerker die eraan had gewerkt bleef ondervragen. Ze kon niet liplezen, maar ze kon zien dat ze geen Engels spraken.

De bewaker die het artefact inspecteerde, knielde neer, spreidde het laken van de kar en gluurde naar binnen. Ze keek naar hem terwijl hij bestudeerde wat er in zat.

Jenny wachtte een paar seconden terwijl de man bevroor, hief toen de radio naar zijn lippen en begon te spreken.

"Jonathan," fluisterde ze, terwijl ze het verhaal van de acteur onderbrak. "We moeten gaan."

"Wat?" vroeg Jonathan.

"We moeten vertrekken. Nu."

"Waarom?"

Zij antwoordde niet. Op dat moment viel de man die het karretje naar binnen had gebracht op de grond en stak met zijn hand door het laken. Hij haalde het kleine apparaat tevoorschijn dat op de onderste plank van het karretje had gezeten en drukte op een knop aan de zijkant.

Jenny hoorde de radio van de bewaker tot leven komen. *"Bevestigd,"* zei een stem, krakend in het Engels. *"Lokaliseren van de dichtstbijzijnde ondersteuning."*

De eerste bewaker sprong achteruit en trok het pistool uit zijn riem. Hij schreeuwde iets in een andere taal naar de man op de grond, maar de man bleef gewoon plat op de grond liggen.

Jonathan en de acteur keken nu naar het drama, evenals een paar andere tafels in de buurt. Jenny begon onwillekeurig op te staan, maar Jonathan greep haar pols vast.

"Blijf liggen, schat," zei hij. "We weten niet..."

"Ik *hoef niet* te weten wat het is," siste ze. "Ik wil er niet bij in de buurt zijn."

Hij opende zijn mond om te antwoorden, maar Jenny stond op voor hij kon spreken. Ze draaide zich om en liep naar de rand van de hal, waar ze een uitgangbord had gezien boven een deuropening die gedeeltelijk verborgen was achter een boog.

Ze hoorde de twee bewakers nu schreeuwen, en de tafels met gasten werden stil toen ze zich omdraaiden om naar de actie te kijken. Glazen rinkelden niet meer en bestek lag stil, maar de twee bewakers bleven bevelen ratelen tegen de man op de grond en in hun radio's.

Jenny versnelde haar pas en naderde de boog en de deur naar de uitgang. Ze nam aan dat die naar buiten leidde, maar het leek geen deur voor gasten te zijn, want aan weerszijden stonden een prullenbak en een tafel vol serviesgoed.

Ze was bijna bij de deur toen ze het hoorde. Een hoge toon, kloppend terwijl het in toonhoogte en intensiteit toenam. Het klonk als een hondenfluitje, een doordringende, schrille toon, in de stratosfeer van haar gehoor. Het ging verder omhoog en ze probeerde haar oren dicht te knijpen.

Jenny kwam bij de deur en reikte naar de klink. Ze greep hem vast, maar haar hand gleed weg toen ze haar aandacht verloor.

Ze stapte achteruit, plotseling onzeker over haar houvast. *Bewoog de vloer?* Ze wist het niet. Ze voelde zich dronken, alsof ze gedrogeerd was of een kalmerend middel had gekregen.

Ze worstelde zich terug naar de deur en kreeg eindelijk een hand om de knop. Ze draaide hem om.

Gesloten.

Ze gilde toen het geluid nog hoger werd, nu zo hoog dat er helemaal geen geluid meer was - maar ze kon het voelen. De druk van de geluidsgolf voelde aan alsof er een vork in haar ogen stak vanuit haar hoofd. Haar lichaam voelde zwaar aan, verzwaard door een onzichtbare kracht, alsof een dikke laag dekens over haar heen was gedrapeerd.

Ze probeerde zich om te draaien, om te zien wat de oorzaak van het geluid kon zijn. Haar zicht werd wazig, maar ze vocht ertegen. Het vergde al haar aandacht, en na een paar seconden besefte ze dat ze moeite had met ademhalen.

Ze viel op één knie.

Door haar wazige zicht, de periferie terugtrekkend in de duisternis, zag ze haar tafel. Jonathan en de acteur en zijn vrouw. Ze hielden allemaal hun hoofd vast, hun monden wijd open.

Ze voelde zich nu kotsmisselijk worden, maar ze kon niet ophouden naar hen te kijken. De pijn nam toe tot een enorm niveau, en toen merkte ze de bewakers en de man die de kar had binnengereden. Het karretje stond nutteloos naast de enorme klok, maar de klok zelf leek te bonzen. Hij bewoog, pulseerde op het ritme van de drukgolven die haar lichaam bereikten, en duwde de golven zachtjes naar buiten, de kamer in.

Wat krijgen we nou?

Ze had geen idee wat ze daarvan moest denken, of dat het gewoon een illusie was, veroorzaakt door haar falende zicht. Maar wat er ook gebeurde met het artefact, er gebeurde *zeker* iets met de drie mannen die er het dichtst bij stonden.

De man die op de grond lag, lag stil en zag eruit alsof hij sliep, maar de twee bewakers naast hem zaten op hun knieën en hun armen hingen langs hun zij.

Beiden stonden tegenover haar.

Ze hadden allebei een geschokte uitdrukking op hun gezicht.

En ze leken allebei van vloeistof gemaakt te zijn.

Zij probeerde te fronsen, om haar zicht te verbeteren en te weten of haar ogen haar voor de gek hielden of niet. Het leek te helpen, een klein beetje maar.

En dat is wanneer ze het merkte.

De gezichten van de bewakers smolten. Hun wangen gleden naar beneden, hun oogkassen werden wijder en wijder, hun bloeddoorlopen ogen waren nu nog slechts lege, turende oogbollen, bevroren in een geëlektriseerde uitdrukking. Hun kinnen zakten, hun lippen krulden naar beneden aan de zijkanten.

Ze probeerde op adem te komen. Ze probeerde weer te schreeuwen, maar het was onmogelijk. Het gewicht was toegenomen tot het dubbele van wat het was geweest, en het nam nog steeds toe. De drukgolf dreunde om haar heen, door haar heen. Haar hoofd voelde papperig aan, alsof iemand haar schedel had geopend en haar hersenen met een lepel door elkaar roerde.

Ze wilde gaan liggen, maar ze had geen controle meer over haar spieren.

Oh God, wat gebeurt er?

Het was de laatste gedachte die ze had.

Met een kracht waarvan ze niet wist dat ze die had, reikte Jenny naar haar gezicht, duwde tegen de grote druk van de pulserende golf van de bel, en wees met de vingers van haar linkerhand naar de zijkant van haar gezicht.

Nog een paar centimeter en ze maakte contact. Het was dik, een puddingachtige substantie, warm en stroperig.

Ze drukte op haar kaak. Haar wang gleed gewoon door haar vingers en droop op de vloer. Het gebeurde ook met haar. Ze voelde het niet, kon het niet voelen, maar ze wist dat het gebeurde.

Toen sloten haar ogen zich, haar ogen bewogen zijwaarts om haar zicht volledig te blokkeren, en zij voelde zich vallen.

HOOFDSTUK 5

SARAH

DE MUUR ZWOL BOVEN HAAR OP, alsof hij leefde. Hij bewoog niet, maar in de brandende zon en de hete, dorre lucht die rond haar opdwarrelde, wat het effect nog versterkte, zou ze gezworen hebben dat de muur zelf het ding was dat bewoog.

Het was heet, en de vochtigheid van het nabijgelegen enorme meer - Lake Superior - hielp daar niet bij.

Ze stak een hand uit en legde de achterkant ervan op haar voorhoofd. Ze kon niet zeggen of het haar hand of haar hoofd was dat heter aanvoelde. Ze zuchtte, knipperde een paar keer om de helderheid tegen te gaan, en keek toen weer naar beneden.

Dit kan het maar beter waard zijn, dacht ze. *Ik ben geen archeoloog. Ik ben een antropoloog.*

De twee vakgebieden waren nauw verwant, en sinds haar proefschrift en de daaropvolgende publicaties leek de academische wereld het moeilijk te hebben om te beslissen in welke typering zij moest worden ingepast. Haar vader was een gewaardeerd en bekend archeoloog, en hoewel ze net zoveel van dat werk hield als van haar eigen werk, had ze jaren geleden gekozen - of althans geprobeerd te kiezen - om haar eigen weg in de wereld te zoeken.

Het had niet gewerkt.

Iedereen die ze tegenkwam en haar herkende, kende haar van haar vader, professor Graham Lindgren. Zij was 'de dochter van die beroemde archeoloog', en haar eigen referenties en diploma's waren slechts een bijzaak.

Als er hier iets is, laat me het dan vinden, wilde ze. Zij en haar team waren aan het graven in de modder van Pictured Rocks National Lakeshore in Michigan. Het park, een 40 mijl lange strook land gelegen aan Lake Superior, was een nationaal beschermd gebied en het had wat manoeuvres gekost om er toegang toe te krijgen. Natuurlijke booggewelven, zandstenen kliffen, vele wandelpaden en onberispelijke stranden maakten het park tot een bestemming voor buitensporters, maar het was een beetje moeilijker om toegang te krijgen wanneer 'het opgraven van artefacten' de reden voor het bezoek was.

Haar vader had gewoon de telefoon kunnen pakken of een e-mail kunnen sturen en hij zou toegang hebben gekregen.

Sarah daarentegen had gesmeekt, gesmeekt en gunsten geleend van haar bemanning en hun teams en ook van haar eigen superieuren aan haar universiteit, en zelfs toen kreeg ze slechts een OTG van drie dagen, oftewel on-the-ground. Dat was nauwelijks genoeg tijd om een fatsoenlijk gat te graven, laat staan nuttige gegevens te verkrijgen.

Haar onderzoekshypothese was aan het vervliegen, en de ondergang ervan zou traag, droevig en potentieel vreselijk voor haar carrière zijn.

Zij sloeg een schop neer op het zanderige strand, de zon nog steeds weerkaatsend van de klif en direct op de voorkant van haar lichaam.

"Dr. Lindgren," riep een stem haar van achteren toe.

Godzijdank, dacht ze. *Alles om een pauze te rechtvaardigen.*

Ze maakte de karabijnhaak waarmee haar waterfles vastzat los van haar rugzak en vroeg zich af of het wel de moeite waard was om terug te sjokken naar de tent. *Misschien kan ik ze gewoon hierheen laten komen,* dacht ze. *Technisch gezien is dit* mijn *expeditie.*

Maar hoewel zij de "baas" was en elk van de drie assistenten die zij in dienst had haar snel te hulp zou zijn geschoten, wilde zij de kans niet laten lopen om in de tent in de schaduw te staan, al was het maar voor een paar minuten. Misschien kon ze zelfs een paar ideeën bedenken voor e-mails die nu geschreven moesten worden, zodat ze een langere pauze had...

"Ik kom," riep ze terug. Ze nam een slok uit de fles en schroefde toen de dop er weer op. Elke beweging werd berekend, gemeten, want elke beweging kostte iets. Energie was nu een hulpbron, elke calorie verbrande warmte maakte haar nog heter. Ze deed een paar stappen naar voren, weg van de torenhoge rotswand waar ze had gewerkt, en keek naar de witte canvas tent die vijftig meter verderop stond, alsof hij vijftig mijl ver weg was.

Dit is de rotzooi die mijn vader veertig jaar lang heeft moeten verdragen? dacht ze. Ze was blij antropologe te zijn - meestal mochten ze binnen blijven, werkend met statistieken en kaarten en andere niet-veldgegevens - maar er waren gelegenheden, zoals deze, dat het veldwerk alleen door haar kon worden gedaan. Dit was *haar* missie, dus dit was *haar* terrein.

Zij bereikte de tent en overwoog in te zakken in een van de vier opvouwbare campingstoelen die rond het interieur waren opgesteld. Ze spoorde zichzelf aan, de hitte-uitputting negerend. De student die haar had opgeroepen stond over de klaptafel aan de overkant van de tent iets voor zich uit te onderzoeken.

De jongen heette Alexander Whipple, en hij was bijna een meter groter dan zij, wat vooral opviel omdat zij zelf nogal lang was. Hij was duivels knap, met een donkere teint en diepliggende trekken, en alleen door zichzelf eraan te herinneren dat hij bijna tien jaar jonger was dan zij - en haar werknemer kon ze voorkomen dat ze de belangstelling van de man voor haar op de proef stelde.

Hij was Egyptenaar, geboren in de Verenigde Staten, maar hij had vele zomers in Caïro doorgebracht met zijn uitgebreide familie, en hij had ervoor gekozen om als een van haar onderzoeksassistenten te blijven tot het semester begon.

Of tot het geld op was.

Sarah had ze nu al twee loonperiodes uit eigen zak betaald, en ze realiseerde zich snel dat er niet veel meer loonperiodes zouden volgen tenzij ze iets tastbaars van deze opgraving kon vinden en inleveren.

Alex torende boven de kleine kampeertafel uit, zijn lange, gespierde armen gestrekt tot hun volle lengte om naar de tafel te reiken. Ze liep verder de tent in en stopte, slikte, ging toen weer verder, terwijl ze probeerde niet te veel op die armen te letten voor het geval hij zich snel om zou draaien. Ze had hem ook een paar keer in haar richting zien kijken, dus ze wist dat het niet helemaal een vruchteloze onderneming zou zijn. Hij was vrijgezel, voor zover ze wist, en hij leek helemaal niet geïnteresseerd in de andere vrouwelijke student in hun groep.

Ze zag hoe zijn schouderspieren zich aanspanden en dan ontspanden. Ze stelde zich voor dat ze haar hand erop legde, ze voelde buigen en ontspannen, en -

"Dr. Lindgren," zei Alexander, terwijl hij zich omdraaide. "Bedankt voor uw komst. Sorry dat ik u stoor." Zijn stem was ook sterk, diep en dreunend, maar hij sprak met een kalme, gelijkmatige toon, als een boer uit het middenwesten die aan Yale had gestudeerd.

Ze snoof, schudde snel haar hoofd en schoof op haar benen. Ze voelde zichzelf blozen. *Wat is er mis met jou?* dacht ze. *Word eens volwassen.*

Zij was negen jaar ouder dan de jonge twintiger, maar wat hun beroep betrof, zaten ze op totaal verschillende hersenhelften. Alexander was slim, maar hij was boek-slim. Hij had niets van de gedrevenheid en grensverleggende branie die nodig was in een vak als dit. Niet dat het veel uitmaakte - Alex was op weg naar genetica als carrière, en zijn werk met Sarah in de antropologie afdeling was niet veel meer dan een keuzevak voor hem.

Hij zou waarschijnlijk ergens in een labo eindigen, waar hij de bevelen zou opvolgen van de meer excentrieke wetenschappers die over betere financiële middelen beschikten - niets anders dan een apotheker die de recepten van genetici invult.

Dr. Lindgren zou zo niet eindigen - ze was niet bang om op tenen te trappen, maar ze was ook tactvol en deed dat met gratie, nooit een collega vermanend of publiekelijk vernederend. Dat had haar de reputatie opgeleverd van een hardwerkende, gemoedelijke academicus die niet bang was om haar handen vuil te maken, en het deed geen kwaad dat velen haar, als ze eerlijk waren, beschouwden als de meest briljante moderne antropologe ter wereld.

Het deed haar zeker geen kwaad dat haar carrière voor altijd werd gestempeld met de woorden: 'dochter van de beroemde archeoloog Graham Lindgren'.

En het deed *ook geen* pijn dat veel van die academische types op zijn minst een beetje waren overgehaald door haar uiterlijk. Sarah Lindgren, lang, donker van huid en fit, was de dochter van een Jamaicaanse vrouw en een Zweedse man, maar was opgegroeid in Amerika. Haar tengere gelaatstrekken gaven haar het uiterlijk van een onschuldige jonge vrouw, maar haar totale fysieke verschijning had meer dan één van haar mannelijke tegenhangers geïntimideerd, in voor- en tegenspoed.

Ze was bekwaam, wilskrachtig en intelligent, maar er was gewoon iets met een *vrouwelijke* antropologe waar de rest van de academische gemeenschap maar niet omheen kon. Haar vader, haar uiterlijk en haar geslacht vormden een onverwacht triumviraat dat haar voortdurend tegenwerkte.

"Wat is er?" vroeg ze. Ze stapte naast Alexander en probeerde niet te letten op de omvang van de biceps van de jongeman die zich uitstrekten en weer terugtrokken toen hij een voorwerp van de tafel oppakte.

"Dit is voor jou gekomen," zei hij. Zijn stem was diep, ouder dan het zou moeten zijn, maar op een zachte, gladde manier. Het deed haar in sommige opzichten aan haar vader denken. Hij overhandigde haar de enveloppe, een grote bubbeltjesenveloppe.

"Van wie is het?" Vroeg ze, terwijl ze het een paar keer in haar handen omdraaide. Ze voelde een duidelijk voorwerp binnenin, mogelijk rond, met een vergroot gedeelte aan één kant. Ze begon het te openen terwijl ze wachtte op Alex' antwoord.

"Je vader."

Als je het over de duivel hebt.

Als haar intelligentie, knappe uiterlijk en charisma de helft van de reden voor haar succes waren, dan was het hebben van een gewaardeerde archeologieprofessor als vader de andere helft. Graham Lindgren doceerde aan Cambridge, had boekdelen gepubliceerd over moderne archeologie en hoe toekomstige ontdekkingen in de archeologie het begrip van onze antropologische geschiedenis volledig zouden veranderen, en had al zijn eigen versie van een Indiana Jones levensstijl geleefd.

En hij was pas begin zestig - hij had nog een heel leven voor zich.

Sarah was zijn enig kind en was in zijn voetsporen getreden. Zij had ervoor gekozen de geschiedenis van de mensheid in het algemeen te bestuderen in plaats van zich te concentreren op de relatieve niche van de archeologie, en hij had met genoegen gezien hoe zij een succesvol wetenschapper was geworden.

Ze opende de grote envelop en gooide het voorwerp eruit. Het viel in haar hand, en ze was verbaasd over het gewicht ervan. Het leek een pond zwaarder te zijn geworden sinds het in de envelop had gezeten, hoewel zij wist dat het slechts een truc van haar verbeelding was. Het voorwerp was inderdaad rond, cirkelvormig met een deuk aan de ene kant en een uitsteeksel aan de andere kant, alsof de maker met zijn duim het midden van de schijf naar buiten had geduwd. Het voorwerp was gemaakt van keramiek of een ander steenachtig materiaal, en het was stevig. De bruine kleur vertelde haar dat het al enige tijd in de grond had gelegen. De lichte verslechtering van de randen rond de omtrek vertelde haar dat het al een *lange* tijd in de grond had gelegen.

Er zat ook een brief in, en ze legde het voorwerp op tafel terwijl ze het knisperende papier pakte. Typisch voor haar vader was de brief handgeschreven op duur imitatie-perkament en ze vouwde hem voorzichtig open. *Het enige wat hij mist is een lakzegel*, dacht ze. Ze glimlachte en maakte een aantekening om een 'lakzegelkit' aan haar verlanglijstje voor Kerstmis toe te voegen.

Haar vader was een fervent historicus, en als hij niet besloten had zijn leven aan archeologie te wijden, zou hij een bekwaam professor in de oude geschiedenis zijn geweest op elke universiteit ter wereld. Hij had een vraatzuchtige leesgewoonte, hij verslond bijna een boek per week, en het waren geen korte, eenvoudige boeken.

Door deze levenslange gewoonte en zijn liefde voor geschiedenis had hij een nieuw ritueel ingevoerd toen Sarah haar doctoraat had behaald: zijn fantasierijke brieven begonnen altijd met een aanroeping - een of andere intrigerende regel of zin, vaak in een andere taal.

Dus het was niet verrassend voor Sarah dat de brief opende met een citaat:

We zijn dubbel bewapend als we met geloof strijden.

HOOFDSTUK 6

AL JAZEERA

TRANSCRIPT EN VERTALING VAN *AL JAZEERA* JSN
(JAZEERA SATELLITE NETWORK):

Brekend: 137 doden, 4 gewonden bij Griekse terreur-aanslag

<VERTAALD UIT HET GRIEKS>

Athene, Griekenland

Athene Nationaal Museum van Archeologie

Om ongeveer 8:13 lokale tijd, werd het Nationaal Museum van Archeologie in Athene getroffen door een terroristische aanslag.

De bom ontplofte na de aankomst van talrijke VIP genodigden, die allen de voor die avond geplande onthulling en viering van de tentoonstelling "Antiquities of Thera" bijwoonden.

Het evenement werd georganiseerd door het museum met particuliere financiering, afkomstig van niet nader genoemde en anonieme zakelijke en persoonlijke belangen. Volgens de eerste politierapporten werd de aanslag niet gepleegd door partijen die een gevestigd belang in het museum hebben.

De bom, vermoedelijk een soort chemisch wapen, was die avond in een van de tentoongestelde artefacten geplaatst, waar men het liet verhitten tot de chemicaliën kookten tot een op damp gebaseerd vergif dat zich door de kamer verspreidde.

"Het was anders dan alles wat ik ooit heb gezien," zei een overlevende, Vicard Floros, "Het was geen bom, niet in de traditionele zin. We hoorden een knallend geluid, een soort geweerschot, en toen begonnen mensen te schreeuwen.

"Ik rende naar binnen en trof daar veel mensen aan die hun gezicht vasthielden en hun maag bedekten. Er was een vreselijke stank, en ik geloof dat sommige gasten hadden overgegeven."

Floros, die deel uitmaakt van het cateringpersoneel van het museum, wordt momenteel in het Laiko General Hospital van Athene behandeld voor derdegraads brandwonden en inslikken van chemicaliën.

Politie en staatsambtenaren hebben het museum voor onbepaalde tijd gesloten voor analyse en uit voorzorg. "We begrijpen niet waar we hier mee te maken hebben," legde een agent uit, die ervoor koos om naamloos te blijven. "Deze mensen zijn dood, en we weten niet of ze iemand anders hebben besmet, of hoe deze ziekte zich verspreidt. Als het in de lucht zit, als het nog leeft, we weten het gewoon niet."

Een andere overlevende, Jennifer Polanski, woonde het evenement bij met haar man, Jonathan Polanski, een gerespecteerd Amerikaans politicus en advocaat. Haar man werd onder de doden gevonden. Jennifer wordt in het Laiko behandeld voor chemische brandwonden en zal begin volgende week een slokdarmoperatie ondergaan.

"Het was... alsof iedereen aan het smelten was," zegt Polanski. "De mensen... iedereen... ze smolten gewoon. Hun gezichten, hun handen. Zelfs de mijne."

Op dit moment heeft de plaatselijke politie om steun gevraagd van de speciale antiterrorisme-eenheid van de nationale Helleense politie en heeft zij burgers en toeristen verzocht om tijdens het onderzoek uit de buurt van het museum te blijven.

Politiechef Tsouvalas heeft een verklaring vrijgegeven: "Op dit moment verwachten of anticiperen we op geen enkele manier op een vervolgaanval. Wij zijn van mening dat deze terroristische daad abnormaal is, en hoewel wij hopen het niveau van veiligheid en bescherming in openbare instellingen als deze te verhogen, willen wij niet dat deze gebeurtenis angst of ongerustheid veroorzaakt bij het grote publiek".

We zullen deze pagina blijven bijwerken naarmate meer details bekend worden.

HOOFDSTUK 7

SARAH

ZE FRONSTE, onzeker over wat het betekende.

Vreemd.

Ze las de tekst opnieuw en probeerde te begrijpen waar het over ging.

We zijn dubbel bewapend als we met geloof strijden.

Zij vond niets bruikbaars en wist dat een snelle zoektocht op internet waarschijnlijk de maker van het citaat zou opleveren, en las verder.

"Mijn liefste Sarah...

Ze glimlachte weer. Haar vader was een moderne romanticus, en hij genoot van nostalgie en elegische verwijzingen naar een eenvoudiger tijd. Zijn statige openingen in zijn brieven waren geen uitzondering.

Ik hoop dat deze brief u goed aantreft. Mijn onderzoek heeft mij over de hele wereld gevoerd, en ware het niet voor mijn zwakke gezondheid, dan zou ik tevreden zijn om in het buitenland te blijven voor de resterende ademtochten die mij zijn toegestaan.

Hij sloot de eerste alinea af en verloor toen de nostalgische flair en viel in een meer vertrouwd, nonchalant ritme:

Ik heb u een artefact gestuurd dat ik tijdens mijn bezoek aan

Groenland heb ontdekt. Ik dacht dat het nuttig zou kunnen zijn voor uw onderzoek.

Sarah fronste haar wenkbrauwen. *Groenland? Wanneer ging hij naar Groenland? En waarom zou dit nuttig zijn voor het bestuderen van de oude Amerikaanse geschiedenis?*

Ze schudde haar hoofd en las verder terwijl ze mee glimlachte.

Het is een hoogst ongewoon stuk, omdat het niet lijkt te passen in mijn paradigma van de geschiedenis van Groenland. Belangrijker nog, als we moeten geloven wat ik geneigd ben te gissen, lijkt het stuk zelf behoorlijk oud te zijn.

Ze las voorbij zijn handtekening '- *je liefste vader -*' en zag het postscriptum:

P.S.: beschouw het als een vervroegd verjaardagscadeau.

Weer fronste ze haar wenkbrauwen. *Dat is vreemd. Mijn verjaardag is pas over twee maanden.* Het was pas augustus, en de koelere winden uit het noorden hadden blijkbaar nog niet begrepen dat de zomer in Michigan ten einde zou lopen.

Bovendien had haar vader geen idee gegeven *hoe* oud het artefact was - dat zou te gemakkelijk zijn geweest. Haar vader was een lief-hebber van puzzels, en het leek erop dat hij er zojuist een naar Sarah had gestuurd.

Ze grinnikte en vroeg zich af op welke absurde ideeën haar vader deze keer was gekomen. Ze las de rest van de brief en vond niet meer details over het artefact, maar alleen updates over zijn gezondheid - goed, maar niet zonder talrijke waarschuwingen van zijn arts om het wat rustiger aan te doen, haar vaders pensioenplannen - 'een echt pensioen bestaat niet' - en een bedankje voor het verjaardagscadeau dat ze hem had gestuurd.

Ze vouwde de brief weer dicht en stopte hem terug in de enveloppe.

"Wat stond er?" vroeg Alexander.

Ze schudde haar hoofd. "Niet veel. Het gebruikelijke fantasievolle schrijven, een gevoel voor dramatiek, en een verjaardagswens."

Alex lachte. "Niets dat hij niet gewoon kon e-mailen?"

"Helemaal niets," zei Dr. Lindgren. "Het is niet zo dat hij een Luddiet is - hij gebruikt de hele tijd e-mail - en hij is ook een gadget freak. Ik denk dat hij gewoon denkt dat ik het extra gevoel van een *echte* brief waardeer."

"Je waardeert het wel."

Ze grijnsde naar de knappe student. "Kan niet zeggen dat ik dat niet doe. Toch wil hij dat ik dit dingetje even controleer," zei ze terwijl ze het voorwerp van tafel pakte. "Een e-mail sturen was sneller geweest. *'Hé, Sarah, kijk eens naar dit ding dat ik je ga sturen,'* zou prima hebben gewerkt."

"Dat is waar. En het zou je tijd hebben gegeven om de nodige vervolgvragen te stellen, zoals 'waar heb je dit ronde steentje gevonden?

"Groenland, eigenlijk," zei ze.

Zij voelde nog een paar seconden aan de ronde steen, voelde de groeven langs de rand en de inkeping in het midden en het uitsteeksel aan de andere kant. Ze kon zien dat hij goed gemaakt was, zelfs als hij al een tijdje onder de grond zat. *Maar hoe lang?* vroeg ze zich af. *En waar precies in Groenland had hij het gevonden?*

Zij had de romantiek en de flair van haar vader altijd gewaardeerd, maar in tijden als deze, nu hij haar om haar professionele mening vroeg, wenste zij dat hij gewoon ter zake was gekomen.

"Gedachten?" vroeg ze.

Haar assistent keek naar haar, toen naar de steen, en haalde toen haar schouders op. "Geen idee, Doc. Hij lijkt in goede staat, dus ik denk dat hij ondergronds heeft gelegen, maar droog."

Ze knikte. "Of het is niet erg oud. Maar hij zei dat hij gelooft dat het 'heel oud' is, wat dat ook betekent."

"Dus, Vikingen?" Zei Alex. "Dat is zeer aannemelijk. Maar het helpt ons niet met onze onderzoekshypothese, of wel?"

"Nee, niet echt. De Vikingen waren erg productief, ze kwamen overal terecht. Maar ze zijn niet oud genoeg. We hebben hard bewijs nodig dat Berengia niet de enige plek was waar de kolonisten kwamen.

Haar hypothese was dat de Amerika's al lang bewoond waren voordat reizigers de Beringstraat hadden gevonden en deze tijdens een ijstijd waren overgestoken. Zij geloofde dat er al vele duizenden jaren daarvoor mensen waren geweest die Noord-, Midden- en Zuid-Amerika hadden bewoond.

Het probleem was dat het bewijsmateriaal dat momenteel circuleert die conclusie niet ondersteunde.

Ze tilde het artefact op en hield het tegen de lichtlijn die de tent binnenstroomde. Het medaillon was versleten, maar de vorm en textuur waren nog intact. Ze had al eerder voorwerpen gezien die zo goed bewaard waren gebleven, en dat betekende dat het ofwel een vervalsing was - dus helemaal niet zo oud als het beweerde te zijn - of het was zorgvuldig bewaard.

"Dus het zou een Viking artefact kunnen zijn, ook al helpt het ons niet veel. Misschien een soort afgodsbeeld, een klein heiligdom voor Odin of zoiets."

Ze knikte. "Misschien. Maar dan zou het niet oud genoeg voor hem zijn om het categorisch als 'heel oud' te verklaren, of wel? Het tijdperk van de Vikingen valt ruim binnen de geaccepteerde normen van 'geschiedenis'. Maar je hebt gelijk - ik weet niet wat het anders zou kunnen zijn, als het echt is. Wat is het oudste dat we op Groenland hebben gevonden?"

Hij haalde zijn schouders op. "Viking spul, geloof ik. Je vader zou toch geen vervalsing sturen, of wel? Wat zou daar het nut van zijn?"

Ze schudde haar hoofd. "Nee, dat zou hij zeker niet doen. Wat mij zegt dat dit - wat het ook is - goed bewaard is gebleven, als hij gelijk heeft over hoe oud het is. Maar wat *is* het?"

Opnieuw haalde Alexander zijn schouders op. "U bent de expert, baas."

Ze grijnsde. "Juist. Ik word verondersteld alles over alles te weten omdat ik de *professor ben*. Alex, ik ben een *antropoloog*. Ik bestudeer dit soort dingen niet. Heb je dat niet geleerd in je inleiding tot de cursus Aardwetenschappen?"

Alex lachte, een hartelijke, oprechte grinnik. Zijn lange zwarte krullen wipten joviaal terwijl hij zijn armen voor zich kruiste, zich klaarmakend om verder te gaan met wat hij ook aan het doen was voordat Sarah's pakje kwam.

Hij glimlachte naar haar.

Ze zuchtte. *In een ander leven, misschien,* dacht ze.

Ze had nauwelijks genoeg tijd om de gedachte uit haar hoofd te zetten voor er iemand nieuw de tent binnenkwam.

HOOFDSTUK 8

RACHEL

RACHEL RASCHER HAALDE HAAR HANDEN DOOR HAAR HAAR, en keek toen op.

"We moeten doorgaan met de volgende test," zei de man voor haar. "Onmiddellijk. Als we willen profiteren van de..."

Rachel Rascher stak een hand op en legde de man het zwijgen op. De wetenschapper ijsbeerde, dacht hardop, maar ze had haar besluit al genomen.

"Nee," zei ze kalm, "we wachten. Er is niet genoeg van het oorspronkelijke mengsel over om de regelmatigheid van de proeven te verhogen. De proef was een succes, maar het was een beperkt succes. We moeten zoveel mogelijk van het mengsel veilig stellen, tot we zeker weten dat we een synthetische vervanging hebben. We zullen een deel van de overgebleven originele samenstelling gebruiken voor de eerste fase van de proeven."

"Maar we zijn *dichtbij*, Rachel. We kunnen vanavond al verder gaan met een tweede test. Als de aanpassingen die we hebben gemaakt ook maar in de *buurt komen* van wat we in Athene hebben meegemaakt..."

"Nee," zei ze opnieuw. "We gaan niet nog een test toevoegen tot de geplande gebeurtenis morgenavond. Laat Frederick Rap vanavond opruimen na de test, en geef me de rapporten die hij heeft opgesteld van de laatste drie evenementen, inclusief dit. Zoals altijd, zorg ervoor dat hij er alleen is na de uren, wanneer iedereen weg is. Hij heeft geen toestemming."

Of liever, hij is niet een van ons, dacht ze.

"Oké, dat kan ik doen," zei de man.

"Shaw," zei ze.

Hij keek haar aan. "Ja?"

Ze glimlachte. "Ik weet dat het stressvol wordt. De proef van de eerste fase dwong ons de dingen te versnellen, maar we hebben bijna wat we nodig hebben."

Hij knikte. "Ik weet het."

"En ik weet waar je loyaliteit ligt, Shaw."

Hij knikte opnieuw en boog zelfs lichtjes. "Dank je, Rachel."

"Als dit voorbij is," zei ze. "Zullen we allemaal terugkijken en ons afvragen waarom dit zo lang duurde. Waarom we zo lang gewacht hebben."

"De wereld zal stoppen met ons te ondervragen, dat is zeker."

"Afgesproken," zei ze.

Hij stopte met ijsberen en liep naar de kleine tafel aan de zijkant van de kamer. Het oppervlak was leeg op een bureaulamp na, en alle lades - op één na - waren ook leeg. Behalve het houten bureau en de tafel die Rachel had omgebouwd tot haar werkplek en het bureau, waren er geen andere meubels in de kamer. Een televisie stond op een verrijdbaar karretje, maar ze zette het ding zelden aan. Elektriciteit was een kostbaar goed hier beneden, en ze had al een paar stekkerdozen aangesloten op de twee stopcontacten die over de hele lengte van het plafond liepen. Het licht boven was een eenvoudige lamp, hangend aan een ketting, die rechtstreeks in het stenen plafond was gemonteerd.

Ze huiverde. Het was koel hier beneden, maar het was *het gevoel dat* haar deed rillen, niet de temperatuur. *Zoveel geschiedenis hier,* dacht ze. *Zoveel vragen die we nog niet beantwoord hebben. We hoeven alleen maar de Hal binnen te gaan...*

Shaw pakte een rond, hol stenen voorwerp en draaide het om in zijn handen. "Is dit alles wat er over is?"

"Van de oorspronkelijke voorraad, ja."

Ze wist dat hij het begreep. Hij wist hoeveel van het oorspronkelijke mengsel was gebruikt voor elk van hun tests en proeven, en hij wist hoeveel van de opslagcontainers ze al hadden gebruikt.

Hij draaide de twee helften en opende de stenen container. "Maar als we het synthetische mengsel hebben bewezen en geproduceerd, kunnen we weer meer testen gaan doen. Shaw sprak de woorden uit alsof het een vraag was, geen vaststelling van een feit.

"Ja," zei ze. "Maar ik ben niet geïnteresseerd om te wachten tot er een definitieve oplossing is."

Hij fronste en draaide zich om naar zijn baas te staren. "Wacht, ik dacht dat dat..." hij pauzeerde. "Dan hoe -"

"Er is meer van het mengsel in de Hall. Daar ben ik zeker van."

"Hoe weet je dat?"

Ze perste lucht uit haar neus. "Het is duidelijk. Deze voorraad - waar we mee bezig zijn geweest - is alles wat er over is van wat we in de tombe hebben gevonden. De Hal zelf zal niet alleen meer van het mengsel hebben, maar ook het originele recept waarmee het gemaakt is." Ze grijnsde. "Ervan uitgaande dat de ingrediënten *bestaande* elementen zijn, en niet een of andere fantasievolle buitenaardse creatie, kunnen we zoveel produceren als we willen, en kunnen de proeven doorgaan. Een onbeperkte voorraad, in dat geval."

"Staat dat in het dagboek?"

Ze knikte en haar ogen dwaalden af naar het bureau tegen de muur, waar ze in een afgesloten lade haar dagboek bewaarde. Het dagboek was van haar, maar het was niet door haar *geschreven*. Het was een verslag van de verhalen van haar overgrootvader en hoe hij ertoe was gekomen de Hall of Records te vinden.

Hij was nooit in staat geweest de Hal te openen, tot zijn ontsteltenis - en die van zijn regering.

De locatie van de Hall of Records was sindsdien een goed bewaard geheim gebleven, en slechts een handjevol mannen en vrouwen had ooit geweten dat hij bestond, laat staan dat hij zich werkelijk bevond.

Het dagboek was een document, geschreven op verweerde, broze bladzijden, gebonden in een leren omslag, dat de decennia sinds het was geschreven ternauwernood had overleefd. Het was een kort verslag van het leven en de carrière van haar overgrootvader, alsmede het verslag uit de eerste hand van zijn ontdekking van een oud document geschreven door Plato zelf, en een poging tot vertaling van de overblijfselen van datzelfde document.

Haar overgrootvader veronderstelde dat Plato het werk had willen uitbrengen naast twee van zijn andere dialogen, *Timaeus* en *Critias*, maar om welke reden dan ook bestond er geen bewaard gebleven vertaling van het werk. Verder bestond er geen *verslag* van het werk.

Totdat haar overgrootvader de originele documenten vond, verborgen in een stenen kist die zelf verloren was gegaan tussen ontelbare familiestukken. Deze artefacten waren verzameld en in een kist gestopt die al eeuwenlang door zijn familie werd doorgegeven. De kist zat vooral vol met memorabilia van zijn familie, waardeloze voorwerpen voor de meeste mensen, maar er zaten afstammingsdocumenten en stamboomgegevens van de Rascher-clan in, en haar overgrootvader had ze stuk voor stuk bestudeerd en nauwkeurig onderzocht.

Het stenen kistje, waarvan men dacht dat het een soort pressepapier was, was blijkbaar nooit grondig onderzocht. Toen Rachels overgrootvader in het bezit kwam van de kist en het stenen kistje, had hij elk oppervlak onderzocht, totdat hij een manier vond om het open te draaien, en een vervallen boekrol onthulde, geschreven in Plato's eigen hand.

Het bevatte een lijst met instructies die aan Plato waren gegeven door de reiziger Solon - dezelfde man van wie Plato in Plato's *Timaeus* had vermeld dat hij naar Egypte en terug was gereisd. Plato had naar verluidt de woorden van Solon - die hij het *Boek der Beenderen* had genoemd - overgeschreven op perkament, waarna hij zijn ontwerp aan een schrijver had gegeven om het klaar te maken voor publicatie in een meer permanente vorm. Of de grote filosoof zelf van gedachten was veranderd of dat de scribent het exemplaar gewoon was kwijtgeraakt, is onduidelijk, maar het *Boek der Beenderen* was vervolgens kort na de publicatie van Plato's dialoog *Timaeus volledig* uit de geschiedenis verdwenen.

De kennis van het bestaan ervan voor de moderne wereld zou eveneens geheim zijn gebleven, ware het niet dat Rachels overgrootvader het ontdekte, aangetast door tijd en weer in zijn stenen tombe. Hij had zijn best gedaan om de hele tekst te ontcijferen en te vertalen, maar fragmenten van het perkament waren volledig opgelost.

Maar het was slechts door een toevalstreffer - een toevallige ontdekking door een onderzoeksteam dat voor Rachels voorganger werkte - dat Rachel het werk aan Plato's verloren *Boek der Beenderen nieuw leven had* ingeblazen.

Toen Rachel haar baan kreeg bij de afdeling Prehistorie van het Egyptische Ministerie van Oudheden, erfde zij en haar team het onderzoek van haar voorganger. Blijkbaar hadden enkele duikers jaren geleden voor de kust van Griekenland een scheepswrak gevonden dat ooit op weg was geweest naar Alexandrië. Het schip had een verzameling verzegelde urnen aan boord, waarvan er één op wonderbaarlijke wijze de druk en de verleiding van de tijd had doorstaan.

En in die urn, had het team het *Boek der Beenderen* gevonden. Ze wisten het op dat moment niet - het was ononderzocht gebleven, jarenlang op een plank in de schappen van een museum in Florence gestouwd.

Maar Rachel had bij haar aantreden besloten het hoofdkwartier van haar nieuwe divisie in Gizeh, Egypte, te vestigen en alle "niet-aangegeven" bezittingen van de Egyptische regering onder één dak te verzamelen. Haar team vond de urn, en het perkament binnenin, tijdens een middag van onderzoek, en zij herkende onmiddellijk de woorden - een deel van dit document was hetzelfde als het document dat haar overgrootvader had geprobeerd te ontrafelen.

Het perkament, geschreven in Plato's eigen hand, had haar miljoenen kunnen opleveren op de antiquiteitenmarkt, haar en het team in de archeologische schijnwerpers kunnen zetten en de Egyptische regering een aantrekkelijk bedrag aan inkomsten kunnen opleveren.

Maar ze had andere plannen.

In plaats daarvan had ze het *Boek der Beenderen* in de urn bewaard, opgesloten in een kluis waar niemand het zou vinden. Rachel had de ontdekking geheim gehouden en de fotokopieën alleen gedeeld met de mensen in haar hechte kring van wetenschappers en historici.

Rachel had het boek zelfs niet gedeeld met haar belangrijkste weldoeners. De stille vennoten hadden graag geweten wat ze had gevonden, maar ze zouden haar de controle over het boek hebben ontnomen en met haar vondst hebben lopen pronken als een baanbrekende ontdekking. Maar ze was niet geïnteresseerd in roem omwille van de roem - ze wilde meer.

Specifiek, ze wilde datgene waar ze haar hele volwassen leven achteraan had gezeten.

Ze wilde de waarheid.

Ze wilde de waarheid, en ze wilde dat die *bekend* werd.

HOOFDSTUK 9

RACHEL

IN WERKELIJKHEID WERKTE RACHEL RASCHER VOOR DE EGYPTISCHE REGERING, een prestatie die maar weinig in het buitenland geboren burgers hadden geleverd. Zij had gestudeerd, getraind, onderzoek gedaan en gepubliceerd, en was nu een gerenommeerd Egyptologe, met een ongeëvenaarde kennis en intuïtie van de geschiedenis van de oude wereld.

En het was diezelfde intuïtie geweest die haar had aangezet tot de jacht die ze zovele jaren geleden was begonnen.

Rachel Rascher was Duitse, afkomstig uit een lange lijn van trotse Duitse voorouders, nog van voor de regering van het Koninkrijk Pruisen door keizer Wilhelm I begon. Zij groeide op met de verhalen en legenden over haar erfgoed, over de grote koningen en rebellen die uit de verspreide rijken van het noordelijke deel van het continent een grote natie wilden opbouwen.

Op de lagere school had zij al belangstelling voor antropologie ontwikkeld, met name voor de genealogie van haar eigen volk. Die belangstelling bracht haar van school tot werk, waar zij zich ontpopte tot een politiek onderlegde, briljant denkende wetenschapper. Uiteindelijk werd zij het nieuwste hoofd in een korte rij van ministeriebenoemingen voor het Egyptische kabinet, in haar geval belast met de afdeling Prehistorie binnen het Ministerie van Oudheden.

Haar taken waren gevarieerd, maar zij kreeg genoeg vrijheid om projecten uit te voeren die de rest van het Ministerie geen grote investeringen waard vond. Aangezien haar rol de beveiliging en het terugvinden van verloren antiquiteiten van Egyptische oorsprong betrof, kreeg zij een kleine hoeveelheid soldaten van het Egyptische leger en de Mukhabarat als persoonlijke politiemacht, evenals een indrukwekkend aantal wetenschappers, onderzoekers en laboratoriumspecialisten. Ze was autonoom in het aannemen en ontslaan van personeel, en de andere kabinetsleden bemoeiden zich zelden met de zaken van de afdeling Prehistorie. Egyptische geschiedenis was een hot topic voor academische onderzoekers, maar een doodlopende weg voor politiek geïnteresseerden. Ze had de vrijheid - en het isolement - om aan haar projecten te werken op haar voorwaarden.

Het had haar bijna tien jaar gekost, maar eindelijk had ze haar team zo opgebouwd dat haar personeel op één lijn zat met haar, begreep wat hun *werkelijke* doel was en wat zij van hen vroeg om dat doel te bereiken. Het was een nobel doel, één waar haar mensen het mee eens waren en dat ze wilden bereiken, en ze voelde een sterk gevoel van loyaliteit bij elk van haar directe medewerkers.

Dr. Ezekiel Shaw was een van die verslagen, een man wiens loyaliteit en integriteit zelfs zijn technische capaciteiten overtroffen. Hij was een geweldige aanwinst voor haar team, en het afgelopen jaar was hij haar naaste bondgenoot geworden. Bovendien leek hij nog gepassioneerder te zijn over hun doel dan zij was.

"Het *Boek der Beenderen* in je dagboek is een *kopie* van een kopie, Rachel," zei hij. "Je overgrootvader kan zich vergist hebben in sommige formuleringen, of in ieder geval in de zinsbouw. En onze kopie uit de urn kan er niet beter aan toe zijn bij nadere bestudering. Zelfs dan - het kan zijn dat Plato onjuiste informatie heeft gekregen."

"Het zou kunnen," zei ze. "Maar we zijn hier, nietwaar?" Ze stak een hand op, met haar handpalm omhoog, en zwaaide ermee rond de kelderachtige stenen muur, in een poging om haar punt te bewijzen.

Ze wist dat hij een gelovige was, en hij hoefde niet overgehaald te worden. Hij speelde advocaat van de duivel, maar ze wist dat hun loyaliteit aan haar, en de missie, sterk was. Geen van haar medewerkers hoefde verder overtuigd te worden. Het was te laat om nu nog terug te krabbelen, want ze waren zo dicht bij het bereiken van alles waar ze ooit van gedroomd hadden.

Ze had haar kantoor gevestigd in een van de vele kleine ondergrondse kamers in de voorkamers van de Hall of Records, elk verbonden door een labyrint van gangen die in bochten rond een grote, centrale ruimte liepen. Haar regering had de stenen kamers en gangen geclassificeerd als 'crypte', hoewel ze bij binnenkomst geen lichamen of overblijfselen van begrafenisceremonies hadden gevonden. Voor Rachel, die opgroeide als een buitenstaander in de Egyptische geschiedenis, leek het nogal typisch - de Egyptische regering was gemotiveerd om de wereld een stabiel land te presenteren, één zonder de sociale onrust en terroristische onderstromen waarvan zij wist dat ze het land teisterden. Ze wilden vrede, eenvoud en veel toerisme.

Door de Registratiekamer een "crypte" te noemen, konden zij het bestaan ervan negeren en tegelijkertijd verzoeken afwijzen van opgravingen van buitenaf die meer toegang wilden.

De Hall of Records was daarom sinds zijn ontdekking geheim gehouden voor het publiek, omdat de Egyptische regering al problemen had met diefstal en ontheiliging van oude sites, en het was waarschijnlijk dat zij verder wilden begrijpen wat deze plaats was, wie hem had gebouwd, en voor wie hij bestemd was, alvorens er enige informatie over vrij te geven. Gewoonlijk zou een dergelijk onderzoek tientallen jaren in beslag nemen, omdat het gefinancierd zou moeten worden met "overgebleven" gelden van andere, belangrijkere regeringszaken.

Dus Rachel had ervoor gezorgd dat het onderzoek van deze pas ontdekte 'crypte' aan haar werd toevertrouwd. Het dagboek, de vertaling van Plato's verslag door haar overgrootvader en het gevonden exemplaar van het *Boek der Beenderen wezen* deze plek aan als de laatste rustplaats van de Hall, 'onder de aarde' en 'aan het eind van een reeks kronkelige gangen'.

Ze wist nu zonder twijfel dat ze in die gangen waren - de voorkamers van de grote Hal der Notulen. Ze wist ook, dankzij het Boek der Beenderen, waar de Hal zich bevond. Haar team had de voorkamers uitgegraven, verlichting aangelegd, ethernet- en cat-6e-bekabeling aangelegd, en ruwe maar functionele kantoren en laboratoria ingericht in het interieur van de 'crypte'. Zij hadden de gangen, kamers en zalen waartoe zij tot dusver toegang hadden, in kaart gebracht en zelfs elk van hen een deur en een bordje met het nummer van de kamer gegeven.

En ze hadden, natuurlijk, de ingang naar de Hal gevonden. Zij wisten welke kamer diende als laatste kamer die naar de eigenlijke Hal leidde, en zij wisten dat achter nog een steen de antwoorden lagen die zij zocht. Ze wist wat er achter de deur was, in de tempel en de grote Hal der Gegevens zelf.

Het probleem was nu om uit te zoeken hoe het te *openen*.

JOURNAL ENTRY

17 MAART 1941.

Mijn mannen zijn naar Caïro gestuurd voor een onderneming die fataal kan zijn voor de doelen van mijn familie. Het is cruciaal om de locatie van de Hall te bepalen, koste wat het kost.

Der Fuehrer lijkt onrustig te worden, en zijn SS officieren worden ijveriger.

Mijn missie blijft echter ongewijzigd. Mijn familie heeft eeuwenlang naar dit doel toegewerkt, en ik zal niet toestaan dat het een langzame, vergeten dood sterft.

Solon vertelt dat er een enorm fortuin te halen valt; deze grote 'Hall of Records' beschrijft hij zo welsprekend aan de filosoof. Alleen de zuiveren kunnen binnengaan,' beweert hij, hoewel bij mijn weten nog niemand deze prestatie heeft volbracht.

De zaal zal ongetwijfeld verhalen over het werk van ons volk, de benarde situatie van onze voorouders die voor de ondergang vluchtten. De mythe van hun bestaan is slechts fantasie voor de meeste van mijn collega's, hoewel de overblijfselen en repercussies van hun kennis en macht levend en wel zijn, zelfs tot op de dag van vandaag.

Hun waarde voor onze moderne wereld vinden en bewijzen, is voor eens en altijd mijn familie vinden en bewijzen dat onze missie niet vergeefs is geweest.

Plato's oorspronkelijke tekst schrijft over de oorspronkelijke motieven van mijn voorgangers. Te vinden wat zij verborgen hebben, betekent alles. Het betekent meer dan waar mijn grote land voor vecht, zelfs. Het betekent meer dan de benarde toestand van de legers van mijn regering.

HOOFDSTUK 11

GRAHAM

LÅNGHOLMEN, genesteld in het hart van de Stockholmse agglomeratie, is een eiland en een oase omgeven door een dichte stadsbebouwing. Oorspronkelijk een eiland gebruikt als een veilige locatie voor de gevangenis van de stad, de buurt uiteindelijk omgezet de gevangenis in een hotel en hostel voor reizigers die willen zien en verkennen van de groenere kant van Stockholm.

Professor Graham Lindgren hield al van het eiland toen hij nog een jongetje was. Hij zei vaak tegen zijn ouders dat hij zich er ooit zou vestigen. In die tijd was het eiland kaal, rotsachtig en grotendeels verstoken van iets bijzonders. Halverwege de jaren zeventig, toen de gevangenis werd gesloten en gerenoveerd, groeide er een nieuwe, trendy buurt omheen. Graham, die een paar jaar geleden op zoek was naar een appartement, ontdekte tot zijn grote vreugde dat het eiland meer dan bewoonbaar was - het was een van de meest gevraagde woonwijken in Stockholm.

Zijn appartement was klein, maar het had uitzicht op een weelderige tuin en lag in het zicht van water - de Riddarfjarden. Zowel bezoekers als bewoners genoten van de schoonheid van de tuin, en Graham had vaak avonden doorgebracht op het achterterras, uitkijkend over de tuin en de Riddarfjarden, nadenkend over een of ander probleem.

Vanavond was het echter een heel *specifiek* probleem, en hij had niet de luxe om op de veranda te zitten en erover na te denken. Hij liep door het kleine appartement en merkte nauwelijks de prachtige zonsondergang en het perfecte weer op. Het briesje dat door de open ramen naar binnen waaide, herinnerde hem alleen maar aan de snelheid waarmee hij moest handelen, aan de snel slinkende tijd die hij nog had.

Het appartement was een puinhoop, dozen en mappen van zijn levenswerk opgestapeld in lukrake stapels in elke hoek. Hij liep rond het bureau in het voorkantoor, een omgebouwde woonkamer, en probeerde zijn spullen bij elkaar te krijgen. Wat hij zocht, wist hij niet helemaal zeker. Wat hij moest vinden, was onduidelijk.

Foto's van Lindgren naast universiteitspresidenten, wereldberoemde onderzoekers en andere vooraanstaande figuren stonden op de drie enorme boekenkasten langs de muur van het kantoor. Hard, donker eikenhout, de planken hadden bijna vier man een uur gekost om de drie trappen op te manoeuvreren. Ze waren nu gevuld met alle boeken van zijn leven: de eerste boeken die hij als kleine jongen had gelezen en die zijn carrière hadden geïnspireerd - alles van non-fictietitels als *Lost Trails, Lost Cities,* van Brian Fawcett over de avonturen van zijn vader, Percy Fawcett, tot de pulpfictionromans van Lester Dent - en ook meer academische interesses, waarvan sommige zijn eigen naam op de rug droegen.

Hij was een levenslange liefhebber van leren, of dat nu met zijn dagtaak te maken had of niet. Hij hield van lezen, en hij had in zijn 63 jaar van leven een behoorlijke collectie boeken met harde kaft verzameld.

Maar boeken waren op dit moment het laatste waar hij aan dacht. Hij struikelde over een stapel documenten, een doos met materiaal dat hij had geleend van zijn laatste afspraak aan de universiteit, maar hij hervond zijn evenwicht op de trapleuning die naar boven leidde naar de twee slaapkamers.

Zijn vriendin Bridgette was dit weekend bij haar ouders op bezoek, dus hij was alleen in huis. Toch voelde hij zich opgejaagd, alsof iemand hem meetrok. *Of duwde.*

Toen wierp hij een blik op de stapels die hij op de bank in de studeerkamer had gelegd, tegenover zijn bureau. Hij bracht er vaak de namiddag door, opgekruld met een boek als de zomerzon hem ervan weerhield door de tuinen te wandelen of naar de boten voor de deur te kijken. De boeken en notitieboekjes lagen verspreid in de ruimte, zonder duidelijke ordening. Hij had ze daar uren geleden neergegooid, in de veronderstelling dat ze niet van nut waren voor zijn huidige zoektocht.

Misschien is er iets wat ik nodig heb, dacht hij.

Hij pijnigde zijn hersenen. Er waren geen voor de hand liggende verbanden, anders had hij het wel doorgehad. Deze boeken waren filosofisch, niet praktisch, verhandelingen over religie en macht en politiek, geen harde wetenschap.

Hij was ervan uitgegaan dat hij iets 'tastbaars' nodig had, een antwoord dat wetenschappelijk zinvol was. Hij wist dat het antwoord hier moest zijn. Hij had een ware bibliotheek van informatie in zijn huis, dus als het antwoord dat ze zochten niet in zijn voorraad papieren materiaal lag, dan moest het wel ergens in zijn online catalogus van onderzoekspapieren te vinden zijn.

Het is slechts een kwestie van tijd, zei hij tegen zichzelf. *Het antwoord is daarbuiten.*

Hij gaf de boeken op de bank op - ze zouden hem in de juiste richting kunnen leiden, maar hij had niet langer de luxe van tijd. Hij moest er *nu achter zien* te komen wat het ontbrekende stuk in dit alles was.

Hij hoorde een klop op zijn deur. Bijna onhoorbaar, slechts een paar tikken die hem onmiddellijk deden verstijven. Hij kon de zachte geluiden horen van de wandelaars in de tuin, de vogels die heen en weer fladderden op zoek naar hun maaltijd in de schemering, en de toeristen, lachend en converserend in een van de drie cafés op loopafstand.

Maar de klop op de deur leek luider dan al het andere. Het doorboorde zijn oren, doorboorde zijn kern. Ook al had hij het verwacht, toch was het op de een of andere manier het meest opzienbarende geluid dat hij ooit had gehoord, en op dit moment wist hij niet zeker wat hij eraan moest doen.

Er werd weer geklopt. Geen stem die erbij hoorde, geen persoon aan de andere kant om hun aanwezigheid aan te kondigen.

Maar hij wist dat ze er waren. Hij wist dat ze zouden wachten. Geduldig.

Ze kenden zijn schema, en ze wisten dat hij alleen was.

Hij huiverde en voelde het kippenvel in zijn nek opkomen.

Ik heb geen tijd meer.

Hij liep naar de deur, nog steeds trillend. Hij overwoog de deur niet te openen, maar hij wist dat dat dom was. Hij kon zich nergens verbergen, en ze wisten zeker dat hij thuis was. Bovendien was er geen andere uitweg uit het appartement, tenzij hij een val van meerdere verdiepingen van zijn balkon wilde riskeren.

Hij ontgrendelde het slot en draaide de klink om. Hij trok de deur naar zich toe, zodat de koele avondlucht naar binnen kon stromen.

"Goedenavond, professor," zei de man op de drempel. "Mevrouw Rascher zegt me dat u haar telefoontjes negeert. Mag ik binnenkomen?"

HOOFDSTUK 12

SARAH

JENNIFER ORTIZ. Jennifer was een van haar assistenten, ouder dan de anderen maar nog bezig met haar eerste doctoraal. Ze was een harde werker en verdiende haar plaats in het team, maar Sarah had het vanaf het begin van de reis een beetje koud met haar gehad. Ze had het gevoel dat Jennifer een beetje het lievelingetje van de leraar was, een betweter die graag de beste en de slimste van de klas was.

Toegegeven, Sarah *was* waarschijnlijk een beetje hard voor het meisje, en ze wist ook dat het niets te maken had met de houding van de jonge vrouw.

"Hey Jen," zei Alexander toen Jennifer binnenkwam, zijn stem warm en vriendelijk.

In plaats daarvan had het *alles* te maken met het feit dat het voor de hele vierkoppige crew duidelijk was dat Jennifer Ortiz een oogje had op Alexander Whipple.

Sarah slikte, hopend dat haar wangen niet rood waren geworden. Haar donkere huid zou het meestal verbergen als dat wel zo was, maar ze wilde het risico niet nemen.

"Al - Alex. Hoi." Jennifer stond daar, glimlachend en zwijmelend over de lange, bloedmooie ondergeschikte die het tafereel in het interieur van de tent domineerde. "Ik wilde - ik wilde..." ze schraapte haar keel. "Sorry, ik wist niet dat je hier was, Alex," mompelde ze.

Onzin, dacht Sarah. *Dat is waarom je binnenkwam.*

"Wat is er, Jen?" vroeg Sarah, niet goed proberend te verbergen dat ze geïrriteerd was door de onderbreking.

"Dr. Lindgren," begon Jennifer, "ik wilde vragen naar, uh, onze volgende..."

Haar gezicht betrok, en Sarah wist meteen wat er aan de hand was. Praten over geld was ongemakkelijk, vooral voor deze jongere kinderen die geen idee hadden hoe het was om huur te betalen, een auto, studentenleningen, medische rekeningen voor een ouder...

"Zal je deze maand onze cheques op tijd innen?" vroeg Alex, haar gedachten onderbrekend. Het was een abrupte vraag, maar hij stelde hem op een tactvolle, respectvolle manier.

Ze keek naar haar studenten. Beiden intelligent, leergierig, en waardevol voor haar werk.

Beide ook erg duur.

"Ja, uh, nou, ik geloof dat we misschien moeten -"

Alex stak een hand op. "Dr. Lindgren, ik..."

"Sarah."

"Sarah," zei Alex. "Ik wil de dingen niet ongemakkelijk maken. Ik begrijp dat het krap wordt, dus ik wilde je laten weten dat ik over een week terug ga naar Caïro. Ik heb echt genoten van mijn tijd hier, maar -"

"Nee," zei Sarah, terwijl ze een klein stapje naar voren deed. "Nee, doe dat niet. Jullie beiden -" ze keek hen opnieuw aan, de tijd nemend om elk van hun gezichten te bestuderen. Hoe irritant Jen ook kon zijn, ze was een geweldige studente en had een toekomst in welk vakgebied ze ook terecht zou komen. "Ik waardeer jullie allebei te veel. We zijn hecht hier, ik voel het."

Jen en Alex wachtten.

"Ik ga je op tijd betalen. Dat beloof ik je. Hou vol en laten we de volgende maand doorkomen. Als er dan nog niets is, dan blazen we het af."

Je kunt het je niet veroorloven om ze allebei te betalen, dacht ze. *Laat staan alle drie.*

De drie studenten die ze had meegebracht - Alex, Jennifer en een nerd genaamd Russell - kregen elk een redelijk uurloon plus dagvergoeding, maar de financiering van haar project door de universiteit was een maand geleden stopgezet. Ze had de operatie gebootstrapped met haar spaarrekening, credit cards, en het kleine bedrag dat ze van haar uitgever kreeg.

Volgens haar ruwe berekeningen kon ze het zich veroorloven ze allemaal nog eens te betalen, maar dat zou betekenen dat ze aan het eind van de maand wat minder zou eten.

"Het is echt geen probleem, Sarah," zei Alex. "Ik heb daar werk op stapel staan, en als dat de last van jou hier wegneemt, dan..."

Sarah schudde haar hoofd. "Jullie zijn beiden vrij om te vertrekken wanneer jullie willen, dat weet je. Maar denk alsjeblieft niet dat ik dat wil. Jullie maken deel uit van dit team, en ik heb jullie nodig. Ik zal jullie betalen, en ik wil niet dat een van jullie zich daar nog een seconde zorgen over maakt."

Ze voelde dat haar hart sneller begon te kloppen. Ze meende elk woord, maar het was nog steeds een moeilijke beslissing - als ze haar werk hier zou afmaken, met succes, zou alles goed komen.

Maar als dat niet zo was - als er geen bewijs *was dat* het menselijk leven in de Amerika's bloeide lang voor de datum die de academische wereld had vastgesteld - zou zij de volgende jaren van haar leven besteden aan het nakijken van proefwerken als assistent van een afgestudeerde student.

Of erger, als er zoiets bestaat.

Ze wist wat ze beiden dachten: *bel je vader maar. Hij kan ons helpen.*

Ze hadden gelijk, en dat maakte het alleen maar erger. Als haar vader iets was, dan was het een fatsoenlijk, meelevend mens, en een geweldige vader. Hij zou alles laten vallen voor haar en haar team zonder vragen te stellen.

Ze haatte het dat het waar was. Ze wilde succes op haar eigen voorwaarden, niet met de hulp van haar beroemde vader. Haar onderzoek moest van haar zijn, niet van hem. Maar als ze er niet achter kon komen hoe ze de dingen hier kon laten werken, *zou* er geen onderzoek zijn om in te leveren.

Jen verliet de tent om verder te gaan met de voorbereidingen voor het avondeten, en Alex ging verder met het lezen van een deel van het vroege onderzoek dat ze bij elkaar probeerden te brengen.

"Denk je echt dat er hier iets is, Sarah?" vroeg hij. "Het is gewoon niet - niets van dit alles slaat ergens op."

"Er is bewijs, we moeten het alleen nog op de juiste manier samenstellen."

Alex knikte. "Ik weet het, maar ik weet niet hoe. De Amerikaanse Indianen die hier leefden hebben niet veel nagelaten aan oude artefacten. Alles wat we hebben is hun historisch verslag."

"Dan zal dat genoeg moeten zijn."

Sarah had dit argument al heel vaak gehoord. Als de Amerikaanse Indianen uit deze streek - en vele andere streken in Amerika - zoveel gelijksoortige mythen en gedeelde legenden hadden, dan was het aannemelijk dat ze allemaal afstamden van dezelfde gemeenschappelijke voorouders. Veel historici geloofden dat deze 'gemeenschappelijke voorouder' de groep mensen - of groepen mensen - was die over Berengia reisden toen het nog een ijsbrug was, die het huidige Alaska met Rusland verbond.

Het probleem dat zij met dit geloof had, was dat de mythen die de anders zo verschillende stammen gemeen hadden, allemaal verhalen waren die de herinnering weerspiegelden aan een catastrofale gebeurtenis die de wereld zo'n tienduizend jaar geleden had overspoeld. De bekende 'zondvloedmythe', zoals hij werd genoemd, was een mythe die Sarah bijna over de hele wereld had gevolgd, van de voorouders van de Europeanen en Noord-Afrikaanse en Indiaanse volkeren tot Noord- en Zuid-Amerikaanse beschavingen.

De mythe van de zondvloed was overal op Aarde opgedoken, zo leek het, maar op één plaats: Het uitgestrekte plateau dat het grootste deel uitmaakte van het huidige continent Azië. Aangezien dit hetzelfde gebied was waarvan de vroege nomadische volkeren die het Amerikaanse continent bewoonden, hadden moeten afstammen, betekende het feit dat de vroege Amerikaanse kolonisten dezelfde vloedlegende hadden, dat zij deze van iemand anders dan de Berengische nomadische volkeren moesten hebben geleerd.

Sarah's hypothese was eenvoudig: de Amerika's waren niet *alleen* bewoond door de Berenga-reizigers, maar door volkeren die millennia vóór hun komst waren: een volk dat niet uit het *Oosten*, maar uit het *Westen* kwam.

Ze wist niet zeker hoe of wanneer het allemaal gebeurd was, maar haar hart zei haar dat ze op het juiste spoor zat. Dit onderzoeksproject zou misschien niet zo vruchtbaar zijn als ze had gehoopt, maar ze zou het niet opgeven. Het kan haar een carrière kosten, maar ze zou haar antwoord vinden.

Jennifer verliet de tent, en Alex draaide zich om naar zijn teamleider. "Weet je dit zeker, Sarah?"

Ze bekeek hem, probeerde erachter te komen wat hij aan het doen was. "Ik weet het zeker. Het bewijs is er, we moeten alleen nog -

"Nee, ik heb het niet over de prehistorische link," antwoordde hij, "ik heb het over het geld. Weet je zeker dat je het kunt betalen?"

Ze zuchtte. Hij was niet dom, dat waren ze geen van allen. Haar studenten wisten heel goed dat zij hen uit eigen zak zou betalen, en ze wisten ook hoe klein die zakken op dit moment waren.

"Ik ben er zeker van," zei ze. "Dank je, Alex. Nu we het er toch over hebben, ik wilde je je bonus nog geven." Sarah greep in een zak van haar khakis en haalde er een envelop uit. "Het is niet veel, maar met het gebruikelijke loon, zal het een fatsoenlijk avondje uit in de stad opleveren."

"Sarah - Dr. Lindgren," zei hij, terugvallend in de meer formele aanspreekvorm. "Dat kan ik niet accepteren. Je hebt al te veel gedaan, door ons van je eigen rekening te betalen en zo. Het is echt geen probleem om terug te gaan naar Egypte, alleen voor de -"

"Onzin," zei ze. "Neem het. En krijg geen ideeën. Er is er een voor ieder van jullie."

Ze pakte de andere twee enveloppen uit haar zak, één voor Jennifer Ortiz en één voor Russell Aronson, de afgestudeerde student die ze had meegenomen. Ze legde de twee enveloppen op de kampeertafel naast een stapel kleine instrumenten en spullen.

"Ik zal Jennifer zeggen dat de hare hier is," zei ze. "Enig idee waar Russell is?"

Alex knikte. Hij haalde zijn telefoon tevoorschijn, opende een app, en liet haar op de kaart zien. Er verscheen een knipperende stip op het scherm - de locatie van Aronsons telefoon. "Hij is in de stad, voorraden aan het halen, zoals je hem had opgedragen. Maar -" hij tikte dubbel op het scherm, zoomde een beetje in, en hield het weer voor haar gezicht terwijl hij glimlachte. "Het lijkt erop dat hij gestopt is voor een hamburger."

Sarah had haar veldstudenten opgedragen de app te downloaden en op hun smartphones te installeren. Zij had hetzelfde gedaan, en het stelde de groep in staat om op elk moment te weten waar de andere leden van het team zich bevonden. Het was een vereiste van de universiteit, om aansprakelijkheidsredenen, maar het was ook een uiterst handig apparaat. Sarah hoefde het alleen maar op te roepen en te laten laden om te zien hoe verspreid haar team op een bepaald moment kon zijn.

"Laat hem weten dat ik iets voor hem heb, als je hem voor mij ziet,' zei ze.

"Komt in orde, baas."

Alex draaide zich terug naar de werktafel en begon ergens aan te friemelen. Sarah zag hoe de spieren in zijn triceps een paar keer opzwollen en dwong zich toen om zich om te draaien en weg te gaan, de envelop met de brief van haar vader en het artefact onder haar arm.

Net toen ze de voorklep van de tent bereikte, verscheen Jennifer.

"Jenny," zei ze, "ik heb iets voor je. Het is daar op..."

"Er is een telefoontje voor u," zei Jennifer. "Op de satelliet telefoon. Blijkbaar dringend."

HOOFDSTUK 13

RACHEL

"HALLO, MS. POLANSKI," zei Rachel. "Ik hoop dat het goed met u gaat."

Het was koetjes en kalfjes, iets waar Rachel geen fan van was, maar ze hoopte het ijs met deze vrouw een beetje te breken.

Tenslotte, dacht ze, *zou ze een van ons kunnen zijn.*

Het was onwaarschijnlijk, maar de test zou het uitwijzen.

De proef was een succes geweest. Nieuwsberichten noemden de gebeurtenis nu een 'massale terroristische aanval', maar voor Rachel was het gewoon een publieke onthulling van waar zij en haar team al bijna tien jaar aan werkten. Het was de eerste van hopelijk vele proeven.

Ze kwamen dichterbij, maar ze waren er nog niet. Deze vrouw, Jennifer Polanski, was slechts de laatste in een eindeloze stroom van bewijzen voor dat feit. Ze was geslaagd voor de proef in het museum, maar ze moest nog één test doorstaan.

Deze test.

Jennifer keek op naar Rachel met gezwollen, verwarde ogen. Haar gezicht was verbrand, glimmend rood waar het verband in haar nek en op haar wangen ophield. Het ziekenhuis had zijn best met haar gedaan, maar de brandwonden zouden voor de rest van haar leven het grootste deel van haar lichaam bedekken.

Een leven, wist Rachel, dat nu zou kunnen eindigen.

"Ik wil me verontschuldigen, Ms. Polanski, voor het verlies van uw man."

Jennifer snoof, of deed iets dat op snuiven leek, en haar ogen sprongen open. Ze probeerde iets te zeggen, maar haar mond was dichtgezwollen.

"Het is goed," zei Rachel. "Ik heb gehoord dat hij toch een eikel was." Ze grinnikte. "Daar ben je waarschijnlijk niet eens *boos* over."

Ze keek neer op de patiënt op het ziekenhuisbed, met een vragende blik op haar gezicht. Na een paar momenten van stilte, begon Rachel opnieuw. "Shh," zei ze. "Je hoeft niet te reageren. Ik weet dat je pijn hebt. Ik wil die pijn voor je beëindigen, Jennifer."

Jennifer lag op een bed dat was gereinigd en gesteriliseerd, en daarna in een van de vele kamers van de inrichting was gerold. Deze kamer bestond, net als alle andere, uit slechts vier stenen muren, een stenen vloer en een stenen plafond. Er was geen natuurlijk licht, maar haar team had armaturen gemonteerd - eenvoudige gloeilampen - om de werkruimte een beetje te verlichten.

De rest van de kamer was leeg, op een kast en een opgerolde slang in de hoek na.

"Het kostte wat overredingskracht, maar ik heb het ziekenhuis ervan kunnen overtuigen dat mijn team je terug mag brengen voor revalidatie.

"Jennifer, je hebt veel meegemaakt," ging Rachel verder. "Je was de *enige* overlevende die in de kamer was. De enige die in direct contact kwam met onze rechtszaak en het er toch levend vanaf bracht. Dat is een hele prestatie.

"Het was niet makkelijk, maar je bent geslaagd voor de eerste van onze tests. Je genetica is sterk, Jennifer, en het heeft je zo ver gebracht. Ik geloofde het bijna niet toen ze het me vertelden, maar nu ik je hier zie - het is wonderbaarlijk."

Jennifer fronste een beetje, haar gezicht verkrampte op een pijnlijke, geforceerde manier. Haar ogen bekeken Rachel met belangstelling, nieuwsgierigheid, en niet een klein beetje schrik.

"We moeten zeker weten dat je een van ons bent, Jennifer. Dat je genetica zuiver is. We hebben bijna het synthetische mengsel geperfectioneerd, dat we in het museum gebruikten, maar - zoals je ziet - het is nog niet klaar. Het is dichtbij, maar het laat... bijwerkingen achter." Rachel zwaaide met haar hand op en neer boven Jennifers lichaam om haar punt te onderstrepen. "Ik wou dat het niet pijnlijk was voor degenen die het kunnen doorstaan, en dat is waar mijn team aan werkt. Als we eenmaal een perfecte kopie van de originele samenstelling hebben, kunnen onze proeven oneindig doorgaan. Dan hebben we een eindeloze voorraad van de samenstelling en hoeven we ons geen zorgen meer te maken over minder goede kopieën of het verlies van de kostbare originelen.

"'Tot dan, zullen onze proeven een beetje... *ruw* moeten zijn."

Ze pauzeerde, om er zeker van te zijn dat Jennifer nog bij haar was. Dat was ze, nauwelijks. Haar ogen waren nog steeds gezwollen, en ze waren zo glazig dat Rachel dat nog niet eerder had opgemerkt. "Mijn team gaat de bel brengen, maar deze keer gebruiken we een kleine hoeveelheid van de *originele* verbinding erin. Dit is het echte werk, Jennifer. Het is wat de Ouden ons hebben nagelaten, en het is wat ons zal vertellen, zonder twijfel, of je een van ons bent."

Rachel schoof op haar voeten en glimlachte toen. "We zullen meteen kunnen zien of je echt zo zuiver bent als onze proef aanvankelijk dacht."

Ze vond het niet nodig mevrouw Polanski te vertellen wat er zou gebeuren als ze de test *niet haalde.*

Ze deed een paar stappen achteruit en wenkte toen naar de deur. Een personeelslid reed een karretje binnen met een voetstuk erop. Bovenop de sokkel stond een klein klokvormig voorwerp van een meter hoog. Het kwam overeen met de klok die te zien was in de tentoonstelling Antiquiteiten van Thera in het Nationaal Museum van Archeologie in Athene, maar dit was een kleinere kopie. En, in tegenstelling tot het artefact in Athene, was deze klok hier in haar laboratorium vervaardigd. Hij had een aangesloten stroomvoorziening en gebruikte de stroom van het laboratorium om de warmtebron aan te drijven.

De technicus rolde de sokkel naar het midden van de kamer, ongeveer een meter van Jennifers bed vandaan. Hij sloot de stroombron aan op de achterkant van de bel en controleerde toen zijn werk. Tevreden wendde hij zich weer tot Rachel en wachtte op haar goedkeuring.

Ze knikte, en de man verliet de kamer.

"Jennifer," zei Rachel. "We zijn er klaar voor. Ik hoop jij ook. En ik hoop echt dat ik je aan de andere kant mag verwelkomen."

Ze glimlachte nogmaals, ging toen de deur uit en sloot hem achter zich.

De man stond in de gang te wachten, en ze wendde zich tot hem. "Haal dokter Shaw en Mikhail. Laat ze weten dat we klaar zijn als zij dat zijn."

"Komt in orde," zei de man. Hij draaide zich onmiddellijk om en rende door de gang.

Rachel bleef een ogenblik staan kijken naar de gesloten deur. Ze dacht aan de vrouw aan de andere kant, zich afvragend of - *hopend* - ze in staat zou zijn de test te doorstaan. *We hebben er meer nodig,* dacht Rachel. *We hebben er zoveel meer nodig.*

Haar strijd - *hun* strijd - zou niet worden gestreden terwijl zij verborgen was in de zalen van deze oude plaats, noch zou zij plaatsvinden in de musea en openbare plaatsen die zij hadden gepland voor hun volgende beproevingen.

Hun strijd was eeuwenoud, en zou *overal* worden uitgevochten. De beschavingen van de mensheid waren al veel te lang verbrokkeld en van elkaar gescheiden, en hun strijd - hun *oorlog* - moest dat herstellen. Rachel was door haar voorouders uitverkoren om de strijd te leiden, en zij was van plan hem tot het einde toe te volbrengen. Ze waren er zo dichtbij.

Ze bleef nog een paar seconden, en toen draaide ook zij zich om, om terug te gaan naar haar eigen kantoor. Daar zou ze angstig wachten. Het zou slechts een kwartier duren voor ze de testresultaten zou horen, maar ze zou aan niets anders kunnen werken voor ze het zeker wist.

De waarheid was dat Rachel zich verantwoordelijk voelde voor Jennifer. Wetende dat ze misschien een van hen was, van echt zuiver bloed, gaf Rachel het gevoel verwant te zijn. Ze kon dichter bij Rachel staan dan een zus, en dat betekende dat Rachel verantwoordelijk voor haar was.

Maar de proeven liegen niet, dacht ze. *De proeven zijn niet perfect, maar de proeven met de originele samenstelling falen* nooit.

Dat wist ze persoonlijk. Het merendeel van haar personeel was met de hand uitgekozen en getest, een slopend proces dat tien jaar duurde en waarbij de voorraad van de oorspronkelijke stof bijna uitgeput was geraakt. Het werk aan de vervangende synthetische verbinding was aan de gang, maar zoals de proef in Athene had bewezen, was er nog meer werk te doen.

Ze hoopte alleen dat ze het werk voor de volgende test kon afmaken.

Ze hadden een laatste test gepland voor de volgende avond. Dit was de test die ze al zo lang aan het uitstellen was. Ze had geprobeerd zich er helemaal uit te redeneren, maar ze wist dat het moest gebeuren.

Wat we zullen winnen is veel belangrijker, zei ze tegen zichzelf terwijl ze door de smalle gang liep. *Veel belangrijker dan wat we zouden kunnen verliezen.*

Veel belangrijker dan alles wat ik *zou kunnen verliezen.*

HOOFDSTUK 14

SARAH

SARAH FRONSTE HAAR WENKBRAUWEN. "Ik heb een mobiele telefoon. Waarom zouden ze de satelliet telefoon gebruiken?"

Het was gebruikelijk om extra voorraden en uitrusting mee te nemen, zelfs op een korte driedaagse trip als deze. De satelliettelefoon zat meestal ongebruikt in een tas, maar het was het beleid van de universiteit om hem aan te houden, 'voor het geval dat'.

Kennelijk was hij overgegaan, Jennifer had geantwoord, en nu werd Sarah opgeroepen. Ze legde de envelop terug op de tafel en glimlachte naar Alex.

"Ik ben zo terug," zei ze.

"Dat is prima," zei Alexander. "Ik moet Jennifer toch helpen met het eten."

Ze knikte en liep langs Jennifer, terwijl ze zichzelf eraan probeerde te herinneren dat het niet Jennifer's schuld was dat ze niet langer alleen met Alexander in de tent was.

Hou op. Je ging toch net weg. Ze voelde zich net een schoolmeisje, de herinneringen aan kleine ruzies over jongens kwamen terug in haar hoofd. *Je hebt werk te doen.*

Ze liep naar de tweede van de grotere tenten die ze gebruikten om te koken en te eten. Ze hadden elk een kleine tent meegenomen om in te slapen, en met z'n vieren stonden ze in een halve cirkel rond de twee grotere tenten. Sarah's tent was in onberispelijke staat, omdat ze het grootste deel van haar nachten had doorgebracht in het kleine appartement dat ze voor drie maanden had gehuurd, terwijl ze de opgraving had opgezet ter voorbereiding op de komst van haar studenten.

De tent was leeg - niets dan een klaptafel, kookgerei en een stapel spullen binnen. Ze liep naar de tafel waar Jennifer de satelliettelefoon had achtergelaten en pakte die op.

"Dit is Dr. Lindgren," zei ze.

Een stem sneed in haar oor, stil maar duidelijk. Het was zwaar geaccentueerd Engels. *"Dr. Lindgren, mijn naam is Agent Etienne Sharpe van Interpol."*

"Interpol? Zoals de wereldpolitie?"

"Ja. Ik bel vanuit ons hoofdkwartier in Lyon, in Frankrijk. "

Ze wachtte. *Ter zake komen.*

"Dr. Lindgren, ik bel in verband met uw vader, professor Graham Lindgren."

"Mijn... vader? Wat is er met hem?"

"Nou, Dr. Lindgren, hij is ongeveer 48 uur geleden als vermist opgegeven."

Ze wist niet zeker wat ze moest zeggen. Ze greep de telefoon steviger vast. "Ik - ik... ik weet niet zeker of ik het begrijp. Hij is 'vermist'?

"Ja. Hij is het laatst gezien bij het verlaten van zijn appartement in Stockholm, maar hij heeft zich niet gemeld bij zijn vriendin."

Ze deinsde terug. *Vriendin?*

"Hij... oké. Ik wist niet dat hij een vriendin had," zei ze.

"Dr. Lindgren, wist u niet dat hij en mevrouw Lindgren uit elkaar waren?"

"Ik *was* me ervan bewust, maar ik wist niet dat hij echt... verder was gegaan."

Haar ouders waren een paar maanden geleden uit elkaar gegaan, en hoewel beiden aan de oppervlakte gelukkig leken te zijn, wist Sarah dat ze zonder elkaar hopeloos waren. Om nu te horen dat haar oude man een 'vriendin' had...

"Ja, nou," ging de man aan de telefoon verder. *"Ik wilde u persoonlijk bereiken nu we met het onderzoek beginnen. Omdat je vader en moeder niet meer samen zijn, heb ik nog niet geprobeerd haar te bereiken."*

Ze knikte, niet beseffend dat de man haar niet kon zien.

Wat is er aan de hand? vroeg Sarah zich af. "Oké, ik weet niet - ik weet niet echt wat ik moet doen," zei ze. Ze voelde haar hart in haar keel stijgen, de angst en de schok van de openbaring begonnen al hun tol te eisen.

"Op dit moment, Dr. Lindgren," zei de man, *"is er niets aan te doen. Ik heb een team dat het onderzoek leidt, onder mijn persoonlijke leiding, en we zullen u op de hoogte houden van de vorderingen. Als u...*

"Dus je belde me gewoon om te zeggen dat ik me geen zorgen hoef te maken?"

"Mevrouw, het is protocol, we hebben net -"

"Het is mijn *vader*, Sharpe. Hij is weg. Denk je dat ik hier gewoon ga zitten wachten tot je hem vind? Wat als hij niet komt opdagen? Wat als hij..."

Ze kon de zin niet afmaken.

"Mevrouw, ik verzoek u dringend om in gedachten te houden dat wij meer dan capabel zijn om een onderzoek als dit aan te kunnen. Onze staf bereidt al een brief voor aan de gemeenten die geïnformeerd moeten worden, en we zullen tegen vanavond agenten in het veld hebben."

"Maar het is mijn vader," zei ze weer. "Ik kan niet zomaar wachten op -"

"U moet, Dr. Lindgren. Enige betrokkenheid van uw kant kan gemakkelijk verkeerd worden opgevat als obstructie van het recht, en ons bureau heeft weinig tolerantie voor burgerwacht. Ik neem alleen contact met u op om u op de hoogte te houden, en -

Ze kapte de man af. "Ik *waardeer* je duidelijke bezorgdheid voor mijn geestelijke gezondheid," zei ze. "Maar maak je geen zorgen over contact met mij tot je hem hebt opgespoord. Ik wil niet dat je nog meer tijd verspilt met me op de hoogte te houden."

Ze drukte op de 'einde'-knop van de telefoon en wenste dat er een soort stoel of oplader was waar ze de hoorn tegenaan had kunnen gooien.

Mijn vader wordt vermist. Interpol is ermee bezig.

Ze wist niet zeker welke verklaring het meest ongeloofwaardig was. Ze had niets tegen Interpol, maar het leek onwerkelijk - een wereldwijde politieorganisatie die rechtstreeks contact met haar opnam en blijkbaar een campagne lanceerde om haar vader te vinden.

Dr. Lindgren nam even de tijd om adem te halen. Ze kalmeerde zichzelf, maar de vragen raasden door haar hoofd. *Is hij echt ontvoerd? Wie zou hem mee willen nemen? En waarom?*

Ze kneep haar ogen dicht en concentreerde zich op het zwarte niets dat de binnenkant van haar oogleden haar gaven. Ze wilde dat Alex binnenkwam, dat hij naast haar ging staan en haar vertelde dat alles goed zou komen. Of zelfs Jennifer, om haar een van de angstpillen aan te bieden die ze de jonge vrouw vaak zag nemen.

Haar gedachten gingen tekeer, en kwamen onvermijdelijk weer bij de brief terecht. *Mijn onderzoek heeft me over de hele wereld gebracht...*

Zij wist dat haar vader, sinds haar ouders uit elkaar waren, begonnen was aan het begin van een sabbatical van een jaar om als leraar de wereld rond te reizen. Aangezien hij nu blijkbaar verkering had met iemand, was hij ongetwijfeld op enkele exotische locaties terechtgekomen, maar de gedachte dat hij ontvoerd was terwijl hij ergens afgelegen was, deed haar huiveren.

Als dat waar is, kan hij overal zijn.

Er was geen rijm of reden voor haar vaders daden, zo leek het. Hij had altijd al een excentrieke aanleg gehad om rond te reizen en de culturen en geschiedenissen van verre oorden te bestuderen, schijnbaar om geen andere reden dan dat de plaats anders was dan hij gewend was.

Dat gezegd hebbende, haar vader was ook een echte intellectueel. Hij kon er niets aan doen; hij leerde alles wat er te leren viel over elk onderwerp dat hij te pakken kon krijgen, met een rusteloos verlangen om het te verdelen in onderling samenhangende verbanden. Het meeste eindigde in trivia tijdens het eten, maar zijn passie voor leren en kennis was aanstekelijk.

Sarah, hun enig kind, had de smaak al vroeg te pakken gekregen en trad in de voetsporen van haar vader met een academische carrière en een levenslange passie voor reizen en ontdekkingen.

Dus ze had absoluut geen idee waar haar vader was geweest, anders dan wat Agent Sharpe haar had verteld: hij was het laatst gezien bij het verlaten van zijn appartement in Stockholm. Waar was hij naar op weg geweest? Wat was zijn plan? Hoe lang nadat hij was gezien in Stockholm was hij verdwenen?

En bovenal, het bijtende besef dat wat ze het meest vreesde, zeer waarschijnlijk waar was. Het was een waarheid die ze niet wilde toegeven, maar toch knaagde er iets aan haar, haar onderbewustzijn kon het niet loslaten.

Ze speelde de gedachte steeds opnieuw af in haar hoofd terwijl ze haar eigen telefoon pakte en het nummer draaide. Het nummer dat ze uit het hoofd had geleerd, maar hoopte dat ze het niet hoefde te gebruiken. Het mobieltje begon te rinkelen, en weer kwam de gedachte in haar bewustzijn.

Mijn vader is ontvoerd.

HOOFDSTUK 15

RAP

HET INTERIEUR VAN DE FACILITEIT WAS GRIMMIG. Leeg, geruisloos, op de zachtjes schommelende lampen boven zijn hoofd na, en kaal. De rotswanden voelden koud aan en gaven de smalle gangen het gevoel in een crypte te zijn.

Passend, dacht hij, *aangezien we in een crypte* zijn.

Er waren tenminste geen ratten meer. Honderden ratten werden in vier hoog opgestapelde kooien gehouden in de volgende gang, in twee van de grootste kamers. Hun gepiep was er altijd geweest, het werd minder naarmate hij verder van hun gang liep, maar nooit helemaal afwezig.

Hij huiverde en frunnikte aan zijn latex handschoenen. Het was koud, dankzij de vochtige, koele stenen die de ondergrondse structuur vormden, en de temperatuur hielp niet bij zijn angstgevoelens. Hij was niet per se bang, maar er was nog steeds iets onaangenaams aan het lopen door de gangen van de faciliteit in het midden van de nacht.

Rap Frederick maakte een bocht naar links en volgde het raster van gebeeldhouwde gangen naar de kamer aan het eind van de rij: *Kamer 23.* Het bordje boven de deur was zoals alle bordjes - plastic, gemonteerd op een klittenbandstrip die direct op het oppervlak van de rots was geplakt. De deuropening was natuurlijk, gehouwen uit de steen, maar de metalen deur zelf was nieuw, op maat en perfect passend in het rechthoekige gat, geplaatst op twee massieve scharnieren die in de kern van de steen waren geslagen.

Kamer 23 was een middelgrote kamer met laag plafond die twee keer zo breed was als de gang zelf, en die het einde vormde van een lange vleugel met kleinere onderzoeksruimten, en die delen van de crypte waren omgebouwd tot laboratoria, opslagruimten en een paar kantoren. De meeste andere kamers in de crypte waren leeg, omdat de organisatie die de kamers oorspronkelijk had herbestemd, niet meer dan een paar vleugels in de labyrintische, doolhofachtige ruimte kon gebruiken.

Rap Fredericks werkgever was een gloednieuwe afdeling van het Egyptische Ministerie van Oudheden, de Prehistorische Divisie, en het was hem duidelijk dat ze meer geïnteresseerd waren in de privacy die de ruimte bood dan in het vullen ervan met onderzoekers en staf-leden. Tot nu toe had hij slechts met drie andere mensen contact gehad tijdens zijn dienstverband hier: de personeelsfunctionaris die hem had aangenomen, een baas met wie hij alleen via de telefoon en e-mail sprak, en een technicus die hij soms op zijn weg naar binnen en naar buiten passeerde.

Vanavond was zoals de meeste nachten - hij was hier om de rotzooi op te ruimen die de testen in kamer 23 hadden achtergelaten. Een dubbele graad in scheikunde en toegepaste biologie was blijkbaar alleen goed genoeg om hem een veredelde conciërgebaan aan het eind van de wereld te bezorgen, overdag slapend en werkend terwijl de stad sliep.

Hij zuchtte. Het salaris was tenminste goed.

Hij probeerde het resonerende, leeg klinkende klikken van zijn hakken tegen de rotsvloer en de echo in de hal niet op te merken, en concentreerde zich in plaats daarvan op de deur naar 23. Die lag voor hem, opdoemend, wachtend tot hij hetzelfde zou doen wat hij al 22 keer eerder had gedaan.

Hij vroeg zich af of dat iets belangrijks was. *Ik maak vanavond voor de 23e keer 23 schoon*, dacht hij. Hij was niet bijgelovig, maar er was iets vreemd aantrekkelijks aan spookverhalen en mythen als je werkt voor een afdeling als de afdeling Prehistorie.

De grotere organisatie - het Egyptische ministerie van Oudheden - was een typische regeringsstructuur. Het ministerie van Oudheden werd in 2011 opgericht met als doel 'het erfgoed en de geschiedenis van het oude Egypte te bewaren en te beschermen'. Als zodanig bestond een groot deel van hun werk uit het vinden en veiligstellen van verloren Egyptische artefacten, het voorkomen van diefstal, en het beschermen van oude sites.

De divisie waar Rap werkte, was echter zo goed als onzichtbaar - hij had een baan aangeboden gekregen via zijn LinkedIn-profiel, maar er was online geen informatie over de sector te vinden. De HR-medewerker met wie hij contact had gehad, had hem verteld dat het te maken had met 'dringende juridische problemen', en dat als hij een paar minuten de tijd zou nemen om met hen te praten, hij zou begrijpen waarom.

Hij begreep nog steeds niet wat die dringende juridische kwesties precies inhielden, maar hij was zo onder de indruk van het gesprek dat hij - op kosten van het bedrijf, natuurlijk - naar de faciliteit was gereisd om er een kijkje te nemen. Hij was geen historicus of archeoloog, maar hij was onmiddellijk onder de indruk van de crypte die de afdeling Prehistorie haar hoofdkwartier noemde. Op zijn eerste dag had hij een plattegrond van de faciliteit gekregen, met informatie over hoe hij naar binnen en naar buiten moest gaan. De map bevatte ook een lijst van de taken die hij moest uitvoeren, en wanneer.

De hele structuur bevond zich, verrassend genoeg, onder de grond, aan het zicht onttrokken onder een paar honderd meter zand en rots. De leegte, zo werd hem verteld, was te wijten aan 'het feit dat men nog maar net begonnen was,' en de kale benoeming van de onderzoekslaboratoria was te wijten aan het feit dat de ruimte voorheen een ongebruikte crypte was geweest, en de 1000 jaar oude ruimte niet gebouwd was volgens de hedendaagse specs. Er was hem ook verteld dat de divisie niet meer middelen in de ruimte had gestoken omdat 'de capaciteiten nog niet volledig waren opgevoerd'. Hij was in de war, maar hij had wel vreemdere dingen gezien dan half-lege gangen en schone, kale kantoren.

Na een week eenzaam 's avonds laat schoonmaken, begon hij achterdochtig te worden. Misschien kwam het door het feit dat hij het werk van nachtschoonmaker deed in plaats van dat van een volledige onderzoeker, of zelfs dat hij nog steeds geen van zijn collega's had ontmoet - als ze al bestonden - of misschien kwam het gewoon door ernstige eenzaamheid. Hoe dan ook, hij probeerde contact op te nemen met de HR-medewerker die hem had binnengehaald, maar het nummer was afgesloten.

Hij had het nog een maand gegeven, gewoon om te zien of de lonen bleven binnenkomen.

Dat deden ze, om de week, en ze waren groter dan hij ooit had ontvangen, zoals beloofd. Ze waren groter dan hij ooit van *iemand* in zijn vakgebied had gehoord, wat dat betreft.

Dus hield hij zijn mond dicht. Niet dat hij iemand had om het te vertellen - zijn familie en vrienden waren allemaal in de Verenigde Staten, en hij hield er niet van om naar de stad te gaan en zich onder de Egyptische bevolking te mengen. Bovendien sliep hij wanneer de meesten van hen werkten, en werkte hij wanneer de stad ging slapen.

Hij bereikte kamer 23 en zwaaide met zijn sleutelkaart tegen de lezer die op de metalen deur was gemonteerd. Het klikte en er verscheen een groen licht op, en de deur viel op een kier open. Hij trok het filtratiemasker over zijn mond en neus en duwde de deur wijd open.

De stank trof hem het eerst. Hij probeerde zich er altijd op voor te bereiden, maar er was geen voorbereiding op het volkomen giftige aroma van uitwerpselen en braaksel, vermengd tot een dikke pasta die het gebied rond de afvoer en voor het platform in het midden van de kamer bedekte. De golf van stinkende lucht raakte hem hard, en hij struikelde achteruit.

Het ruikt alsof er meer dan een dag voorbij is, dacht hij, terwijl hij probeerde klinisch te blijven. *Er zit een sterkere zweem van chloor in de lucht, daarom struikelde ik.* Hij hoefde geen scheikundige te zijn om de sterke, krachtige geur van chloor te kunnen herkennen. Het prikte in zijn ogen en in zijn neus, op de een of andere manier nauwelijks sterker dan de onderliggende geur van de dood.

Het 1 meter hoge klokvormige object stond op zijn platform in het midden van de kamer, vlak naast een kleine afvoergoot die door de technici in de rotsbodem was uitgehouwen, en hij liep er naar toe. De stank was vanavond misschien erger, maar de rommel was kleiner. De enige plek die schoongemaakt moest worden was het gebied rond de bel en de afvoer, misschien een meter of twee breed en twee breed.

Rustig, dacht hij. *Een uur, maximaal.*

Hij draaide zich naar rechts en liep naar de muur aan de rechterkant van de kamer. Rap opende de deur van een hoge, smalle kast die in de hoek stond en onthulde de schoonmaakspullen die hij nodig zou hebben. Hij pakte een dweil en een emmer, evenals een rol keukenrol en een slang die vlakbij was opgerold. De slang werd door een gat geleid dat door de steen was geboord en vervolgens met kit rond de huid van de slang was afgedicht, en het uiteinde had een mondstuk waarmee hij de brokken en het afval naar beneden kon spuiten in het verzonken deel van de gehouwen steen dat als afvoer fungeerde, waar het uiteindelijk in een container voor gevaarlijk afval in de kamer ernaast zou vallen.

Terwijl hij sproeide en schoonmaakte, dacht hij na over de situatie. Hij bedacht dat de enige reden waarom de organisatie een chemicus had ingehuurd in plaats van een *echte* conciërge, was dat ze zijn professionele mening over de overblijfselen nodig hadden toen ze de kamer binnenkwamen. Ze wilden niet alleen dat 23 werden schoongemaakt, gepoetst en glimmend teruggebracht in de rotswand en crypte-achtige staat, ze wilden weten of er iets 'ongewoons' was aan de ruimte.

En chemisch gesproken betekende 'ongewoon' in dit geval alles behalve het mengsel van braaksel en fecaal slib en de zweem van een chloorachtige geur, en tot op heden had hij nog niets anders meegemaakt dan dat. Dat stond in de rapporten die hij na afloop van de schoonmaak- en resetwerkzaamheden opstelde, en door de eentonigheid, het isolement, verliet hij elke schoonmaakbeurt met het minieme gevoel dat hij zijn leven aan het vergooien was, dat zijn talenten onderbenut werden. Af en toe vroeg hij zich zelfs af of hij de volgende keer wel terug zou komen als hij gevraagd werd.

Maar *hij* kwam elke keer terug. Hij wist dat het werk veel beter was dan al het andere dat hij kon krijgen, en het werk elke nacht, hoewel moeilijk, was kort. Een paar uur per dag en hij was klaar, en de meeste dagen hoefde Kamer 23 niet grondig schoongemaakt te worden, maar moest de rest van het onderaardse gebouw opgeruimd worden. Het salaris was genoeg om hem geïnteresseerd te houden om terug te komen, maar als een man met interesse in en aanleg voor wetenschap wist hij diep van binnen dat hij elke avond om een heel andere reden terugkwam.

Hij was voor deze baan aangeworven omdat hij lid was van een bijzonder controversiële religieuze groep in de VS. De meeste mensen, in het beste geval, vonden de organisatie een beetje *lomp.* In het ergste geval protesteerden mensen tegen hun bestaan. Rap stond politiek op één lijn met de groep, maar hij hield niet van publieke vernedering, dus hield hij zijn betrokkenheid minimaal, op een zijspoor.

Maar blijkbaar was de afdeling Prehistorie van het Egyptische Ministerie van Oudheden gecharmeerd van zijn specifieke politieke stijl, zijn achtergrond en zijn opleiding. Ze boden hem veel meer dan welke andere baan dan ook die hij in de Verenigde Staten zou kunnen vinden, verhuis- en verblijfskosten, een auto en een pensioenregeling.

En toen hij aan boord kwam en een beetje te weten kwam wat de organisatie waar hij nu voor werkte probeerde te bereiken - wat ze *werkelijk* probeerden te doen - begreep hij de noodzaak van al die geheimzinnigheid, de compartimentering. Hij was het eens met hun vooronderstelling, met hun redenering, en hun verwachte resultaat.

Hij had de spreekwoordelijke Kool-Aid gedronken.

Soms dacht hij zelfs dat hij bereid zou zijn zijn tijd en energie op te offeren voor de zaak, zelfs zonder het aantrekkelijke loonstrookje.

Maar die toewijding, die trouw aan de zaak, betekende dat er een verlangen in hem leefde om *echt* te begrijpen wat het was dat ze deden met dit kleine klokvormige object. Hij had zijn theorieën - hij was een wetenschapper, eerst en vooral.

Maar hij had nog niet de kans gehad om iemand te vragen waar ze hier aan werkten. Hij kende het eindspel, de eindbestemming, maar hij begreep dit deel - *zijn* deel - van dit alles niet. Hij begreep niet wat hij precies aan het doen was.

Hij wilde weten wat er hier verdomme aan de hand was - in kamer 23. Hij had zijn theorieën, maar zonder voldoende testen en tijd in een laboratorium, was er geen manier om het zeker te weten.

Hij begon schoon te maken, hield zijn adem in terwijl hij de ruimte met water besproeide en de resten en brokken in de afvoer liet druipen en sijpelen.

HOOFDSTUK 16

REGGIE

"WAAR BEN JE NU?" vroeg Reggie.

Sarah's stem klonk door het mobieltje en in zijn oor. *"Great Lakes. In opdracht, maar de studenten kunnen het aan de gang houden tot ik terug ben."*

Reggie zuchtte. "Dat is een hel van een vlucht, Sarah."

"Nou, ik vraag je niet om de vliegtickets te betalen," zei ze. Hij voelde haar opborrelen aan de andere kant van de lijn. *"Ik heb gewoon hulp nodig, en ik weet niet wie ik anders moet bellen."*

Reggie was in Anchorage, zittend in zijn krappe appartement starend naar de televisie-draaide-computer-monitor met de video-chat in volledig-scherm modus. Het grote videovenster maakte Sarah's gezicht veel groter dan het zou moeten lijken, en de slechte verbinding deed haar gezicht verspringen en bevriezen tussen zinnen.

"Ik weet het," zei hij. "Ik was gewoon aan het kletsen. Sorry."

Hij en Sarah Lindgren hadden een beetje een gespannen relatie. Ze hadden elkaar ontmoet op een eiland voor de kust van de Bahamas, samenwerkend via een organisatie genaamd Civilian Special Operations. Reggie was een lid, maar Sarah werd beschouwd als een adviseur op die reis.

Ze hadden het ternauwernood overleefd, en Reggie en Sarah

hadden allebei hun nieuwe professionele relatie naar een meer persoonlijk niveau willen tillen. Sinds hun terugkeer van de Bahamas hadden ze geprobeerd om het te laten werken, maar geen van beiden wilde toegeven wat waar was: ze waren niet voor elkaar bestemd. Sarah was rusteloos en wilde voortdurend rondtrekken, veldonderzoek doen en papers publiceren, maar ook spreken aan universiteiten over de hele wereld.

Reggie was tevreden in Alaska, zijn nieuwe organisatie van de grond aan het helpen. De CSO was momenteel bezig met een grootscheepse renovatie van het privé-huisje van zijn beste vriend en collega, en het was bijna klaar. Met een tweede vleugel en een tweede verdieping, compleet met een gloednieuwe communicatiefaciliteit, zou het CSO hoofdkwartier een perfecte mix zijn van alles waar Reggie van hield: high-tech, moderne uitstraling in een teruggetrokken en moeilijk te bereiken locatie.

"Het is oké," zei Sarah. *"Ik ben gewoon bang, denk ik. Hij - hij is weg. Waarom zou iemand hem meenemen?"*

"We weten niet of iemand dat heeft gedaan," antwoordde Reggie. "Ik bedoel, die Interpol-grunt heeft je niet echt iets verteld, toch? Alleen dat ze hem niet kunnen vinden?"

"Hij zei dat mijn vader ongeveer achtenveertig uur geleden als vermist was opgegeven.

"Dus hij liep naar de supermarkt en verdwaalde," zei Reggie. "Dat gebeurt. Hij is oud."

Er was een pauze.

"Het spijt me," zei hij. "Slechte grap. Sarah, ik wil je helpen. Maar ik weet niet eens waar ik moet beginnen. En Mr. E wil ons allemaal samenbrengen om over de toekomst te praten. Een meerdaagse vergadering die hij probeert te plannen."

Mr. E en zijn vrouw waren hun weldoeners, de oprichters van en belangrijkste investeerders in de CSO. Zij hadden Reggie, zijn vriend Harvey "Ben" Bennett, en Ben's verloofde Juliette Richardson gerekruteerd nadat zij hadden gehoord van hun succes bij het opsporen van een criminele organisatie in de jungle van het Amazonegebied.

"*Ik weet het*," zei Sarah. "*Alleen... er is niemand anders die ik kan bellen.*"

Reggie zuchtte opnieuw. Dr. Lindgren was niet alleen een kennis voor hem. Ze was ook meer dan een professioneel contact, en als het aan Reggie had gelegen was ze nog steeds meer dan dat geweest.

Ik kom hier niet uit, dacht hij. Hij was er niet zeker van dat Sarah rationeel was, maar dat ging hij haar niet vertellen. In plaats daarvan, nam hij de indirecte benadering.

"Sarah, hoe weet je dat hij ontvoerd is? Ik begrijp dat je vader een slimme vent is, maar hoe weet je zeker *dat* hij niet op een zelfverklaarde missie is of zo?

"*Mijn vader zou me verteld hebben dat hij het veld in ging, of op zijn minst zijn nieuwe vriendin verteld hebben waar hij heen ging. En hij zou niet langer dan een nacht weg zijn geweest. Waar zou hij zelfs slapen?*"

"En je had niets meer van hem gehoord sinds voor de Bahamas?"

Hij kon een aarzeling voelen. Haar pauze was niet alleen stilte, het was alsof hij kon zien dat ze haar volgende woorden zorgvuldig overwoog.

"*Hij - hij had niet gebeld of zo, maar hij schreef brieven. De laatste die ik kreeg werd bezorgd vlak voor ik gebeld werd door Interpol.*"

Iets in Reggie veranderde. Een gevoel, een gevoel. Hij wist niet zeker wat het was, en het was zeker nog niet sterk genoeg om er iets mee te doen, maar hij kende zichzelf goed genoeg om te weten dat het zijn aandacht waard was.

"*Het was zeker van hem. Hij heeft een bepaalde stijl van schrijven die ik nooit zou verwarren. Maar er zat nog iets anders in de envelop dan de brief. Hij wilde dat ik uitzocht wat het was.*"

"Zit er nog iets in de enveloppe?"

"*Een rots, of steen. Een platte ronde cilinder met een uitsteeksel aan een van de zijkanten en een inkeping aan de andere kant. Lijkt op het eerste gezicht authentiek, maar ik heb geen idee wat het is of waar het vandaan komt, dus het is onmogelijk om zeker te zijn."*

Reggie dacht even na, kauwend op zijn onderlip. "We hebben hier toegang tot laboratoria, Sarah. Als je het mee terug kunt nemen, kunnen we misschien..."

"Ik ga niet weg voordat ik een aanwijzing heb. Mijn vader is waarschijnlijk ergens in Europa, dus ik ga zeker nog niet terug naar Alaska."

"Begrepen. Misschien kun je de steen dan opsturen? Zelfs 's nachts? Ik weet zeker dat de CSO de rekening zal betalen."

"Nee, Reggie. Ik wil het nog even onderzoeken voor ik het loslaat. Het is vreemd dat hij het me in een envelop stuurde en niet gewoon wat foto's nam en het e-mailde."

"En het is vreemd dat je de envelop op bijna hetzelfde moment kreeg als het telefoontje van Interpol."

"Denk je dat ze verwant zijn?"

"Ik heb genoeg lastige situaties meegemaakt om te weten dat toevalligheden zelden zomaar toeval zijn - de brief en dit voorwerp zijn waarschijnlijk op zijn minst een stap in de goede richting. Als je kunt achterhalen waar het vandaan komt, heb je tenminste een idee waar je vader is geweest."

"Dat is waar. Maar ik ben geen archeoloog, en ik kan niet wachten tot een school in de buurt contact met me opneemt. Ik moet dit versnellen, maar ik wil niet dat een stelletje academici over mijn schouder meekijkt."

"Heb je geen hooggeplaatste vrienden?" vroeg Reggie.

"Natuurlijk doe ik dat," antwoordde ze. Hij kon zien dat ze glimlachte toen ze de volgende zin uitsprak. *"Daarom heb ik je gebeld."*

HOOFDSTUK 17

BEN

BEN IJSBEERDE DOOR DE WOONKAMER VAN ZIJN KLEINE EENKAMERWONING TERWIJL HIJ SPRAK. "Reggie, het kan gewoon niet werken nu."

Reggie's gezicht was uitvergroot op het televisiescherm. Harvey 'Ben' Bennett's verloofde, Juliette Richardson, had de aansluiting voor elkaar gekregen en een kleine computer opgezet om vanuit hun huiskamer te kunnen videochatten met de andere leden van het CSO.

Ben hield zich opzettelijk verre van alles wat met techniek te maken had, zowel om zijn toch al korte humeur niet te laten ontbranden als omdat Julie overal zo goed in was. Ze was een ex-IT'er voor het CDC, en ze had een achtergrond en opleiding in computer-wetenschappen. Het opzetten van een draadloos toegangspunt en een videomonitor voor communicatie was Grieks voor hem, terwijl Julie dat in haar slaap kon doen.

"*Het moet werken,*" zei Reggie, op het scherm. "*Ze heeft ons nodig.*"

"Dat snap ik, en ik wil helpen - echt waar," antwoordde Ben. "Maar jij bent degene die deze schedel zaak voor eens en voor altijd wilde uitzoeken. Wat is er veranderd?"

De 'schedelzaak' was een verwijzing naar een schedel die Reggie had gevonden na een van de CSO missies in Montana. De schedel had in een kist gelegen, bovenop een kaart en een klein fortuin in Spaans zilver. Hij had er bij de CSO op aangedrongen de schedel bovenaan de prioriteitenlijst te plaatsen, daarbij verwijzend naar de missieverklaring van de organisatie, die de CSO opdroeg zich alleen te richten op die prioriteiten die apolitiek van aard waren en buiten het bereik vielen van datgene waarin het Amerikaanse leger in staat of bereid was te investeren.

Reggie had erop aangedrongen meer en meer middelen in te zetten voor de schedel, omdat hij zeer geïnteresseerd was in zowel de geschiedenis en de betekenis van de schedel als de onbekende eigenaar. Hij was een geschiedenisfanaat, geïnteresseerd in de verhalen en lessen van het verleden, en sinds hij het relikwie had opgegraven kon hij het niet meer uit zijn hoofd zetten.

"De schedel gaat nergens heen," antwoordde hij uiteindelijk. "Sarah *heeft onze hulp nodig."*

"Ze is niet eens in Zweden, waar haar vader is meegenomen," zei Julie vanaf de bank achter Ben. Ze trok een gezicht naar hem, en hij stopte met ijsberen en plofte neer in de leunstoel naast de bank.

"Ze is ergens in het Great Lakes gebied. Werken aan een universitaire opdracht of zoiets."

"Ik wist niet dat ze nog op de universiteit zat."

"Ze was niet duidelijk," zei Reggie. *"Maar ze probeert haar meningen en bevindingen over het incident op de Bahama's te publiceren. Blijkbaar zijn veel van haar collega's in opstand gekomen over de laatste paar artikelen erover, ze zeggen dat ze verzonnen zijn of op zijn minst 'zwaar verfraaid'."* Reggie maakte aanhalingstekens met zijn vingers toen hij de laatste woorden zei, om zijn ergernis over het academische establishment te benadrukken.

Ben slikte. Hij herinnerde zich levendig de zoutwaterkrokodillen die rond hem en het team zwommen. De één op één confrontatie met de alfakrokodil, de nipte missers.

En bovenal herinnerde hij zich degenen die het niet uit de tank haalden.

De nachtmerrie was echt geweest, en hij had een sterke drang om een praatje te maken met iedereen in de academische of wetenschappelijke gemeenschap die dacht dat Dr. Lindgren's beoordeling "zwaar verfraaid" was.

"Wat weten we over de verdwijning van haar vader?" vroeg Julie.

Op het scherm, knikte Reggie. *"Hij is ongeveer twee dagen geleden als vermist opgegeven door een buurvrouw. Hij heeft een vriendin, maar het is nog niet duidelijk of zij ervan weet."*

"Ik dacht dat hij getrouwd was?"

"Hij is - of was, ik weet het niet zeker. Maar ze zijn uit elkaar. Interpol heeft Sarah gebeld om haar de volgende stappen te laten weten, en ze hebben het aan haar overgelaten of ze het haar moeder zouden vertellen of niet.

"En hoe ver is Interpol met de zaak?" vroeg Julie.

"Ze doen er nogal geheimzinnig over," zei Reggie. *"Behalve het eerste telefoontje en de e-mail aan Sarah, hebben ze haar geen update gegeven. Ik denk dat haar vader gewoon een glanzende 8x10 is op een stapel mappen op het bureau van een jockey."*

Ben knikte instemmend. "Waarschijnlijk. Maar dat betekent niet dat we zomaar kunnen binnenvallen en het onderzoek overnemen. Naast het overduidelijk overschrijden van onze *civiele* grenzen, kan de CSO er *officieel niet* bij betrokken worden. Bovendien zou Mr E ons nooit een zaak als deze laten aannemen. We zijn geen privé-detectives, Reggie."

"Ik weet het," zei Reggie. *"Maar we hebben Mr. E's goedkeuring niet nodig."*

Dat deel was waar. Na hun debacle voor de kust van de Bahama's hadden Mr. E en zijn vrouw een debriefing bijeengeroepen en het team had collectief besloten om de manier waarop hun missies werden bepaald te veranderen: er zou worden gestemd en het quorum plus één zou moeten worden bereikt voordat een reis zou worden ondernomen.

"Toch," zei Julie. "Ben heeft gelijk. Dit is niet iets waar we bij betrokken moeten worden, Reggie. Het spijt me. Er is niets van historisch belang verbonden aan de missie. Het is in handen van Interpol, en dat is waarschijnlijk het beste."

Reggie's grote glimlach verscheen. *"Eigenlijk is dat niet helemaal waar."*

"Wat weet je nog meer?"

"Sarah gelooft dat er iets belangrijks is aan deze missie."

"Hoe belangrijk?"

"Ze denkt dat haar vader ontvoerd is, en dat de daders iets van groot *historisch belang proberen te vinden. "*

"Interpol denkt dat hij ontvoerd is?"

Reggie knikte. *"Dat is in ieder geval de werktheorie. Ze scharen het nog steeds onder 'vermiste personen' tot ze meer - of enig - bewijs hebben van het tegendeel. Maar Sarah is onvermurwbaar."*

Ben kon zien dat Reggie hen aan het uitdagen was, hen beiden naar dit moment te trekken. Hij had al besloten dat hij het met Sarah eens was. Maar Reggie's persoonlijke gevoelens voor de vrouw daargelaten, was hij een scherpzinnig waarnemer, en hij zou niet toestaan dat hun relatie een goede besluitvorming in de weg zou staan.

Dus dat betekende dat Reggie al aan boord was met deze nieuwe escapade. Ben en Julie zouden de onmogelijke taak hebben hun vriend om te praten om Sarah te helpen haar vermiste vader te vinden.

Misschien hoeven we hem wel helemaal niet om te praten, dacht Ben. "Wat voor betekenis? Zeg het ons rechtuit, vriend."

Reggie's grijns werd nog groter. "Ze denkt dat ze haar hun locatie hebben gestuurd - waar ze haar vader vasthouden - door middel van een oud artefact."

HOOFDSTUK 18

REGGIE

HET GESPREK GING LATER DIE AVOND VERDER, toen Reggie eindelijk bij de hut aankwam. Ben had vis gegrild op de veranda, de sneeuw die zich buiten had opgestapeld negerend, en Julie schonk hen een nieuwe witte wijn in die ze in de stad had gevonden. Met z'n drieën praatten ze bij, deelden verhalen en aten samen voordat ze weer over het onderwerp van de dag begonnen.

Ben schonk Julie nog een glas wijn in en een glas whisky voor hemzelf en Reggie, en toen vonden ze comfortabele plaatsen op de bank en in de fauteuil in de woonkamer.

"Ik weet dat Julie *het heel graag* wil weten," zei Ben. "Wat is dat 'belangrijke ding' dat naar Sarah is gestuurd?"

Reggie schraapte zijn keel en nam een slok van de whisky. Het brandde meer dan zou moeten. "Wat is dit?" vroeg hij. "Nog belangrijker, hoeveel heb je ervoor *betaald*?

Ben keek boos, maar Julie lachte.

"Er is een landeigenaar ongeveer 20 mijl op de weg naar de stad," legde Ben uit. "Hij begint moonshine te maken. Dit is een maïswhisky die hij al een paar maanden maakt."

"Zeg hem dat hij het *niet meer* maakt. Ik voel mezelf blind worden."

"Het is volkomen veilig, Reggie. Wil je nog een ijsblokje?"

"Waarom vul je het glas niet met ijs, doe er wat water in, en hou de whisky vast de volgende keer?"

Julie grinnikte, maar Ben pruilde alleen maar. "Je hoeft het niet leuk te vinden. Meer voor mij."

"Het is helemaal van jou, vriend." Reggie tuurde door het glas en onderzocht de lichtbruine vloeistof. Hij kon de foezelige olieslierten zien van de alcohol die zich in de drank mengde. Uit vrijgevigheid hield hij het glas tegen zijn lippen en nam nog een slokje.

De tweede slok was nog erger.

Hij hoestte en sloeg met een vuist op zijn borst. "God, het brandt. Ik denk niet dat je ooit nog aanstekervloeistof hoeft te kopen." Hij wendde zich tot Julie. "Of nagellak remover."

"Ik lak mijn nagels niet," schoot Julie terug. "Maar we kunnen later een vuurtje stoken en een make-up sessie houden. Ik wil over dit artefact horen."

"Juist, juist." Reggie zette het glas neer op het bijzettafeltje en leunde voorover in de fauteuil. "Ze kreeg dus een pakje van haar vader, met een brief erin. Er zat ook een soort rond *ding bij*. Ik weet niet zeker wat het was, maar ze zei dat het van steen was gemaakt. Rond, met een inkeping aan de ene kant en een bult aan de andere kant."

"Oké..." zei Ben. "Ik dacht dat je zei dat de slechteriken die blijkbaar haar vader hadden ontvoerd, het naar haar hadden gestuurd?"

Hij schudde zijn hoofd. "Nee. Haar vader stuurde het haar rechtstreeks, en ze was er zeker van dat het van hem was - zijn handschrift, zijn schrijfstijl, enzovoort. Maar nadat ze het telefoontje van Interpol had aangenomen, controleerde ze haar e-mail en vond *een ander* bericht. *Dat* bericht was van de slechteriken."

"Hoe weet zij dat?" Vroeg Julie. "Ik weet zeker dat de afzender niet 'bad-guy-at-gmail-dot-com' was."

Reggie grinnikte. "Nope. Maar er was geen onderwerpregel en

het bericht was slechts één zin lang: *'help je vader het antwoord te vinden, we zijn zeer geïnteresseerd om te weten wat het voorwerp is.'"*

Ben maakte een *suizend* geluid met zijn mond. "Whoa, dat is krankzinnig. Dus ze kreeg het pakje en de brief, Interpol belde, en *toen* stuurden die kerels de e-mail?"

Reggie knikte. "Ja, precies. In die volgorde, en ze controleerde de tijdstempels op de satelliettelefoon en e-mail om zeker te zijn. Het was griezelig, natuurlijk."

"Wie wist waar ze was?" vroeg Julie. "Zelfs als je de onvoorspelbaarheid van een wereldwijde koeriersdienst buiten beschouwing laat, moet iemand vrijwel elke beweging van haar kennen om het zo te timen.

"Dat is precies wat ik haar verteld heb. Ze heeft drie assistenten in het veld bij haar. Twee mannen en een vrouw, allemaal van de universiteit."

"Vertrouwt ze hen?" Vroeg Ben.

"Zoveel als ze kan, denk ik. Ze heeft ze nooit eerder ondervraagd."

"Misschien zijn ze nog nooit zoveel *betaald*."

Reggie haalde zijn schouders op. "Tuurlijk, denk ik. Iedereen heeft een prijs. Maar het lijkt me onwaarschijnlijk dat een studente met een clandestiene groep zou werken om haar vader te ontvoeren."

"Dus wat is haar hypothese?" vroeg Julie. "Sarah is briljant. Ze heeft duidelijk non-stop gewerkt om dit uit te zoeken."

"Dat heeft ze," zei Reggie. "Maar ze is tegen een muur aangelopen. De vermoeidheid, de stress en het feit dat ze nog steeds niet veel heeft om van uit te gaan heeft zijn tol geëist. Ik heb geprobeerd te bellen op weg hierheen - ze zei dat ik dat moest doen, ongeacht het tijdstip van de dag of nacht. Maar ze nam niet op."

"Ben je bezorgd om haar?"

Reggie schoof in de stoel, keek even naar het plafond en toen weer naar Julie. "Nee. Ik wil dat ze veilig is, maar ik denk niet dat ze in direct gevaar is. Het losgeldbriefje - de e-mail - is bezorgd. Ze kent het tijdsbestek niet, maar ze weet wat ze willen. Ze zullen haar niets doen tot ze denken dat ze hen niet meer kan helpen."

"Wat als ze erachter komen dat ze contact met ons heeft gezocht?" vroeg Ben.

"Eerlijk gezegd? Ik denk dat ze het al weten. In staat zijn om de timing van de e-mail zo te coördineren impliceert op zijn minst *enige* technische know-how, en mijn neiging is om aan te nemen dat ze beter zijn dan ze laten merken. "

"Dat is een goede tendens."

"Dus ik denk dat ze erop rekenen dat ze ons om hulp zal vragen. Dat is een deel van de reden waarom ik het jullie vertelde - ik denk dat Sarah veilig is, maar alleen *voor nu*. Als ze niet kan leveren wat ze willen, raakt haar vader gewond. Mogelijk erger."

Bens gezicht zonk, en Reggie begreep dezelfde emoties die zijn goede vriend voelde. *Angst, spijt, verwarring, woede.* En niet een klein beetje uitputting.

Ze waren nog maar maanden geleden teruggekeerd van de Bahamas. Ben's en Julie's cruise vakantie was ingekort voor de reis, en Reggie's onderzoek en werk aan de teruggevonden schedel was opzij geschoven. Ze waren uiteindelijk ternauwernood met hun leven ontsnapt aan het drijvende 'themapark', en terwijl ze allemaal haastig probeerden hun leven weer normaal te krijgen, was de schrijnende ervaring iets wat geen van hen gemakkelijk zou kunnen vergeten.

En Reggie wist dat ze het nooit zouden vergeten. Hij was vroeger sluipschutter bij het 75e regiment Army Rangers, en later huurling bij een paar clandestiene missies.

Alle missies waren uiteindelijk samengesmolten tot een conglomeraat van herinneringen, de gevechten en verwondingen en doden en sterfgevallen werden allemaal één grote massa. Hij *vergat* de missies niet, hoezeer hij dat ook had geprobeerd, maar de tijd had zeker een manier om ze uit te strijken en samen te brengen in een speciaal vakje in zijn geest.

En zelfs dan waren dat niet de herinneringen die hij het liefst wilde vergeten.

"Dat is waarom ik hier ben, jongens," zei hij. "Sarah heeft ons nodig, en toen ze uitlegde wat haar gedachten erover waren wist ik dat het iets was waar de CSO perfect voor was."

Julie haalde diep adem. "Weet Mr. E het?"

Reggie knikte. "Ik heb hem een e-mail gestuurd. Maar als we nu allemaal kunnen stemmen, hebben we geen verdere goedkeuring nodig."

Ben opende zijn mond, sloot hem weer, en wendde zich toen tot Julie. Zij keek hem aan, en Reggie kon de dialoog tussen hen bijna opschrijven.

Wat denk je ervan? Ben zou het vragen.

Het is aan jou, zou Julie antwoorden.

Ik heb die fout eerder gemaakt, zou Ben kunnen zeggen.

Ze staarden elkaar een paar seconden aan, en keerden zich toen tegelijkertijd terug naar Reggie.

"Ja," zei Julie.

Reggie glimlachte. *Nou dat was veel makkelijker dan ik had verwacht.* Hij keek naar Ben.

Ben schudde zijn hoofd. "Je hebt mijn goedkeuring niet nodig, broer. Als zij zegt dat we gaan, dan gaan we."

Julie lachte. "Hij is niet verkeerd, weet je."

Het moment voelde goed, dus Reggie zette zich schrap en pakte het glas whisky op het bijzettafeltje. Hij tilde het op, twijfelde aan zichzelf, ging toen rechtop in de leunstoel zitten en goot de rest van de ijskoude drank in zijn keel.

Het branden was intens en de smaak afschuwelijk, en het gesmolten ijs had maar een klein beetje geholpen.

Zijn stem was schor en zijn keel prikte, maar hij hield het lege glas omhoog naar het lachende stel tegenover hem.

"Proost," kraaide hij.

HOOFDSTUK 19

SARAH

SARAH'S TERUGKEER NAAR HAAR APPARTEMENT WAS ZONDER PROBLEMEN VERLOPEN, maar haar gedachten gingen tekeer. Munising, Michigan, lag op 30 minuten rijden van het park, en ze had veel van haar nachten in het appartement doorgebracht tot het team een paar dagen geleden was aangekomen. Als ze de rit niet kon verantwoorden, had ze de nacht doorgebracht op het bed in de pup tent. Het was mooi weer geweest, en ze had het gevoel dat deel uitmaken van de groep goed was voor het moreel.

Maar ze had besloten naar de stad te gaan nadat ze het nieuws over haar vader had gehoord. Nadat ze Alexander en Jennifer snel op de hoogte had gebracht van haar plan, wandelde ze terug naar de parkeerplaats waar ze haar Corolla had verstopt. Bij het instappen van de auto, ging haar telefoon af met de melding van een nieuw e-mail bericht.

help je vader het antwoord te vinden, we zijn erg geïnteresseerd om te weten wat het object is.

Geen hoofdlettergebruik, geen onderwerpregel, een onduidelijke afzender.

De e-mail had haar bang gemaakt, maar het bevestigde alleen wat ze al vermoedde: haar vader was inderdaad ontvoerd. Dus had ze de eerste helft van de reis gebruikt om Reggie te bellen, om hem en de rest van het CSO-team waarmee hij samenwerkte te informeren over de e-mail en de brief, en de rest van de reis had ze in stilte doorgebracht.

Adam's Trail, de smalle, pikzwarte weg door het park was leeg op dit uur, maar ze reed nog steeds niet te snel, zodat ze de extra paar minuten kon nadenken en plannen. Toen ze eindelijk terug was in haar kleine eenpersoonskamer in Munising, had ze echter nog niet besloten wat ze moest doen.

Mijn vader is vermist, dacht ze. *Waarschijnlijk ontvoerd. Hij stuurde me een pakje en een briefje, en toen kreeg ik een cryptische e-mail.*

Niets van dit alles voelde goed, en toch was er niets wat ze kon doen. Haar financiële situatie balanceerde tussen 'voorzichtig' en 'blut' en ze wist dat een reis naar Zweden niet iets was wat ze zich kon veroorloven.

Ze had haar laatste dubbeltje aan de studenten gegeven bij wijze van bonus, en hoewel ze er geen spijt van had - ze verdienden het - wenste ze dat ze wat gespaard had voor een vlucht naar Europa.

Of in ieder geval Alaska, dacht ze. *Reggie is in Alaska.*

Het CSO team zou haar kunnen helpen, maar ze wist niet of ze dat zouden doen. Ze zouden weten dat het niet erg verstandig was om betrokken te raken bij een internationaal politieonderzoek. De agent van Interpol had in wezen hetzelfde gezegd: "*Elke betrokkenheid van uw kant kan gemakkelijk verkeerd worden geïnterpreteerd als obstructie van de rechtsgang, en ons agentschap heeft weinig tolerantie voor wraakzucht.*

Ze liet de Corolla achter in Elm Street, parallel geparkeerd op een van de twee plekken in dit specifieke blok. De straat zelf zag eruit alsof hij rechtstreeks uit een oude westernfilm was gelicht, met de veelkleurige, doosachtige etablissementen met beneden een kleine winkel of café en boven een appartement zoals het hare.

Ze huurde het hare van een plaatselijke winkelier, een man die eigenaar was van een paar panden op Elm. Hij had haar een bodemprijs gegeven, waarschijnlijk omdat de ruimte met één slaapkamer al zes maanden leegstond. Ze was er tot nu toe drie weken geweest, maar had er slechts drie of vier keer de nacht doorgebracht.

Zij zwaaide de deur open die leidde naar de trap die haar naar de bovenste verdieping zou brengen en stapte het muffe, oude trappenhuis binnen.

Onmiddellijk wist ze dat er iets niet klopte. Een geschuifel, een vaag geluid, iets waar ze zich niet eens bewust van was. Haar zintuigen werden scherper, en ze wist dat ze niet alleen was.

"Hallo?" riep Sarah naar de donkere trap.

Ze hoorde meer geschuifel, luider. *Er is* zeker *iemand daarboven.*

Ze deed een stap achteruit en struikelde bijna over de drempel. De deur die naar de straat leidde zwaaide dicht, maar haar rug ving hem voordat hij helemaal dicht kon.

"Sarah?"

Ze fronste haar wenkbrauwen. "Alex? Ben jij dat?"

De stem van de jongeman galmde de trap af. "Ik - het spijt me, ik moet je hebben laten schrikken. Het spijt me," zei hij opnieuw.

Sarah, nog steeds geschokt, raapte zichzelf bij elkaar en liep de trap op. Boven aangekomen, zocht ze naar haar huissleutel en opende de deur van het appartement.

"Kom binnen," zei ze. Het kon haar niet meer schelen hoe ze eruit zag, het kon haar niet meer schelen hoe haar woonruimte eruit zou zien.

Niet dat er veel was om bezorgd over te zijn. Ze deed het licht aan toen de twee binnenkwamen, en ze kon de stapel van drie dozen nog steeds in de woonkamer zien staan. De keuken was net daar voorbij, en die was kaal. In haar slaapkamer lag een matras op de grond, bedekt met een enkel laken. Omdat ze tegenwoordig haar laptop of tablet gebruikte voor zo ongeveer alles, inclusief entertainment, had ze geen behoefte aan een televisie of stapels boeken.

"Sorry voor de rommel," zei ze.

Alex grinnikte.

"Hoe ben je hier zo snel gekomen?" vroeg ze.

"Ik stond geparkeerd op de parkeerplaats dichter bij ons kamp, dus toen ik vertrok, was jij nog aan het wandelen naar je auto."

Ze knikte. Terwijl ze in het midden van de woonkamer stond en voor het eerst besefte dat ze deze man niets te bieden had - geen koffie, geen alcohol, geen stoel - voelde ze zich opgelaten. "Sorry, ik uh, heb niet echt tijd gehad om in te trekken..."

Hij wuifde met een hand. "Niet doen. Ik dring me op. En ik blijf niet lang, ik dacht ik kom even langs om te kijken hoe het met je gaat."

"Mij controleren?"

"Ja, je vertrok nogal gehaast. Het leek alsof je een beetje van slag was."

Kan hij me echt zo gemakkelijk lezen? Dacht ze. *Of ben ik gewoon zo gemakkelijk te lezen?*

"Nee, ik ben in orde. Dank je, Alex."

Hij stond daar en staarde haar aan. Ze voelde zich plotseling een beetje ongemakkelijk, dus stapte ze opzij, in de hoop dat hij de hint zou opvatten als een teken om weg te gaan.

"Ben jij dat?"

Ze hield haar hoofd schuin. "Alex... wat vraag je?"

Hij deed een stap naar haar toe. Hij leek nog groter in de deuropening, zijn hoofd minder dan een meter verwijderd van het kozijn. Hij stak zijn handen in zijn zakken en keek rond naar haar appartement, alsof hij het voor de eerste keer zag.

"Ik wil gewoon zeker weten dat je in orde bent. Je hebt die brief vandaag gekregen, en dat rare voorwerp, en toen heeft Interpol je gebeld."

"Jennifer heeft je dat verteld?"

Hij knikte. "Sorry. Ze zei dat je haar niet verteld had wat ze wilden, dus we tasten nog steeds in het duister. Maar we zijn bezorgd om je."

"Maak je je zorgen om mij?"

Alex' gezicht verzachtte een beetje. "Je bent... alleen. Ik dacht misschien, als je iets nodig had..."

"Alex, dank je. Maar ik ben goed. Ik beloof het." Ze forceerde een glimlach, maar haar ogen verraadden haar gevoelens toen ze terug-dacht aan de laatste paar maanden. "Ik ben best goed in alleen zijn."

Hij glimlachte even, maar ze kon zien dat hij het niet geloofde. "Oké, je snapt het. Zoals ik al zei, ik was toch al op weg naar de stad - om nog wat bier voor de groep te halen. Er is een zaak aan het eind van Elm die nog open is, blijkbaar."

Ze knikte. "Ik heb ervan gehoord." Ze had er zelfs aan gedacht om daar te stoppen op weg naar haar appartement, om misschien een glas wijn te nemen.

Of iets sterkers.

Nu wenste ze dat ze dat wel had gedaan - door de extra bood-schap te doen had ze misschien de ongemakkelijke ontmoeting met haar leerling kunnen missen.

"Ik ben morgenvroeg terug, Alex," zei ze. "En als ik er niet ben, kunnen jullie sluiten en afmaken zonder mij. Ik moet misschien een reisje maken, om familieredenen."

"Heb het."

"En je salaris komt hoe dan ook nog steeds. Je hebt mijn woord."

Hij knikte nogmaals, draaide zich toen om en stapte over de drempel. Toen hij volledig buiten was, draaide hij zich om en keek haar aan. "Alsje-blieft, Sarah. Laat het me - ons - weten als er iets is wat je nodig hebt."

"Dat zal ik doen. Dank u."

Ze sloot de deur, wachtte een paar seconden, en sloot hem toen.

Ze huiverde. De nacht was kouder geworden dan ze had verwacht. Er was geen briesje, maar de lucht leek aan haar te hangen en haar langzaam uit te putten.

Sarah wachtte tot ze de voetstappen op de trap hoorde, toen draaide ze zich om en liep haar slaapkamer in. Ze zakte in elkaar op de matras, bleef daar een paar minuten liggen, reikte toen naar beneden en pakte haar laptop uit haar tas.

Tijd om mijn vader te vinden.

HOOFDSTUK 20

JULIE

HET PROBLEEM WAS NIET OF ZE WEL OF NIET MOESTEN GAAN - ZE WIST DAT ZE MOESTEN GAAN. Julie mocht Sarah Lindgren graag, en ze wist dat Sarah hen te hulp zou schieten als hun rollen waren omgedraaid.

Het probleem was om te beslissen *waarheen te* gaan.

Dr. Lindgren's vader was waarschijnlijk ergens in Europa, want dat was de laatste plaats waar hij gezien was. Sarah was ergens in het Grote Meren gebied, wat van Minnesota tot Pennsylvania kon zijn. Ze zou een voorsprong willen hebben, want welk spoor ze ook zouden vinden, het zou al koud worden, dus Julie nam aan dat Sarah op dit moment op zoek zou zijn naar vluchten naar Zweden.

Interpol was een capabele organisatie, met de middelen en mankracht om een intra-Europese zoektocht naar de vermiste persoon te organiseren. Als CSO betrokken zou raken, wist Julie dat ze een sterke aanwijzing nodig zouden hebben om hun betrokkenheid van enig nut te laten zijn, en ook voor een plausibele ontkenning - ze moesten kunnen bewijzen dat ze bij de zaak betrokken waren geraakt, niet voor Dr. Lindgren's vader, maar omdat er iets van historische waarde op het spel stond.

Julie vroeg zich af wat de volgende stap zou moeten zijn. Haar hypothese was dat degene die Professor Lindgren had ontvoerd, een cyber-voetafdruk had achtergelaten, ergens, maar Julie wist niet waar ze moest beginnen met zoeken.

Gelukkig was ze niet alleen aan het zoeken. Mr. E en zijn vrouw hadden het grootste aandeel in een van de grootste communicatiebedrijven ter wereld, en ze waren al begonnen met het uitzetten van voelsprieten in de wereldwijde bewakings- en inlichtingengemeenschappen.

Er was niet direct iets gevonden, maar dat was te verwachten. Alles wat voor de hand lag - transacties met de creditcard van de professor, opeenvolgende toegang tot bankrekeningen - zou voor de hand liggende aanwijzingen zijn, en de criminelen zouden ongetwijfeld slimmer zijn dan dat.

Het probleem was dat Julie er zeker van was dat er *iets* zou opduiken, maar ze had geen idee hoe lang het zou duren. De tijd die ze besteedde aan het wachten tot een database record op het scherm verscheen, was verloren tijd in het veld, op zoek naar de ontvoerders.

Maar, zoals ze tegen Ben en Reggie had gezegd, de computer zou hen kunnen vertellen *waar* ze de achtervolging moesten beginnen.

Het was het enige waarop ze op dit moment konden vertrouwen, en het was in dit computersysteem dat Julie al haar vertrouwen stelde. Toch voelde ze zich nerveus: als er geen aanwijzingen op het scherm verschenen, en Mevr. E was niet in staat om nog iets uit de machine te krijgen, waar zouden ze dan blijven?

"Enig geluk?" vroeg Julie.

Mevr. E was op het scherm van de computermonitor in een beeld-in-beeld venster dat Julie had aangepast om een kwart van het scherm te vullen. Ze hadden een videoconferentie opgezet om samen een zoekalgoritme te ontwikkelen, in real time, om te proberen hun gezamenlijke geestkracht zo goed mogelijk te gebruiken.

Reggie en haar verloofde, Ben, zaten in de woonkamer te genieten van de rest van de fles goedkope whisky die Ben had opengetrokken, en maakten grapjes over vervlogen tijden. Hun stemmen klonken door op het bureau in de slaapkamer waar Julie zat.

"Nog niets," antwoordde mevrouw E. *"Ik heb de zoek parameters uitgebreid naar zijn bekenden."*

Julie kneep haar wenkbrauwen tussen twee vingers. "Hij is geen crimineel," zei ze. "Hij zal geen bekenden *hebben*."

"Iedereen heeft bekenden, Juliette," zei Mevr. E. *"Het zijn misschien wel eerlijke collega's, maar ze zullen nu bij elke opzoeking opduiken. En op een bepaalde manier, maakt dat het zoeken makkelijker. Alles wat verdacht is, moet makkelijk te vinden zijn."*

Julie knikte. Natuurlijk had de vrouw gelijk, maar toch - dat zou te gemakkelijk zijn. "Het gaat niet werken, E."

"Je moet vertrouwen hebben. We moeten gewoon..."

"Nee, het is te simpel. Te *duidelijk*. De mensen die hem meenamen zullen niet zo'n broodkruimel achterlaten - ze zouden ervoor zorgen dat iedereen op professor Lindgren's universiteit, al zijn vrienden, alle kleine medewerkers die hij in het verleden heeft gehad, allemaal ver weg van hem waren op het moment van zijn ontvoering. Het zou te gemakkelijk zijn voor een van hen om toe te geven dat ze iets verdachts zagen. Te makkelijk om aangifte te doen."

Op het scherm, knikte Mevr. E. Toen glimlachte ze. *"Daarom heb ik een extra parameter toegevoegd aan onze zoektocht."*

Julie trok een wenkbrauw op. "Ja?"

"Ik heb ervoor gezorgd om alle relevante beroepsverenigingen erbij te betrekken. Niet alleen mensen - andere universiteiten, optredens, artikelen, publicaties, en referenties."

Julie fronste haar wenkbrauwen. "Maar dat geeft ons *alles wat* er ooit over deze man is geweest. Het kan niet allemaal relevant zijn, en het zal een hoop zijn om door te worstelen."

Bens lach galmde door de kieren van de deuropening. De dikke boomstammen en het dakgebinte vormden een prachtige geluidsbarrière, maar de kieren tussen deuren en deurposten in de kleine hut lieten veel geluid binnen.

Ze schoof op haar bureaustoel en probeerde het lawaai van de twee mannen te negeren terwijl mevrouw E reageerde. Ze was voortdurend verbaasd over het vermogen van mannen om zich af te zonderen. Als Reggie bezorgd was om Sarah, dan klonk dat van hieruit zeker niet zo. Het lachen en grappen maken nam toe tot een chaotisch niveau.

En de whisky helpt waarschijnlijk ook niet, dacht ze.

"Nee, dat is het mooie van het algoritme," zei Mevr. E. *"Het is zo gebouwd dat het automatisch onnodige details uitfiltert, zoals alles wat te oud is of geografisch te ver van hem af ligt. Maar alle vermeldingen van de man zullen opduiken in de zoekopdracht."*

Julie haalde haar schouders op. "Alles is het proberen waard, denk ik. Heb je al resultaten?"

Julie zag het gezicht van mevrouw E van de camera wegdraaien terwijl ze met de computermuis rommelde en op het scherm klikte. *"Er zijn enkele resultaten, maar ik ga de lijst samenvoegen en vanavond door de assistent van mijn man laten doornemen."*

"Lees een paar van de eerste, meest recente tot oudere."

Mevr. E knikte. *"Een lezing die professor Lindgren gaf aan een universiteit in Londen, getiteld: 'Een korte uitleg van de geologische formaties van het vroege Schotland."* Mevr. E's ogen dansten over het scherm. *"De volgende is een andere lezing, deze heet: 'Voorbeelden van Prehistorische Wapens,' gegeven aan -"*

"Nee," zei Julie. "Dat is maar iets interessanter dan de eerste, maar hij zou nooit zoiets wereldschokkends zeggen dat iemand hem daarom zou willen ontvoeren."

Mevrouw E knikte. *"Daarna volgt een artikel dat gepubliceerd is in een klein tijdschrift, genaamd:* Timeaus en Critias: *An Alternative Interpretation.'"* Mevrouw E zuchtte. *"Zoals ik al uitlegde, Julie. De meeste gegevens zijn nog aan het verzamelen, en -"*

"Wanneer was dat gesprek?" vroeg Julie.

"Laat me eens kijken." Julie hoorde het geluid van klikken en keek naar de ogen van mevrouw E op het scherm voor haar. *"Blijkbaar is*

het vier weken geleden gepubliceerd, hoewel ik de pagina niet kan zien. Het lijkt erop dat het artikel is weggehaald, of dat de link niet meer werkt."

"Neergehaald?"

"Er wordt geen informatie verstrekt, Juliette. Ik verontschuldig me. De link is dood. Ik zal onze assistent laten proberen een gearchiveerde kopie te vinden, als die ergens bestaat. De publicatie heeft geen online kopieën van al hun artikelen, wat betekent dat we misschien een papieren versie moeten zoeken."

Julie schudde haar hoofd en stond op. "Maak je geen zorgen, E. Bedankt. Laat het haar nakijken, maar ik denk dat Sarah toegang heeft tot het kantoor van haar vader - alles wat hij heeft geschreven zal daar waarschijnlijk op een computer of harde schijf staan, als het al niet in de cloud staat."

"Ja, natuurlijk." Ze pauzeerde, wachtte tot Julie haar aankeek en sprak toen opnieuw. *"Denk je dat er iets in dit artikel staat dat nuttig kan zijn?"*

"Moeilijk te zeggen," zei Julie. "Maar de tijdlijn klopt wel, denk ik. Iets eerder dan dat en ik zou me afvragen waar de dieven op zaten te wachten. Maar het is de titel van het artikel die me interessant lijkt."

"Hoe dat zo?"

"*Timeaus* en *Critias*," zei Julie. "Ben je daar bekend mee?"

"Plato?"

"Ja. Ik dacht aan de brief van de professor, die Sarah kreeg net voor het telefoontje van Interpol. Er stond een citaat op, geschreven door Plato: 'We zijn dubbel bewapend als we met geloof vechten.'

"Intrigerend."

"Misschien," zei Julie. "Of misschien is het niets. Er zijn genoeg goede Plato citaten die rondzwerven."

"Kwam het citaat in Sarah's brief uit Timaeus *en* Critias?"

"Het waren twee aparte dialogen, als ik het me goed herinner. En ik weet het niet zeker, maar ik betwijfel het."

"Dus wat is het verband?"

"Nou," zei Julie, "en ik denk even hardop, als professor Lindgren *gedwongen* was een brief te schrijven aan zijn dochter - een zeer intelligente historica en antropologe, dus zeker een geloofwaardige bron - maar hem was verteld haar alleen om hulp te vragen bij het uitzoeken wat het kleine voorwerp was dat bij de brief zat..."

"Dan zou hij hebben geprobeerd om stiekem wat extra informatie te geven, wetende dat hij onder druk stond, en waarschijnlijk bang voor wat er met hem zou kunnen gebeuren."

Julie knikte. "Het is een beetje samenzweerderig, dat geef ik toe, maar als hij de opdracht had gekregen om iemand om hulp te vragen, en hij kon zijn ontvoerders ervan overtuigen dat de brief in zijn typische 'stijl' was geschreven en niets meer dan dat, dan zou dat een geniale aanwijzing zijn geweest."

"Maar wat is *de aanwijzing?"* vroeg mevrouw E.

"Geen idee," zei Julie. "Wacht even."

Ze opende een web browser op de computer en typte een paar trefwoorden in. *Plato, Timaeus en Critias.* Ze drukte op enter.

Zij bladerde door de eerste paar resultaten - vertalingen van de twee dialogen, een uitleg ervan en een overzicht over Plato, en toen stopte haar blik bij het derde resultaat.

Ze zoog haar adem in.

Laten we hopen dat het dat niet is, dacht ze.

"Iets gevonden?" vroeg Mevr. E.

Julie was vergeten dat ze nog aan het videochatten was. "M - misschien."

Ze klikte op het zoekresultaat en wachtte tot de pagina geladen was. Het was een transcriptie en een samenvatting van de twee beroemde dialogen in Plato's canon, maar de nadruk lag op Critias, op een verhaal verteld door de mond van een man genaamd Solon.

Een verhaal dat Julie *zeer* bekend was.

"Wat heb je gevonden?" vroeg Mevr. E opnieuw.

"Nou, als professor Lindgren echt probeert om een aanwijzing voor ons achter te laten, denk ik dat we het moeilijk krijgen om hem te vinden."

"En waarom is dat? Waar gaan de dialogen over?" vroeg mevrouw E.

Julie zuchtte en voelde haar knokkels steeds steviger tegen de rand van het bureau drukken terwijl ze verder las.

"Ze gaan over de legende van Atlantis."

HOOFDSTUK 21

RACHEL

RACHEL RASCHER ZETTE ZICH SCHRAP. Haar team rekende op haar, en ze had het gevoel dat ze op het punt stond de controle te verliezen. De wetenschappers hier, de staf, en het handjevol investeerders en supporters die ze over de hele wereld had, de stille partners van hun onderneming, rekenden op haar.

Zij had dit - haar droom - vanaf de grond opgebouwd, met fragmentarische stukken die haar waren nagelaten door haar grootvader en zijn voorgangers, waaronder haar eigen vader. Ze wist hoe dicht ze bij een definitieve verbinding waren, een oplossing voor het probleem dat hen al jaren plaagde, maar hoe dichter ze kwamen, hoe nerveuzer ze werd.

Zij wist dat de nervositeit op emotie berustte en niet op rationeel denken, en dat zij, door haar emotionele toestand beter onder controle te houden, de gedachten naar het achterhoofd kon verdringen en haar werk kon voortzetten.

Toch... niets heeft me voorbereid op dit.

Rachel slenterde door de schemerige en smalle gang, op weg naar de kamer aan het eind van de gang. *Kamer 23.*

Zoveel mislukte proeven. Zoveel mislukte samenstellingen.

De originele samenstelling was bijna op, en dat betekende dat ze geen tijd meer hadden. Haar team had jaren aan dit project gewerkt, sommigen hun hele leven.

In haar geval had ze het gevoel dat ze *meerdere* levens aan dit project had gewerkt.

Haar vader had het project in zijn oorspronkelijke vorm overgenomen van zijn grootvader, en het was door de familie heengegaan totdat Rachel de leeftijd had bereikt om te bewijzen dat zij over voldoende opleiding, politiek succes en wilskracht beschikte om het te verwezenlijken.

Rachel was met het project opgegroeid. Als jong meisje vond ze haar vader vaak discussiërend met leden van het team van over de hele wereld, zacht pratend in de hoorn van de telefoon die tussen zijn wang en zijn schouder zat. Hij krabbelde woedend aantekeningen, kraste ze uit, terwijl hij ideeën en ingewikkelde wiskundige formules besprak. Pas veel later begreep ze wat voor werk haar vader in dat kantoor thuis deed.

Toen hij vond dat de tijd rijp was, onmiddellijk na haar 30e verjaardag, legateerde haar vader het project aan zijn enige kind. Rachel was enthousiast en nederig, maar nog steeds een beetje aarzelend. Zij had in die tijd geschiedenis en politiek gestudeerd, in de hoop ergens in Europa politiek te kunnen bedrijven, want daar kwam haar familie vandaan en daar had zij het grootste deel van haar studie doorgebracht.

Ze had net een baan aanvaard bij de Egyptische regering, in de hoop de onderzoeksprogramma's van het land open te stellen voor de rest van de wereld. Haar vader was voorstander van de baan, maar waarschuwde haar niet te veel betrokken te raken voordat ze het project en wat het voor haar familie betekende volledig begreep.

Ze had beloofd er over na te denken. Ze had ook beloofd zich er een beetje in te verdiepen, denkend dat ze het gewoon van zich af kon schudden en verder kon gaan, en dat haar vader zijn verslaving aan nachtelijke telefoontjes en cryptische notities wel zou vergeten.

Maar toen ze de aantekeningen van haar vader en overgrootvader en hun conclusies over het project en wat het betekende begon te lezen, veranderde ze van gedachten. Ze aanvaardde de baan bij de overheid, maar begon onmiddellijk te werken aan een plan om meer van haar tijd en middelen - zowel persoonlijk als professioneel - te besteden aan het bevorderen van het onderzoek van de familie.

Het project groeide met Rachels politieke carrière. Elke stap hoger op de totempaal bracht haar meer geld, meer middelen en meer mogelijkheden om de mysterieuze aanwijzingen uit haar verleden te ontcijferen. Ze verbergt het project achter een gordijn van geloofwaardigheid en manoeuvreert zichzelf zelfs in een positie bij de afdeling Prehistorie van het Ministerie van Oudheden, zodat ze het onderzoek kan voortzetten met de volledige - zij het onwetende - steun en middelen van de Egyptische regering.

En een team samenstellen was nog gemakkelijker. Het project waar haar familie al tientallen jaren aan werkte, had immers een unieke band met het verleden van Egypte. Het zou de kennis van de Egyptische geschiedenis op zijn grondvesten doen schudden, als het maar bewezen kon worden. Haar wervingsinspanningen werden alleen vertraagd door haar eis dat elk van haar werknemers die in direct contact met het project werkten, 'zuiver' moest zijn.

Ze hoefde zichzelf niet te testen, natuurlijk, want haar familielijn was zuiver. Afgezien van een enkele misstap één generatie geleden, was er niemand getrouwd buiten het grote en oude familie-erfgoed. Zoveel testen hadden de zuiverheid van de lijn bewezen.

En dat was wat haar hier vandaag bracht. De *laatste* test.

Kamer 23 lag aan de rand van de gang, de metalen deur stak af tegen de oude, verweerde stenen waarin hij was opgehangen. Het was onopvallend, maar voor Rachel was de kamer alles. Het was de laatste proeftuin van het project; het was de laatste stap voordat zuiverheid werd bevestigd en een nieuw lid van hun groeiende factie hun gelederen kwam versterken. Het was het symbool van alles waar haar familie, haar werknemers en voorouders aan hadden gewerkt. Het was een symbool van waar ze al millennia naar toe werkten.

Maar vandaag was kamer 23 meer dan symbolisch. Vandaag zou de kamer de laatste test uitvoeren en de uiteindelijke uitkomst geven voor nog een lid van hun factie. De test zou de rest van hun originele samenstelling verbruiken, het zware poeder dat ze hier jaren geleden verborgen hadden gevonden in de crypte. Deze test zou de laatste zijn die mogelijk was zonder meer van de samenstelling, maar het was cruciaal voor hun succes.

Ze waren dicht bij een goede kopie van de samenstelling, een synthetisch alternatief dat ze op verzoek konden maken, maar ze waren er nog niet. Het team van haar overgrootvader had de samenstelling bijna klaar, maar ze waren ernstig misleid over een paar belangrijke onderdelen, en daarom hadden die proeven en tests hen alleen maar naar een volslagen mislukking en generaties van schande gevoerd.

Niet vandaag, dacht Rachel terwijl ze naar de deur reikte. *Nu niet meer. We zijn zo dichtbij. We zijn er klaar voor.*

Ze keek omhoog en staarde naar de enkele lamp die aan het plafond hing. Ze was niet religieus, want ze kon haar geloof niet goed plaatsen in een van de populaire segmentaties. Toch wist ze dat er daarboven een grotere macht was. Het', of wat het ook was, had haar voorouders de aanwijzingen gegeven, de bouwstenen, voor wat haar project nu aan het blootleggen was. Het had haar de drang en de vastberadenheid gegeven om voor eens en altijd de waarde van haar familie te bewijzen, en het had alles in gang gezet wat ze ooit had gekend en ooit zou leren kennen - om een heel specifieke reden. Ze geloofde niet dat het allemaal voor niets was geweest. Ze geloofde niet dat haar leven, of dat van iemand anders, geen *doel had*. Ze geloofde niet dat dit leven gewoon het product was van geavanceerde evolutionaire tactieken.

Ze duwde de deur open, haalde adem en stapte naar binnen.

De man lag op de brancard van het ziekenhuis, net als Jennifer Polanski toen ze eerder werd getest. Polanski was helaas niet door de laatste test gekomen. Het complex en de bel hadden haar onzuiver bevonden en haar daarom onwaardig bevonden voor associatie met en opname in hun factie.

Rachel voelde zich verantwoordelijk voor het leven van de vrouw, maar ze wist dat het voor het grotere goed was. Ze had er geen traan om gelaten en had er niet van geslapen, zoals ze dat bij geen enkele mislukte test had gedaan.

Maar de test van vandaag was anders.

Ze dacht dat ze zichzelf kon ompraten, haar irrationele brein uitleggen dat de test cruciaal was - dat was zo - en dat er geen andere manier was om de zuiverheid van deze man te testen - dat was niet zo.

Maar dat veranderde niets aan hoe ze zich voelde. Ze ging opzij naar de brancard, lette op de bel in het midden van de kamer en keek toe hoe de wetenschapper die ze drie jaar geleden had ingehuurd vloeibaar chloor mengde met de poedervormige verbinding - het laatste van hun voorraad - en het in de open bovenkant van de bel plaatste. Hij goot voorzichtig uit de laatste van de ronde keramische containers die de Ouden hadden achtergelaten, en zorgde ervoor dat er geen druppel gemorst werd, tenzij het in de holle kamer van de bel terechtkwam, waarna hij de ronde stenen container weer op zijn karretje plaatste.

Zij keek toe hoe de man de bel aansloot op een accu die op het karretje stond. De extra stroomkabel was een van de weinige vrijheden die ze hadden genomen bij het ontwerpen en bouwen van deze miniatuur kopieën. De Ouden hadden een manier gevonden om deze voorwerpen van stroom te voorzien zonder elektriciteit, maar Rachel was niet geïnteresseerd in het voor de lol nabouwen van de prehistorie. Ze wilde resultaten, en ze wilde ze snel.

Toen de wetenschapper klaar was, gaf hij haar een knikje en verliet de kamer.

Rachel draaide zich eindelijk om naar de man op de brancard. Ook hij had de ontploffing in het museum overleefd, een van de slechts twee mensen die in direct contact kwamen met de gevolgen van de bel. Ze had gelogen tegen Jennifer Polanski, maar het deed er niet toe. De vrouw was dood, en Rachel vond het niet verstandig de waarheid te zeggen tegen een vrouw die op het punt stond te sterven.

De man had littekens, de brandwonden bedekten zijn blootgestelde vlees. Hij had enkele wonden op zijn wang die een soort pus lekten. Het was moeilijk om naar te kijken, maar Rachel dwong haar ogen op het gezicht van de man gericht te houden. Ze dwong zichzelf om niet weg te kijken.

Het was duidelijk dat de man niet kon praten, hoewel ze zich voorstelde dat hij dat wel wilde. Het leek alsof zijn ogen verwijd waren van verbazing, maar ze wist het niet zeker. Misschien had hij gewoon pijn en kon hij zijn normaal gesproken vrijwillige reacties niet controleren.

Ze snoof. *Hou het bij elkaar.*

De man staarde haar met grote ogen aan. Zijn voorhoofd had diepe plooien, maar ze waren nu strak tegen zijn schedel gespannen. Hij ademde zwaar, de ademhaling stotterde terwijl ze zijn longen in en uit ging.

Ze snoof weer, en voelde een traan over haar wang lopen. *Hou op,* vermande ze zichzelf. *We weten niet hoe de test zal verlopen.*

"Het spijt me," fluisterde ze. "Maar ik moet het weten. Ik moet het zeker weten. Ik... had mijn twijfels, maar ik kon mezelf er niet toe brengen..."

Ze stopte, bedaarde zichzelf. "Ik had dit al veel eerder moeten doen, maar... je begrijpt het. Je vertelde me een jaar geleden dat deze wereld te ver heen was, dat proberen het te redden het alleen maar zou vernietigen."

De man zei niets, bewoog niet.

"Maar het zal snel voorbij zijn. Dat beloof ik."

Ze wilde weggaan, maar hield zichzelf tegen. Ze haalde nog een keer diep adem, knielde toen en kuste de man zijn voorhoofd.

"Het spijt me zo, papa."

HOOFDSTUK 22

RACHEL

HET SPIJT ME ZO, *papa.*

De woorden klonken steeds weer in haar hoofd.

Ze kon het gevoel niet van zich afschudden dat ze zojuist een grens had overschreden waar ze nooit meer overheen kon stappen. Maar er was rust - binnen enkele minuten zou ze het antwoord weten op een vraag die ze al lang had willen beantwoorden.

Er was ook pijn. De man op het bed in kamer 23 was haar vader, en ze hield van hem.

Maar hij had haar de waarden bijgebracht die ze nu gebruikte om haar daden te rechtvaardigen.

Laat je emoties je waarheid nooit in de weg staan', zei hij dan. Ze had die zin niet altijd begrepen, maar tegen de tijd dat ze een tiener was, was hij in haar denken ingebakken.

Nu begreep ze het. Haar emoties vertelden haar één ding: 'maak je geen zorgen, laat je vader leven'. Maar haar rationele, redelijke verstand vertelde haar precies het tegenovergestelde: 'hij wilde dit meer dan wat dan ook. Hij wilde het antwoord, maar hij heeft nooit de kans gehad.

Ze wilde afmaken wat hij - en zijn vader en zijn vaders vader voor hem - waren begonnen.

De naam Rascher ging generaties terug, voordat Duitsland Duitsland heette en zelfs voordat Europa als continent werd beschouwd. De naam had betekenis voor Rachel, maar meer dan dat geloofde zij in wat de naam vertegenwoordigde: de afstamming van mensen die de oude beschavingen hadden veroverd, gevestigd en uitgebreid. Haar naamgenoot was één van een handvol namen - velen van hen verloren gegaan aan de generaties - die precies vertegenwoordigden wat het project dat haar overgrootvader zo lang geleden was begonnen, dat zelf slechts een voortzetting was van het oorspronkelijke project van de Ouden van duizenden jaren eerder, had vertegenwoordigd.

Maar het project, toen het aan Rachel werd toevertrouwd, had een kleine wending genomen. De waarheid die zij als jonge vrouw had aanvaard - dat zij en de rest van haar familie van het zuivere Arische ras waren - werd onmiddellijk op de proef gesteld na de ontdekking van een zuivere, originele samenstelling. De samenstelling, door de oorspronkelijke bouwers in de crypte achtergelaten, was een poeder dat bestand was tegen afbraak, zwaar genoeg om op zijn plaats te blijven in elk van de rondachtige cilinders van steen. In combinatie met de technologie die in een van de kamers van de crypte werd gevonden, kon het team in Egypte de zuiverheid van elk menselijk subject testen.

Als de verbinding met water en bleekwater werd gerehydrateerd en in een van de belletjes tot een dampig gas werd verhit, werd de proefpersoon inert en volledig verlamd, terwijl het zijn tests in het lichaam van de gastheer uitvoerde. Rachels wetenschappers dachten dat de stof gemaakt was van iets wat op kwik leek, maar de precieze eigenschappen ervan tartten hun analyses en laboratoriumtests. De poederachtige substantie was een raadsel, een vloeibaar metaal dat iets totaal buitenaards leek te zijn. Rachel wist dat het dat niet was - ze wist dat de verbinding gewoon een element was dat de moderne wereld nog niet ontdekt had. Iets wat de Ouden wel kenden, in de totaal andere wereld waarin zij leefden met zijn verschillende atmosferische en chemische samenstellingen.

Tijd en moeite zouden hun de oplossing geven, maar de tijd begon te dringen. Hun volgende gebeurtenis was al gepland, en ze hadden de compound al verlaten, behalve wat er in de bel in Kamer 23 zat. Die van haar vader was de laatste test. Zijn vader - Rachels grootvader - was geboren in de zuivere lijn, maar in een moment van zwakte was hij buiten die lijn getrouwd. Hun kind, Rachels vader, herstelde die fout door te hertrouwen in de zuivere afstamming, waardoor Rachel kon genieten van de zuiverheid van het meesterras.

Maar mijn vader kan niet van die luxe genieten...

Rachel stapte de kamer uit en sloot de solide metalen deur achter zich. Ze zou de test vanuit haar eigen kantoor bekijken, op een plek waar ze zich veilig voelde voor haar medewerkers voor het geval haar emoties de vrije loop zouden gaan. Ze liep in stilte door de lege gang, zich afvragend of ze in staat zou zijn terug te keren naar haar privéruimte voordat een medewerker of wetenschapper haar inhaalde en haar emotionele toestand opmerkte.

Gelukkig haalde ze het, slingerde op een hak haar open kantoor binnen, sloot snel de deur en deed hem op slot. Ze liep naar haar computer en opende het bewakingsprogramma op de machine en begon de beelden te bekijken.

De test was al aan de gang.

Ze leunde over de computerstoel en keek naar het scherm. Ze probeerde haar ogen ervan af te leiden, klikkend door het kleine venster, maar gaf het uiteindelijk op. Toch vond ze dat ze afleiding nodig had. Ze stond op van de stoel en liep naar een eenvoudig, goedkoop bijzettafeltje dat iemand langs een muur van de kamer had geschoven. Er stond een lamp op, maar die was niet aangesloten op het lichtnet - elk kantoor had maar één stroomkabel, afkomstig van de grote parallelle generatoren die boven en buiten stonden. Haar kantoor had een stekkerblok in elk van de stopcontacten die van de hoofdleiding waren afgesneden, en ze had elk van de stopcontacten gevuld met haar computer, monitor, randapparatuur, telefoonoplader, en lamp.

Er was ook een televisie in de kamer, aangesloten op het lichtnet, maar meestal slapend in de hoek.

Het kleine bureau bevatte niets behalve de oude lamp. Alle laden waren leeg, op één na. Eén lade onderaan was op slot, en ze had de sleutel altijd in haar bezit. Het was deze sleutel die ze uit haar zak haalde toen ze het bureau bereikte. Ze knielde neer, deed de deur van het slot en haalde het dikke, in leer gebonden dagboek eruit.

Het was het dagboek van haar overgrootvader, alleen doorgegeven aan leden van haar naaste familie. Toen ze interesse toonde in de geschiedenis en nalatenschap van haar familie, werd het haar getoond.

Toen zij afstudeerde en haar carrière begon op dezelfde weg als haar vader en grootvader, werd het haar gegeven.

Nu was het haar kostbaarste bezit - een stamboom van de onderzoeken, studies en privé-rekeningen van haar familie, evenals een leerboek van wetenschappelijke ontdekkingen en experimenten. Het was elke vraag, elk antwoord en elke gedachte die haar overgrootvader - en zijn zoon en kleinzoon na hem - had gevonden.

En het was de gids voor de wereld die ze probeerde te creëren.

Maar eerst moest ze uitzoeken hoe ze de diepste geheimen van die wereld kon ontsluiten. Ze moest de bron van de kracht van haar voorouders vinden, de opslagplaats van al hun kennis en wijsheid. Ze moest weten hoe ze er toegang toe kon krijgen.

Meer specifiek, ze moest weten hoe ze binnen kon *komen*.

Ze zat in de hal van die grote opslagplaats, de oude Hall of Records. Het was daar, verborgen onder de aarde, een bibliotheek van duizelingwekkende gangen, kamers en gangen. Elk van die kamers zou gevuld zijn met de kennis en bron van de kracht van de Ouden. Hun geheimen, weggestopt in een enkel, groot archief.

Ze begon voor te lezen uit het dagboek en voelde de rillingen toen ze zich de eerste keer herinnerde dat ze de woorden van haar overgrootvader in het dagboek tegenkwam. Het haar in haar nek ging overeind staan en het kippenvel kwam over haar armen.

Het is allemaal echt, dacht ze, het wonderbaarlijke nog steeds ongelooflijk, ook al had ze de GPR scans met eigen ogen gezien. Ook al had de Egyptische regering de Grote Zaal succesvol verborgen gehouden voor de buitenwereld, en zelfs hun eigen onderzoekers belet er in te graven, Rachel wist dat hij er was.

Ze had een kaart laten maken van de uitgeholde ruimtes onder de aarde, alles wat hun grondpenetrerende radarscans konden ontcijferen, inclusief de voorkamers waar hun kantoren zich nu bevonden. Een team van Egyptische aannemers had deze eerste kamers uitgegraven, en zij was er prompt ingetrokken en had er privé - en zeer geheime - kantoren ingericht voor haar en haar naaste medewerkers.

Ze sloot haar ogen en herinnerde zich de kick die ze voelde toen ze voor het eerst in deze oude voorkamer binnenstapte. Het gevoel van opwinding, een kracht die ze nog nooit had ervaren. Ze kon de ogen van haar vader en overgrootvader zien, de opwinding over hun gezichten.

Zij opende haar ogen weer en zag de test nog steeds op het scherm voor haar. Toen hield zij met trillende handen het dagboek omhoog en begon te lezen, terwijl haar geest automatisch het Duits in het Engels vertaalde.

8 JULI 1942.

Ik heb berichten ontvangen van mijn mannen in het veld. Zij hebben de oude plaats van de Egyptische bouwwerken bereikt en mij medegedeeld dat zij, in feite, tenminste één kamer onder de Grote Kat hebben gevonden.

We weten nog niet hoe groot deze kamer is, of dat er nog andere zijn.

De eerste uitgravingen zijn begonnen, maar de voltooiing van de ontruiming is nog een ver verwijderd doel.

Mijn grootste zorg op dit moment is dat der Fuehrer dit nevenproject in de annalen van de vergeten geschiedenis zal duwen, nu de oorlog is verhit. Ik zal echter mijn best doen om te blijven werken aan het uiteindelijke einde voor ons ras, ongeacht de uitkomst.

8 juli 1942.

Ik heb mijn vertaling van Plato's Solon *voltooid, uitgaande van het originele manuscript dat mijn mannen tien jaar geleden vonden. De flarden waren moeilijk te ontcijferen, maar ik geloof dat mijn kopie een goede weergave is. Mijn Attisch Grieks is sterk, maar de documenten zijn vreselijk verweerd, omdat ze door hun rustplaats nogal verminkt en uitdagend zijn geworden.*

Ik hoop van harte dat dit laatste exemplaar van Plato's werk zolang mogelijk verborgen blijft - in ieder geval totdat mijn familie de reis heeft voltooid. Als het ooit wordt gevonden en onderzocht onder het licht van onwaardig onderzoek, zou dat een ramp betekenen voor onze missie. Mijn kopie zal dus worden verzegeld en vervoerd als verzekering tegen verlies van het origineel.

De meest intrigerende passage die ik vanavond heb vertaald, om te eindigen met de woorden zoals geschreven door Plato en aan hem verteld door Solon, luidt als volgt:

'Want daar liggen voor altijd de geheimen en krachten van deze grote en machtige schare; ik heb vooraf hun vermogens uiteengezet.

Als de Grote Zaal gevonden is, zal hij alleen geopend worden door de zuiverste van de zuiveren.

Het lijkt erop dat der Fuehrer gelijk had in zijn veronderstelling dat het gebruik van Die Glocke als "De Vernietiger," als een middel om het meest zuivere te zoeken, was wat de Ouden bedoelden. Het staat zo geschreven in de passages van de Pesach. Maar het daagt mijn wetenschappelijk verstand uit te weten dat hij kostbare energie verspilt aan het reinigen van hen die duidelijk niet van puristische afkomst zijn.

We hebben maar weinig van het elixer van de Ouderen; het verspillen aan hen die niet duidelijk van het Arische ras zijn, is het verspillen aan onvoorzichtige pogingen.

HOOFDSTUK 24

GRAHAM

GRAHAM ZUCHTTE. Sinds hij vier dagen eerder was opgepakt, werd hij redelijk goed behandeld. *Voor een gevangene.*

De man die bij hem aan de deur kwam, was een werknemer van mevrouw Rascher. Hij was een brute kracht type arbeider, het type man dat Graham verachtte. Hij waardeerde altijd al het gebruik van het *verstand* als hulpmiddel boven het gebruik van fysieke kracht.

Maar ter verdediging, de man had Graham niet aangeraakt. Professor Lindgren had het weliswaar niet willen laten escaleren tot fysiek geweld, maar hij was blij toen de man hem zonder hulp zijn appartement uit liet stappen, met behoud van een beetje waardigheid.

De man had hem naar het vliegveld gereden en zelfs de deur voor hem opengedaan. Hij hield zijn gevangene goed in de gaten, maar gaf de oudere man de vrijheid om ongestoord aan boord van het vliegtuig te gaan. Hij kreeg een plaats in het vliegtuig, werd gezegd wat te rusten en kreeg eten en drinken aangeboden nog voor ze waren opgestegen.

Hij had de maaltijd geweigerd en koos ervoor om te slapen.

Waar ze me ook heen brengen, het zal niet zo comfortabel zijn als mijn bed.

Daar had hij gelijk in.

De cel waarin hij zich nu bevond was veranderd in een kamer, maar het was nog steeds een gevangenis. De rotswanden en het lage plafond alleen al waren genoeg om zelfs de meest zelfverzekerde persoon claustrofobie te bezorgen, maar het gebrek aan goede verlichting en comfortabel meubilair vertelde hem alles wat hij moest weten: hij was een gevangene. Heel eenvoudig.

Nu hij ondervraagd werd, zittend in een stoel in het midden van zijn kamer, was er geen twijfel mogelijk.

"Je hebt haar het object gestuurd, nietwaar?"

Graham Lindgren keek op naar de vrouw, die zich eerder had voorgesteld als Rachel Rascher, die boven hem stond. "Dat heb ik gedaan," zei hij. Er was geen aarzeling in zijn stem. Geen gevoel van wroeging. "Dat weet je al."

De vrouw knikte. "Natuurlijk weten we dat. Maar ik wil begrijpen *waarom* je het naar haar hebt gestuurd. Onze laboratoria hier kunnen..."

"Uw laboratorium hier is geschikt om te bepalen waar het object van gemaakt is, ja," zei Graham. "Maar het is geen kwestie van *apparatuur*. Om dit probleem op te lossen is iets anders nodig dan technologie."

Rascher schudde haar hoofd en liet de enkele lok grijzend haar over haar oog vallen. Geërgerd streek ze het terug over haar oor en voegde het bij de rest van haar lichtbruine, sluike haar dat ze in een grote, losse knot opgebonden hield.

Graham bekeek zijn gevangene. Ze was ietwat gedrongen, maar knap, zoals een wetenschapper of een bibliothecaresse zou zijn. Eenvoudig, niets opvallends aan haar uiterlijk, en make-up leek een soort bijzaak, als het er al was.

In een ander leven - en als hij dertig jaar jonger was geweest - zou hij zich misschien zelfs tot haar aangetrokken hebben gevoeld.

Nu, zittend in een stoel in het midden van een koude, donkere kelder, waar de oude rotswanden hun koele condens lieten bloeden die vochtigheid toevoegde aan de reeds vochtige kamer, voelde hij alleen maar onbehagen.

"Waarom heb je me hier gebracht?" vroeg Graham. "Waarom vraag je niet om mijn hulp als een normaal mens?"

De vrouw glimlachte. "En u gelooft dat u ons vrijwillig zou willen helpen?"

"Tuurlijk," zei hij. "Het is maar theoretisch, toch? Ik ben archeoloog, zoals je weet. Wij handelen in hypotheses. Situaties die wel of niet gebeurd kunnen zijn. Deze verhalen *raken* niemand vandaag, tenminste niet direct. We proberen de stukjes van het verleden samen te voegen, op een manier dat ze..."

"Dat is alles wat we hier proberen te doen, Mr. Lindgren. Dat is alles wat we *ooit hebben geprobeerd* te doen."

"En toch moest je je toevlucht nemen tot ontvoering? Waarom?"

De vrouw ijsbeerde voor hem. "We *hoefden* het niet te doen. We *besloten* het te doen. *Ik besloot het te doen.*"

Graham trok een wenkbrauw op. "Nou, hartelijk dank. Enige kans dat je me zou willen laten gaan?"

"Natuurlijk," zei Rascher. "Nadat je ons hebt verteld wat je weet over het object."

"Het *object?*" Graham spotte. "Het is een artefact! Niets anders dan een stuk rots, iets dat ik in Groenland heb gevonden."

Hij pauzeerde. *Heb ik te veel gezegd? Weet ze al waar ik het gevonden heb? Natuurlijk weet ze dat,* dacht hij. *Ze weet alles tot nu toe. Ze weet dat ik het naar Sarah heb gestuurd.*

Mijn Sarah. Hij voelde een knoop van ongerustheid groeien in zijn borst. Hij vroeg zich af waar ze nu was. *Heeft ze het object ontvangen? Misschien weet ze niet hoe ze het moet openen.*

Zijn gedachten werden opnieuw onderbroken door de vrouw.

"Professor Lindgren," zei Rascher ongeduldig. Ze ijsbeerde weer. Ze was slank, met brede schouders en een klein, rond gezicht. Haar lippen en neus waren klein, maar haar ogen maakten hun grootte goed. Graham vond dat ze een beetje leek op een personage uit een van de Disneyfilms waar hij en Sarah vroeger naar keken.

Bambi? Misschien dat konijn uit die film? Wat was haar naam? Of was het een 'hij'?

"Professor Lindgren," zei ze opnieuw, luider deze keer. "We hebben bijna geen tijd meer. Het eerste evenement was een succes, ook al was het klein. De tweede proef komt eraan, en ik zou het vreselijk vinden als jij daar geen deel van uitmaakt."

"Waarom?" Vroeg professor Lindgren. Sinds hij hier was gebracht - waar 'hier' ook was - probeerde hij erachter te komen wat er aan de hand was.

Na het publiceren van zijn paper, *Timeaus and Critias: An Alternative Interpretation,* op zijn persoonlijke weblog op de server van de universiteit, had hij zijn aandacht gericht op het onderzoeken van het voorwerp dat hij in de onderzoeksanalyse had genoemd: een rond, zwaar stuk rots, waarvan één zijde naar buiten stak in een knobbelachtige vorm, de andere zijde naar binnen gedrukt.

Voor de meeste mensen was het niets; een vreemd stuk oude geschiedenis dat mooi zou staan op een schoorsteenmantel of, als de vinder gul was, in een museum.

Voor professor Lindgren was het echter veel intrigerender. De eerste aanwijzing was dat het object hol was, gevormd uit twee afzonderlijke stukken rots, samengeperst met een bijna perfecte precisie, zodat de twee gezichten samenkwamen met een ambachtelijk niveau van symmetrie.

Het tweede dat opmerkelijk leek aan het voorwerp, was zijn laatste rustplaats: volgens zijn onderzoek was er nog nooit iets dergelijks gevonden, nergens ter wereld, en zeker niet op Groenland. Het eiland was slechts 4.500 jaar bewoond en werd beschouwd als het dunst bevolkte gebied van de planeet, en zelfs toen woonde een derde van de bewoners in één enkele stad, Nuuk.

Graham was er op vakantie geweest - een reis die Merina, de vrouw met wie hij omging, graag een 'werk-kation' noemde. Hij was nog nooit op het grootste eiland ter wereld geweest, en het had hem altijd geïntrigeerd, maar als vakantiebestemming stond Groenland meestal niet bovenaan de lijst.

Ze brachten er twee weken door, en Graham had haar overgehaald om een 'korte' driedaagse tour te maken door de zuidwestelijke gebieden rond Saqqaq, waar de vroegst bekende kolonisten waren geland en hun stad stichtten. Daar wist hij een van de museumdocenten over te halen om hem de grotten rond Disko Bay te laten verkennen, en in een van deze grotten had hij het object gevonden.

Het lag in een stapel gebroken rotsen, en zonder gereedschap of apparatuur had hij niet kunnen vaststellen of de steen al dan niet deel uitmaakte van een groter voorwerp, maar onder de stapel scherven had hij het gevonden. De ronde, roodachtige schijf. Hij had het opgeraapt en wist meteen dat het iets van waarde was.

Zoiets had niet mogen bestaan in die uithoek van de wereld.

Hij was al enige tijd bezig met zijn controversiële verhandeling over Plato's geschriften, en dit voorwerp, hoewel het er niet direct verband mee hield, leek het perfecte addendum te zijn.

Hij richtte zijn aandacht weer op Rachel Rascher. "Waarom zou ik bang zijn voor jouw 'volgende gebeurtenis'? Wat ben je van plan?"

Ze fronste haar wenkbrauwen.

"Je hebt me nog niets verteld, en toch wil je mijn hulp. Waar gaat dit allemaal over? Het artikel dat ik gepubliceerd heb...

"De *paper* die u publiceerde is niets, professor Graham. En mijn team heeft alle sporen ervan verwijderd van de servers van uw universiteit. Het was controversieel, maar dat is het. Een enorme overschrijding van uw kant."

"Oké, dan -"

"Het *object* waar je naar verwijst," ging Rachel verder, "is waar we in geïnteresseerd waren."

"Het is een artefact. Iets wat ik vond in Groenland, van alle plaatsen."

"Dat weten we. In de krant schreef u dat artefacten "...zoals het *exemplaar dat ik tijdens een recente reis naar Groenland heb bemach-tigd, de juistheid bewijzen van beweringen van mijn voorgangers, dat onze historische genealogie als volledig wordt verondersteld. Deze stukken geschiedenis bewijzen dat we weinig weten over waar onze voor-ouders hun thuis noemden."''*

Graham was aanvankelijk onder de indruk van het vermogen van de vrouw om de verklaring uit zijn krant met perfecte nauwkeurig-heid na te vertellen, maar zijn verwarring keerde snel terug. "Nog-maals, het is maar een artefact. Ik heb er niet eens voldoende onderzoek naar kunnen doen. Ik heb geen idee -"

"Het is echt, Professor," zei Rascher. "Het is zo oud als u in uw artikel suggereert. En het is, zoals u beweerde, *niet* van ergens in de buurt van Groenland."

"Weet je waar het vandaan komt?"

Ze knikte. "Dat doe ik. Maar ik heb dat artefact *nodig*, professor. Daar gaat het hier allemaal om. U had het gewoon naar mij kunnen sturen, maar in plaats daarvan heeft u het - met een koerier die het makkelijk kwijt had kunnen raken - de wereld rondgestuurd, naar uw dochter."

Hij huiverde. *Sarah.* Hij had haar onbedoeld bij dit alles betrok-ken. Hij had nooit de eerste e-mail van Rachel mogen negeren.

Professor Lindgren,' begon de e-mail.

Ik observeer uw carrière al enige tijd en ik hoop dat u mij de eer gunt mij uw fan te noemen.

Ik heb het artikel gelezen dat u gisteren hebt gepubliceerd, en ik ben geïntrigeerd door de premisse ervan: dat onze geschiedenis nog niet goed gedefinieerd is. Meer in het bijzonder ben ik geïntrigeerd door de ideeën die u naar voren brengt over de 'rommeligheid van ons imperia-lisme', in die zin dat onze artefacten over de hele wereld verspreid zijn geraakt.

U vermeldt in een voetnoot een artefact dat u onlangs in Groen-land bent tegengekomen. Ik ben zeer onder de indruk van de mysteri-

euze belofte die dit object lijkt in te houden; zou u een tijd willen afspreken waarop we elkaar kunnen ontmoeten?

De e-mail leek onschuldig genoeg. Maar voor Professor Graham kwam het over als een losgeldbrief: *geef ons het artefact, of we komen je halen.* Er zou geen reden zijn geweest om dat te vermoeden, maar voor drie dingen:

Ten eerste had de e-mail geen afzender. Na het extraheren van de e-mail headers - een truc die hij lang geleden van een collega had geleerd - had hij ontdekt dat de 'afzender' zijn adres had verborgen achter een muur van door de server gegenereerd gebrabbel.

Ten tweede had niemand ook maar enige aandacht aan het artefact geschonken toen hij zijn artikel ter beoordeling aan vakgenoten had voorgelegd. Zeker, de 'peer review' bestond alleen uit de ongeveer vijftien anderen van zijn afdeling aan de universiteit, en een paar vrienden en collega's die hij had leren kennen en vertrouwen, maar als iemand erop gebrand had moeten zijn meer te ontdekken over dit 'wegwerp'-artefact dat hij in Groenland had ontdekt, dan waren zij het wel geweest.

Tenslotte had degene die de e-mail had gestuurd dat pas gedaan een dag nadat hij het artikel had gepubliceerd, en zelfs dan was het alleen nog maar online gepubliceerd, op een van de blogs van de universiteit. Het kon nauwelijks worden beschouwd als een wereldwijde publicatie, en hij wist dat de webcrawlers voor de zoekmachines die de inhoud over het internet zouden verspreiden, minstens een week nodig zouden hebben om het op te pikken.

Dus deed hij het enige redelijke wat hij kon bedenken: hij had het artefact naar zijn dochter gestuurd. Zij was opmerkelijk briljant, en als iemand kon uitzoeken waar zoiets precies vandaan kwam, zonder er ophef over te maken of te proberen iets te publiceren dat in strijd was met zijn eigen werk, dan zou zij het wel zijn. Hij kon het niet naar een vervreemde collega in de Verenigde Staten sturen, want die zouden kunnen treuzelen en er hun tijd mee nemen, en zijn eigen laboratoriummiddelen waren in beslag genomen door grotere problemen.

Bovendien voelde hij de tijdsdruk op hem drukken. Wie de mysterieuze e-mailer ook was, hij kreeg het gevoel dat ze niet geïnteresseerd waren in onderhandelen.

Op het moment van de e-mail had hij echter niet de indruk dat iemands leven in gevaar was, en zeker niet het zijne. Hij had zijn tijd genomen om het naar Sarah te sturen, pas nadat hij zelf een beetje onderzoek had gedaan.

Hij was tot enkele opmerkelijke, zelfs ongelooflijke conclusies gekomen, maar niets wees erop dat hij zich ergens zorgen over moest maken.

Dat was, totdat hij de *tweede* email kreeg van dezelfde gecodeerde afzender:

Uw tijd is om, professor. We komen het antwoord halen.

HOOFDSTUK 25

BEN

"JULIE, DAT IS GEEN AANWIJZING," zei Reggie.

Ben keek naar zijn lange, magere vriend, die heen en weer ijsbeerde in de woonkamer. Julie had alles uitgelegd wat ze had geleerd, en ook haar gesprek met Mrs. E.

De koude lucht uit Alaska vloog door de ramen met dubbele beglazing en door microscopisch kleine kieren naar binnen, en raakte Bens huid net toen de warmte van de houtkachel de lucht ontmoette en het ijskoude eruit sloeg.

"Het is... alles wat we hebben."

"Het is niets. Waar worden we verondersteld heen te gaan? Atlantis?"

Julie haalde haar schouders op.

"Misschien is het een andere aanwijzing," zei Ben. "Misschien *heeft* Sarah's vader *iets te maken* met Atlantis."

Reggie ijsbeerde. "Waarschijnlijk wel. En het heeft waarschijnlijk ook te maken met dat steentje dat hij haar stuurde. Toch is dat niet genoeg om verder te gaan. We kunnen Mr E niet bellen en hem zeggen: 'Hé baas, we gaan gewoon met een privéjet naar Atlantis, rondkijken tot we het vinden.

Julie liep verder de kamer in. "Dus wat stel je voor? Jij en Ben doen niet echt veel om te helpen."

"Dat komt door de whisky," snauwde Reggie.

"Bedoel je dat het zo erg is?" vroeg Julie. "Of ben je al dronken?"

"Nee," zei Reggie. "Het was op. Ben en ik gebruikten het als 'denksap'."

Ben keek op naar zijn verloofde met een grijns op zijn gezicht. Hij knipperde een paar keer met zijn ogen, in een poging om de twee Julia's die daar stonden weer in één te veranderen. Hij haalde zijn schouders op en probeerde op te staan. "Ik zal - ik zal meer halen."

Julie duwde hem weer op de bank. "Nee, ik doe het wel. Je zult alleen iets breken."

Hij lachte maar ging niet in discussie. Zodra Julie de kamer uit was, stopte Reggie met ijsberen en keerde zich naar Ben. "Oké, maatje. Tijd om te beslissen."

Ben keek naar hem op. "Wa - waar heb je het over? Ik dacht dat we al besloten hadden om te gaan? We hoeven alleen maar uit te zoeken *waar -*"

"Nee," zei Reggie. "Ik heb het over *Julie*. Ga je echt met haar trouwen, of blijf je het gewoon uitstellen?"

"Het er af stoten?" Vroeg Ben. Hij probeerde zich op Reggie te concentreren, maar zijn ogen lieten hem weer in de steek.

"Ja. Jullie *zouden* een paar maanden geleden gaan trouwen. Ging op een cruise zodat je het kon plannen en alles. Weet je nog? Jullie waren er zo opgewonden over, en..."

"Als ik *me goed herinner*," begon Ben, "kwam *jij opdagen*. Je rukte ons van de boot en stuurde ons naar een drijvend pretpark. En we werden beschoten, en bijna opgegeten door reuzenkrokodillen. Op *hetzelfde moment. Dat* is wat ik me herinner."

Reggie lachte. "Je hoefde niet te gaan. Trouwens, we hebben het gehaald - dus waarom wacht je nog? Waarom houden we ons niet aan de afspraak en maken we er een eind aan. Ik zeg je steeds, maatje, stop met wachten of ik ga..."

"Hou je kop, Reggie," riep Julie vanuit de keuken. "Je weet dat ik je mee uit kan nemen."

"Ik heb gedronken," zei hij, nog steeds lachend. "Dat betekent dat ik nog sterker ben. Laat me met rust."

"Zou er niet van dromen, hotshot."

Ben was in gedachten verzonken. Hij probeerde na te denken over wat Julie hen had verteld, over haar theorie, en nu Reggie's opmerking over trouwen, maar hij voelde hoe de alcohol zijn gedachten door elkaar duwde, alsof zijn geest gewoon een klomp klei was. Hij en Julie waren verloofd geweest, en hij nam aan dat ze dat nog steeds waren, maar ze hadden er niet veel meer over gesproken sinds het incident op de Bahamas.

Hij hield van haar, maar hij had het gevoel dat er een reden was dat ze steeds uit elkaar dreven. Zeker, ze leefden samen, maar hun avonturen - en bijna-doodervaringen - maakten het moeilijk. Voor hen was 'normaal' worden aangevallen door een zoutwaterkrokodil of van een bevroren ijsklif afhangen in Antarctica, terwijl een Chinees leger op hen afkomt.

Hij duwde de gedachte weg en keek terug naar Reggie. "Wat zei Sarah trouwens dat haar vader onderzocht?"

Reggie fronste, nadenkend. "Ik denk niet dat ze dat deed."

"En ze onderzoekt... wat?"

Reggie dacht even na en steunde op de rand van de flatscreen televisie. Ben hoopte dat Reggie niet te veel gedronken had, want de televisie was nergens stevig op bevestigd. "Uh, ik denk dat ze iets zei over... mensen? Misschien oude mensen?"

"Ze is antropologe, Reggie."

"Juist. Dus ja, zeker mensen."

Ben rolde met zijn ogen. "Waarom zou hij *haar* dat artefact sturen? Het had niets te maken met haar onderzoek, en ze is niet eens een archeoloog."

Julie liep terug met twee glazen whisky, in elk een ijsblokje. Ze gaf er een aan Reggie en zette die van Ben op het bijzettafeltje.

"Probeer je op me te beknibbelen, Jules?" vroeg Reggie, terwijl hij het glas op ooghoogte van zijn hoofd hield en merkte dat het nog niet halfvol was.

"Nee, ik probeer gewoon wat geld te besparen. Jullie dronken het goedkope spul al, dus moesten we beginnen met het top-shelf spul."

Reggie wierp Ben een verbaasde blik toe. "Heb je een *bovenste* plank?"

Ben lachte.

"Waar hadden jullie het net over?" vroeg Julie.

"We probeerden ons te herinneren wat Sarah aan het bestuderen was. Ben zei dat het vreemd was dat Sarah's vader *haar* het artefact stuurde dat hij had gevonden."

"Waarom?"

"Omdat hij een professionele archeoloog is. Hij kan het *overal heen* sturen om te laten onderzoeken. Er is vast wel ergens een groot, saai lab dat wacht tot hij spullen opstuurt om ze onder de microscoop te bekijken. Waarom stuurt hij het dan naar haar?"

"Ze is zijn dochter, en ze is intelligent. Misschien is hij...

"Nee," zei Reggie, "ik ben het met Ben eens. Het is een beetje verdacht."

"Hij probeerde haar te waarschuwen, om haar iets te vertellen. Dat hebben we al besloten, toch? Dat hij de brief schreef om haar te vertellen waar hij heen ging, of in ieder geval waar hij geweest was?

Reggie en Ben knikten.

"Maar hij kwam er niet voor uit, wat mij zegt dat iemand niet wilde dat hij het over de hele wereld zou uitzenden.

"Of hij *wist niet* waar hij heen ging," zei Reggie. "Misschien wist hij dat er een prijs op zijn hoofd stond en wilde hij een boodschap overbrengen, maar wist hij niet precies waar we hem moesten gaan zoeken. Dus vertelde hij haar wat hij weet: er is een rare oude steen en een citaat dat hem aan het denken zette over Atlantis. Hij weet niet waar het is, maar misschien dacht hij dat ze hem daarheen zouden brengen."

Ben glimlachte, maar Julie was al bezig met een andere theorie. "Maar wat als die quote iets meer *was*? Wat als het een code is voor iets anders, iets wat hij niet wilde dat nieuwsgierige ogen zagen? Ze zei dat de oude man van dat soort dingen hield."

Reggie kwam uit de hoek van de televisie en begon weer te ijsberen. "Het citaat is van Plato, een oude dode man, en hij is degene die de mythe van Atlantis heeft bedacht?"

Ben knikte. "Dat is wat ik me herinner, in ieder geval."

"Nee," zei Julie. "Hij heeft het niet verzonnen. Hij schreef het gewoon op, en we citeren het vaakst."

"Maar er zijn anderen?" vroeg Reggie. "Ik bedoel, ik herinner me dat ik hoorde dat Plato alleen opschreef wat hem verteld werd, maar ik wist niet dat er meer documenten waren die naar Atlantis verwezen."

"Wel," begon Julie, "uit wat ik net gelezen heb, zijn er geen gedocumenteerde verwijzingen van *vóór* Plato's tijd, maar dat kan gewoon zijn omdat ze niet bewaard zijn gebleven. Maar er zijn heel wat mensen *na* Plato die over Atlantis schreven.

Ben kneep zijn ogen dicht en probeerde de opwinding die hij voelde tegen te houden. "Maar - maar dat is nauwelijks geloofwaardig, toch? Ze zouden gewoon kunnen herhalen wat Plato schreef."

"En ik ben er zeker van dat de meeste dat zijn," zei Julie. "Maar er zijn er een paar die in hun eigen woorden lijken te herhalen wat Plato zei - maar ze zijn niet noodzakelijk *gebaseerd* op Plato's woorden."

"Dus zij hoorden het verhaal ook, en schreven het op?" vroeg Reggie.

"Dat is wat sommige geleerden geloven," zei Julie. "Het is echt onmogelijk te zeggen. Maar ik denk dat Sarah's vader iets op het spoor was, althans dat dacht hij."

"En zijn ontvoerders dachten dat hij dat ook was," voegde Ben eraan toe.

"Juist. Hij maakte er een punt van een cryptische brief en een artefact naar zijn dochter te sturen, dus ik denk dat het de moeite waard is te onderzoeken," zei ze. "Het kan uiteindelijk niets zijn, maar het kan ook..."

Julies stem verstomde toen Ben het mobieltje in zijn zak voelde trillen. Hij haalde hem tevoorschijn en merkte dat Reggie en Julie zijn bewegingen imiteerden, elk reikend naar hun eigen telefoon.

Hij tilde de telefoon op en las het bericht dat ze net hadden ontvangen.

Pak je koffers. We hebben een bestemming.

HOOFDSTUK 26

SARAH

Volgende dag

SARAH TROK DE RUGZAK OVER HAAR SCHOUDER EN
HAALDE DIEP ADEM. *Dit is het,* dacht ze. *Nu of nooit.*

Ze rommelde met de bundel papieren in haar hand en stapte in
de rij voor de veiligheidscontrole op het vliegveld, een handbagage
koffer achter zich aan slepend. *Deze luchtvaartmaatschappij zou een
manier moeten hebben om zonder tickets aan boord te gaan,* dacht ze.
Ze was gewend om te vliegen met alleen haar telefoon, met behulp
van de portemonnee app van de telefoon om de instapkaart code te
knipperen op het scherm tijdens TSA veiligheidscontroles en voor
het boarden.

Zij was ook gewend de tijd te hebben om de perfecte vlucht uit te
kiezen die haar aan beide kanten van het vertrek en de aankomst
voldoende tijd liet.

Vandaag had ze echter haast, en ze had niet de luxe gehad om
haar vlucht te kunnen kiezen. Sawyer International naar Chicago
O'Hare, en dan door naar Stockholm Arlanda, om snel te kunnen
inchecken in het appartement van haar vader. Dat had ze tenminste
gevraagd aan het CSO team, die genadig hadden aangeboden om de

vluchten voor haar te kopen. Ze hadden het gedaan, ook al was het duidelijk dat Interpol of de lokale politie van Stockholm waarschijnlijk in het appartement zouden zijn om hun eigen onderzoek uit te voeren.

Maar ze moest het proberen.

Ze wist dat haar vader hetzelfde voor haar gedaan zou hebben. *Begin bij het begin van een mysterie,* zei hij vaak, zijn cryptische zinnen onderstreept door zijn scheve grijns. *Het begin is de enige plaats.*

Voor haar was het 'begin' van dit mysterie zijn eigen appartement. Als daar iets was dat haar kon vertellen waar hij nu was, zou ze het vinden. Ze wantrouwde Interpol niet, maar ze wist dat ze het onderzoek samen met de plaatselijke wetshandhavers hielpen. Beide partijen voerden hun wettelijke taken uit, maar ze waren niet persoonlijk gemotiveerd zoals zij.

Ze zou slechts één nacht in Stockholm doorbrengen, dan zou ze terug op het vliegveld zijn en op weg naar de volgende bestemming.

Dat was het andere vreemde aan deze reis - ze had geen idee waar ze haar uiteindelijk heen zouden sturen. Ze hadden blijkbaar een akkoord bereikt en haar gezegd dat ze haar inbreng nodig hadden, en hoe laat ze op het vliegveld moest zijn. Ze was dankbaar voor de hulp, en stelde geen vragen. Normaal werden haar tickets door haar gekocht, gefinancierd door haar universiteit. De reis van vandaag was echter gekocht en aan haar toegewezen door de CSO, de organisatie waar Reggie voor werkte.

Reggie.

Ze haalde nog eens diep adem. *Nu of nooit,* dacht ze weer. *Of je ziet hem nu of je ziet hem nooit meer.*

Ze wist niet zeker waar die gedachte vandaan kwam, maar ze had het gevoel dat het iets was wat haar moeder haar verteld zou hebben. Haar moeder was altijd pragmatisch geweest en herinnerde haar enige dochter er voortdurend aan dat tijd een luxe was die geen man of vrouw zich kon veroorloven, en dat het najagen van dromen iets was waar je alleen vrije tijd aan moest besteden. *Als je iets wilt, doe het dan. Stop met erover te dagdromen.*

Sarah had het pragmatisme van haar moeder nooit helemaal begrepen, maar ze begreep het gevoel erachter wel. Haar moeder was nooit iemand geweest die tijd verspilde met wat dan ook te doen. Ze was verre van lui, voortdurend in de weer om klusjes af te maken en zich voor te bereiden op de vele avonden waarop haar man gasten uitnodigde voor een diner.

Sarah was opgegroeid met een vader die voortdurend zijn dromen najaagde, de ene bevlieging na de andere volgde en op de een of andere manier het ene grote succes na het andere aaneen reeg tot hij er een carrière omheen had gebouwd. Ze was ook opgegroeid met een moeder die haar best deed om hun thuis - waar dat ook was elk seizoen - stabiel en constant te laten voelen. Zij streefde naar zekerheid en consistentie, waar haar man naar opwinding en voldoening streefde. Ze waren in veel opzichten elkaars tegenpolen, maar desondanks absoluut perfect voor elkaar.

De TSA-medewerker trok haar haastig naar voren met een ongeduldige zwaai van zijn hand. Ze schudde met haar ID, instapkaart, schoudertas en handbagage, in de hoop dat de man het zou begrijpen en hulp zou bieden.

Dat deed hij niet. In plaats daarvan, snoof hij en keek rond, duidelijk geïrriteerd.

"Sorry," zei ze. "Ik ga meestal niet door de beveiliging, ze laten me meestal mijn..."

"Alleen uw ID, alstublieft," zei de man, onderbrekend. "Dan uw instapkaart. Een voor een."

Hij stak een dikke, vermoeide hand uit. Zij legde de ID erin en hij greep hem. Ze was niet in staat haar eigen hand volledig uit zijn sluitende vuist te halen toen die zich terugtrok, en ze voelde het koude, klamme zweet van de overwerkte en onderbetaalde overheidswerknemer.

"Instapkaart," zei hij.

Ze overhandigde het, en wachtte tot het te klikken en het groene licht op de display meter boven zijn station oplichten. Toen het deed, haastte ze zich naar voren en begon het kwellende proces van wachten in de rij achter een horde van angstige reizigers verwijderen van schoenen en riemen en laptops, gevoel opgejaagd ook al had ze een solide tien minuten voordat ze kon haar tempo naar haar gate hervatten.

Tien minuten voor ik bij de gate ben, en nog een half uur voor we aan boord gaan. Dan nog een uur of tien voordat ik hem weer zie.

Ze wist niet zeker of ze blij was de man weer te zien of dat ze weer verder zouden gaan waar ze gebleven waren. *Bang, boos, gekwetst, gepijnigd.*

Verliefd.

HOOFDSTUK 27

SARAH

Na een kwartiertje lopen en een ritje in een van de vele shuttles binnen de luchthaven bereikte zij de gate. Na twintig minuten wachten bij de gate, stapte ze in en ging zitten.

Ze overwoog te slapen terwijl de rest van de passagiers aan boord ging - ze zat aan het raam, dus ze hoefde pas op te staan als ze weer geland waren - maar besloot in plaats daarvan te kijken naar het voorwerp dat haar vader haar had gestuurd. Het zat in haar schoudertas, die ze onder haar stoel had opgeborgen. Ze greep ernaar en haalde het kleine, ronde voorwerp eruit.

Het voorwerp was precies zoals ze zich herinnerde. Klei of keramiek, gebakken tot een ongelooflijke hardheid die het in staat had gesteld de elementen te weerstaan gedurende een onnoemelijk aantal jaren. Rond, met een uitsteeksel aan één kant dat doorliep naar de andere kant. Ze hield hem omhoog tegen het licht dat door het raam van het vliegtuig naar binnen scheen en bestudeerde hem. Ze had er niet eens aan gedacht het te inspecteren sinds ze van haar vaders verdwijning had gehoord, maar er was niet veel anders te zien.

Toch rolde ze hem heen en weer in haar handen, onder de indruk van de kunstzinnigheid en het vakmanschap. Het was een eenvoudige cirkel, maar hij leek perfect te zijn gevormd, alsof hij met een kleiwiel was gemaakt. Het knobbelige uitsteeksel aan de bovenkant en de inkeping aan de onderkant van het voorwerp waren ook met fijne precisie gevormd.

De enige reden waarom ze het eens was met haar vaders oordeel dat het een oud voorwerp was, was de lichte verslechtering langs de randen. Ze kon een paar plekken zien waar de verder perfecte cirkelranden waren afgebrokkeld, en de verweringsverkleuring op de gezichten maakte het nog intrigerender.

Ze reikte omhoog en deed het licht aan, waarna ze het voorwerp dichter bij haar gezicht bracht. Ze onderzocht de inkeping op wat zij de "bodem" van het voorwerp noemde en wreef met haar duim langs de binnenkant.

Daar.

Er was iets vreemds aan de inkeping, en ze bracht hem nog dichter bij haar oog. Er verscheen een vage lijn, een lichte kerf in het keramiek, helemaal rond de binnenkant van de inkeping.

Ze duwde haar duim harder in de inkeping en draaide het voorwerp rond in haar hand. Ze voelde iets klikken en zag toen hoe de barst in het keramiek iets groter werd.

Echt niet, dacht ze. *Het gaat echt open.*

Blijkbaar was het object niet alleen een massief stuk steen of keramiek. Het was een soort opslagvat, en ze had per ongeluk ontdekt hoe ze het kon openen. Ze hield haar duim stil en bleef draaien tot er weer een scheur ontstond in het midden van de buitenste rand van de cirkel en ze haar vinger erin kon steken.

Het viel uit elkaar in haar handen. Het was een schroefmechanisme - er liep schroefdraad langs de binnenkant van de twee delen, en door de inkeping in te drukken en de twee helften uit elkaar te draaien, lukte het. Iets uit het binnenste van het voorwerp viel in haar schoot, maar ze merkte het nauwelijks. Ze staarde naar de twee stukken rots die zojuist voor haar waren opengegaan.

Ongelooflijk. Ze was in ontzag. Wat de oorsprong van dit artefact ook was, het maakte gebruik van technologie die *eeuwen* na zijn tijd was ontdekt. Ze kende de precieze geschiedenis van de schroef en de schroevendraaier niet, maar ze wist zeker dat er in de tijd vóór het brons geen keramiek was geweest dat met schroeven aan elkaar was gezet.

Er was nog steeds de overweging dat het artefact nep was, maar wat was dan het nut? Een mooie, antiek uitziende opslagcontainer leek haar geen nuttige toepassing van iemands kleivormende kunstzinnigheid. Bovendien betwijfelde ze of haar vader in het dunbevolkte achterland van Groenland een kunstvoorwerp had gevonden dat was nagemaakt.

Dit is echt, dacht ze, terwijl ze nog opgewondener werd. *En het* betekent *iets. Iets belangrijks.*

Haar vader had haar weer eens een mysterie gegeven om op te lossen.

Pas toen herinnerde ze zich het voorwerp dat erin verborgen was. Ze reikte naar haar schoot en haalde het eruit. Het was een halsketting, een kleine steen hangend aan een dunne zilveren ketting. De ketting leek een standaard stuk sterling zilver te zijn, iets dat gemakkelijk online of in een grote winkel gekocht kon worden. De steen leek ook niets bijzonders te zijn. Gebroken wit van kleur, met wat glinsterende vlekjes, en aan één kant half glad, alsof het was afgebroken van een groter stuk rots dat ooit aan één kant blootgesteld was geweest aan bewegend water. Ze herkende het als opaal, haar geboortesteen.

Ze rolde hem rond in haar hand, voelde de koele, gladde randen die wegzakten in het ruigere deel. De hele steen was maar een dubbeltje groot, onbeduidend. Het was een vreemd geschenk, maar er was weinig aan haar vader en zijn affiniteit voor excentriciteiten dat ze niet als 'vreemd' zou omschrijven.

Terwijl ze het geschenk vasthield, herinnerde ze zich het postscriptum van zijn brief:

P.S.: beschouw het als een vervroegd verjaardagscadeau.

Ze wist nu dat het artefact slechts het overbrengingsmechanisme was voor zijn *eigenlijke* geschenk: de halsketting en het steentje eraan.

Vreemd, dacht ze. *Dit betekent dat papa wist dat het object geopend kon worden. Hij stopte dit hierin zodat ik het kon vinden.*

Het was een leuke manier om een verjaardagscadeau te geven, maar er waren nog te veel onbeantwoorde vragen. *Waarom het in een onbetaalbaar artefact stoppen? Waarom stuurde ze me dit twee maanden* voor *mijn verjaardag?* Het was augustus, en haar verjaardag was eind oktober. *Wat probeert hij me te vertellen?*

En bovenal, *waar in de wereld is hij?*

Ze zuchtte, vouwde de zilveren ketting zachtjes open en legde hem om haar hals, waarna ze hem omklemde. Ze schoof de steen langzaam naar het midden van de ketting en stopte hem toen onder haar shirt. Sarah was nooit zo'n juwelendraagster geweest; ze vond de snuisterijen en accessoires eerder een last dan een aanwinst. Maar een geschenk was een geschenk, en ze was niet van plan om een vermiste vader zijn wens om zijn dochter te plezieren te weigeren.

Ze stopte het voorwerp terug in de doos waarin ze het had verpakt, en lette er goed op dat de twee lagen noppenfolie het voorwerp goed beschermden. Het was een oude gewoonte die ze van haar vader had geleerd, en ze hoorde zijn stem nog nazinderen in haar gedachten: Je *kunt nooit voorzichtig genoeg zijn met dingen waar je weinig van weet.* Ze sloot haar ogen en stelde zich zijn strenge herinnering voor om zijn verzameling historische artefacten en schatten die hij in zijn kantoor bewaarde met respect en hoffelijkheid te behandelen.

De herinnering deed haar pijn. Ze voelde zich niet dichter bij de oplossing van het mysterie van haar vermiste vader, en tot overmaat van ramp had ze geen idee of de voorwerpen die hij haar had gegeven bedoeld waren als onschuldig pleziertje, van de ene wetenschapper aan de andere, of iets van meer betekenis:

Een hint.

HOOFDSTUK 28

RACHEL

ZE GING ZITTEN IN HAAR DIRECTIESTOEL EN DRAAIDE ZICH
OM, zodat ze oog in oog stond met het hoofdscherm op haar bureau.
Ze tikte een paar toetsen in en keek toen hoe het kleine venster haar
scherm vulde.

Ze kon haar vader zien liggen op de brancard, de lichtflitsen
verblindden tijdelijk de camera toen de klok de inhoud van de mysterieuze verbinding die erin zat, verhitte. Haar vader bokte en vocht
tegen de riemen die hem aan het ziekenhuisbed vasthielden, zijn
kracht was verrassend gezien de toestand waarin hij verkeerde.

Hij wist wat er gebeurde; hij was tenslotte een van de oorspronkelijke projectmanagers die ze had ingehuurd. Haar vader geloofde
heilig in het project, en hij had bijna alles mogelijk gemaakt wat ze
had bereikt. Hij wist precies wat dit was.

Maar dat betekende niet dat hij er niet tegen was. Zij en haar
vader hadden het afgelopen jaar onenigheid gehad; zowel vader als
dochter wilden het probleem van totaal verschillende kanten benaderen. Haar vader wilde meer tijd, om de wetenschappers de tijd te
geven hun synthese van de verbinding te voltooien en het op een
schaalbare manier na te maken. Hij wilde langzamer te werk gaan,
hun overtuigingen op een gecontroleerde manier aan de massa door-

geven en het tempo laten bepalen door de effecten van de sociale media en de snelheid van het moderne leven.

Zij, aan de andere kant, had aangedrongen op een snelle lancering van hun technologie, waarbij zij angst en terreur als een tactisch voordeel gebruikte. Zij pleitte voor de historische waarheid van hun experimenten, omdat zij van mening was dat hun doel millennia geleden aan hen was gegeven en dat hun doel dus waar was. Zij wilde hun onderzoek uitbreiden en elk jaar meer en meer van de bevolking testen, en om dat te kunnen doen moest zij een kopie van de verbinding hebben die even betrouwbaar was als het origineel.

Ze was tenslotte geen moordenaar. Ze was geen gestoorde wetenschapper die uit was op wereldheerschappij. Ze wilde dat de wereld de waarheid kende, en ze wilde het bereik van haar proeven vergroten.

Maar uiteindelijk wilde ze de wereld *redden*. De bevolking nam al in een alarmerend tempo toe, en de meeste deskundigen waren van mening dat de groei van de menselijke bevolking al onhoudbaar was.

Voor Rachel was het duidelijk - de wereld was nooit bedoeld om zoveel mensen te herbergen. De Ouden en hun beschaving - *haar* beschaving - hadden alles gepland, inclusief overbevolking. En voor Rachel was die oplossing even elegant als effectief. Haar stille partners wilden niet precies hetzelfde, maar hun belangen lagen in dit vroege stadium zo dicht bij elkaar dat hun steun zo goed als zeker was.

Plus, ze had er geen belang bij hen *te vertellen* dat hun einddoelen niet hetzelfde waren.

De chemische verbinding - wat het ook was - stelde de Ouden in staat hun ras zuiver te houden, om alle hoopvolle leden van hun groeiende cultus te testen en hen waardig te achten om lid te worden of dood te gaan. De test was perfect, onfeilbaar en betrouwbaar, en Rachel had de genetische code om het te bevestigen. Terwijl haar team nog hard werkte aan het decoderen van de exacte samenstelling van de erfelijke eigenschappen die door de eeuwen heen waren doorgegeven van de zuivere Ouden, had ze reden om te geloven dat de

'Code van de Zuivere,' zoals ze het graag noemde, een DNA-match was met de Ouden van ten minste 99,99999% nauwkeurigheid. Vijf negens nauwkeurig', zo omschreven haar genetici het materiaal, verwijzend naar de vijf negens achter de komma.

Haar team werkte momenteel aan de sequentiebepaling van de rest van het DNA in de zuivere afstamming. Pas dan zou zij een nauwkeurige analyse kunnen maken van de precieze samenstelling van het "zuivere" genetische materiaal - het materiaal in de menselijke genetische code dat de zuiverheid van het individu bepaalt.

Haar vader was dicht bij het vinden van dit antwoord gekomen, maar hij had te veel aan zijn eigen grootvader toegeschreven. Hij had te veel vertrouwd op het onderzoek van Nazi Duitsland, van de SS wetenschappers en onderzoekers die werkten voor Heinrich Himmler en, uiteindelijk, Adolph Hitler. Haar vader geloofde in de papieren en onderzoeken die door de Nazi's waren geproduceerd en vervolgens verborgen; hij had aangenomen dat hun studies en bevindingen juist waren.

Hij geloofde dat zijn eigen grootvader, Sigmund Rascher, dicht bij het vinden van een geschikt middel was geweest om mensen mee te testen. Zijn regering had de stof gebruikt in de gaskamers van de concentratie- en vernietigingskampen, en hoewel het een effectief gif was gebleken, had het de Nazi's geen betrouwbare gegevens opgeleverd over de zuiverheid van de vele rassen die in die kampen werden getest.

Kortom, het project was mislukt. Nazi-propaganda en een wereldwijde, eeuwenlange rebranding van de Nazi-experimenten hadden de wereld doen geloven dat hun testen van de zuiverheid van de rassen slechts een misplaatste poging was om de Joodse en andere 'niet-Arische' rassen van de planeet uit te roeien.

Maar Rachel wist de waarheid. Zij had het dagboek van haar overgrootvader, een stuk dat verloren was gegaan voor de geschiedenis. Zij wist wat haar overgrootvaders strijd was geweest, waar hij zich zorgen over had gemaakt, wat hij had willen bereiken. Hitler was een monster, maar volgens Rachel had hij niet *helemaal* ongelijk - de wereld was een plek die bewaakt moest worden, de menselijke inspanning een die leiderschap nodig had. De Ouden hadden hun bolwerk gevestigd te midden van vele andere welvarende beschavingen, en hadden snel hun gezag en macht doen gelden. Zij hadden eeuwenlang hun rechtmatige plaats als het dominante ras ingenomen, en alleen door een vreemd ongeluk was hun plaats ingenomen.

Rachel schoof het venster op haar scherm naar een andere monitor, deze was groter en gaf een beter beeld van wat er in Kamer 23 gebeurde. Ze zag hoe haar vader bokte en vocht tegen de riemen, in een poging om los te komen van de terreur die hij op dat moment ervoer.

De test was merkwaardig in die zin dat hij de psychologie van het individu evenzeer beïnvloedde als de fysiologie. Proefpersonen ervoeren hallucinaties, sommigen zelfs zo sterk dat ze geloofden dat de muren, de vloer of het plafond, of zelfs andere mensen in de kamer, aan het smelten waren. De hallucinogene drug gaf de proefpersonen de indruk dat de hele kamer op de een of andere manier in brand stond, een inferno zo heet dat alles om hen heen vloeibaar werd. Het psychologische effect werd alleen maar versterkt door de *fysieke* effecten - de proefpersoon werd tenslotte vergiftigd. De verbinding, omgezet van een vloeistof in een gas door de hitte die door de bel straalde, drong de huid binnen en de hitte blaarde al het beschikbare vlees. De effecten waren afschuwelijk, maar tijdelijk.

Of de patiënt leefde of stierf, en als hij leefde zouden de blaren genezen en de wonden verdwijnen.

En de wetenschap dat haar zuivere afkomst betekende dat ze al rechtstreeks verbonden was met de Ouden - en dat ze de tests niet zelf hoefde te doorstaan - was precies de bevestiging die ze nodig had. Het had haar de drive gegeven om door te gaan, het uithoudingsvermogen om door de hel van het testen van haar hele staf te komen.

Maar het was niet genoeg geweest om haar hier doorheen te helpen.

Ze begon weer te huilen, voelde de tranen, de verzengende hitte van de zoutoplossing toen die langzaam over haar wang rolde. Ze keek naar het scherm, niet in staat om het te zien maar ook niet om het te negeren, terwijl haar vader vocht tegen datgene waar hij zijn leven aan had gezworen. De klok was een wrede en onverzettelijke dictator, onbuigzaam. Haar vader was een echte Duitser, een man die er zo uitzag en zich zo gedroeg - een man met ambitie, gedrevenheid, standvastigheid en vastberadenheid. Een man die niets anders wilde dan succes, en er vroeg voor opdook en weigerde genoegen te nemen met minder dan het beste.

Maar, net als de Nazi partij en zijn wetenschappers voor hem, had haar grootvader zich niet gerealiseerd dat *Duits* op zichzelf niets anders was dan een verbastering van het ras dat de Ouderen hadden ontworpen en in stand gehouden. Duits zijn betekende dat je *uit Duitsland kwam*, niet noodzakelijk *zo zuiver als de Ouderen*, en iemands fysieke verschijning was soms meer toeval dan een bepalende factor.

Voor haar vader met blond haar en blauwe ogen was Duitsland een vaderland, een droom en een doel. Maar voor Rachel, was het een verkeersdrempel. Duitsland was slechts een afleiding, een bijzaak voor het uiteindelijke doel van het creëren van een zuiver, *antiek-waardig* mensenras.

Een mensheid die uiteindelijk haar waarde zou bewijzen, en die zij mogelijk zou leiden.

Rachel richtte zich op haar vaders gezicht en zag al de striemen en blauwe plekken die het serum had veroorzaakt.

Nee, dacht ze. *Alsjeblieft, wees niet waar.*

Ze wist wat er ging gebeuren, maar ze haatte het om het toe te geven, zelfs aan zichzelf. Ze had haar vermoedens, wist al jaren dat haar vader het onwettige product was van een in Duitsland geboren man en een buitenlandse vrouw. Maar dankzij zijn besluit om binnen het ras te trouwen, was de zuiverheid in Rachel Raschers bloedlijn hersteld. Zij zou de test hebben doorstaan, maar ze was bang dat haar vader dat niet zou doen.

Hij gooide zijn hoofd meerdere keren op en neer op de hoofdsteun van de brancard, elke keer krachtiger, tot hij weer ging liggen. Nog steeds.

Nee, dacht ze.

De test was onvermijdelijk. Het serum was onfeilbaar. Ze vertelde zichzelf dit feit, herinnerde zichzelf er keer op keer aan.

Toch kon ze niet stoppen met naar het scherm te kijken. Haar vader lag stil, onbeweeglijk, onbeweeglijk op zijn bed.

Of zijn sterfbed.

Nee, dacht ze, voordat de gedachte haar geest kon infecteren. *Hij kan nog zuiver genoeg zijn.*

Maar ze kende de waarheid. Ze wist het al haar hele leven, en het was de enige gedachte die haar haar hele professionele carrière achtervolgde. Ze wist wat de testresultaten zouden zijn, en ze wilde het negeren en gewoon verder gaan.

Maar haar ogen waren geboeid. Ze was een onderzoeker, een leerling, een wetenschapper. Ze wilde weten, *zien*, wat er gebeurde. Ze analyseerde het, bestudeerde het. Ze wist dat de verbinding die de Ouden hadden gemaakt, zijn magie uitoefende, en duizenden door hitte veroorzaakte klonters onder zijn huid vormde, die tegelijkertijd zijn bloed op zuiverheid testten. Hij zou nu volledig catatonisch zijn, en een totaal andere realiteit ervaren dan wat er werkelijk gebeurde. Waarschijnlijk, vanuit zijn perspectief, waren de muren aan het smelten, de vloer en het plafond waren vloeibaar geworden en drupten rond hem naar beneden.

Maar vanuit haar perspectief, was de kamer stil, stil en onbeweeglijk. Haar vader sliep, gezond en onbeweeglijk. Het kon haar niet schelen wat hij voelde, of wat zijn onderbewustzijn hem vertelde over de buitenwereld.

Het enige waar ze om gaf was of haar vader wakker zou worden of niet.

HOOFDSTUK 29

GRAHAM

PROFESSOR GRAHAM LINDGREN PROBEERDE DE FAVABONEN DOOR TE SLIKKEN, maar dat was moeilijk. In de tientallen jaren dat hij over de wereld had gereisd, had Graham allerlei vreemde en eclectische gerechten gegeten, uit zowat elke uithoek van de wereld. Dingen als rauwe koeiewervel en cavia's op een stokje noemde hij 'culturele delicatessen', die hij met de oprechtheid van een echte inwoner verorberde.

Er waren een paar dingen, echter, die hem de grens deden trekken. Paddenstoelen, in welke vorm dan ook, waren daar één van. Het andere ding was erwten.

En favabonen waren, wat hem betreft, hetzelfde als erwten.

Het gerecht dat hem was opgediend heette ful medames, in wezen een pap van gepureerde favabonen met wat accoutrementen - in dit geval uien en paprika's - geserveerd met hardgekookte eieren. Het had een eiwitrijke, aardse smaak, die anders smakelijk zou zijn geweest, ware het niet dat de consistentie zo sterk was.

Hij dwong de bonenstamppot door zijn keel en probeerde de smaak te waarderen. Het gerecht was goed gekookt, en daar was hij dankbaar voor. Het was als bijgerecht geleverd, samen met fois gras, waar hij altijd al een fan van was geweest. Hij had eerst de ganzenlever en het brood op, en toen zijn blik - en smaakpapillen - gericht op het opeten van de bonen.

Iets in hem weigerde om het eten te laten verspillen. Het was frustrerend, maar hij kon het niet van zich afschudden. Hij was een gevangene hier, en toch deden de mensen die hem vasthielden alles wat ze konden om zijn verblijf comfortabel te maken.

Ze hadden hem zelfs een beter kussen gegeven nadat hij geklaagd had over de flinterdikke hoes van polyester waarop hij de eerste drie nachten had moeten slapen.

Mevrouw Rascher zat voor hem, tegenover de tafel van haar gevangene. Ze had niets aan haar uiterlijk veranderd, maar haar grote, heldere ogen en enkele lok grijs haar waren nog even onopvallend aantrekkelijk als voorheen. Ze zaten in zijn 'kamer', de met rotsblokken ommuurde cel waarin hij was gegooid, maar een tafel en stoelen waren binnengebracht en in het midden van de kamer geplaatst.

Als hij zich niet vergiste, leek het alsof zijn ontvoerders geïnteresseerd waren in zijn algemene comfortniveau.

"Lijkt een beetje veel voor een nederige gevangene," zei hij.

Rachel Rascher trok een gezicht. "Een *gevangene*? U bent een voorname gast van mijn afdeling, professor."

"Uw afdeling? En als ik een *gast ben*, neem ik aan dat ik vrij ben om te gaan?"

"Je bent vrij om te gaan," zei ze. "Zodra we het object hebben."

Hij wachtte.

"En mijn afdeling maakt deel uit van de Egyptische regering."

"Houdt de *Egyptische regering* mij gegijzeld?" vroeg Graham.

Ze schudde glimlachend haar hoofd. "Nee. Zoals ik al zei, je bent geen gijzelaar. En de regering heeft niets te maken met dit - experiment."

"Wil je het uitleggen?"

Graham slikte nog een hap door. Hij merkte dat praten hem

hielp zich op iets anders te concentreren dan het naar vuil smakende gekots van de favaschotel voor hem.

"Mijn *afdeling* is het Ministerie van Oudheden van Egypte."

"Zijn we in Egypte?"

Ze knikte.

Hij keek om zich heen. "*Waar* in Egypte?"

Ze negeerde de vervolgvraag. "En ik ben het hoofd van de afdeling."

"*Minister* Rachel Rascher?"

Ze knikte.

"Een Duitser?"

"Goed geraden," zei ze. "Ja, ik ben Duitser, maar alleen door geboorte."

Hij fronste zijn wenkbrauwen.

"Ik heb vijf jaar in de Verenigde Staten gewoond, daarna dertien jaar in Europa rondgetrokken, maar mijn volwassen jaren hier in Egypte doorgebracht. Mijn afstamming gaat door het moderne Duitsland en is terug te voeren op het Griekse gebied."

"En je wilt dit 'object' dat ik vond. In Groenland."

"Ja, precies."

"Wat als ik het niet heb?"

Ze grijnsde. "Ik *weet dat* je het niet hebt, professor. Daarom bent u nog steeds hier."

"Dus je houdt me hier, tegen mijn wil, totdat ik het voor je heb?"

Ze haalde haar schouders op. "Of tot het tot ons komt."

"Denk je dat mijn -" hij hield zichzelf tegen. "Denk je dat iemand dit ding gewoon bij je komt afleveren?"

"Ik geloof dat *uw dochter* u zoekt. En omdat je het artefact naar haar hebt gestuurd, ja. denk ik dat ze het direct terug zal brengen."

Graham liet zijn hoofd vallen. *Had ik het maar geweten.*

"Professor," zei Rachel, zacht. "Er is een manier waarop u ons kunt helpen. Een manier die kan voorkomen dat er iets... *onfortuinlijks* met u of uw dochter gebeurt."

Hij voelde zijn lichaam spannen. De onwillekeurige reactie van een vader die hoorde dat zijn dochter mogelijk in gevaar was, was te veel om te verbergen. Tegelijkertijd dwong hij zijn geest te ontspannen. *Als er iets is wat ik kan doen,* dacht hij, dan *doe ik dat. Wat dan ook.*

"Vertel me wat er in het object zat."

Hij schoof zijn hoofd opzij. "Je weet meer over dit mysterieuze object dan je hebt laten blijken."

"Professor," zei ze, terwijl ze nog een hap nam, "vertel me wat erin zat."

Hij zuchtte. Nam diep adem. "Niets."

"Niets?" vroeg Rachel.

"Niets," zei hij. "Sorry. Hij was leeg. Toen ik eenmaal doorhad hoe ik hem open moest maken, was ik opgewonden, maar toen ik hem open draaide, zag ik dat er niets in zat."

Hij sprak natuurlijk niet de waarheid - er *had* iets in het object gezeten toen hij het eindelijk open kreeg. Het was een steen, niets anders dan een kiezelsteen. Een ruwe rand, een witachtige kiezelsteen.

Hij herkende het als opaal, de geboortesteen van zijn dochter, dus maakte hij er een halssnoer van, stopte het terug in het artefact en stuurde het hele ding naar Sarah.

Maar Graham wist dat de vrouw niet op zoek was naar een stuk opaal. Ze had gezinspeeld op iets anders, een stof of een chemische verbinding, die zich in het artefact verborg. Aangezien er niets van dien aard in zat, sprak Graham technisch gezien de waarheid. Wat de vrouw en haar team zochten, zat zeker *niet in* het artefact.

Hij hoopte dat hij door de vrouw te bewijzen dat hij precies wist hoe hij het keramische artefact moest openen, ook aan haar kon bewijzen dat hij de waarheid sprak, maar zijn gedachten dwaalden terug naar de e-mails die ze had gestuurd. *Dat zal ze niet accepteren,* dacht hij.

"Zelfs niet..." ze hield zichzelf tegen. "Weet je het zeker?"

Hij fronste zijn wenkbrauwen. "Verdomd."

"Nou dan," zei ze. "Ik denk dat we hier klaar zijn."

"Zijn we klaar?"

"Vergeef me," zei Rachel, terwijl ze haar stoel naar achteren duwde en opstond. "Ik bedoelde dat *ik* hier klaar ben. Jij, aan de andere kant, bent hier nog helemaal niet klaar."

HOOFDSTUK 30

BEN

WEER EEN VLIEGTUIG, dacht Ben. *Ik had me echt ergens dichter bij de beschaving moeten vestigen.*

Ben haatte vliegen. Telkens als hij in een vliegtuig stapte, voelde hij een gebrek aan controle, en het maakte niet uit hoe groot of klein het toestel was - hij was even geïntimideerd. De grotere vliegtuigen herinnerden hem eraan dat hij de wetten van de fysica tartte, door de lucht raasde in een met brandstof gevulde metalen buis. En de kleinere voertuigen waarin hij had gevlogen - Cessna's, helikopters en dergelijke - waren net zo erg. Hij kon elke beweging voelen, elke windvlaag en elke turbulentie. Hij voelde de verontrustende kracht van de versnelling, wetende dat hij zich tienduizenden meters boven een harde, meedogenloze aarde bevond.

Dus hoewel Mr E het beste van het beste had gekozen, een commerciële Learjet 85 met veel luxe en high-end technologie, voelde Ben zich nauwelijks beter. Het opstijgen en vertrekken was soepel verlopen, maar hij had de armleuning stevig vastgepakt en wenste dat Julie op de stoel naast hem had gezeten. Ze had gekozen voor een ligstoel achterin, en hem verzekerd dat de vlucht comfortabeler zou zijn als hij gewoon zou leren ontspannen.

Hij had op haar onbehulpzame opmerking gereageerd met het

bestellen en achteroverslaan van twee whisky's, nog voor ze over het tarmac van de luchthaven van Anchorage waren getaxied. Het 'denk-sap' deed weinig om zijn zenuwen te kalmeren, en pas na een uur vliegen begon hij zich wat meer op zijn gemak te voelen.

Het vliegtuig was een recente aankoop van Mr E's communicatie-bedrijf, en als het Civilian Special Operations team het mocht lenen van het hoofdkantoor zou dat een belastingaftrek voor hem beteke-nen. De CSO genoot vaak van de voordelen van Mr E's enorme rijk-dom, aangezien ze een experimentele organisatie waren, en Mr E er veel aan gelegen was om zijn waarde te bewijzen. De raad van bestuur bestond voor iets minder dan de helft uit militaire vertegenwoordi-gers, en de rest was in handen van Mr E en zijn vrouw, Ben, Julie en Reggie. De militaire vertegenwoordigers wilden een manier om projecten te financieren die te openbaar, te riskant of te gespeciali-seerd waren voor het Amerikaanse leger om erbij betrokken te raken. Als het niet iets was dat op de juiste manier in een post voor het Congres kon worden opgenomen, viel het onder de categorie 'black ops' of 'table for later'.

De CSO was opgezet om de 'table for later' items te behandelen. Burgers, opgeleid tot onderzoekers die hun weg wisten in een netelige situatie, waren perfect voor de projecten waar de Amerikaanse rege-ring niet aan wilde tornen.

Mr. E had al veel geïnvesteerd in het succes van de groep, en de resultaten waren zichtbaar. Ben's hut was uitgebreid, de vleugel met twee verdiepingen was bijna klaar. Er zou ruimte zijn voor het hele team om op de campus te verblijven, compleet met een vergaderzaal, fitnessruimte en bubbelbad.

Het laatste was een verzoek van Ben, en Mr. E vond het blijkbaar verstandig om het verzoek van de man die het land bezat te honoreren.

Het vliegtuig was gloednieuw, en Mr. E's bedrijf had het nog niet eens in gebruik genomen. Het vliegtuig werd geleverd met een piloot, copiloot, en drie stewardessen. Het personeel aan boord verdubbelde de grootte van de passagierslijst.

Ben, Julie en Reggie kregen ook gezelschap van de vrouw van meneer E, die languit in een achteroverleunende stoel tegenover Ben in het gangpad zat. Hij keek naar de gigantische vrouw en glimlachte.

"Een tijdje geleden," zei hij.

"Dat is zo," zei mevrouw E, knikkend. "Ik geloof dat het meer dan een maand geleden was."

"Je kwam naar de hut, maar bleef niet lang."

"Ja," zei ze. "Mijn man laat me rondrennen, naar zakelijke bijeenkomsten gaan en handen schudden."

"Klinkt leuk," zei Ben. Als er iemand was van wie hij wist dat hij zich ongemakkelijker voelde in de buurt van leidinggevende types dan hijzelf, dan was het mevrouw E. De vrouw was een wilskrachtig, fysiek imposant persoon, en hij had haar meer dan eens in actie gezien en was altijd blij dat ze in zijn team zat. Maar ze had een hekel aan openbare optredens, zakendoen en het geforceerde karakter van een rol spelen.

Ze lachte. "Ja, ongeveer net zo leuk als beschoten worden."

"Er is vaak genoeg op je geschoten, E," zei Ben. "Ik durf te wedden dat je liever beschoten wordt dan de zaken van je man afhandelen."

Ze grijnsde. "Zeker, ja. Dat is eigenlijk wel waar. Maar hij doet het nog slechter dan ik met publieke optredens. Het is nogal ironisch dat hij zo'n succesvol bedrijf heeft kunnen opbouwen zonder er ooit een voet binnen te zetten."

Ben wist dat dat waar was - Mr. E was een kluizenaar, agorafoob en niet bereid om een voet in het openbaar te zetten. Ben had de man nooit de hand geschud, en gesprekken met hem verliepen via video-chat of conference call. Hij deed zaken op afstand en alles wat persoonlijk gedaan moest worden, deed hij bij hem thuis of via zijn gevolmachtigde - mevrouw E.

"Blij dat je het gehaald hebt," zei hij. "Ik heb je graag in het veld."

"Ik ben er graag," zei ze. "Hoewel ik moet toegeven dat deze operatie me een beetje wankel laat voelen."

"Onvast?"

Ze knikte. "We gaan achter een persoon, of personen, aan waar we niets van weten. Bovendien weten we niet eens zeker of Sarah's vader ontvoerd is. Hij stuurde een cryptische boodschap naar zijn dochter, en werd daarna vermist, maar er is gewoon een groot gebrek aan informatie."

"Daarom *zijn wij* degenen die gaan," zei Ben. "Het is geen militaire operatie, en Interpol zal niet verder betrokken raken zonder meer informatie. Als er iemand is die Sarah kan helpen, zijn wij het wel."

"Ik weet het."

"Zeg je dat we niet moeten gaan?" vroeg hij.

Ze gooide haar hoofd achterover en lachte. "Nauwelijks, Harvey. Ik ben *opgewonden* om te gaan. Dr. Lindgren verdient onze hulp. Ik wijs er alleen op dat deze missie niet zo leuk is als we allemaal hopen."

"Je bedoelt dat er niets zal zijn om op te schieten."

"Zoiets, ja," zei ze.

Hij glimlachte terug naar haar. "Nou, als er iets is waar ik zeker van ben, dan is het wel dat de CSO *altijd* problemen lijkt te vinden. We hebben deze keer misschien geen wapens naar het buitenland kunnen smokkelen, maar Reggie zal wel wat fatsoenlijk spul voor ons kunnen vinden als we eenmaal op de grond zijn. Wat we daar ook tegenkomen, ik denk dat we er klaar voor zijn."

Hij wuifde naar een stewardess en bestelde nog een whisky bij de man. Toen die aankwam, nam hij een lange, diepe slok. Hij wendde zich weer tot mevrouw E, die haar eigen drankje dronk - tonic light met een scheutje citroen.

"Zo," zei hij. "Ga je ons eindelijk uitleggen waar we naartoe gaan?"

HOOFDSTUK 31

JULIE

DE LAATSTE DAG WAS EEN WERVELWIND VOOR JULIE. Mevr. E had ze allemaal een bericht gestuurd - *'Pak je koffers. We hebben een bestemming.* en had hen meegedeeld dat er de volgende ochtend een bedrijfsvliegtuig in Anchorage op hen zou staan te wachten.

Mevr. E zelf zou hen vergezellen op de missie, en onderweg naar hun bestemming zou ze hen inlichten over de details. Blijkbaar had ze iets interessants ontdekt tijdens haar onderzoek naar het werk van professor Graham Lindgren, en het was bruikbaar genoeg om hen allemaal een eersteklas ticket te bezorgen naar waar ze nu ook heen zouden gaan.

Julie rekte zich uit. Ze kon niet weten hoe lang de vlucht zou duren, maar ze hoopte dat er na de briefing van mevrouw E. tijd zou zijn om wat te slapen. Ze vroeg zich af hoe het met Ben ging. Hij was altijd een slechte piloot geweest, maar hij was beter geworden in de twee jaar dat ze hem kende.

Vliegen hoorde bij het leven, had ze hem verteld. In de moderne tijd was vliegen meestal de beste manier om ergens te komen, vooral als je in het achterland van Alaska woonde.

Hij haalde gewoon zijn schouders op, probeerde koppig te zijn maar had niets waardevols te zeggen.

Toen ze aan boord van het vliegtuig gingen, had ze zich een weg gebaand naar een stoel achterin, omdat ze wist dat die helemaal achterover kon leunen. Ben koos er een aan de vleugel, zodat hij geen perifeer zicht had op de krimpende grond, maar ze wist dat hij het moeilijk zou krijgen tot ze op kruishoogte waren.

En tenzij hij alcohol in zijn systeem krijgt, zal hij waarschijnlijk worstelen tot we landen.

Nu ze op kruishoogte waren en het team een uurtje slaap had gekregen, stond ze op en draaide zich om om te zien wat Ben van plan was. Hij lachte en maakte grapjes met mevrouw E. Julie liep naar haar toe en ging op de stoel achter haar zitten.

"Ga je ons eindelijk uitleggen waar we heen gaan?" hoorde Julie hem vragen.

Mevr. E knikte en stond op. "Waar is Reggie?" vroeg ze.

Ben en Julie keken om zich heen en merkten nu pas op dat hun teamgenoot nergens te bekennen was. Een paar seconden gingen voorbij, toen hoorde Julie het geklik van een slot en de deur van het toilet die openzwaaide.

Reggie had een gepijnigde uitdrukking op zijn gezicht, maar hij liep naar de groep toe en plofte tegenover Julie neer. "Goeie God, Ben," zei hij. "Die spoeling die je me gisteravond hebt laten drinken, bevalt me *niet*."

Ben lachte. "Weet je zeker dat het de whisky was, of was het *hoeveel* je ervan dronk?"

Hij trok een gezicht naar Ben, maar antwoordde niet.

"Mevrouw E wilde ons net vertellen waar we heen vliegen," zei Ben. "Persoonlijk hoop ik dat het niet in de buurt is van Wyoming, Montana, Brazilië of de Bahamas.

Julie glimlachte, maar voelde de terreur van wat er op elk van die plaatsen was gebeurd, weer in haar opkomen. Dat ze het tot nu toe had overleefd was iets opmerkelijks.

"Vergeet Philadelphia niet," zei Reggie.

"En Antarctica," voegde Mevr. E eraan toe.

"Oké," zei Ben, "dus de lijst van mogelijke vakantiebestemmingen voor ons slinkt snel. Wat blijft er dan over?"

Mevrouw E opende haar tablet en veegde wat rond tot ze op een briefje belandde dat ze had getypt. Ze was even stil, klikte toen op een plaatje en vergrootte het zodat het op haar scherm paste.

"Onze bestemming is ver weg van onze vorige bestemmingen, dat kan ik u verzekeren," zei mevrouw E. "Herkent iemand deze plek?"

Julie leunde over de leuning van de zetel en staarde naar het tablet dat mevrouw E vasthield. Op het scherm stond een satellietbeeld, ingezoomd en scherpgesteld op een eiland dat alleen in het midden van een diepblauwe oceaan lag. Het eiland was cirkelvormig, afgerond aan de randen, maar het was geen vaste landmassa. Het leek op een kom die in het water was geduwd tot slechts een deel van de rand zichtbaar was.

Mevrouw E streek met twee vingers over het beeld, waardoor het nog groter werd, en Julie kon toen de vage contouren zien van een ander, kleiner cirkelvormig eiland, dat zich vlak onder het wateroppervlak bevond.

"Geen idee," zei Ben.

"Ergens op een eiland," zei Reggie. "In de oceaan."

Julie schudde haar hoofd. "Wow, Reggie. *Nogal* een observatie."

"Het *is* een eiland," zei Mevr. E. "En het is onze bestemming."

Ben kreunde. "Ik ben geen fan van eilanden."

Julie knikte. "Ik moet het met hem eens zijn," zei ze. "Na Paradisum denk ik dat ik een tijdje wegblijf van Caribische bestemmingen."

Paradisum was een drijvend themapark voor de kust van de Bahamas, en Julie en Ben waren op vakantie in de Caraïben toen Reggie hen naar het eiland had gesleept. Daar hadden ze zoutwaterkrokodillen, kwallen en een heleboel kogels ontweken, en de hele tijd was een waas van angst en terreur geweest.

"Nou, dit eiland ligt helemaal niet in de tropen," zei mevrouw E.

"En ik neem aan dat het ook niet voor de kust van Alaska is," zei Ben. "Dat betekent dat we een lange vlucht voor de boeg hebben."

Mevr. E knikte. "De totale reistijd, inclusief tussenlandingen, bijtanken en rustpauzes, is meer dan achtenveertig uur."

Julie's kaak viel open. "*Achtenveertig uur?* Dat zijn *twee dagen.*"

"Deze plek is aan de andere kant van de wereld," zei Reggie. "Waar gaan we heen, E?"

Mevrouw E kneep het beeld dicht en swipete naar de volgende foto in de serie. Nog een satellietfoto, deze van een stad, veel van de gebouwen wit, verspreid over brede, steile kliffen.

"Iemand?" vroeg ze.

"Ergens in de Middellandse Zee?" vroeg Ben.

Mevrouw E knipte met een vinger. "Precies! Griekenland, eigen-lijk. Of liever, een eiland voor de kust van Griekenland."

"Is dat waar we heen gaan?" vroeg Julie. "Het ziet er prachtig uit."

"Het is een enorme toeristische bestemming," zei mevrouw E. "Maar wij geloven dat Dr. Lindgren's vader daar ergens is."

"Hoe heet het?" vroeg Reggie.

"Dit, mijn vrienden," zei mevrouw E, "is het beroemde eiland Santorini."

HOOFDSTUK 32

GRAHAM

GRAHAM LIEP ROND IN DE KAMER EN PROBEERDE ALLES TE WETEN TE KOMEN OVER ZIJN OMGEVING. Hij had elke vierkante centimeter al onderzocht, maar niets bruikbaars gevonden. Er waren geen sporen van moderne menselijke innovatie, zoals boorgruis, schroeven, of overgebleven bouwmaterialen. Behalve de meubels en de verlichting was er niets moderns aan de ruimte.

De muren waren, zoals hij al eerder had opgemerkt, uit steen gehouwen, drie van de vier zijden waren gehouwen uit wat één blok graniet leek te zijn. De andere muur was gemetseld met kleinere, maar nog steeds aanzienlijke stenen. Ze pasten met een precisie die zijn innerlijke archeoloog opwond, omdat ze hem iets vertelden over zijn gevangenis.

Ik ben in een oude tombe, dacht hij. *Of op zijn minst een tempel of een belangrijk bouwwerk.*

Alle oude volkeren, of zij nu van het Oostelijk of Westelijk Halfrond kwamen, van het Noorden of het Zuiden, ongeacht welke afgelegen ruimte zij hun thuis noemden, deelden één belangrijk kenmerk:

Ze waren allemaal menselijk.

En professor Lindgren, die zijn leven en carrière had gewijd aan het bestuderen van de overblijfselen van het menselijk vernuft, was tot het inzicht gekomen dat mens zijn betekent efficiënt te zijn.

En efficiëntie betekende dat de inspanningen daar moesten worden besteed waar zij het best konden worden gebruikt, en niet waar zij op lange termijn niet van belang zouden zijn.

De piramiden, zowel in Gizeh als in Midden- en Zuid-Amerika, waren een perfect voorbeeld van deze efficiëntie. Net als de ruïnes van het oude Rome, Griekenland, en Angkor Wat. De oude wereldwonderen waren dat niet voor niets - zij hadden de kwade krachten van moeder natuur weerstaan en zegevierden. Zij hadden bewezen dat menselijke drang en motivatie sterk genoeg waren om stand te houden tegen de grootste onderdrukker die de wereld ooit had gekend: de tijd.

Graham Lindgren heeft elk wakker moment van zijn leven besteed aan het onderzoeken van deze fascinaties, en hij wist dat voor het overgrote deel van de menselijke geschiedenis, samenlevingen gebruik maakten van alle middelen die ze konden om hun leven te verbeteren, maar ze gaven weinig om de functionaliteit op lange termijn van de structuren die ze bouwden. Woningen en gemeenschappelijke ontmoetingsplaatsen, of het nu de longhouses van de Amerikaanse Indianen waren of de grote hallen van de Vikingen, deze gebouwen waren goed vervaardigde constructies die gebruik maakten van degelijke materialen, maar verder waren ze tijdelijk. Ze moesten voortdurend worden gerepareerd, en zelfs een paar jaar van onachtzaamheid kon ze volkomen nutteloos maken.

Aan belangrijkere plaatsen werd daarentegen wat meer zorg besteed. Kerken en andere religieuze monumenten, begraafplaatsen, kastelen en wegwijzers werden gemaakt van steen en andere stevige materialen, bedoeld om eeuwen of langer mee te gaan.

Maar de allerheiligste plaatsen, de allerbelangrijkste, zoals de grote kathedralen en kolossen, de tempels gewijd aan goden en heiligen, en standbeelden en heiligdommen opgericht voor doeleinden die men nu pas begint te begrijpen, werden gebouwd om lang mee te gaan. Deze formaties waren niet alleen bedoeld om indrukwekkend te zijn. Ze waren bedoeld om eeuwig te leven.

Graham stond in de binnenste kamers van de Grote Piramide van Gizeh, bovenop de tempel van Chichen Itza in Yucatán, en liep over de ruïnes van ontelbare andere archeologische vindplaatsen. Hij had het gewicht gevoeld van de aanwezigheid van duizenden zielen die hem waren voorgegaan, elk met evenveel ontzag voor wat hun mede-mens had geschapen.

Nu, staande in een zwak verlichte kelderachtige ruimte, voelde Graham een vergelijkbare zwaarte. Toegegeven, dit gewicht was waar-schijnlijk te wijten aan het feit dat zijn leven in handen was van een vreemde, onbekende vrouw en haar grillen, maar hij voelde dat er meer in de ruimte was dan dat.

De muren waren hem bijvoorbeeld meteen opgevallen toen hij binnenkwam. Zelfs in het schemerige licht kon hij zien dat drie van de muren massieve, enkelsteens kolossen waren. Dat was zeldzaam in de hele wereld. Het gesteente was meestal poreus, en daarom een conglomeraat van veel verschillende stukken steen. Maar het was duur en moeilijk om grote, dikke steenblokken te vervoeren, want ze moesten worden gedolven en op maat gezaagd, dan geschuurd en glad gemaakt, en ook nog over een bepaalde afstand naar hun uitein-delijke plaats worden gesleept. En dan nog moesten ze met precisie worden geplaatst, want het verplaatsen van een stuk rots van meer-dere tonnen was geen gemakkelijke opgave.

Ook de vierde muur, die uit kleinere bakstenen van hetzelfde materiaal bestond, vond Graham intrigerend. De bakstenen leken op maat te zijn gemaakt, alsof de bouwers al lang wisten waarvoor ze zouden worden gebruikt. En ze pasten beter in elkaar dan welk modern bouwmateriaal dan ook. Hij vermoedde dat hij er niet eens een stuk papier tussen had kunnen schuiven. Voor zover hij kon zien was er ook geen mortel die de stenen samenhield.

Fascinerend, dacht hij voor de honderdste keer. Het was zeker fascinerend, maar het gaf hem geen antwoorden. Hoewel het onge woon was, was de bouwstijl niet uniek. Oud, maar niet uniek. Hij kon overal ter wereld zijn. Er waren genoeg beschavingen waarvan hij wist dat ze de kunst van het metselen hadden geperfectioneerd.

De Inca's en Maya's van Zuid- en Centraal-Amerika. De Egyptenaren, natuurlijk. En de Minoërs, Sumeriërs, Indiërs, en Chinezen - ze hadden zelfs een 1500 mijl lange muur om het te bewijzen.

Rondkijken leverde niets op, dus breidde hij zijn zoekgebied uit: *Mijn ontvoerders.*

De man die hem hier had gebracht had donkere trekken: zwart haar, een donkere karamelkleurige huid en diepliggende ogen, met borstelige wenkbrauwen die in het gezicht van de man leken te spoken. Graham zou gedacht hebben dat hij uit het Midden-Oosten kwam, misschien Israëlisch, maar hij kon overal rond de Middellandse Zee vandaan komen. Hij had ervan overtuigd kunnen zijn dat de man Baskisch was, wat Grahams interpretatie zou hebben verruimd tot andere regio's met Spaanse invloeden - Amerika, Indonesië, het Caribisch gebied.

Hij kan overal vandaan komen.

Maar de vrouw, Rachel Rascher, was het tegenovergestelde. Ze had lichter bruin haar. Lang en steil, waar dat van de man lichtjes gekruld was, en haar ogen leken helder en evenwichtig. Ze had hem verteld dat ze Duitse was, en zo zag ze er ook uit. Germaanse trekken, mogelijk zelfs Scandinavisch, met mogelijk een beetje Italiaans ergens in haar voorouders.

Ze had hem verteld dat ze voor de Egyptische regering werkte, maar ze zag er niet Egyptisch uit, of zelfs maar een beetje Midden-Oosters.

Professor Lindgren was weer eens ten einde raad. Tegenwoordig was het bijna onmogelijk om iemands afkomst af te leiden uit zijn uiterlijk.

Haar naam was Duits - Rascher, uit het oude Saksen - maar dat vertelde hem alleen dat haar ouders of grootouders ergens in haar geslacht met een Duitse naam waren getrouwd.

Er stond een tafel in de hoek van de kamer. Hij had het daar neergezet nadat hij en Rachel samen hadden gegeten, maar het was nu leeg. Het bed en de stoel ernaast waren de enige andere dingen in de kamer.

Hij haalde diep adem. Hij had vele uren doorgebracht in kleine ruimtes als deze - hij had er een carrière omheen gebouwd. Maar hij was er nog nooit als gevangene in vastgehouden. Hij wist niet zeker wat hij ervan vond; hij wist niet zeker of zijn zintuigen op scherp stonden, klaar om te proberen een verhaal op te bouwen uit slechts de kleinste draadjes, of dat zijn analytische geest erdoor op de een of andere manier was aangetast.

Hij rilde. *Het is frisjes hier.*

Hij realiseerde zich plotseling iets. Misschien was het meer data, meer informatie die hij kon gebruiken om een verhaal op te bouwen van waar hij precies was. Of misschien was het niets.

Het is hier koud.

Hij had het niet eerder gemerkt, maar het was zeker fris. Het was ook niet veranderd, en hij had geen verandering in de druk in de ruimte gehoord of gevoeld, wat betekende dat er waarschijnlijk geen klimaatbeheersingssysteem in werking was.

Wat betekent...

Hij ging rechter staan. Het was niet veel - het zei hem nog steeds niets nuttigs, maar het was een stukje van de puzzel. Het was beter dan niets. Hij keek nog eens naar de muren, de drie die gemaakt waren van losse stenen, en de vierde die gemaakt was van perfect passende bakstenen. Het was duidelijk dat dit een door mensen gemaakt bouwwerk was, en het was duidelijk dat deze plek lang geleden was gemaakt, en dat het was gebouwd om lang mee te gaan.

En nu legden zijn ervaring en opleiding de stukjes voor hem in elkaar in zijn onderbewustzijn, en stuurden hun boodschap via zijn hersenen omhoog naar het bewustzijn.

Hij dacht aan wat hij wist, wat hij voor Rascher verborgen hield. Wat hij aan Sarah had proberen over te brengen.

Ze zouden er uiteindelijk wel achter komen - wie deze vrouw ook was, ze zou het niet snel opgeven. Maar hij hoopte dat hij Sarah in ieder geval genoeg tijd had gegeven.

Tijd om mijn puzzel op te lossen, dacht hij. Hij was gefrustreerd, bang. Hij vroeg zich af of het niet beter was geweest om haar gewoon de oplossing te geven in plaats van de aanwijzingen, maar op dat moment kon hij niet weten dat hij zijn dochter een puzzel stuurde. Het artefact was een intrigerende manier geweest om weer in contact te komen met zijn dochter; meer zat er niet in. Nu zou ze zich zorgen over hem maken, zich afvragen of hij nog leefde of dood was.

Hij draaide langzaam rond, alles op een rijtje zettend in zijn hoofd. Wat hij had ontdekt, wat hij had *voorspeld*, was waar. Hij wist het - hij kon het voelen. Hij kon er zijn hele carrière op inzetten.

Rondkijken in zijn vertrekken bevestigde het alleen maar. Waar hij ook was in de wereld, het was allemaal deel van zijn voorspelling. Het was niet echt een aanwijzing, maar het was ook niet niets. Hij knikte, wetend dat hij gelijk had. Hij keek nog een laatste keer om zich heen en bewoog zwijgend zijn mond om de woorden te vormen.

Ik ben ondergronds.

HOOFDSTUK 33

REGGIE

"SANTORINI. INTERESSANT."

Ben en Julie keken naar hem. Reggie keek terug naar het beeld.

"Santorini is een *enorme* toeristische bestemming. Een van de meest populaire in Europa. Ook wel Thera genoemd, toch?"

"Correct," zei mevrouw E.

"En waarom denken we dat professor Lindgren daar is?" vroeg Ben.

"Juliette," zei mevrouw E, "weet je nog dat artikel waar we het over hadden? Het artikel dat nog niet gepubliceerd was?"

"Timeaus en Critias - Een alternatieve verklaring', zei Julie. "Die? Heb je er een gearchiveerde kopie van gevonden?"

"Nee, helaas. We zijn nog op zoek. Maar het was zijn laatst gepubliceerde werk, en ik was in staat om uit te vinden waar de paper over ging."

"Hoe heb je dat gedaan?" vroeg Reggie.

"Makkelijk - ik belde zijn universiteit," legde ze uit. "Hij is geen spion, Reggie. Ze waren blij om zijn werk met mij te bespreken, vooral omdat ik hen vertelde dat ik probeerde te helpen hem op te sporen."

"Ik begrijp het."

"En ze vertelden me dat het artikel niet goed ontvangen werd. De gemeenschap in het algemeen leek te denken dat het ontbrak aan creativiteit, hoewel het goed was onderzocht. "

Reggie zuchtte en schudde zijn hoofd. "Academici. Serieus. Dus waar ging het opstel over?"

"Het was een korte verhandeling over Plato's dialogen *Timaeus* en *Critias*, maar het was geschreven vanuit een *geologische* invalshoek."

"Is dat wat ze je verteld hebben?" Vroeg Reggie. "Ik weet niet eens zeker wat dat betekent."

"Hij is archeoloog, dus het is niet verwonderlijk dat hij het probleem eerder vanuit een fysiek dan vanuit een historisch perspectief bekijkt.

"Ze proberen nog steeds de ruwe kopie van zijn paper terug te vinden, want het lijkt erop dat het direct vanaf zijn computer is gepubliceerd en er is geen back-up van op hun cloud drives. Ze proberen al sinds zijn verdwijning toegang te krijgen tot de bestanden van de professor, in de hoop dat iets op zijn machine zou helpen hem op te sporen."

"Maar hebben ze je verteld waar het artikel over ging? Over deze 'alternatieve verklaring' van Plato's werk?" vroeg Julie.

Mevrouw E schudde haar hoofd. "Dat is wat ik ook dacht, maar nee. Het werkstuk is geen interpretatie van *Plato's* werk, de dialoog zelf, maar een alternatief voorstel voor de *inhoud* van zijn dialoog."

Reggie fronste, gefrustreerd. "Hebben ze je nog iets anders verteld?"

"Ze lieten veel te wensen over," zei mevrouw E. "Ik kreeg het gevoel dat ze een beetje aarzelend waren. Ze willen hun collega vinden, maar ze klonken zeker niet alsof ze zijn artikel goedkeurden."

"Dus de stugge oude jongens houden zich in?" vroeg Reggie. "Hopen ze dat dit hun concurrentie uit de weg ruimt of zo?"

"Misschien," zei mevrouw E. "Of ze willen gewoon hun naam zuiver houden. Een schandaal als dit, als het waar is, zou ongetwijfeld een kritisch onderzoek en ongewenste pers op hun instelling doen neerkomen..."

"Maar hun collega werd *ontvoerd*!" Zei Julie. "Kan hen dat niet schelen?"

"...en ze hebben elk hun eigen theorie over Plato's werk, en door met ons samen te werken zou het kunnen lijken alsof ze het eens zijn met zijn beoordeling."

"Dat kun je niet menen," zei Ben.

"Ik denk dat de concurrentie in de academische archeologie wereld hevig is," zei Mevr. E. "Toch heb ik ze een beetje onder druk kunnen zetten. Het artikel werd niet goed ontvangen omdat het niet via dezelfde kanalen als gebruikelijk peer-reviewed was. Hij heeft nauwelijks een beroep gedaan op bekende historici voor hun mening.

"Hij beweerde dat dit te wijten was aan de gevoelige aard van het materiaal waarmee hij kennelijk werkte, maar zijn collega's spotten met dat excuus en zeggen dat hij het artikel in de eerste plaats niet had moeten publiceren als hij niet wilde dat de informatie naar buiten kwam."

"E," zei Reggie. "*Welke* informatie?"

"Juist - dus ik vroeg hen waarom dit zo gevoelig lag dat ze het nodig vonden om het papier terug te halen en van hun servers te verwijderen."

"Wat hebben ze daarop gezegd?" vroeg Julie.

"Dat is waar het vreemd werd," antwoordde mevrouw E. "Ze zeiden dat ze dat niet hadden gedaan. Dat hij het artikel onder zijn eigen naam had gepubliceerd, en niet die van de universiteit, dus dat het niet nodig was geweest het in te trekken."

"Dus ze hebben het niet gedaan..."

"Nee," zei ze. "Of hij heeft het zelf teruggetrokken of iemand heeft het gehackt en voor hem gedaan. Maar het college heeft geen idee wie dat zou kunnen zijn."

"Interessant," zei Ben. "Dus dit papier *moet* gerelateerd zijn."

"Dat is wat meneer E en ik geloven," zei mevrouw E. "Ik moet het nog met Sarah zelf bevestigen, maar ze vliegt nu naar Stockholm, maar ze zal minder dan drie uur aan de grond staan. Daarna zal ze zich bij ons voegen in Thera. Toen we elkaar voor het laatst spraken, zei ze dat haar vader misschien onderzoek deed naar iets dat verband hield met Plato's dialogen *Timaeus* en *Critias*, wat leidde tot zijn opwinding, de publicatie en de daaropvolgende ontvoering. En natuurlijk werden we op het spoor gezet door zijn citaat in zijn brief aan Sarah."

"Maar Santorini?" vroeg Julie. "Hij kan overal zijn."

"Hij zou het kunnen zijn, en het zou kunnen. Maar we moeten snel handelen, en het is onwaarschijnlijk dat hij buiten Europa is, of dat ze het nodig zouden vinden hem van het continent te verwijderen. Dus als we op het eiland Thera zijn, zijn we in ieder geval dichter bij hem dan we in Alaska zijn. We kunnen erheen gaan als we nieuwe informatie krijgen.

"Maar, zoals u weet, is mijn man nooit iemand die alleen op een voorgevoel afgaat. Als hij niet echt geloofde, dat professor Lindgren in Santorini was, zouden we daar nu niet naar toe gaan."

"Leg uit," zei Reggie.

"We hebben allebei wat onderzoek gedaan, en we zijn van plan om het door te sturen naar Sarah voor haar input. We geloven dat we een werkende theorie hebben over waar Dr. Lindgren is heengebracht nadat hij was ontvoerd.

"Zoals jullie weten, is hij twee dagen geleden voor het laatst gezien bij het verlaten van zijn appartement in de stad. Hij is nooit thuisgekomen, en zijn vriendin heeft ook niets van hem gehoord. Maar zijn ontvoerders zouden hem niet zomaar ergens naar een pakhuis brengen - ze willen iets. Iets waar Professor Lindgren zelf hard aan werkte om te vinden. Wij geloven dat hij het gevonden heeft, of tenminste *denkt dat* hij het gevonden heeft. Zijn ontvoerders geloven dus ook dat hij het gevonden heeft, maar ze hebben hem nodig om er bij te komen. Dr. Lindgren gaat naar Stockholm om in zijn appartement te kijken of de politie aanwijzingen over het hoofd heeft gezien.

Reggie schraapte zijn keel. "Maar denk je dat zijn verhandeling over Plato's *Timaeus* en *Critias* verklaart wat hij vond?

"Ik wel. In tegenstelling tot alle andere academische onderzoekspapers over Plato's geschriften, geloof ik dat professor Lindgren's paper de *fysieke* geografische overeenkomsten bestudeert tussen dit eiland -" ze wees naar beneden naar de afbeelding van Santorini - "en het eiland uit Plato's verslag. Ik denk dat professor Lindgren gelooft dat hij de verloren stad Atlantis heeft gevonden.

HOOFDSTUK 34

SARAH

STOCKHOLM WAS EEN MISLUKKING.

De lokale politie krioelde door zijn appartement in Långholmen. De eilandwijk in het hart van Stockholm was blijkbaar een luxe bestemming voor gepensioneerden en welgestelden, en daarom was een ontvoering geen alledaagse gebeurtenis voor de bewoners. De Stockholmse politie had de in- en uitgang van het gebouw gebarricadeerd en de posten dag en nacht bemand, zodat alleen bewoners konden komen en gaan.

Sarah had haar opties overwogen, zich afvragend of het zou werken om te beweren dat ze daar woonde. Ze had tenslotte een sleutel. Maar proberen uit te leggen wie ze was aan de politie en hen overtuigen haar een uur binnen te laten terwijl ze rondkijkt - nadat ze de flat duidelijk al als plaats delict hadden beschouwd - was niet iets wat ze met vertrouwen deed.

Ze dacht dat het haar alleen maar een afspraakje zou opleveren in de achterkamer van een bureau, waar twee agenten goede-agent-slechte-agent met haar speelden en haar tijd verspilden.

Dus ze had haar besluit genomen: Stockholm was tijdverspilling. Ze ging terug naar hetzelfde blok waar de Uber-chauffeur haar had afgezet, riep een andere chauffeur op om haar op te halen en betaalde hem om haar terug naar het vliegveld te brengen.

Dat was meer dan vijf uur geleden.

Nu wachtte ze op de luchthaven van Santorini, nadat ze een vlucht van vier uur had genomen van Stockholm naar het Griekse eiland Thera. Ze had de bestemming vreemd gevonden, maar ze herinnerde zich de opmerking van mevrouw E van twee dagen eerder. *We zullen u inlichten als we aankomen. Wees gerust, we hebben goede redenen om te vermoeden dat we weten waar je vader is.*

Zij herinnerde zich dat zij zich een beetje bezorgd voelde over het feit dat zij haar lot - en mogelijk dat van haar vader - in handen legde van een vrouw die zij nauwelijks had ontmoet, en een organisatie waar zij slechts zijdelings bij was aangesloten.

Maar het was Reggie die haar overhaalde. Hij had haar verzekerd dat hij volledig vertrouwde op de aanbeveling van Mr. en Mrs. E, en dat de enige reden dat ze niet iedereen op de hoogte hadden gebracht voor ze vertrokken, tijdgebrek was. Ze moesten de logistiek regelen om een handjevol burgers snel de wereld over te sturen.

Zij haalde diep adem, ging zitten in een van de oude, dunne stoelen langs de muur, en stond toen weer op.

Het was maanden geleden dat ze hem voor het laatst had gezien, en ze wist niet zeker wat ze daarvan vond.

Ze begon heen en weer te ijsberen buiten de bagagehal. Reggie zou na een transcontinentale vlucht van achtenveertig uur door de deuren van de tarmac naar binnen lopen, op zoek naar haar.

Hoe zie ik eruit? vroeg ze zich af. Het was onwillekeurig, een gedachte waar ze geen controle over had. Als ze op dit moment haar gedachten onder controle had gehad, zou ze zichzelf eraan herinnerd hebben dat het haar *niet* kon schelen hoe ze eruitzag, want als ze zich daar zorgen over maakte, betekende dat dat ze zich *ook zorgen maakte* over wat die man dacht.

Het kon haar niet schelen. Het *kon* haar niet schelen. Ze stond zichzelf niet toe om er iets om te geven, sinds...

Wat? Wat is er tussen ons gebeurd? vroeg Sarah zich af. Ze hadden hun kleine affaire gehad, allebei met veel plezier, en toen waren ze uit elkaar gegaan, Sarah terug naar het veld, terug naar de academici en publicaties en al het andere dat ze in haar werk tegenkwam, en Reggie terug naar wat het ook was dat een ex-leger sluipschutter die nu voor een gloednieuwe civiele organisatie werkte, deed.

Ze streek door haar haar, voelde aan een paar lokken die niet goed zaten en ging er met twee vingers doorheen. Ze haatte het dat ze tien minuten langer in de badkamer had gezeten om zich klaar te maken. Mevrouw E had haar gezegd zich in te pakken voor warm weer, maar Sarah haatte het dat ze een rok had gedragen, een rok die al maanden niets anders had gedaan dan stof verzamelen in de kleine kast in haar appartement in Michigan, omdat ze wist dat haar benen er geweldig door uitzagen.

Ze haatte het dat ze het allemaal voor *hem had* gedaan.

Ze haatte Reggie niet, natuurlijk - hij had niets verkeerds gedaan. Of daar bleef ze zichzelf aan herinneren. *Geen van ons beiden dacht dat het zou werken*, zei ze tegen zichzelf. Geen van *ons* wilde dat het zou werken.

Ze hadden wat afspraakjes gemaakt, meestal om samen tijd door te brengen, zodat ze de nachtmerrie konden doorstaan. Het was schuldgevoel, rouw en kameraadschap, allemaal verpakt in één gedeelde emotie. Het deed geen pijn dat ze zich wild tot elkaar aangetrokken voelden, maar Sarah had vanaf het begin geweten - vanaf de eerste keer dat ze de nacht in zijn hotelkamer had doorgebracht - dat ze een affaire zouden zijn. Niets meer, niets minder.

Vijf minuten. De klok aan de muur had vijf minuten geleden de aankomsttijd van het vliegtuig aangegeven, en gewoonlijk duurde het in totaal tien minuten om uit het vliegtuig en op de verlaten luchthaven te komen. Veel sneller dan een gewone commerciële vlucht, maar voor Sarah voelde het als een ondraaglijk lange tijd.

Ze streek nog eens door haar haar en drukte toen haar handpalmen naar beneden over haar rok, die ze plat om haar benen legde.

Haar overhemd had blauwe knopen met lange mouwen, maar ze had de mouwen helemaal om haar bovenarmen gerold en het niet opgestopt, zodat het leek op de manier waarop ze zich zou kleden als ze was uitgenodigd voor een diner in een restaurant waarvan ze niet zeker wist of het erg casual of semi-formeel was.

Ze controleerde haar telefoon. Geen berichten, geen sms'jes. Het leek alsof de hele wereld tot stilstand was gekomen, maar haar hart versnelde met elke hartslag. *Doe normaal*, dacht ze. *Dit is belachelijk.*

Ze dacht aan Alexander, de aantrekkelijke, zij het iets te aanhankelijke student-assistent die ze in Michigan had achtergelaten en vroeg zich af waarom het altijd de mannen in haar onmiddellijke nabijheid waren die haar dit gevoel gaven. Het waren altijd de taboe's - degenen die alleen maar tot problemen zouden leiden - waar ze iets voor voelde. Ze kon naar een beitelvormige superheld op het grote scherm kijken en niets voelen, maar een redelijk aantrekkelijk exemplaar van het andere geslacht dat naast haar werkte, deed haar haar verstand verliezen.

Misschien werd ze aangetrokken door het werk? Dat sommige mannen een interesse deelden in de dingen waar zij het meest gepassioneerd over was? Maar nee, ze had in haar tijd met veel mannen gewerkt en er waren er nogal wat die ze niet kon uitstaan.

Ze zuchtte. Ze wenste dat ze haar hersens gewoon kon uitschakelen. Terwijl ze daar stond, wachtend tot de deur openging en de lange, donkere gestalte van Gareth Red zou onthullen, voelde ze zich als een meisje op het schoolbal.

Niet dat ze naar het schoolbal was gegaan - ze had het grootste deel van het laatste jaar van de middelbare school doorgebracht met reizen over de wereld met haar semi-beroemde vader, met hem het spreekbeurtencircuit te volgen en wat ervaring op te doen in het vak. Ze had jaren gesmeekt om met hem mee te gaan, en hij en haar moeder hadden besloten dat ze in het laatste jaar van de middelbare school oud genoeg was.

Ze was zeker intelligent genoeg, slaagde voor veel van haar lessen ondanks haar slechte aanwezigheid, en slaagde niet voor de rest. Dankzij haar ervaring in het veld en haar cijfers kon ze een voltijdse beurs krijgen aan de universiteit van Pennsylvania, waar ze cum laude afstudeerde.

Ze zag een straaltje daglicht tegen het plafond aan de andere kant van de kamer, helderder zelfs dan de fluorescerende lampen boven haar. De deur ging open en ze was even verblind. Er verscheen een schaduw die de ingang versperde, en toen stapte hij naar voren de kamer in.

Ben.

Harvey Bennett was meer dan 1,80 m lang, breedgeschouderd en gespierd. Zijn bruinachtige haar viel over zijn voorhoofd, dik en bijna lang genoeg om zijn wenkbrauw te bedekken. Het was niet gestyled, maar het zag er doelbewust uit, alsof hij zijn hand zijdelings over zijn pony had gehaald en het zo bleef hangen, en het deed hem lijken op een lid van The Beatles dat te lang niet naar de kapper was geweest.

Een Beatle die honderd pond was bijgekomen.

Hij was groot, berenachtig. Voor zover zij wist was hij nog nooit in een sportschool geweest, maar toch hield hij zich als een professionele bodybuilder, draaide bij de heupen, zijn nek onbeweeglijk terwijl hij naar haar toe liep.

Hij grijnsde en zwaaide. Zij glimlachte terug, maar gebood hem zwijgend een stap opzij te doen, zodat zij de deuropening achter hem kon zien.

Daarna kwam Juliette Richardson binnen, onmiddellijk gevolgd door mevrouw E. Sarah had de vrouw nog nooit in levende lijve ontmoet, maar ze had de afgelopen maand wel een paar keer met haar en haar man conference calls en videochats gehouden. In het echt was Mevr. E nog intimiderender dan Ben. Haar kortgeknipte haar in militaire stijl was blond, in tegenstelling tot Julie's donkere, lange haar dat sierlijk over haar schouders viel. Julie kwam misschien tot aan de schouder van mevrouw E, en de grotere vrouw liep met autoriteit, alsof ze altijd ergens heen moest en te laat was om er te komen.

Reggie had haar verteld dat mevrouw E hen had vergezeld naar Antarctica tijdens hun excursie daar, en ze was een zeer waardevol lid van het team geweest, goed op de hoogte van inlichtingen, communicatie, en getraind in de hand-to-hand gevechten.

Ze zwaaiden allebei, en zij glimlachte en zwaaide terug.

Reggie kwam binnen.

Ze voelde haar adem even stokken, toen een blos net onder de oppervlakte verscheen. Ze weerstond het net toen Ben haar bereikte en haar in een berenknuffel wikkelde.

"H - hoi, Ben," mompelde ze, terwijl ze haar voeten helemaal van de grond tilde. "Leuk je weer te zien."

Hij lachte. "Ik *zeg* je, je moet meedoen aan dit CSO ding. Het is een mooi leven, zonder het overal heen vliegen."

Ze grijnsde naar hem. "Ik hou toevallig van vliegen, weet je."

Ze hadden met haar over de Civilian Special Operations gesproken sinds ze elkaar op de Bahamas hadden ontmoet, en haar verteld dat ze perfect in de groep zou passen. Ze hadden al samengewerkt, en ze had haar waarde al bewezen.

De CSO had mensen nodig die waren opgeleid in specifieke vakgebieden die nuttig zouden zijn voor de opdracht van de CSO: het oplossen van mysteries die ofwel onbelangrijk waren voor het leger van de Verenigde Staten of hen niet genoeg plausibele ontkenning boden.

Ze aarzelde, en niet alleen omdat ze het zo naar haar zin had in haar carrière. Toetreden tot de CSO zou betekenen dat ze de plaats van iemand anders op het rooster had ingenomen, iemand die de groep een half jaar geleden had verloren. Het waren grote schoenen om in te vullen, en ze was niet van plan zichzelf in een positie te brengen waarin ze zichzelf zou kunnen gaan vergelijken met de erfenis van een dode man.

"Zoals ik al zei, het is een leuke baan."

"Ik ben gelukkig hier, Ben," zei ze. "Academia is ook leuk, weet je.

We hebben nu Keurigs in alle pauzeruimtes, en ze laten ons zelfs met korting eten in de studentenrestaurants."

Ben grinnikte en Julie en Mevr. E stapten naar voren. Julie gaf haar een snelle knuffel terwijl Mevr. E haar hand uitstak en de indruk van 'admiraal op missie' voortzette, en Sarah's ogen dwaalden terug naar de deuropening.

Reggie was nu bijna bij de rest, en hij grijnsde op die stomme, te grote-voor-zijn-gezicht manier waar ze van was gaan houden. Hij droeg een rugzak over zijn schouder en hield zijn telefoon in zijn vrije hand. Hij kwam achter mevrouw E staan, de enige in de groep die lang genoeg was om hem in de ogen te kijken, en hij stopte. De glimlach bleef dezelfde, maar die in zijn ogen verschoof, werd ernstiger.

"Hé, Sarah," zei hij.

Ze voelde dat gefladder in haar borst, dat wat ze tegen zichzelf had gezegd dat ze niet zou doen, en ze probeerde het te negeren.

"Hé Reggie," zei ze terug. "Leuk je weer te zien."

HOOFDSTUK 35

GRAHAM

GRAHAMS GEZICHT DEED PIJN. Hij had niet verwacht dat de grote, brutale man hem *echt zou* slaan. Hij snoof, bewoog zijn kaak naar links en rechts, en voelde met zijn tong aan de binnenkant van zijn mond.

Alles is nog op zijn plaats. Voor nu.

"Ben je klaar?" vroeg Graham aan de man. De man was niet dezelfde man die naar Grahams appartement in Stockholm was gekomen, maar de twee zagen eruit alsof ze broers konden zijn. Terwijl de man in zijn appartement - degene die hem naar het vliegveld had begeleid en vervolgens naar waar ze nu waren - lang en dun was, was deze man lang en *enorm*. Gespierd, nauwelijks een nek om van te spreken, en een permanente grijns op zijn gezicht. Hij was ongeveer twintig jaar jonger dan Graham, zo te zien, en Graham vroeg zich af of zijn enige doel in het leven tot nu toe was om hulpeloze oude mannen zoals hij in elkaar te slaan.

Hij lijkt er wel aanleg voor te hebben, dacht hij. Hij huiverde. Blijkbaar zou er een blauwe plek komen.

De man staarde op hem neer. "Waar is het poeder?"

De wat?

Graham heeft de informatie opgeborgen voor later. *Ze zijn op zoek naar een poeder...*

"Zo is het genoeg, Igor," zei Rachel Rascher van over de schouder van de man. Ze had achterin Grahams cel gestaan en Graham ondervraagd terwijl de man hem intimideerde. "Dat is niet nodig."

"Wil je me te vriend houden, Rascher?" vroeg Graham.

Ze schudde haar hoofd. "Nee," zei ze. "Ik probeer een antwoord te krijgen."

"Ik heb je al verteld -"

"Graham, ik weet wat je me *verteld hebt*. Je zei dat het object leeg was. Gewoon een uitgehold stuk keramiek. Maar ik *geloof* je niet."

Het was niet leeg, dacht hij, *maar er zat zeker geen* poeder *in.*

Hij haalde zijn schouders op. "Dat is aan jou, dame. Wat is het nut eigenlijk? Waarom wil je dit 'object'? Of wat er volgens jou ook in had moeten zitten?"

Ze negeerde hem. "Vertel me nog eens waar je het gevonden hebt."

Hij haalde diep adem. *Ja, zeker een blauwe plek.* Hij voelde de eerste tekenen van een diepe kneuzing rond zijn oog. *Als hij me nog eens zo slaat, ben ik er klaar voor,* dacht hij.

Er was niet veel dat hij kon doen, maar Graham was nooit iemand die de wereld op zich liet zitten. Hij was een dromer, een fantasierijke romanticus, die altijd wilde ontdekken en leren. Zijn exvrouw beschuldigde hem er zelfs van een 'novelty chaser' te zijn.

Dus hij was niet iemand die in een stoel zat en een pak slaag kreeg. Vooral omdat ze niet eens de moeite hadden genomen om zijn armen of benen vast te binden. *Ben ik echt zo'n kleine bedreiging?* vroeg hij zich af.

Hij vertelde het haar opnieuw.

"Ik nam even een korte pauze. Ik liep langs het water en probeerde de boten te zien die de haven binnenvaren. Ik zag het museum daar, vlak naast de grotten, en ik vroeg of ik er een kijkje in mocht nemen."

"Je vroeg het net."

"Dat is wat ik zei."

"En ze hebben je gewoon binnengelaten?"

Hij schudde zijn hoofd. "Zij, niet zij. Een oudere vrouw, die aan de balie werkt. En ze heeft me niet zomaar 'binnengelaten' alsof ik een of andere zwerver ben, Rascher. Ik heb haar mijn naam gezegd - zo kom ik op dat soort plaatsen binnen, weet je."

Rascher glimlachte. "Sla maar over. Je ging naar binnen, je was alleen, je liep naar het einde van de grot?"

"Ja - nou, een andere grot die gesloten was voor het publiek. Erg onveilig, eigenlijk, maar het was niet de eerste keer dat ik me door een kleine grot wurmde. En precies aan het eind van de smalle schacht, half begraven in de klei en modder, vond ik het. Waarschijnlijk had hier duizenden jaren een beekje gelopen, af en toe als het regende of als de gletsjers een beetje smeltwater moesten afgeven. Hoe dan ook, het was precies daar waar de beek had moeten zijn. Alleen de rand stak er nog bovenuit."

"En jij besloot dat het iets was om te onderzoeken omdat je... *jij* bent.

"Weet je, ik *ben* getraind in dit soort dingen. Is dat zo moeilijk te geloven?"

Ze grinnikte. "Maar het was leeg?"

"Toen ik hem eindelijk tevoorschijn haalde - nogmaals, ik ben getraind, dus ik was niet van plan om hem zomaar uit de grond te rukken - kon ik zien dat hij hol was. Het gewicht was verkeerd. Maar er leek niets in te zitten, zelfs niet toen ik er een beetje mee schudde."

Een leugen. Maar nogmaals, hij wist dat Rachel niet op zoek was naar een souvenir.

"Maar?"

"Maar *niets.* Er *zat* niets in. Het kostte me een paar minuten om uit te vinden hoe ik dat verdomde ding moest openen, maar het was leeg. Kurkdroog. Indrukwekkend, als je bedenkt waar het al die jaren begraven is geweest."

Rachel wreef over haar neus en trok een gezicht naar de bruut.

189

Hij stapte naar voren, zijn vuisten balancerend.

"Nee, kom op," zei Graham. "Het is niet nodig om..."

Wham! De klap kwam van rechts deze keer - een linkse hoek. Recht op de *andere* kant van zijn kaak.

Deze keer voelde hij zich alsof hij ging flauwvallen. Zijn zicht werd wazig, hij voelde zijn bovenlichaam losjes ronddraaien, alsof het nauwelijks aan zijn heupen vastzat. Hij probeerde te ademen, maar vond de onwillekeurige beweging onmogelijk.

"Wa... waarom?" Graham stotterde. Hij was nu boos, maar de pijn was intenser dan hij zich had kunnen voorstellen. Hij wilde opstaan om te vechten, om zich tenminste te laten gelden, maar zijn kloppende kaak leek hem aan de stoel gekluisterd te hebben.

"Professor Lindgren," zei Rachel, terwijl ze naar voren stapte. "Ik laat Igor hier een half uur bij u. Misschien heeft hij meer tijd nodig, maar ik hoop dat dat niet zo is."

"Ik... Ik kan niet..."

"Ik weet dat het moeilijk is om te praten, professor," zei ze. "Maar het is *absoluut noodzakelijk* dat u me vertelt wat er in dat object zat."

"Er - er was niets -"

"Alsjeblieft," zei ze. "Voor je eigen bestwil."

Zij zette een paar lange, regelmatige passen naar de kleine deur aan de rand van zijn kamer en stopte bij de drempel.

"Professor Lindgren," zei ze, haar stem verlagend. "Als u mij niet kunt geven wat ik wil, ga ik toch door met mijn plan. Ik hoop niet dat u denkt dat ik te veel offers breng, professor. Mijn eigen *vader* stierf voor deze zaak, dus u kunt maar beter weten dat ik bereid ben tot *het* uiterste te gaan om dit project te voltooien, koste wat het kost."

Hij fronste zijn wenkbrauwen. Of tenminste, hij *probeerde* te fronsen. *Waar heeft ze het over?*

"Maar in de tussentijd, ga ik naar een andere *bron* van informatie. Ik hoop dat je het in je hebt om te gehoorzamen. Voor uw bestwil, en die van uw dochter."

HOOFDSTUK 36

REGGIE

MIJN GOD, *wat is ze mooi,* dacht Reggie. *Ze is geen spat veranderd.*

Hij probeerde haar lange, magere benen niet op te merken. Ze had een rok aan, hoewel hij was gaan denken dat haar de facto uniform een safari-achtig shirt en korte broek was, opgerold tot over haar dijen. De rok viel speels om haar benen, implicerend en uitnodigend en -

Hou op, man. Je bent een volwassene. Hij voelde zich weer een tiener, vechtend tegen gevoelens van ontoereikendheid en tegelijkertijd een gevoel van zelfvertrouwen als een vrouw zijn kant op keek.

Hij en Sarah waren maar kort een stel geweest, maar Reggie was meer dan een beetje radeloos toen het eindigde. Hoewel het in der minne was geëindigd, had hij het gevoel dat hun band van het soort was dat nooit echt zou eindigen. Ze hadden zoveel gemeen - een liefde voor geschiedenis, voor leren in het algemeen, en voor alle dingen daartussenin. Ze hadden zelfs dezelfde smaak in eten: ze aten allebei graag *alles.* Hun afspraakjes bestonden uit om de beurt iets in elkaar flansen in de keuken met niets anders dan ingrediënten die een van hen bij de hand had of het vinden van het meest afgelegen plaatselijke restaurant waar geen van beiden ooit was geweest.

Hun relatie was geboren uit aantrekkingskracht, gesmeed door beproeving, en bewezen door karakter. Ze hadden elkaar allebei nodig gehad, en ze waren het daar allebei over eens. En het was geëindigd om pragmatische redenen - geen van beiden was geïnteresseerd om de relatie te zien worstelen met de groeipijnen en de onvermijdelijke mislukking van lange-afstands stress. Ze hadden besloten het op te geven om de vervelende telefoontjes en sms'jes te vermijden waarin ze zich verontschuldigden omdat ze niet eerder contact hadden gezocht, het schuldgevoel van eenzaamheid en verantwoordelijkheid tegelijkertijd, en om de voor de hand liggende vraag te vermijden: wat gebeurt er nadat afspraakjes uitmonden in iets meer?

"Hé Reggie. Leuk je weer te zien."

Ze klinkt zo zelfverzekerd. Zo nonchalant. Het is alsof ze niet eens blij is me te zien.

Hij wist niet zeker wat hij met zijn handen moest doen, of met zijn gezicht - of met zijn voeten of met wat dan ook - dus bleef hij daar maar staan, met één hand aan de riem van zijn rugzak en met de andere zijn mobieltje, en hij liet de glimlach op zijn gezicht daar onbeweeglijk staan.

Na nog een paar ongemakkelijke seconden, sprak Ben. "Oké tortelduifjes. Laten we verder gaan. We hebben veel te plannen, en ik plan niets op een lege maag."

Reggie wierp hem een vuile blik toe, maar Julie bemoeide zich ermee. "Je hebt net een uur geleden gegeten, Ben."

"Ja, maar daarna ben ik in slaap gevallen. Mijn lichaam denkt dat het ochtend is, en technisch gezien is het dat ook. Ik krijg honger in de lucht."

Hoewel hun reis bijna twee dagen had geduurd, waren ze rond 11 uur plaatselijke tijd geland, terwijl hun verstand zei dat het al laat in de avond was. Reggie wendde zich weer tot Sarah. "Ken je hier in de buurt een goede plek om te eten?"

Ze haalde haar schouders op. "Ik ben gisteren geland, en ik heb alleen een donut en een kop koffie gepakt."

"Je hebt sinds *gisteren niet meer* gegeten?" Vroeg Ben. "Wat is er mis met..."

Julie schoof hem aan de kant, en ze liepen allemaal naar de parkeerplaats. Sarah had een SUV gehuurd, groot genoeg voor hen vijven en hun bagage, en ze zouden verblijven in een hotel dat ze de dag tevoren had geboekt.

"Er waren ongeveer driehonderd Griekse plaatsen op de weg naar het vliegveld," zei ze toen ze bij de glazen schuifdeuren kwamen die naar het terrein leidden. "Houden jullie van Grieks?"

Reggie voelde zijn mond opengaan. Hij vertelde mensen graag dat hij *van* Grieks eten *hield*, maar eerlijk gezegd was de enige Griekse maaltijd die hij ooit had gegeten een lamsgyros, gewikkeld in een dik pitabroodje met een soort heerlijke saus eroverheen gedruppeld. Het was een keten die hij lang geleden in het trainingskamp had ontdekt, en er was er meestal wel een in alle grote steden waar hij in de loop der jaren gestationeerd was geweest.

Hij wist niet zeker of *echt* Grieks eten zo smaakte, maar zijn gezegde was dat "als er vlees bij betrokken was, hij geïnteresseerd was".

"Klinkt geweldig," zei Julie. Reggie ging naast Ben en mevrouw E zitten, zodat Julie en Sarah verder konden lopen. Beide vrouwen raakten onmiddellijk in een routineuze babbel verwikkeld, alsof ze al hun hele leven vriendinnen waren en nu gewoon de verloren tijd inhaalden die ze uit elkaar waren geweest.

De SUV was enorm groot, schoon en rook nog naar nieuw, en Reggie nam plaats achterin om de tassen en koffers van iedereen naar binnen te brengen. Behalve Reggie's rugzak was alles door een medewerker van de luchthaven rechtstreeks van het vliegtuig naar de wachtende auto gekoerierd, blijkbaar een voordeel van het vliegen met privéjets. Reggie had ervoor gekozen de zijne te dragen om een eenvoudige reden: hij was getraind om niet meer in te pakken dan wat hij over zijn schouder kon dragen, en het leger had hem een levenslange gewoonte opgelegd die moeilijk af te schudden was.

Hij sloot de klep en stapte naar de voorkant van het voertuig.

Sarah had het voertuig op haar naam gehuurd, dus zij was de op de rekening vermelde bestuurder, hoewel ze allemaal wettelijk in staat waren om te rijden als dat nodig was. De rest van de groep had de passagiersstoel voor hem achtergelaten, waarschijnlijk in de veronderstelling dat hij en Sarah wat zouden willen bijpraten.

Hij wist niet zeker of ze daar gelijk in hadden of niet - hij wilde zeker met haar praten, gewoon weer bij haar in de buurt zijn, maar hij wist niet zeker of hij de 'koetjes en kalfjes' die nodig zouden zijn zou kunnen voeren zonder meteen in het diepere gesprek te springen dat ze, zo voelde hij, allebei wilden voeren.

En ik weet niet of ik dat gesprek wel wil voeren waar iedereen bij is, dacht hij.

"Zo," zei Sarah terwijl ze de motor startte en van de parkeerplaats wegreed. "Grieks eten, dan hotel? Ik heb het hotel bekeken terwijl ik wachtte tot jullie geland waren. Er is een kleine bar en restaurant in de lobby, waar we een beetje over het plan kunnen praten."

Reggie zag haar wenkbrauwen omhoog gaan. Ze was geïnteresseerd om meer te horen over dit 'plan' van mevrouw E. Hij ook, nu hij erover nadacht. Hoewel hij het echtpaar vertrouwde dat de leiding had over de CSO, was hij toch geïntrigeerd door de eerdere uitspraken van mevrouw E. Hij wilde meer weten.

Sarah manoeuvreerde de grote SUV van de parkeerplaats van het vliegveld de snelweg op. Reggie merkte op dat zij verreweg het grootste voertuig waren. Er waren zelfs geen busjes, en de overgrote meerderheid van de voorbijrazende auto's waren elektrische voertuigen en compacte sedans.

"Dat is prachtig. Bedankt dat je het allemaal geregeld hebt, Sarah," zei mevrouw E vanaf de derde rij.

Sarah glimlachte toen ze in de achteruitkijkspiegel keek. "Jij bent degene die ik moet bedanken, E," zei ze. "Jullie hebben alles betaald. In de e-mail die je stuurde, vertelde je me dat we zelfs een per diem voor de bar hebben, als ik het me goed herinner."

Reggie's ogen verwijdden zich toen Sarah sprak.

"Man, ik hou van dit werk," zei Ben.

"Rustig aan, maat," zei Reggie. "Je bent me nog een rondje verschuldigd, weet je nog? Je per diem is al op."

"Voor wat?" Vroeg Ben.

Reggie draaide zich om in zijn stoel en knipoogde terug naar zijn vriend. "Ik heb je gerekruteerd. Je zou hier niet zijn als ik er niet was geweest."

HOOFDSTUK 37

BEN

Als Reggie serieus was geweest over het gebruiken van Bens dagvergoeding voor drankjes voor zichzelf, had hij daar niets van gezegd. Ben zat in de bar van het hotel tegenover zijn beste vriend. Julie zat aan zijn zijde, Mrs. E en Sarah tussen haar en Reggie in. Negen glazen stonden leeg op de grote tafel voor hen.

Ze hadden ook een paar rondjes voorgerechten gedeeld, allemaal Grieks. Feta psiti, spanakopita, en een soort klein, taartvormig knoflookbrood waar Ben nog nooit van gehoord had.

Het was allemaal heerlijk, en genoeg om twee keer zoveel mensen te voeden als er aan tafel zaten. En als ze op weg naar het hotel niet al gestopt waren om Grieks eten te halen, dan was het allemaal op geweest. Voor de CSO groep, die al bijna twee dagen onderweg was, voelde het als midden in de nacht.

Ben keek naar het nieuwste lid van de groep. Als Sarah Lindgren zich vreemd voelde bij het eten en drinken in de late namiddag alsof het middernacht was, dan liet ze dat niet merken. In feite had ze Reggie en Ben tot nu toe bijgehouden en al twee van de magische plaatselijke Santorini-cocktails gedronken die een beetje naar Long Island ijsthee smaakten en bijna evenveel drank bevatten.

Reggie en Ben waren nu overgegaan op whisky, Reggie koos voor een Russische import en Ben voor een beproefd bourbon-label dat hij vaak in zijn hut bewaarde. Tot nu toe leek Santorini alles wat hij gedacht had dat het zou zijn: een vakantiebestemming voor toeristen met genoeg lokale flair om de indruk te wekken dat je in een ver land was, maar met genoeg van de gemakken van thuis om je niet geïsoleerd te voelen.

Hij legde zijn hand op Julies been onder de tafel en kneep er lichtjes in. Zij vond zijn vingers en hield ze vast terwijl het gesprek verder ging, ieder van hen verhalen delend over hun schrijnende ervaringen, hoe ze elkaar hadden ontmoet, en tenslotte luisterend naar Sarah terwijl ze wat meer uitlegde over het werk van haar vader.

"Hij is een beetje excentriek, toegegeven," zei ze. "Ik ben er zeker van dat dat een deel van de reden is waarom zijn collega's een beetje terughoudend waren aan de telefoon met u, mevrouw E. Ik denk dat ze zowel geïntimideerd zijn door hem, als niet helemaal zeker weten waar ze hem moeten plaatsen."

"Hij past niet in het 'academische hokje', neem ik aan," zei Reggie.

Ze schudde haar hoofd. "Niet eens een klein beetje. Alles wat hij ooit gedaan heeft, heeft hij op zijn eigen manier gedaan. Het is alleen door zijn genialiteit dat hij succes heeft gehad in het universiteitsleven. Hij is er ook koppig in, hij wil niet veranderen."

Ben nam een slok van de bourbon. "Maar hij publiceert artikelen, doet onderzoek, geeft lezingen en doet veldwerk. Wat is het verschil tussen hem en de rest van jullie?"

Julie liet zijn hand los en wierp hem een blik toe.

"Sorry," zei hij. "Niet kwaad bedoeld."

"Geen probleem," zei Sarah. "Je hebt gelijk - de meeste van ons academische types zijn behoorlijk gestandaardiseerd. Behoorlijk saai, zelfs. Maar dat is niet onze schuld. Het is onderdeel van het systeem waarin we zijn opgeleid. Je werkt aan onderzoek, publiceert wanneer je kunt, en je probeert zo snel mogelijk een aanstelling te krijgen. Vanaf daar, is het praten, grotere publicaties, meer aandacht. Meer aandacht, meer geld. Meer geld, hoe meer mogelijkheden je hebt om te onderzoeken wat je wilt."

"Juist."

"Maar mijn vader is geslaagd *ondanks* zijn intelligentie, niet daardoor. Hij is een meester in zowat alles wat hij doet, en zo heeft zijn leven gewijd aan het opgraven van oude relikwieën, geleid tot een spectaculaire carrière."

"Academische kringen konden hem niet eeuwig negeren, bedoel je," zei mevrouw E.

"Ja. Hij is een moderne Indiana Jones, althans in die wereld. Hij was altijd bereid om letterlijk een stapje verder te gaan om iets te vinden dat zijn gelijk zou bewijzen. Meestal slaagde hij daarin. Hij heeft een angstaanjagende gave om die dingen uit te zoeken." Sarah glimlachte en keek omhoog naar het plafond. "Ik weet niet eens zeker of hij wel menselijk is."

Julie knikte mee. "Enig idee waar dat Atlantis gedoe over gaat?"

"Nee," zei Sarah. "Anders dan dat - Mevr. E denkt dat hij Atlantis heeft gevonden."

"De *echte* stad," zei Julie. "Atlantis. Kom op, Sarah, we weten allemaal dat het belachelijk klinkt. Denk je dat we iets op het spoor zijn met dit?"

"Natuurlijk klinkt het belachelijk," zei ze. "Hij denkt waarschijnlijk dat dat de reden is waarom de meeste 'geloofwaardige' archeologen en historici de levensvatbaarheid ervan helemaal afwijzen. Ze doen geen moeite voor nieuwe theorieën omdat de oorspronkelijke theorie zelf een redelijke hoeveelheid betrouwbare gegevens ontbeert."

"Is dat zo?" Vroeg Ben.

"In zekere zin, ja. De meeste vakmensen zijn het erover eens dat Plato's werken op zijn minst betrouwbaar zijn voor *contextuele* doeleinden, als ze al niet helemaal allegorisch zijn. Maar de meeste historici willen veel meer dan alleen Plato's verwijzing naar Atlantis. En het overgrote deel van wat *na* Plato kwam, telt niet mee, omdat men kan zeggen dat zij waarschijnlijk alleen maar verwezen naar Plato's eigen verwijzing.

"Dus willen ze bewijs voor het bestaan van Atlantis, van meer dan één bron. Maar Plato vertelt ons niet veel, en wat hij ons wel vertelt is dat hij de legende hoorde van Critias, die het hoorde van een man genaamd Solon, die Egypte bezocht ergens daarvoor, en het hoorde van iemand *daar*."

"Wow," zei Ben. "Dus er is veel 'telefoonspel' aan de gang."

"Precies. Niet echt het soort ding dat een grote pool van subsidiegeld of academische papers kan aanmoedigen. En het feit dat we nog geen compleet verloren continent en legendarische stad *hebben* gevonden sinds Plato erover schreef, maakt het alleen maar ongeloofwaardiger. Hoe langer het duurt, hoe belachelijker de hele zaak lijkt."

Tegenover Ben, verschoof Reggie in zijn stoel. Hij voelde zich duidelijk niet op zijn gemak, naast de vrouw met wie hij onlangs een serieuze relatie had gehad. Reggie zou wel wat tijd alleen met haar willen om daarover te praten, maar Ben wist dat hij ook opgewonden was om aan deze nieuwe missie te beginnen. De tegenstrijdige belangen van de man waren duidelijk op zijn gezicht te lezen, en hoewel Ben met hem meeleefde, ontging de humor van het ongemakkelijke moment hem niet.

"Dus, uh, waarom denkt je vader dat het echt is?" vroeg Reggie.

Ben wist dat Sarah net zo weinig van deze reis afwist als de rest van hen. Mevrouw E nam een snelle slok van haar drankje. "We zijn er niet helemaal zeker van dat hij denkt dat het echt is," antwoordde ze. "Maar wat hij ook in die krant schreef, het leek *iemand ervan te overtuigen* dat hij het geloofde, of in ieder geval dat hij er een goed idee over had."

"Dus waarom Santorini?" vroeg Sarah. "Wat is er speciaal aan deze plek?"

Mevr. E schraapte haar keel. "Een van de bedrijven waar ons bedrijf in heeft geïnvesteerd, heeft een zoekfunctie met kunstmatige intelligentie ontwikkeld, waar Juliette en ik het over hebben gehad.

Ze wendde zich tot Julie, die mee knikte. "In dit geval hebben we het bijvoorbeeld kaartgegevens laten doorzoeken en potentialiteiten laten samenstellen."

"Potentialiteiten? Hoe werkt dat eigenlijk?" vroeg Reggie.

"Het is gebaseerd op afbeeldingen," zei Julie, terwijl ze steeds geanimeerder werd terwijl ze het uitlegde. "Door afbeeldingen van kaarten - eigenlijk alles wat als 'geografisch pictogram' kan worden bestempeld - die afkomstig zijn van andere zoekopdrachten op het web over elkaar heen te leggen en vervolgens hun unieke kenmerken te vergelijken en te contrasteren, kan het algoritme getekende, geïllustreerde en afgebeelde resultaten interpreteren."

Ben knikte en legde toen zijn ellebogen voor zich op tafel. "Dus... hoe werkt het?"

Mevrouw E grijnsde en liet een enorm stel stralend witte tanden zien. "In principe kunnen we zoeken op trefwoorden - 'bergachtig', 'oceanisch', 'schiereiland', enzovoort - en ook filteren op die resultaten - grootte in oppervlakte, afgebakend met voet, mijl, kilometer. Of op regio, biomeigenschappen, menselijke bewoning in de loop der tijd, of meer. Denk aan een 'slimme' zoekmachine die alleen bestaat om de geschiedenis te vergelijken met haar geografische en antropologische details, alles gesuperponeerd op een moderne Mercator-projectie."

Ben haalde zijn schouders op. "Dus... magie. Ik snap het."

De anderen lachten. "Wat ik ontdekte, nadat Julie me geholpen had het algoritme samen te stellen, was niets minder dan een doorbraak," eindigde mevrouw E. Normaal gesproken was de vrouw die schuin tegenover Ben zat recht voor zijn raap, een en al zakelijkheid, maar hij meende een beetje een opgeblazen opwinding bij haar te bespeuren. Ze was een soldaat, een vrouw die op grond van haar massieve, gespierde gestalte en korte haar gemakkelijk als een 'grunt' kon worden afgeschreven, maar hij wist wel beter. Mevrouw E was bijna net zo briljant als haar man. Het man-vrouwpaar had hun communicatiebedrijf uitgebouwd tot een wereldwijd conglomeraat.

Tot een paar jaar geleden hadden ze de touwtjes in handen gegeven van anderen om de dagelijkse gang van zaken te regelen, en in plaats daarvan waren ze hun rijkdom gaan gebruiken om te investeren in jonge technische bedrijven, veelbelovende wetenschap en onderzoek, en, natuurlijk, de CSO.

Mevrouw E schoof op haar stoel en leunde naar Ben toe, terwijl ze links en rechts de gezichten van de groep bekeek. Haar stem werd bijna fluisterend, wat het effect versterkte. "Wij geloven dat het eiland Santorini het *exacte* eiland is dat Plato beschreef in *Timaeus* en *Critias.*"

Ben zag Sarah voorover leunen in het hokje. "Leg uit," zei ze, haar stem trillerig.

Mevr. E haalde haar telefoon tevoorschijn en swipete een paar seconden over het scherm.

Julie keek naar mevrouw E, haar eigen telefoon klaar in haar hand. "Moeten we eerst de oorspronkelijke tekst horen? In Plato's eigen woorden?"

Ben knikte en voelde dat de spanning die hij de afgelopen tien uur had gevoeld, eindelijk zou worden weggenomen.

"Ik trek het omhoog," zei Julie.

Ben glimlachte. "Nou ik denk dat het waarschijnlijk nuttig is om nog een drankje te halen, in dat geval. Hou die gedachte vast?"

HOOFDSTUK 38

BEN

NA EEN BEZOEKJE AAN HET TOILET EN DE BAR VAN HET HOTEL WAS BEN WEER OPGEFRIST EN BIJGETANKT. "Heb je op me gewacht?" vroeg hij.

Mevrouw E knikte. "Dat hebben we gedaan. Ik vertelde de groep net iets meer over het algoritme dat we gebruikten."

"Nou, sorry dat ik dat gemist heb."

"Hoe dan ook, ik kom er nog op terug. Plato's woorden die Atlantis beschrijven: '*Want in onze oorkonden wordt verhaald hoe eens uw Staat de loop van een machtige heerschaar hield... en het voor reizigers uit die tijd mogelijk was om van het eiland over te steken naar de andere eilanden en van de eilanden naar het hele continent er tegenover, dat de ware oceaan omvat...*'"

Ze keek op om te zien dat iedereen nog steeds met haar meeliep, net toen Sarah sprak. "Dus Plato verwijst naar een grote natie, toch?"

Ben knikte. "Daar lijkt het wel op. Naar wie verwijst hij als hij 'uw staat' zegt?"

"Ik ken deze," antwoordde Sarah. "En het is een goede vraag. Omdat er sinds Plato's tijd veel 'hij zei, zij zei'-gedoe is geweest over zijn woorden, is het moeilijk om het zeker te weten. Maar we zijn er bijna zeker van dat de 'Staat' die we hier zien Athene is. Plato gebruikte deze dialoog, of in ieder geval dit deel van de dialoog, als een manier om op te scheppen over het oude Griekenland, dus het is waarschijnlijk dat hij een eerbetoon brengt aan zijn voorouders."

Mevr. E knikte en ging verder. "Juist. Maar de *echte* vraag is: wat is die 'grote natie' waar Plato het over heeft? Niet Athene, maar die *andere* in het verhaal."

Ben sprong er weer in. "Atlantis?"

Reggie glimlachte. "Dat is het voor de hand liggende antwoord, is het niet?" Hij pauzeerde en Ben zag de geniepige grijns op het gezicht van de vrouw toen Reggie verder ging. "Wat mij zegt dat het juiste antwoord *niet* het voor de hand liggende antwoord is."

"Wel," zei mevrouw E., "Plato schrijft een verhaal op dat hem verteld is door een man die het gehoord heeft van een man die vele jaren daarvoor Egypte bezocht had. Egypte is relevant in het verhaal, maar wij geloven nog steeds dat de 'staat' waarnaar verwezen wordt Athene is. En het verhaal *gaat* uiteindelijk over Atlantis, maar de syntaxis van de taal - en dit is gebaseerd op onderzoek van taalkundigen, niet van mij, want ik spreek geen Grieks - klopt niet. Het is een raar raadsel."

"Dat kan ik beamen," zei Sarah. Iedereen keek haar kant op. "Ik spreek ook geen Grieks, maar mijn vader heeft het jaren geleden bestudeerd. Hij had altijd een fascinatie voor de zinsbouw van de taal. Hoe het soms onmogelijk was om Grieks accuraat te vertalen naar een moderne taal. En hij zei zeker dat dat waar was over de manier waarop de grote Griekse filosofen schreven, vooral Plato."

"Heb je dit eerder gehoord?" vroeg mevrouw E.

"Ja," Sarah rolde met haar ogen. "Het was een van mijn vaders favoriete onderwerpen."

Julie lachte nu, nippend aan haar drankje. "Kom op, gooi het eruit. Je hebt me in spanning gebracht."

Sarah knikte. "Sorry. Maar ik kan een goed mysterie niet weerstaan. Dat heb ik van mijn vader. En een deel van mij denkt nog steeds dat dit zijn manier is om mij nog een mysterie op te laten lossen. Al dat cryptische Plato gedoe, Atlantis - ik weet niet zeker of hij een spelletje speelt of niet."

Ben begreep wat ze echt bedoelde. *Ik hoop dat dit allemaal maar een spelletje is.*

Hij had het gevoel dat het geen spel was.

Sarah ging verder. "In principe is het uiterst moeilijk om het Oudgrieks te ontleden op een manier die zich vertaalt naar iets substantieels in een moderne taal, dus op dit punt is het een beetje giswerk. Waar zetten we bijvoorbeeld komma's, punten en puntkomma's? We weten allemaal hoe cruciaal interpunctie kan zijn in het begrijpen van geschreven taal." Ze pauzeerde even en lachte toen. "Mijn vader had ook een manier om dat uit te leggen. Hij liet me altijd een oude tekening zien. De titel ervan was *Komma's redden levens*, en er stonden twee korte zinnen onder de titel: 'Laten we eten, opa,' en, 'Laten we opa eten.'"

De groep grinnikte terwijl mevrouw E verder ging met het navertellen en uitleggen van Plato's manuscript. "Het deel dat *wel* expliciet en gemakkelijk te begrijpen lijkt, komt nu. In *Critias* geeft Plato ons de feitelijke afmetingen van dit eiland:

"Een eiland dat in het noorden en langs de kust voornamelijk uit bergen bestond en in het zuiden een grote langwerpige vlakte omvatte die zich in één richting drieduizend stadia uitstrekte, maar in het midden was zij slechts tweeduizend stadia groot. Vijftig stadia van de kust was een berg die aan alle kanten laag was...

"Hij noemt dan een 'centraal eiland' met een diameter van vijf stadia."

"Dus Plato vertelt ons *precies* hoe dit eiland eruit ziet?" vroeg Reggie.

"Dat doet hij."

Ben fronste zijn wenkbrauwen. "Wat missen we dan? Dat zijn vrij specifieke metingen, toch? Waarom kunnen we niet gewoon rond de wereld zoeken naar een eiland dat overeenkomt met de beschrijvingen die hij ons gaf?"

Ben besefte dat hij het antwoord op de vraag al wist toen hij hem stelde. Als het echt zo eenvoudig was geweest, hadden onderzoekers en geografen het 'continent' Atlantis allang kunnen aanwijzen. Hij wilde net protesteren toen Reggie in zijn stoel verschoof.

"Ik denk dat dat *precies is* waarom we hier zijn," zei hij, terwijl hij mevrouw E. aankeek. "Ik durf te wedden dat u denkt dat Santorini een van de eilanden is die niet overstroomd zijn."

"Ja," zei mevrouw E. "Ik heb de passage keer op keer gelezen tot ik hem uit het hoofd leerde. We probeerden alleen iets *tastbaars te* vinden dat we uit Plato's anders 'onbetrouwbare' werk konden halen. Iets dat ons in de juiste richting zou kunnen wijzen. Toen ik aan Sarah's brief van haar vader dacht, klikte er iets. Hij opende de brief met een citaat van Plato, weet je nog? *We zijn dubbel bewapend als we met geloof vechten'.* Ik bleef proberen te begrijpen waarom hij naar Plato verwees."

"Hij is degene die over Atlantis heeft geschreven," bood Julie aan. "Daarom zijn we dit allemaal gaan onderzoeken."

"Juist," zei mevrouw E. "Maar ik vroeg me af of er nog iets *anders* aan de hand was. Waarom hij de woorden van een oude filosoof zou aanhalen in een brief aan zijn dochter. Hoe ouderwets, toch?"

"Omdat hij oud is?"

Mevrouw E glimlachte, maar schudde haar hoofd. "Hij gaf ons niet alleen een aanwijzing over *wat* hij bestudeerde, maar ook over *waar* het zou kunnen zijn."

Sarah fronste haar wenkbrauwen. "Hoe komt dat?"

"Het gaat niet om het feit dat Plato *oud* is. Het gaat erom *hoe* oud hij is. Plus of min een paar honderd jaar, Plato schreef deze woorden *tweeduizend* jaar geleden."

"Ja, dat is oud," zei Ben. "Wat is het punt?"

"Omdat Plato zelf zich beriep op een veel oudere schrijver. Hij schreef over een tijd, tijdens de heerschappij van Atlantis, ongeveer 9.000 jaar voor *hem*. Dat is zo'n *11.000* jaar, plus of min, voor *nu*."

Reggie's ogen verwijdden zich. "Ik snap het. Geografie."

Sarah knikte mee. "Juist. Het is mijn vaders levenswerk - archeologie, geologie en geschiedenis, die allemaal samenkomen. Wie zegt dat de eilanden die we nu hebben *dezelfde* eilanden zijn als toen?"

"Precies," zei Mevr. E. "De aarde verandert voortdurend, maakt cataclysmische gebeurtenissen mee. Geleerden zijn het er over het algemeen over eens dat deze gebeurtenissen om de tienduizend jaar of zo plaatsvinden, en ze kunnen zelfs het landschap in een bepaald gebied volledig veranderen."

Julie en Ben glimlachten, en Ben begon het te begrijpen. "Juist," zei hij. "Atlantis zou onder de zee gezonken zijn, toch? In 'één dag en één nacht,' of zoiets? Wat de vraag oproept - waarom zouden we eigenlijk op zoek zijn naar een eiland?"

"*Precies*," zei Sarah. "Gebaseerd op dit alles, *zouden* we niet naar een eiland *moeten* zoeken. We moeten de diepten van de Atlantische Oceaan afzoeken. En dat is waar de meeste professionals en amateur speurneuzen hun aandacht op hebben gericht: het vinden van verhoogde gebieden in de Atlantische Oceaan die de vorm van Atlantis zouden kunnen hebben, het zoeken naar onderwater steden, en dergelijke."

Mevr. E sprong in. "We besloten het zoekalgoritme zo te programmeren dat het zocht naar historisch geschikte gegevens - alles wat verwees naar de prehistorie. Dingen als het oude Egypte, Griekenland, Macedonië, enzovoort. We vertelden het algoritme te zoeken naar vormen die overeenkwamen met Plato's beschrijving, met een foutmarge van twintig procent, gebaseerd op wat we wisten van de wereldbol ten minste 9000 jaar voor Plato's tijd.

"En om het interessant te maken, voegden we alle geologische gegevens toe die we konden verzamelen over die periode en voerden die in het programma in."

"Dus je was in staat om beelden te zoeken van de hele wereld, zoals die 11.000 jaar geleden bestond?" vroeg Reggie.

"Ja."

"En daarom zijn we hier?" Vroeg Ben. "Omdat Plato ons alles

heeft gegeven behalve de exacte coördinaten van Atlantis, en die wezen naar deze locatie?"

Mevr. E knikte, een flits van kleur kwam op haar gezicht toen haar duidelijke opwinding groeide.

Mevrouw E richtte zich op en nam een laatste slok van haar limoen met sodawater. "Ja, Ben. Dat is juist. En het programma had maar een uur nodig om het uit te zoeken, met minder dan drie procent foutmarge. Plato beschreef, zonder twijfel, het eiland Santorini."

JULIE BEGREEP HET CONCEPT: kunstmatige intelligentie gebruiken om een algoritme te maken dat alle bestaande kaarten van de antieke wereld kon doorzoeken op zoek naar een eiland. Een eiland dat vele millennia voor Plato's tijd zou hebben bestaan, maar voldeed aan zijn beschrijving.

Ze had Mevr. E geholpen het algoritme te maken, daarna was de vrouw stil geworden terwijl ze de resultaten analyseerde en de gegevens verzamelde.

Maar voor haar klopte het nog steeds niet helemaal. "Je zegt dat Plato de *exacte* geologie van Santorini beschreef en dat we daarom hier zijn? Waarom heeft niemand anders het nog overwogen? En nog belangrijker - er zijn hier *mensen*. In Santorini. Hoe kunnen zij niet gemerkt hebben dat ze *in Atlantis leven*?"

"Nou," zei mevrouw E, terwijl ze een hand ophield. "Santorini is niet *echt* Atlantis. Het komt er alleen het dichtst bij in de buurt."

Julie drukte haar vingers tegen de brug van haar neus. *Ik hoop dat dit niet allemaal tijdverspilling is.* De technologie die Mevr. E gebruikt had om hun locatie te bepalen was fascinerend, maar als het hen niet zou helpen om Sarah's vader te vinden, was het allemaal voor niets geweest.

Mevr. E ging verder, onaangedaan. "Vergeet niet dat Plato's woorden een plaats beschreven die 9.000 jaar *voor* zijn tijd bestond. Hij beschreef een eiland dat, tegen de tijd dat Plato er zelfs maar van gehoord had, al duizenden jaren onder water lag.

"Dus Santorini is slechts een *deel* van dit grotere eiland," zei mevrouw E, nog steeds glimlachend. "We zijn hier omdat onze reis - die van je vader, Sarah - hier begint."

Sarah knikte. "Weet je dat zeker?"

"Het *moet* hier zijn," zei mevrouw E. "Of Plato nu wel of niet het mythische 'Verloren Continent Atlantis' beschreef, hij beschreef *absoluut,* zonder enige twijfel, het eiland dat vroeger in dit gebied bestond."

"Kun je het ons laten zien?" vroeg Reggie.

Julie was geïntrigeerd, en blij dat Reggie het vroeg. Het op een kaart zien zou een veel betere manier zijn om te visualiseren wat mevrouw E en haar man hadden ontdekt. Ze wachtte afwachtend toen mevrouw E een van de servetten uit het midden van het hokje pakte. Ze keek even onwennig om zich heen.

"Ik draag geen handtas," zei ze. "Heeft iemand een..."

Voordat ze kon eindigen, had Sarah haar een pen aangereikt. Mevrouw E bedankte haar en begon te tekenen. Eerst schetste ze het eiland waar ze geland waren.

"Dit is Santorini, of Thira, zoals het in Griekenland heet," zei ze. "Het is een verzameling van een paar eilanden - een groter, cirkel-vormig eiland dat in twee delen is gesplitst en waar we nu zijn, en een kleiner eiland in het midden. Het is gemakkelijk om de vulkanische ring hier te zien, en hoe het eiland zelf in de loop van de tijd is gevormd."

[Image: santorini.jpg]

Zij wees op de grote steden die er op het ogenblik waren, verspreid over de gebieden aan de kustlijn rond het eiland.

"Er is een oude vulkaan in het midden, die Nea Kameni heet, en dit kleinere eiland," zei ze terwijl ze het kleinere eiland schetste dat in het open water naast de gebogen archipel bestond, "was vroeger een deel van de archipel zelf."

"Dat is Thirasia," zei Sarah, terwijl ze er op in sprong. "Er wonen daar momenteel ongeveer driehonderd mensen. Het is klein, afgelegen, en zowat de belichaming van het Griekse plattelandsleven."

"Klinkt alsof je er geweest bent," zei Reggie.

"Ik wel, toen ik nog een kind was," zei Sarah. "We stopten in Santorini en namen een boot naar het eiland, gewoon om het te bezoeken. Mijn vader moest ergens op het eiland een toespraak houden of ander werk doen, dus het was maar een korte tussenstop."

Mevrouw E wilde net verder gaan met tekenen, maar keek toen op naar de anderen rond de tafel. "Weet je wat? Dit is waarschijnlijk makkelijker. Laat me het even opvragen op mijn telefoon." Ze rommelde wat aan haar telefoon en legde hem toen plat op tafel. Julie zag op het scherm een afbeelding van een kaart, ingezoomd op het gebied ten noordwesten van het piepkleine eiland Santorini.

Julie leunde dichterbij en zag in de linkerbovenhoek van het scherm de uiterste rand van Griekenland, de hoofdstad Athene nauwelijks zichtbaar.

"Dit hele gebied staat bekend als de Cycladen, een groep kleine Griekse eilanden in de Egeïsche Zee, voor de kust van Athene."

Julie keek naar de kaart en zag de kleine klodders wit en groen, omgeven door eindeloos blauw. Ze las zwijgend de namen: Mikonos, Tinos, Andros, Siros. Er waren er ontelbaar veel meer, de een nog kleiner dan de ander, die een enorme reeks stippen vormden boven op de Middellandse Zee.

"11.000 jaar geleden," zei mevrouw E, "zag de regio er *helemaal niet zo uit*."

Ze schreef de kaart over op haar servet en schetste ruwweg de eilanden en de contouren van de afzonderlijke Griekse staten. Toen ze klaar was, keek ze op.

"Het blijkt dat 11.000 jaar geleden, het gebied van de Cycladen een veel andere geografie had".

Zij schetste een deel van het omliggende gebied dat een handvol van de eilanden verzamelde tot één enkele, verenigde groep:

[Image: cyclades-plateau.jpg]

Julie staarde naar de tekening. Mevrouw E had, heel ruw, een driehoek getekend. Er was een gebogen, mager gedeelte dat zich uitstrekte van de top van de driehoek naar Athene, en de buitenste eilanden van de groep vormden de twee onderste punten aan de basis van de driehoek. Het eiland Santorini lag een beetje apart van de rest, in het zuidoosten. Santorini zag eruit als het losse hoofd van een groter, tweedimensionaal wezen.

"Zo zagen de Cycladen er ongeveer negen millennia voor Plato uit."

Mevrouw E begon gebieden te omcirkelen op de kaart die ze net getekend had. "Het werd het Cycladenplateau genoemd omdat dit gebied in het midden -" ze wees naar het smalle, lange stuk tussen twee eilanden - "precies dat was. Voordat het water steeg, was het een groot, vlak plateau. Plato verwijst er zelfs rechtstreeks naar: *Een eiland dat voornamelijk uit bergen bestaat in de noordelijke delen en langs de kust, en dat in het zuiden een grote langwerpige vlakte omvat die zich in één richting uitstrekt.*

"Het plateau overstroomde ergens rond 10.000 jaar geleden, om een of andere reden," zei mevrouw E. "Sommige wetenschappers geloven dat het kwam door het einde van de laatste ijstijd. Wat de reden ook was, de oceanen stegen ongeveer 400 voet en veranderden de geografie van de hele planeet.

Het plateau op het servet is bij benadering," ging mevrouw E verder, "maar mijn man zei dat het bedrijf waarmee we hebben samengewerkt in staat is geweest om een zeer nauwkeurig computermodel van de grotere landmassa te maken. Het houdt rekening met wat we weten over het Middellandse Zeegebied en de Egeïsche Zee in die tijd, en ook met de vulkanische activiteit die tot het ontstaan van deze landmassa zou hebben geleid.

"En net voor we landden, stuurde het lab nog betere informatie: als je Plato's geschrift vertaalt naar hedendaagse metingen, klopt alles.

Reggie fronste zijn wenkbrauwen. "Wacht, echt? *Was* hij echt accuraat?"

"Het lijkt zo," zei mevrouw E. "Kijk."

Ze bladerde nog eens in haar telefoon, greep naar een notitie die ze eerder had gemaakt, en begon nummers te schrijven bij elk deel van de servettenkaart.

"Plato schrijft dat de 'langwerpige vorm in het zuiden, die zich in één richting uitstrekt' ongeveer 'drieduizend stadia breed' is, wat, vertaald naar hedendaagse maten, neerkomt op ongeveer 555 kilometer doorsnee."

Zij trok een pijl en een lijnstuk over het midden van het eiland en schreef de getallen net onder de lijn.

"Dan schrijft hij, 'maar over het midden van het eiland was het tweeduizend stadia,' of ongeveer 370 kilometer. Er was dus een kleinere vallei ten zuiden van de grotere, 555 kilometer lange vallei. Wij geloven dat dat hier was."

Mevrouw E trok nog een pijl en een lijnstuk over een gebied net ten zuiden van de hoofdvallei, over een van de hedendaagse eilanden van de Cycladen.

"Vijftig stadia, of ongeveer negen kilometer *van de kust* van deze landmassa, lag een berg die aan alle kanten laag was..." er was dus een heel ander - maar veel kleiner - eiland, gelegen vlak voor de kust van de grotere landmassa van Atlantis. Plato zegt dat dit kleinere eiland eigenlijk twee kleine eilandjes waren, dat één 'rondom was, en dat het centrale eiland zelf vijf stades in doorsnee was,' of iets minder dan een kilometer in doorsnee. Er was dus een eiland binnen een eiland."

Ze omcirkelde het eiland Santorini op de kaart van het servet.

"Het past *perfect bij elkaar*," zei Reggie.

Julie kon niet anders dan opgewonden zijn. Ze kon het niet oneens zijn met Mevr. E's beoordeling, en het voor haar zien ontvouwen, zelfs op een servet, was niets minder dan opmerkelijk.

"Later zegt Plato dat er twee bronnen waren, een koude en een warme, die het eiland van water voorzagen."

"Wacht eens even," zei Ben. "Hadden ze *warm water*? Dus ze hadden douches?"

Mrs. E glimlachte. "Misschien. Maar ja, Plato zegt dat ze inderdaad 'twee bronnen' hadden, dus we nemen aan dat hij verwijst naar deze twee geologische kenmerken."

Ze omcirkelde het eiland Santorini, dat duidelijk de ingestorte kegel van een vulkaan was, en het kleinere eiland daarbinnen, ook nu een uitgedoofde vulkaan. "Dit kunnen de bronnen zijn geweest van de koude zoetwater aquifers - de inactieve vulkaan gelegen ten zuidoosten van het hoofdeiland met ladingen koel water onder druk erin - en de hete - de actieve vulkaan er vlakbij."

"Mrs. E," zei Reggie, zijn adoratie duidelijk in zijn stem, "dit is verbazingwekkend. Je - je bedacht dit? "

"Nee," antwoordde ze snel. "Het bedrijf en hun kunstmatige intelligentieprogramma, en ook hun onvermoeibare medewerkers, leverden de meeste rekenkracht, en Julie hielp zelfs met het programmeren van enkele van de eerste zoekopdrachten. En er zijn heel wat blogberichten en artikelen geschreven door amateurhistorici die ons in de juiste richting hebben geholpen."

Mevrouw E maakte een ontwijkende beweging met haar hand. "Mijn man en ik hebben alleen maar geïnvesteerd in de juiste bedrijven - en de juiste mensen."

"Hoe dan ook," zei Ben. "Reggie heeft gelijk. Dit is fenomenaal. Ik kan niet - er is geen manier waarop ik het kan tegenspreken. "

Mevrouw E straalde, en probeerde het toen te verbergen. "Nou, het wordt nog beter," zei ze. "Plato gaat verder. Hij geeft ons een grondige analyse van de gevolgen van het groeiende ego van dit kleine eiland: *"Het gevolg is, dat in vergelijking met wat er toen was, er in kleine eilandjes alleen nog maar de beenderen van het vergane lichaam over zijn, zoals ze kunnen worden genoemd, omdat alle rijkere en zachtere delen van de grond zijn weggevallen en er alleen nog maar het skelet van het land over is."*"

"De eilanden die nu nog bestaan," zei Julie. "Dat is waar hij het over heeft. De 'botten van het verspilde lichaam' van het oorspronkelijke eiland zijn alles wat bestaat. Nu zijn het alleen nog de kleinere, losgekoppelde eilanden."

"Juist," zei mevrouw E. "En Santorini is een van die eilanden, en het is een van de weinige die bijna volledig onaangetast bleef door de overstroming die het grotere eiland verwoestte. Van wat wij begrepen, beschrijft Plato - letterlijk - dit eiland en het omringende gebied ten noorden ervan over het Cycladenplateau, zoals het 11.000 jaar geleden bestond. In die tijd was het eiland Atlantis een zeer letterlijke, zeer duidelijke realiteit voor de oude Grieken".

"Fascinerend," zei Julie. "Dus waar leidt dat ons heen? Het klinkt alsof dit eiland, Santorini, slechts een van de vele mogelijke locaties is om te zoeken."

Sarah's gezicht betrok. "Dat is waar," zei ze, haar stem laag en zacht. "Dat is de ongelukkige waarheid. Er is niet veel meer over van de andere kleine eilanden om te doorzoeken - althans niets wat voor de hand ligt. Dat weet ik van mijn vaders studies en enkele van mijn eigen studies. Santorini is het dichtstbevolkte, meest moderne eiland, dus het is logisch om hier te beginnen, maar ik weet niet zeker wat we kunnen vinden, en ik weet niet zeker waar we nu heen moeten."

Julie voelde dat Sarah van streek was over iets anders dan het mogelijke gebrek aan aanwijzingen om Atlantis te vinden. Ze reikte Sarah de hand en legde haar hand op die van Sarah. "We zullen hem vinden, Sarah," zei Julie. "Dat beloof ik je."

"Dank u," fluisterde Sarah.

Niemand anders sprak voor een moment. Mevrouw E verbrak eindelijk de stilte. "Nou, jullie jongelui kunnen blijven feesten, maar mijn lichaam kan het niet schelen dat het hier pas zes uur is. Het voelt als het midden van de nacht, en ik kan wel wat slaap gebruiken.

"Trouwens," ging ze verder, "ik moet ervoor zorgen dat alles klaar is voor onze excursie morgen."

"Excursie?" Vroeg Reggie.

Mevrouw E knikte. "We charteren een boot - een klein jacht dat gebruikt wordt voor vistochten. De eigenaar gaat ons rondleiden door het binnenland van het eiland. Hij zei tegen mijn man dat hij klaar zou staan zodra we op het eiland geland waren, maar ik wist dat we moe zouden zijn en dat het al snel donker zou worden. Ik dacht dat we konden beginnen met een idee te krijgen van de geografie van de plaats, om te zien of het overeenkomt met onze theorie. Van daaruit kunnen we bepalen wat onze volgende stappen zijn. Maar we hebben daglicht nodig, dus morgenochtend wordt het. En we hebben waarschijnlijk een professionele mening nodig over waar we naar kijken. Daarvoor hoop ik dat Dr. Lindgren ons wil helpen."

Sarah knikte. "Natuurlijk. Alles wat helpt."

Rond de tafel zag Julie de vraag in de ogen van de anderen. Ze twijfelde er niet aan dat de mensen met wie ze was, de vrienden met wie ze zich had verbonden, de beste ter wereld waren voor de taak die haar wachtte. Ieder van hen had zijn eigen specialiteiten, sterke punten en gebreken, maar ze hadden bewezen dat vastberadenheid en teamwork een veel betere manier waren om problemen op te lossen dan bijna al het andere.

Ze *zouden* haar vader vinden, dat was niet de vraag.

Nee, de vraag waar zij mee worstelde - en waarvan zij wist dat Sarah er ook mee worstelde - was veel verontrustender:

Zullen we hem op tijd vinden?

HOOFDSTUK 40

SARAH

SARAH EN REGGIE ZATEN TEGENOVER ELKAAR AAN DE GROTE TAFEL. Het was ongemakkelijk, en dat kwam niet alleen door de enorme tafel, waardoor ze zich klein voelde.

Het was ongemakkelijk omdat zij de enige twee mensen aan tafel waren. De rest van de groep had zich teruggetrokken, omdat ze uitgeput waren na een reis van bijna twee dagen. Hoewel ze elk een beetje hadden geslapen in het vliegtuig, hadden de voortdurende tussenstops en de typische onmogelijkheid om een rustgevende slaap te krijgen tijdens een vlucht hen allemaal vermoeid.

Ze dacht dat Ben en Julie wel wat tijd voor zichzelf zouden willen hebben, en ze dacht dat mevrouw E waarschijnlijk haar teruggetrokken echtgenoot moest opzoeken om hem op de hoogte te brengen van hun veilige aankomst en hun vorderingen, naast het doornemen van de reisroute voor morgen. Toch kon ze het niet helpen te denken dat iedereen hen opzettelijk alleen had gelaten in de bar van het hotel.

"Dus..." Reggie begon. "Hoe - hoe gaat het met je?"

Ze wist niet zeker wat ze moest zeggen. Ze haalde diep adem, liet de lucht haar longen vullen, diep in en dan weer uit. *Hem de waarheid vertellen?*

"Je bedoelt, 'hoe gaat het nadat ik je heb gedumpt en nooit heb gebeld?'"

Oké, Sarah, dat was een beetje hard. Wat dacht je van de echte *waarheid de volgende keer?*

Het siert hem dat Reggie niet boos leek te zijn. Hij glimlachte, een gepijnigde grijns verspreidde zich over de onderste helft van zijn gezicht. "Ik heb een paar keer gebeld, Sarah."

Dat was waar. Maar ze had niet *teruggebeld*, en behalve een paar e-mails hier en daar, was hun communicatie voornamelijk via de andere leden van Reggie's bemanning gegaan.

"Sorry," zei ze. "Ik weet het. Het is gewoon..."

"Ik weet het."

Reggie nam een lange slok van zijn whisky en wenkte de ober voor een nieuwe. Hij wachtte de volle zes minuten die nodig waren om de whisky te krijgen voor hij weer sprak.

"Luister, Sarah," begon hij. "Ik vind je leuk. Verdorie, het is misschien zelfs meer dan dat. Ik denk dat je dat weet, maar ik wil dat je weet dat dat niet veranderd is."

"Waarom dan -"

"Omdat ik *moest*, Sarah. Ik kan het nu niet echt uitleggen - niet erg goed, tenminste, maar ik moest het afkappen. Tussen werk en training, en de lange afstand, het was gewoon..."

"Te hard?" vroeg Sarah.

Hij antwoordde niet.

Ze wist dat het te moeilijk was, dat had ze al toegegeven voor hij erover begon. Het was voor de helft haar schuld - misschien zelfs meer dan de helft. Maar ze kon het niet opbrengen zich te verontschuldigen, hoe hard ze het ook probeerde. In haar gedachten zou excuses aanbieden aan hem een nederlaag betekenen.

En iets daarbinnen probeert dit te laten werken, realiseerde ze zich.

Ze kon haar nederlaag niet toegeven omdat ze niet echt wilde dat het *voorbij was.*

"Reggie," zei ze. "Ik weet dat het moeilijk was. Het zal *altijd* moeilijk zijn. Ik ben geen huisvrouw, en God weet dat jij geen kantoorbediende bent die elke avond op tijd thuis is voor het eten."

Reggie glimlachte opnieuw, en deze keer bereikte de glimlach zijn ogen. "Je denkt toch niet serieus zo over ons, of wel?"

"Natuurlijk niet," zei ze, terwijl ze zich plotseling in de verdediging voelde schieten. "Het is gewoon..."

"We zijn *niet* zo'n stel, Sarah," zei hij. "Dat zouden we nooit worden. Wat ik vraag is, denk je *dat* het daarom niet werkte?"

Goede vraag.

Ze haalde haar schouders op.

"Ik kan je vertellen waarom ik niet wilde proberen om het te laten werken, Sarah. Ik *wilde niet* dat het zou werken."

"Jij... wat?"

"Ik wilde het niet. Het zou het moeilijkste zijn geweest wat we ooit hebben gedaan. Geen van ons beiden zal zijn leven opgeven voor iets, ook niet voor elkaar."

"Reggie, dat is niet..."

"Het *is* waar, Sarah. Het is hard, maar het is waar. Je bent net zo koppig als ik, en je bent veel slimmer dan ik, dus ik weet dat het stom van je zou zijn om je carrière op te geven voor iemand anders."

Ze wilde zich ermee bemoeien, maar ze was ook benieuwd waar hij met zijn monoloog heen wilde. Ze verschoof een beetje in de zachte zetel, bewoog de hand waarop ze had gezeten naar het tafelblad en haalde haar benen uit elkaar, kruiste ze dan weer de andere kant op. Natuurlijk voelde ze hoe haar lichaam zich sloot, alsof ze een mossel in een schelp was, langzaam voelde ze de druk om zich heen oplopen.

"Stel dat we het proberen te laten werken," ging Reggie verder. "Hoe ziet dat er dan uit? We zien elkaar om de paar maanden?"

Sarah kon het niet helpen. "Meer als eens per jaar."

"Juist - dus een keer per jaar? Dat is belachelijk. En dan wat? We spenderen het weekend of de week die we samen hebben, één keer per jaar, om bij te praten? Sarah, dat is geen leven. Dat is stilstand."

"Misschien is stagnatie beter dan niets."

"Misschien wel," zei Reggie.

Ze wist dat ze beiden op dezelfde bladzijde zaten. *Het is niet beter. Hetzelfde blijven is geen manier om te leven.*

Ze haalde nog eens diep en lang adem. "Waar hebben we het nu over, Reggie?"

Het was zijn beurt om zijn schouders op te halen. "Ik weet het niet, eerlijk gezegd. Ik denk dat ik gewoon wil dat je weet dat het me spijt. Als het anders was..."

"Als het anders was, hadden we elkaar nooit ontmoet."

"Misschien niet. Maar toch, dit gaat niet over wat ik voor je voel. Het gaat over wie we zijn, en ik denk niet dat we compatibel kunnen zijn."

"Daar ben ik het mee eens. Maar dat betekent niet dat het in de tussentijd niet zou kunnen werken."

Reggie grijnsde. "Ik ben helemaal voor een beetje plezier zo nu en dan, Sarah, maar je bent meer waard dan dat. Jij en ik weten allebei dat dat niet goed zou aflopen."

Ze keek naar beneden in de top van haar drankje. *Waar zijn de anderen?* Ze had het gevoel dat ze nu wel een backup kon gebruiken. Ze pakte haar mobieltje uit haar zak en legde het met de voorkant naar boven op tafel, naar het lege scherm kijkend alsof het een of andere remedie zou tevoorschijn toveren voor dit ongemakkelijke moment.

"Laten we het er later over hebben," zei Reggie, zijn stem zakte weer tot nauwelijks boven een fluistering. "We kunnen nu over iets anders praten."

Er waren een paar andere klanten in de bar, die rustig praatten, en de muziek was zwak, maar ze kon hem nog steeds nauwelijks horen.

Ze knikte. "Mijn vader, dan?"

"Tuurlijk, als je daarover wilt praten," zei hij.

Voordat ze dat gesprek konden beginnen, zoemde Sarah's telefoon op de tafel en ging toen over. Ze keek naar het lockscreen, waar het sms'je dat net was binnengekomen op het scherm stond.

Het was van Alexander. *Kun je praten?*

Ze veegde over de tekst om hem van het scherm te verwijderen, maar ze merkte dat Reggie hem al had gezien.

"Wie is dat?" Vroeg Reggie.

Ze mompelde een antwoord, maar concentreerde zich op het antwoord. *Niet nu,* schreef ze.

Ze keek op naar haar ex-vriendje. "Sorry - dat was, uh, een student. Een van mijn veld assistenten."

Reggie trok een wenkbrauw op. "Alexander?"

"Heb je mijn telefoon gelezen?"

"Het was daar. Ik probeerde niet te snuffelen."

"Hij is mijn assistent."

"Ja," zei Reggie. "Ik zag dat op de foto."

Sarah keek naar Reggie's gezicht, las het, net toen een andere sms binnenkwam. Ze had moeite om niet naar beneden te kijken, maar ze kon het niet helpen.

Begrepen. Haplogroep X, ooit van gehoord?

Ze schudde lichtjes haar hoofd en klikte toen het scherm uit.

"*Alleen* een assistent?" vroeg Reggie.

"Wat heeft dat te betekenen?"

Ze ademde diep in. Toen ze nog verkering hadden, had ze Reggie verteld dat een van haar leerlingen 'een oogje' op haar leek te hebben, maar ze had hem duidelijk gemaakt dat ze helemaal niet geïnteresseerd was. Geen van beiden was het jaloerse type, maar ze wist dat sporadische relaties op afstand op zijn best moeilijk waren.

Ze wist ook dat Reggie een foto van Sarah en haar team had gezien - ze had hem er een paar gestuurd toen haar onderzoeksproject van start was gegaan. Alex' lange, donkere lichaam en krullende zwarte haar waren op een van de foto's goed te zien, en op een van de foto's had hij zelfs zijn arm om haar schouder geslagen.

Sarah zag de deur van de saloonachtige hotelbar openzwaaien en een man binnenstappen. Zijn ogen waren kraaloogjes, kleine erwtjes die de omgeving al aftastten. Hij was semi-formeel gekleed, met een colbert over een pantalon en een diepgekleurd overhemd, alsof hij zijn garderobe eerder die dag zorgvuldig had uitgekozen, maar toen de middag aanbrak voorzichtig een paar lagen formaliteit had afge-schud. Hij liep verder de kamer in, zette een glimlach op en knikte naar de barman.

Een tweede man volgde de eerste. Deze was groter, langer en dikker, en droeg een grijs overhemd met lange mouwen, dichtge-knoopt tot aan zijn nek, dat zowat zijn hele bovenlichaam bedekte. Ze leken wel broers, beiden met een licht kuiltje in hun linkerwang. Ze liepen zelfs hetzelfde, hun passen kort en regelmatig, niet gehaast maar ook niet lui.

Ze keek hoe ze binnenkwamen terwijl Reggie met zijn telefoon rommelde, toen draaide ze zich terug naar haar ex-vriendje. "Het betekent niets, Reggie. Hij is - er is niets tussen ons. "

Hij knikte. "Het is goed. Ik weet het," zei hij. "Het is gewoon - moeilijk."

Ze knikte terug en besloot toen van onderwerp te veranderen. "Bedankt dat je ze overgehaald hebt," zei ze.

Reggie glimlachte en keek naar haar op. "Sarah - alsjeblieft," zei hij. "Zelfs als ze niet konden komen, zouden ze een soort van steun gestuurd hebben. En ze konden *me niet* tegenhouden."

Ze lachte. "Nou, ik hoop dat dit allemaal een groot misverstand is, en dat mijn vader gewoon ergens vastzit zonder een gsm-signaal. Hopelijk waait het over een paar dagen over."

Reggie's grijns haperde, maar hij leek zijn best te doen om hem in leven te houden. "Ja, ik ook. Maar luister - Sarah. Soms gaan deze dingen... nou ja, soms gaan ze niet volgens plan. Als je vader zichzelf in de problemen heeft gebracht..."

Ze hield hem tegen. "Ik begrijp het. Je hoeft me de details niet te geven. Ik wil het gewoon weten, weet je? Ik kan niet met mezelf leven, niet wetende wat er met hem gebeurd is."

Plotseling stond de kortere man die de bar was binnengelopen daar, vlak naast Reggie. "Je vader is in orde," zei de man. Zijn donkere, krasse stem paste op een vreemde manier bij zijn ogen. Ze pasten goed bij elkaar.

"Wie in godsnaam - "

De man leunde naar Reggie toe, dwong hem zijwaarts in het hokje. Sarah zag hoe Reggie zich tegen de man keerde en zijn armen omhoog en naar hem toe bracht. Reggie zat echter in de slechtste positie, met zijn benen vast onder de tafel en zijn lange bovenlichaam ingeklemd tussen de rechtopstaande rugleuning en de rand van de tafel zelf.

Hij was niet in een positie om terug te vechten.

"Blijf van me af, man," zei Reggie. "Ik ga je niet vragen -"

Hij stopte, abrupt. Sarah zag dat de grotere man van achter Reggie over hem heen leunde, achter het hokje.

Hij hield een pistool tegen de achterkant van Reggie's hoofd.

HOOFDSTUK 41

SARAH

"NIET PRATEN," zei de eerste man. "Of ik laat Ivan een gat door je hoofd blazen."

Reggie slikte, zijn uitpuilende ogen staarden recht voor zich uit.

Naar haar staren.

Sarah voelde tranen in haar ogen opwellen. Alles waar ze zich zorgen over had gemaakt, alles waar ze bang voor was geweest, was nu echt.

Het was echt, en het was nog *erger* dan ze zich had kunnen voorstellen.

"Je vader is in orde," zei de man weer, dit keer rechtstreeks tegen Sarah. "Hier is een foto."

Hij gooide een polaroidfoto naar beneden, de zachte klap waarmee die op het tafelblad landde, raakte Sarahs oren op hetzelfde moment dat de foto scherp werd.

Papa.

Het was haar vader, dezelfde licht gebogen, schriele oude man die ze haar hele leven had gekend, zittend in een stoel.

Maar zijn armen waren slap, zijn handen zaten op zijn schoot, en hij staarde omhoog en over de camera, naar iets wat zij niet kon zien.

"Zie je?" zei de man. "Hij is niet dood, of gewond."

"Wat - wie bent u?" stamelde Sarah.

"Wij willen graag ontdekken waar uw vader naar op zoek was, zei de man. "Heeft u het artefact?"

Sarah begon te reageren, maar Reggie sprak eerst. "Luister, klootzak," begon Reggie, "je hebt haar geen antwoord gegeven..."

De man met het pistool sloeg de kolf ervan tegen Reggie's hoofd. Hij beefde, wankelde, maar herstelde zich toen en hield een hand tegen zijn slaap.

"Wij zijn geen moordenaars," zei de eerste man. "We willen alleen de zaken bespoedigen. Het is in ieders belang als u ons toestaat ons werk zonder tussenkomst voort te zetten. Alsjeblieft, we hebben het artefact nodig."

"Ik help je niet," zei Sarah. Ze kon de bobbel in haar zak voelen waar het stenen voorwerp wachtte. Ze wist niet zeker wat ze moest doen. *Het aan hen geven? Het is duidelijk belangrijker dan ik begrijp. Misschien helpt het mijn vader -*

"Geef ons het artefact en je vader raakt niet gewond."

Ze staarde naar hen. "Nee."

"Je vader heeft ons daarvoor gewaarschuwd," zei de man. Hij hield zijn stem zacht, kalm, alsof ze twee lang verloren vrienden waren die elkaar op de een of andere manier hadden gevonden tussen de drukte in de toeristenval van Santorini en oude zaken aan het inhalen waren. "Hij zei ons dat je niet zou meewerken. Maar ik heb hem verzekerd dat we aarzelen - maar bereid zijn - om een van jullie te doden, maar dat we graag alles doen wat nodig is om de klus te klaren."

Sarah keek om zich heen. Er stond een barman achter de bar, een lange Griekse man met krullend zwart haar, gekleed in een volledig zwart pak met stropdas, die twee klanten aan het einde van de bar hielp. Twee anderen, een stel met een afspraakje, zaten bij de ingang.

Geen van hen keek ook maar in hun richting.

"Ik ga u vragen om langzaam op te staan, volg mij naar buiten, en stap dan in ons voertuig. Het is geen moeilijke taak, Ms. Lindgren.

Als uw vriend hier ons in de weg loopt, schieten we hem neer. Als hij zich blijft bemoeien, zullen we u doden en gewoon doorgaan met alleen uw vader om ons te helpen.

"En dan, als we klaar zijn met onze klus, zal mijn werkgever je vader toch laten vermoorden. Dus ik stel voor dat je meewerkt."

Sarah klemde haar kaak op elkaar. Ze friemelde en staarde terug naar Reggie.

Zijn gezicht was kalm, maar zijn ogen waren getormenteerd.

Ze vroeg zich af wat hij zou kunnen denken. *Was hij gewapend? Had hij aan een situatie als deze gedacht, en had hij zich erop voorbereid? Wat zal hij doen na...*

"Sta op, Ms. Lindgren."

Sarah voelde de eerste traan langzaam over haar wang rollen toen ze opstond uit het hokje. Ze zag hoe haar been naar buiten zwaaide, naar de vloer van de bar, en hoe haar arm zich uitstrekte om zich omhoog te duwen. Ze voelde de koude, harde tafel, de onvergeeflijke kracht ervan.

Kracht die ze niet kon gebruiken.

Ze begon te lopen, zich voorttrekkend met een soort diepe, verborgen bron van moed, terwijl haar hersenen de hele tijd schreeuwden. De man voelde aan haar zijden, reikte toen in haar zak en haalde het voorwerp eruit. Hij glimlachte en gaf het toen aan zijn partner. Toen nam hij haar telefoon uit haar andere zak en stak die in zijn eigen zak.

Hij heeft hem tenminste aangelaten, dacht ze. *Voor nu.*

De eerste man draaide zich om en begon naar de uitgang te lopen, terwijl hij glimlachte naar de barman en de klanten toen hij passeerde. Sarah kon hen niet aankijken. Ze was bang om te spreken, te roepen, en daarom bang om zelfs maar oogcontact te maken, uit angst dat ze zouden weten wat er aan de hand was en zouden proberen tussenbeide te komen en dan Reggie te pakken -

De tweede man stond nu achter haar en duwde haar de deur uit. Ze voelde de koele lucht van de lobby, dan vijf stappen later naar rechts en ze waren buiten in de vochtige, kille mediterrane lucht.

De tweede, grotere man - Ivan - stopte. "We wachten hier even," gromde hij. "Misschien komt je vriend je wel achterna?"

Sarah slikte.

Alsjeblieft, Reggie, ze wilde, *verlaat de bar niet. Alsjeblieft.*

De man wachtte, stond aan de zijkant van de deur, hield Sarah's arm in zijn linkerhand en verborg het pistool achter haar lichaam met zijn rechter, het richtend op de ingang van het hotel.

Voor de toevallige toeschouwer of voorbijganger leken zij twee geliefden die zich even verpozen van de felle lichten van het hotelinterieur, of een stel op een rookpauze.

De eerste man was bij het voertuig, een lage, lange boot-achtige Cadillac of zoiets. Ze wist niet zeker welke kleur het was, maar hij zag er zwart uit. Er was geen voorste nummerplaat voor haar om te onthouden.

De man in de auto deed de lichten aan, waardoor Sarah en haar bewaker en de voordeuren verlicht werden, en Sarah wist dat iedereen die probeerde weg te komen onmiddellijk verblind zou worden als ze naar buiten gingen.

Opnieuw, bad ze.

Alsjeblieft, Reggie. Blijf binnen.

"Jij gaat naar de auto," zei de lange man. "Nu."

Ze was niet van plan ruzie te maken, en ze hoefde zich niet af te vragen wat de gevolgen zouden zijn als ze zou proberen weg te lopen, dus liep ze langzaam naar de passagierskant van het voertuig en opende de deur.

"Stap in," zei de eerste man.

De tweede man wachtte nog een paar minuten bij de deur, draaide zich toen om en liep naar het voertuig en stapte achterin.

Sarah keek naar de bestuurder en zag een klein, compact pistool in de linkerhand van de man, vlak onder het raam. Hij keek naar de voordeuren, maar Sarah voelde zijn perifere blik direct op haar gericht.

"Oké," zei de Ivan vanaf de achterbank. "We zijn goed."

De chauffeur - de kleinere man - knikte. "Het lijkt erop dat uw vriend de juiste beslissing heeft genomen, mevrouw Lindgren. Doe alstublieft uw gordel om. Ik wil niet dat een ongeluk onze avond verpest."

Ze klikte haar gesp vast en knikte.

"Waar gaan we heen?" vroeg ze.

De man leek een beetje te verzachten toen ze de rand van de parkeerplaats bereikten en de hoofdweg opreden. Het was een kleine straat met twee richtingen die de kustlijn onder hen weerspiegelde, en Sarah's kant had een perfect uitzicht op de grillige rotswand naast haar.

"Naar het kantoor," zei hij.

"Uw kantoor?"

"Mmhmm."

"Waarom?"

"Omdat je vader daar logeert," zei hij. "En we dachten dat je hem misschien wilde zien."

HOOFDSTUK 42

REGGIE

DENK, *Reggie.*

Hij dacht na.

Hij dacht harder na, en nog steeds was er niets wat hij kon veranderen aan de situatie.

Zijn geest ging tekeer, zijn adrenaline pompte. Hij voelde zich fris, klaar, alsof hij de afgelopen maand geen alcohol had gedronken.

Dat was natuurlijk ver bezijden de waarheid, en hij vroeg zich even af of zijn zintuigen niet waren getemperd door de drank die hij had gedronken.

Natuurlijk niet, dacht hij.

Alcohol vertraagde zeker zijn reactievermogen, maar niet zijn denkvermogen. Zijn geest was helder, klaar om in actie te komen, maar het probleem was dat hij geen idee had wat hij moest doen.

Hij wachtte tot het trio - inclusief Sarah - de lobby in ging en de hoek omging. Toen hij veilig was voor de twee ontvoerders, sprong hij uit zijn stoel in de richting van de deur.

De barman had iets tegen hem geroepen toen hij wegging, maar hij wuifde het weg. Hij zou later teruggaan en de rekening betalen. Bovendien, dacht hij, zou het toch op de CSO komen, en ze verbleven allemaal in het hotel.

Hij was net op tijd in de lobby om de kleinere man naar een auto te zien hollen die pal voor de hotellobby geparkeerd stond. Het was opgezet als een typisch hotelgebouw, met een overdekte afzetplaats direct aan de voorkant van het gebouw, en de auto van de man stond geparkeerd precies tussen de twee kolommen die de overkapping omhoog hielden, en wees over de struiken en planten heen direct de lobby in.

Het zal een perfecte manier zijn om iedereen te verblinden die naar buiten komt, realiseerde hij zich. *Dat betekent dat ze op me zullen wachten.* Hij hoefde de tweede man en Sarah niet te zien om te weten dat ze ergens in de buurt zouden wachten, de grootste man met een pistool in de aanslag en wachtend tot Reggie er recht op af zou lopen.

Zonder ook maar twee keer na te denken over de situatie draaide hij zich om en sprintte naar de dichtstbijzijnde uitgang die hij kon vinden. Die bevond zich aan de andere kant van de lobby, en hij omzeilde een bank en een bijzettafeltje die hem in de weg stonden.

Toen hij bij de gang kwam die naar de uitgang leidde, verhoogde hij zijn snelheid en sloeg met zijn heup tegen de deur. De deur vloog open, en even was hij bang geweest dat het glas zou versplinteren, of dat een andere hotelgast aan de andere kant had kunnen staan.

Maar hij vertraagde niet. Hij rende, nu ongehinderd door banken, bijzettafels, gasten en glazen deuren. Het parkeerterrein liep aan twee kanten om het hotel heen - deze kant en de voorkant van het gebouw, en hij liet zijn benen helemaal uit elkaar gaan en rende verder.

Hij was net op tijd bij de voorkant van het hotel om de langste van de twee mannen op de achterbank te zien duiken en de auto weg te zien rijden van de stoeprand. Hij rende er naar toe, maar de auto kroop naar voren in de richting van de uitgang van de parkeerplaats.

Er was een nummerplaat op de achterkant die plotseling in beeld kwam, slechts een fractie van een seconde zichtbaar, maar dat was alles wat hij nodig had. Hij sloeg het op in zijn geheugen toen de auto de kleine weg opreed en wegreed.

Hij was snel, maar niemand was snel genoeg om een auto te achtervolgen die niet gepakt wilde worden.

Hij pakte zijn telefoon en tikte het nummerbord in om er zeker van te zijn dat hij het niet zou vergeten, pas toen realiseerde hij zich hoe vreemd het leek dat een vluchtauto überhaupt een nummerbord *had*.

Was het gestolen? vroeg Reggie zich af. Misschien hadden de ontvoerders een auto gestolen voordat ze de taverne binnenkwamen? Hij sloeg de notitie op zijn telefoon op, zette het scherm uit en stopte het terug in zijn zak.

De anderen zouden natuurlijk willen weten dat Sarah was ontvoerd, en hij zou het hen zo snel mogelijk vertellen. Maar als er een kans was dat hij het gestolen voertuig kon bellen en bekend kon maken dat er een Amerikaans ontvoeringsslachtoffer in zat, hadden ze misschien een kans om de misdadigers te pakken te krijgen.

Hij haalde de telefoon weer tevoorschijn en zocht het nummer op van de plaatselijke politie. Hij vond het snel, drukte op de link en het gesprek werd verbonden.

Hij ademde zwaar, voelde nu pas dat de alcohol, de uitputting en het reizen hem te pakken hadden.

Om nog maar te zwijgen over de angst.

Hij was doodsbang, ook al doorliep hij scenario's in zijn hoofd, plande hij onvoorziene omstandigheden en werkte hij de opties uit. Hij had al eerder in deze situatie gezeten en was er elke keer als overwinnaar uitgekomen. Er was geen reden voor Reggie om te verwachten dat het deze keer anders zou zijn, behalve dat het deze keer om iemand veel dichter bij huis ging.

De telefoniste aan de andere kant van de lijn nam op en antwoordde in het Grieks. Hij pauzeerde, probeerde zijn gedachten te ordenen.

We horen hier niet te zijn, en ze weten niet - of geven er niet om - wie de CSO is.

De CSO was het afgelopen jaar betrokken geweest bij talrijke operaties en had internationale aandacht gekregen voor haar overwinningen - en verliezen - maar Reggie was niet naïef. Hij wist dat alle PR-liefde die ze hadden gekregen gedurende de tijd dat de CSO actief was, zich niet zou vertalen in gunsten van de lokale rechtshandhaving. De indruk die de meeste mensen van hen hadden was waarschijnlijk het equivalent van die van een bekende televisiepersoonlijkheid. Reggie en de anderen waren helden, maar het soort helden dat boekcontracten krijgt en geïnterviewd wordt in ochtendprogramma's.

Niet het soort helden dat de politie van Santorini kan bellen en mensen kan commanderen.

"Ik - ik moet een nummerplaat opzoeken," zei Reggie.

Er was een pauze, toen nog een paar woorden in het Grieks.

Ik heb er niet eens aan gedacht om een Grieks-Engels woordenboek te halen, dacht hij.

Hij probeerde het opnieuw, maar de vrouw aan de andere kant was duidelijk niet in staat om hem te verstaan.

Hij gromde, gefrustreerd, en schoof de telefoon weer in zijn zak.

Ik zal de receptie proberen, dacht hij. *Zij zouden moeten kunnen vertalen.*

Hij probeerde vooruit te denken naar de volgende stappen, de mogelijke uitkomsten van elke situatie die hij kon bedenken, maar geen enkele leek logisch of aannemelijk. Hij was een burger in een ander land, die een ontvoering probeerde te melden zonder al te veel kritiek uit te lokken, want hij wist dat elke lokale politiemacht over de hele wereld een gemeenschappelijk trekje had: ze stelden te veel vragen.

Hij wilde dat Sarah gevonden werd, maar hij wilde *ook* zelf haar ontvoerders vinden.

Hij had onafgemaakte zaken met hen.

Toen hij de lobby van het hotel binnenliep, onmiddellijk gebombardeerd door het stralende witte licht van de twee nepkroonluchters die aan het plafond hingen, zag hij Ben naar hem toe lopen.

"Hé maatje," zei Ben. "Gaat het? Wat was je buiten aan het doen?"

Reggie had geen spiegel nodig om te zien hoe zijn gezicht eruitzag - hij kon het voelen, en hij zag het weerspiegeld in Bens eigen gezicht. "Ik - ik was... Ben, Sarah is weg."

"Ze is *wat?*" zei Ben. "Ik kwam kijken of je er nog was en dacht dat je misschien een slaapmutsje wilde. Is Sarah weg? Waar is ze heen?"

"Ze is meegenomen, Ben," zei Reggie, zelf nog worstelend met de waarheid. Hij keek naar zijn beste vriend, zijn ogen bloeddoorlopen, en hij kon bijna Ben's begrip zien. Ben was voor zijn ogen aan het veranderen, hij las Reggie's uitdrukking en non-verbale signalen, nam het over, maakte het zijn eigen. Ben richtte zich op, groeide een paar centimeter en zijn ogen vernauwden zich, wachtend op Reggie om het uit te leggen, zodat Ben de juiste kant op kon gaan en wie hier ook achter zat kon vernietigen.

Reggie ging door, deze keer kwamen al zijn emoties tegelijk op zijn lippen. Het maakte hem niet uit wie het hoorde, het maakte hem niet uit hoe hij klonk. De woorden vielen eruit, de een na de ander. "Twee gewapende mannen kwamen de bar binnen, dwongen haar hen te volgen en bedreigden mij. Ik draag nu geen wapen, maar zelfs als ik dat wel had - ze hadden een pistool tegen mijn hoofd, en ze kwamen zomaar uit het niets. Een van hen heette Ivan, denk ik. Ik probeerde de - ik ken geen Grieks, Ben, en ik kon niet begrijpen wat ze - de jongens zagen er niet uit als militaire kerels, als je begrijpt wat ik bedoel, en ze leken bijna *aardig* over - of op zijn minst *kalm*, weet je - en ik rende, maar ze waren al -"

Ben stak zijn hand uit en kneep in Reggie's schouder. "Hé, hé. Het is oké, man. Kalmeer even. Je bent van streek. Jij bent niet het soort man dat van streek raakt, oké? Dus haal een paar keer adem en kijk me aan."

Reggie knikte, luisterend naar zijn vriend. "Ja, oké." Ben had gelijk. Reggie was *niet* iemand die snel van streek raakte, zeker niet in een situatie als deze. Hij *gedijde* meestal in dit soort situaties.

Behalve dat de meeste situaties zoals deze niet met dit soort *mensen* te maken hadden.

Sarah was niet zomaar iemand - en ze was recht voor zijn neus weggehaald.

Hij was van streek.

"Sorry man," zei hij. "Ik ben gewoon - het is een beetje zenuwslopend. Ik zat *daar, recht* voor haar. Ze kwamen net binnen, en ik was niet eens in staat om snel genoeg te bewegen om er iets aan te doen."

"Laten we naar boven gaan, de anderen halen, en kijken of we haar kunnen volgen. We zullen haar opsporen."

Reggie knikte. Hij voelde zich vreemd, alsof hij uit balans was. Niet iets wat hij vaak voelde, en het kwam niet door de alcohol.

Alcohol zou wel eens kunnen helpen, dacht hij terwijl hij Ben naar boven volgde.

HOOFDSTUK 43

SARAH

SARAH'S POLSEN SCHREEUWDEN VAN DE PIJN, maar ze was te druk bezig met haar situatie om het op te merken. Ze was vastgebonden - een snelle wikkel van aannemer-sterke ritstouwtjes, strak tegen haar huid geklemd - en toen op de achterbank van de donkere SUV gegooid. Ze had de exacte kleur niet kunnen onderscheiden, maar ze had het merk en model van het voertuig gezien vlak voordat de grotere man haar naar binnen had geschoven. Een Volkswagon *Atlas*, de nieuwste in de VW-lijn van middelgrote sport-utility voertuigen.

Er waren veel gedachten die door haar hoofd gingen toen ze de naam van de auto zag. Een van die gedachten ging over de ironie van de situatie. Atlas was een titaan uit de Griekse mythologie, een van de titanen van de berg Othrys die vochten tegen de goden van de berg Olympus in de *Titanomachy,* de tien jaar durende strijd tussen de oudere titanen en de jongere, nieuwere goden uit de Griekse overlevering.

Atlas, die aan het kortste eind trok, was voor eeuwig veroordeeld tot het dragen van het gewicht van de hemelen, vereeuwigd in beelden van een man met een scheef hoofd en een enorme wereldbol die wankel op zijn schouders balanceerde.

De titaan Atlas had ook enkele bekende oriëntatiepunten op zijn naam staan: de Atlantische Oceaan en, natuurlijk, het mythologische continent Atlantis.

Wat ook door haar hoofd spookte was het feit dat een SUV als deze een vreemd voertuig was om op het eiland aan een eigenaar te verhuren. Er reden wel SUV's rond, maar de meeste daarvan waren eigendom van verhuurbedrijven die gespecialiseerd waren in het zich meer thuis laten voelen van Amerikaanse toeristen door hen de grote, benzineslurpende voertuigen te verhuren die zij gewend waren.

Maar dit voertuig was geen huurwagen - het had een nummerplaat die op naam stond van iemand op het eiland en geen stickers van een verhuurbedrijf die de achterruit sierden. *Degene die me ontvoerd heeft, bezit dit voertuig,* dacht ze, of *heeft het geleend van iemand die het bezit.*

Het hielp niet veel, dat te weten, maar ze heeft het toch opgeborgen.

Bovendien was alle informatie die zij over haar situatie had nutteloos - haar telefoon was al gegijzeld voordat zij dat was, en nu waren haar handen op haar rug gebonden. Zelfs als ze haar telefoon had en er toegang toe had, zou er geen manier zijn om hem tevoorschijn te halen en een bericht naar de anderen te sturen voordat haar ontvoerders hem meenamen.

Van wat ze begreep, waren deze gijzelnemers ook geen amateurs. Ze zagen er professioneel uit, koel en beheerst toen ze haar grepen en ze hadden zelfs een noodplan voor het geval Reggie zou besluiten de hotellobby uit te rennen in de achtervolging.

Toen ze in de Atlas werd vergezeld door de tweede van de mannen die haar hadden ontvoerd, merkte ze dat de bestuurder op een groot scherm in het dashboard zat te porren. Hij navigeerde door de ingebouwde apps tot hij de app vond die hij zocht - begeleiding en navigatie - en drukte toen op een voorgeprogrammeerde locatie.

Ze kon niet lezen wat de bestemming was, maar toen hij zijn

hand terugtrok en de parkeerplaats begon af te rijden, zag ze een snel 3D-beeld van de kaart, inclusief hun huidige GPS-geschikte locatie en hun doelbestemming. Ze zag de kromming van de hoofdweg die ze op het punt stonden op te rijden, evenals de kromming van het lange, magere eiland zelf.

Als ze uit de buurt was geweest, had het uitzicht misschien geholpen. Nu voelde ze zich nog meer gefrustreerd, bang en eenzaam. Ze had de kans gehad om te zien waar ze heen gingen en kwam te kort.

Reggie, alsjeblieft, dacht ze, *vind me.*

Ze wilde haar vader vinden, maar op dit moment kon ze het gevoel niet van zich afschudden dat er iets veel groters aan de hand was dan alleen een dubbele ontvoering. Ze wilde haar vader voor ogen houden, onthouden dat ze hier alleen gekomen was om hem te vinden, en ze kon het niet helpen maar voelde de angst in haar borstkas toenemen. De warmte van paniek begon haar vermogen om helder te denken over te nemen, om het gevoel van pijn van haar vastgebonden polsen en de adrenalinestoot die er tegen vocht te verdringen.

Ze voelde zich als de jonkvrouw in nood - haar lot niet langer in eigen handen. Ze haatte sprookjes en films, de hulpeloze maagden die afhankelijk waren van grote, sterke prinsen en krijgers om hen te redden. Nu, achterin een SUV, zich klaarmakend om weg te rijden van het enige contact met de rest van de wereld dat ze had, kon ze het niet helpen zich als een van die prinsessen te voelen, gevangen in een kasteel wachtend op haar ondergang.

Of, als ze geluk had, haar redding.

Zodra het was verschenen, duwde ze de gedachte uit haar hoofd. *Genoeg daarover*, redeneerde ze. *Je bent meer dan capabel om voor jezelf te zorgen. Hou je in, haal adem, en begin dit uit te zoeken.*

En toen, alsof een tweede stem haar nu stilletjes aanspoorde, hoorde ze: *"Het is niet zo dat ze je willen doden, anders hadden ze dat nu al gedaan.*

Ze knikte. *Ik ga akkoord.*

Ze leunde voorover. "Waar gaan we heen?" vroeg Sarah, voorover leunend toen de chauffeur afsloeg naar het tegemoetkomende verkeer.

De grotere man, Ivan, staarde gewoon uit het raam. De ogen van de chauffeur flitsten in de achteruitkijkspiegel. "Het gaat niet om..."

"Het gaat me verdomme *wel* aan, klootzak," zei ze, plotseling verrast door haar zelfvertrouwen. "Ik word *ontvoerd*. Als het me niet *aanging*, zette je me hier af. Nu. Ik zorg zelf wel voor de ritsen."

Daarop grinnikte Ivan. "Nogmaals, het gaat je niets aan. Je bent slechts een opstapje."

"Naar wat?" vroeg ze. "Waar ben je in godsnaam naar op zoek?"

"U weet al waar we naar op zoek zijn, Ms Lindgren."

"Tegen jongens zoals jij, geef ik de voorkeur aan *Dr.* Lindgren."

"Mijn verontschuldigingen. Nu, als je het niet erg vindt - "

"Zoek je Atlantis?" flapte Sarah eruit.

De chauffeur fronste zijn wenkbrauwen, en Ivan keek hem aan, kennelijk wachtend op instructies. Toen hij niets in het gezicht van zijn kameraad zag, draaide hij zich langzaam om en keek Sarah aan.

"We zijn niet op zoek naar Atlantis," begon hij.

"Onzin," zei ze. "Dat is waarom we hier zijn. Daarom hebben jullie mijn vader ontvoerd. We zijn *allemaal* op zoek naar die stomme oude..."

"We zoeken niet naar Atlantis omdat we het al *gevonden hebben*."

"Je hebt... het al *gevonden*?"

Ivan haalde zijn schouders op. "Natuurlijk. Waar denk je dat we al die tijd geweest zijn? Dit eiland, de vulkaan in het midden, alles - wat denk je dat het is?"

"Deze... plaats - is Atlantis?"

"Natuurlijk. Plato beschrijft *dit* eiland letterlijk in zijn essays. Hij vertelt over een eiland dat precies overeenkomt met dit eiland, tot aan de exacte maateenheid. Het Cycladen Plateau, heb je daar van gehoord?"

Sarah dacht aan hun eerdere gesprek in de hotelbar. "Nou, ja, maar..."

"Dan weet je dat het hele gebied niets anders is dan een gezonken eiland. Een oud *continent*. Alles wat Plato beschrijft is hier - dit eiland, Thira, of Santorini, is slechts de kleinste van de twee die samen het continent vormden. U weet dit, Dr. Lindgren."

"Ik begrijp het niet, waarom is er..."

"Geen teken van de grote beschaving?"

Ze knikte.

Hij glimlachte. "Atlantis, hoewel geavanceerd, was niet wat het leek. Vele filosofen en wetenschappers hebben geprobeerd te begrijpen waar Plato het over had. Door de jaren heen is de legende, zoals alle legenden, uitgegroeid tot een fantastisch verslag van een ongelofelijk geavanceerde beschaving die, nou ja, ongelofelijk is."

"Dus deze plek... het eiland waar we zijn... is een deel van *Atlantis*?"

"Dat is zo. Of dat was het," zei Ivan. "Het is een relikwie, slechts een overblijfsel van wat eens was. De mensen hier zijn verder gegaan, hun eigen geschiedenis vergeten, hun eigen voorouders, tot de legende groter werd dan de waarheid. Ze bouwden een nieuw leven op en vergaten dat hun afkomst verbonden was met een veel grotere, machtigere natie in het noorden. Een die nu onder de zee ligt."

Sarah keek uit het raam toen ze door de buitenwijken reden en een kronkelende, donkere landweg insloegen die grensde aan de oceaan. Ze kon de uitgestrekte zwartheid van de oceaan zien, bezaaid met een paar fonkelende lichtjes van het avondleven. *Dit is Atlantis*, dacht ze. Ze probeerde de woorden in haar hoofd, speelde ermee om te zien of ze pasten. Dit is *Atlantis*.

Toch zat haar iets dwars. Zelfs als deze plek de overblijfselen *waren* van de grote verloren beschaving, begreep ze nog steeds niet wat al die ophef was. Deze mannen hadden haar *ontvoerd* - haar vader ontvoerd - en wilden iets van haar. Ze wilden 'een antwoord', zoals ze hadden geschreven. Wat het antwoord ook was, ze waren bereid alles te doen om het terug te krijgen.

En dat riep de vraag op:

"Je bent dus niet op zoek naar Atlantis?" vroeg Sarah.

Ivan schudde grijnzend zijn hoofd. "Nee. Zoals ik al zei, we weten al waar Atlantis is. We zijn op zoek naar iets heel anders."

HOOFDSTUK 44

JULIE

HET AFGELOPEN UUR HAD REGGIE NIET OPGEBEURD, en Julie werd met de minuut depressiever. Toen Reggie en Ben zich naar de hotelkamer hadden gehaast waar Julie en Ben logeerden, hadden ze Sarah verteld wat er gebeurd was en mevrouw E uit haar kamer aan de andere kant van de gang geroepen.

Reggie had geen andere informatie dan de algemene kleur en stijl van de vluchtauto en het nummerbord, en het uiterlijk van de gijzelnemers. Hij was stil, terughoudend en - naar Julie's mening - heel anders dan de man die zij kende. Hij was angstig, zachtjes heen en weer schommelend op de bank tegen de muur. Hij was niet van die plaats gekomen sinds ze de kamer waren binnengekomen.

En hij was ook niet de laatste persoon die de kamer binnenkwam. Etienne Sharpe van Interpol had zich ongeveer tien minuten geleden bij hen gevoegd, in de hoop Sarah Lindgren te kunnen bezoeken. Hij had ternauwernood het ontvoerings incident gemist, maar informeerde hen dat hij al bezig was om de lokale politie op de hoogte te brengen.

"Hoe was je ook alweer hier?" vroeg Julie hem. "Je bent niet gevestigd in Santorini. Of Griekenland, wat dat betreft."

Sharpe stond bij de deur, met zijn rug tegen de muur. Zijn dikke

Franse accent was duidelijk, maar zijn Engels was verder onberispelijk. Hij schudde zijn hoofd. "Nee, dat ben ik niet. Ik probeerde Dr. Lindgren te ontmoeten, en ik wist van haar vlucht dat ze hier zou zijn. Ik had van tevoren willen bellen, maar deze zaken... nou ja, die liggen nogal gevoelig."

Julie zag Ben fronsen, toen draaide ze zich om naar Sharpe. "Wat bedoel je met 'delicaat'?"

"Belangrijker," vroeg Ben, "wist je van haar *vlucht*? Volg je haar op een of andere manier?"

Sharpe schraapte zijn keel. Hij was lang, slank, en knap. Zijn lange bruine haar was niet gestyled, maar het viel natuurlijk naar een kant, vergelijkbaar met dat van Ben. Zijn ogen waren diep, peinzend, en Julie kon zien dat hij niet zomaar een bureaujockey was. Zijn fysiek, ook al ging dat schuil onder een grijs overheidspak, was goed verzorgd. Als ze zich niet vergiste, had ze geraden dat hij in zijn recente verleden een tijd als soldaat had doorgebracht.

Hij richtte zich eerst tot Ben. "Ja," zei hij. "Dat doen we. Als een incident als dit langer dan 24 uur onopgelost blijft, volgen we de bewegingen van vrienden en familie. Haar ticket was gekocht door uw organisatie, maar ze moest worden goedgekeurd door de reisbeveiliging van uw regering."

Hij wendde zijn blik tot Julie. "Ik verontschuldig me dat ik jullie niet eerder heb gewaarschuwd," zei hij. "Maar professor Graham Lindgren wordt al enige tijd nauwlettend in de gaten gehouden, zowel in zijn thuisland als op onze veldkantoren. Dat is een deel van de reden dat we al zo vroeg op de hoogte waren van zijn ontvoering."

"Waarom hield je *hem* in de gaten?" vroeg Ben.

"Hij heeft niets verkeerds gedaan, wees gerust," zei Sharpe. "Tenminste, we hebben geen reden om te geloven dat hij dat heeft gedaan. Maar in de loop van de afgelopen zes maanden is er een verhoogd aantal pings naar zijn online aanwezigheid vanaf verdachte IP-adressen. We houden het al ongeveer een maand in de gaten om meer informatie te krijgen en een plausibele verklaring te formuleren. Dit soort pings is op zichzelf meestal niet verontrustend, omdat meestal niet kan worden achterhaald waar een serververzoek vandaan komt".

"Juist," zei Julie. "Het feit dat je een IP-adres ergens uit Iran hebt, wil nog niet zeggen dat de *persoon* die de zoekopdracht gaf in Iran was.

Sharpe knikte. "Precies. Het publieke internet is een uitgestrekt, steeds veranderend algoritme, en zelfs met doelgerichte DNS rerouting en IP maskering, worden client verzoeken door heel wat nodes gestuurd op weg naar de server, en verschillende op de weg terug.

"Maar zelfs *zonder* zo'n gespecialiseerd verplaatsingsprotocol zijn er manieren om gemiddeld te zien hoeveel verzoeken er via een bekend knooppunt lopen dat wat minder betrouwbaar is. Veel van de wapenhandelaars op de zwarte markt die we kennen, gebruiken bijvoorbeeld een handvol van dezelfde diensten voor het versleutelen van hun verbindingen via hun apparaten. Daardoor is het onmogelijk te achterhalen *waar* ze zijn, maar we weten op zijn minst *wanneer* ze verbinding hebben gemaakt en via welke datacentra ze zijn geleid."

"Wacht eens even," zei Ben. "Dus jullie houden dit de hele tijd in de gaten? Zoals de NSA of zoiets?"

Sharpe glimlachte. "Niet echt. Dit is niet zozeer 'snooping' als wel een computerprogramma dat abnormale hits op een bepaalde online bron uitfiltert en een rapport genereert van 'waarschijnlijke points of interest'. De waarheid is dat zelfs de slechte mensen die er zijn, het web ook gebruiken voor volkomen normale, legale, dagelijkse transacties, zoals online winkelen en amusement. Normaal gesproken maakt dat het moeilijk om door de gegevens te waden, maar wanneer een bron veelvuldig wordt bezocht en alle hits afkomstig lijken te zijn van bekende criminele bronnen, nemen we de bron onder de loep.

Reggie knikte eens. "Professor Lindgren's paper," zei hij.

"Ja," zei Sharpe. "Heb je het gezien?"

"Nee, maar we zagen er een verwijzing naar. *Timeaus en Critias - Een Alternatieve Interpretatie.* Het is weggehaald."

"Door Graham zelf," zei Sharpe. "Het lijkt erop dat hij het artikel heeft ingetrokken en de referenties heeft verwijderd.

"Wat stond er?" vroeg Mevr. E.

"We weten het niet," zei Sharpe. "Onze database markeerde het als een kandidaat voor menselijke opvolging. Tegen de tijd dat we het twee weken geleden zagen, was het om wat voor reden dan ook offline gehaald. Maar onze werktheorie is dat iemand een bedreiging maakte naar Professor Lindgren, iets dat hem zo bang maakte dat hij elke associatie met hen probeerde te verbergen. Alles wat hen zou kunnen leiden naar de professor. "

Julie haalde diep adem. "Hoe ben je hierbij betrokken geraakt, Agent Sharpe? Ik was onder de indruk dat Interpol geen vaste 'veldagenten' had?"

"Dat is bijna juist," zei Sharpe. "We hebben er niet veel, en die we wel hebben zijn meestal alleen voor verbindingsdoeleinden tussen internationale regeringen. De informatie in onze databanken werd opgevraagd door de plaatselijke autoriteiten van de universiteit, die door het IT-personeel aldaar werden gealarmeerd. Het kwam pas onder onze aandacht door een clausule in het onderwijsbeleid van het land dat verdachte zaken als deze onmiddellijk en onbetwistbaar onder de aandacht van een internationale politie-instantie moeten worden gebracht. We hadden de gegevens beschikbaar en het begon er al snel verdacht uit te zien, dus hier zijn we dan."

"Gelukkig dat je kon helpen," zei Ben.

"Ik wou alleen dat ik het geluk had om hier op tijd te zijn," zei Sharpe. "En wat dat betreft, zou ik willen dat we meer uitgerust waren om ter plaatse ondersteuning te bieden. Zoals het nu is, is Interpol slechts een bevoorradingsdienst voor lokale, regionale en internationale rechtshandhaving. We kunnen er bij de lokale politie op aandringen ons te helpen, maar we hebben niet de middelen in huis om onderzoeken als dit uit te voeren."

Zijn ogen verschoven terwijl hij elk van hen beurtelings aankeek, en op dat moment begreep Julie waarom hij hier was. Ze keek ook de kamer rond, naar de anderen die daar waren, haar vrienden en teamgenoten met wie ze door de hel en terug was gegaan.

Dit deel zullen ze niet leuk vinden, dacht ze.

Ze stond op en liep een paar passen naar de andere kant van de kamer, om fysieke afstand tussen haar en agent Sharpe te creëren. Ze keek uit het kleine raam van de middenklasse hotelkamer, naar de straten en de stad van Santorini. In de verte kon ze de uitgestrektheid van de Middellandse Zee zien, nog steeds verlicht door het afnemende cerulean van de avondzon. "Je bent hier toch niet om onze hulp te vragen?

Sharpe glimlachte weer, maar deze keer hing het een beetje aan één kant. Hij leek oprecht bezorgd, alsof het brengen van dit nieuws zijn enige doel was om hier te zijn en toch deed het hem pijn om dit te doen. "Nee, Juliette. Dat ben ik niet."

Ze knikte.

"Ik heb het succes van uw groep gevolgd, geloof het of niet," vervolgde hij. "Voor mij zijn jullie de belichaming van wat burgers zouden moeten zijn, ongeacht hun land van herkomst - bekwaam, geïnformeerd, bewust, en in staat om het heft in eigen handen te nemen, mocht de situatie daartoe dwingen. Jullie zijn patriotten, zowel voor jullie land als voor landen zoals die welke ik vertegenwoordig, die alledaagse helden nodig hebben.

"Maar aan het eind van de dag, zijn jullie nog steeds *burgers*. Burgers. U hebt geen overheidsgezag, althans niet op een manier die herkenbaar is voor Interpol of een verdrag van de Europese Unie of de Verenigde Naties."

Hij had gelijk, natuurlijk. De schoonheid van de Civilian Special Operations was ook haar vloek. Voor de Verenigde Staten - en elke andere regering - bestonden ze niet officieel. De leiders van alle naties konden het bestaan van de groep particulier gefinancierde, zelfbenoemde politieagenten volledig ontkennen. De militaire afdelingen van de VS hadden zetels in het bestuur, en hadden een kleine stem in hun operaties, maar zij wisten allen dat de CSO geen echt belang had in het internationale spionagespel.

Sharpe's verklaring verraste haar niet in het minst, maar het stak haar toch.

Je wordt niet herkend, zei hij. Het was een professionele waarheid, maar het stak persoonlijk.

"U zegt dat we ons moeten terugtrekken," zei Ben. Het was geen vraag. Julie hoorde de verhoogde spanning in zijn stem.

"Ik ben," zei Sharpe. "Ik was hier op een missie van goede wil om Dr. Lindgren te helpen zich door de juridische strijd betreffende de ontvoering van haar vader te worstelen, mocht het zover komen... maar ik ben hier ook om u te informeren dat uw aanwezigheid in een lopend internationaal onderzoek niet zal worden erkend."

"Wat betekent dat *eigenlijk*, baas?" zei Reggie, plotseling oplettend. Hij snoof en wiebelde toen een beetje met zijn neus, alsof hij hem wilde dwingen niet te gaan lopen. Julie was misschien even bezorgd geweest om Bens humeur, maar nu was ze meer bezorgd om dat van Reggie. Ze had gezien wat er gebeurde als hij zich ergens te druk over maakte, en die kerels die Sarah ontvoerden waren precies het soort dingen...

"Het betekent dat we beleefd om uw hulp vragen bij het vinden van Dr. en Professor Lindgren, door -"

"Door ons aan de zijlijn te hebben?"

"...door onze kantoren en ordehandhavers ongehinderd hun werk te laten doen."

"We durven niet in de weg te *lopen*," zei Reggie, het sarcasme in zijn stem verhulde nauwelijks de woede die Julie in zich voelde opborrelen.

"Je reputatie suggereert iets anders," zei Sharpe, net zo snel als de trekker.

"Onze *reputatie* is eigenlijk onberispelijk, geloof ik," zei Ben. "In feite, wij..."

"Niet nu, Ben," zei Julie.

Ben staarde haar uitdagend aan, maar hij sprak niet.

Ze voelde de werkelijke hitte in de kamer nu. Sharpe stond tegen de muur, aan zijn kant, haar mensen stonden verspreid rond hun kant. Reggie was emotioneel gecompromitteerd, en als zijn woorden daar niet op wezen waren zijn roodachtige neus en bloeddoorlopen, met tranen gevulde ogen dat wel.

Ben was ziedend, en ze had zin om een stap bij hem vandaan te doen. Hij zou haar nooit kwaad doen, maar hij was ook een beetje als een olifant in een porseleinkast als hij overstuur was. Hij was geneigd *tot overhaast gedrag,* volgens het eerste CSO dossier.

"Agent Sharpe," zei ze, haar stem kalm en gelijkmatig houdend. "Dank u voor uw persoonlijke komst. Ik weet dat het een zware reis was. Je moet begrijpen dat we *ook* moe zijn, net van boord gegaan van een 48 uur durende reis. We zijn uitgeput, we zijn boos over professor Lindgren, en nu zijn we nog aan het *bijkomen* van het horen over zijn dochter. Zij is onze vriendin."

Sharpe knikte, en hoestte toen in zijn vuist. "Ja, ik weet het," zei hij. "Nogmaals, ik verontschuldig me. Als er een manier was dat ik dit kon veranderen, zou ik het doen. Echt waar. Maar mijn superieuren zijn op dit moment helemaal niet geïnteresseerd in hulp van uw groep. Geloof me als ik u zeg: als dat verandert, zal ik er zijn om u het nieuws persoonlijk te brengen."

Julie was overstuur, maar ze begreep het. Interpol probeerde de zaken eenvoudig te houden. Er waren wereldwijd veel organisaties waarmee ze samenwerkten, en dat hield automatisch in dat er veel communicatielijnen en commandostructuren waren die de zaken te ingewikkeld zouden maken. Een team van NGO vrijheidsstrijders toevoegen, zou, vanuit hun perspectief, de zaken drastisch vertroebelen. Het papierwerk alleen al zou een nachtmerrie zijn.

Toch deed het pijn om zo kort en moeiteloos aan de kant gezet te worden. Sharpe was een goede agent, dat kon ze zien, en hij leek een goede man. Hij wilde hun gevoelens niet kwetsen, maar hij wilde ook geen beproefde hiërarchieën verstoren.

Ze keek naar de rest van de leden van haar team. Mevr. E was stil, alles in zich opnemend. Reggie en Ben waren stil, maar ze wist dat ze waarschijnlijk van binnen aan het gillen waren. Zijzelf voelde het. Sarah was weg, ze hadden geen goede aanwijzingen, en de informatie die ze *wel* hadden, hadden ze in feite gewoon overgedragen aan een organisatie die hun hulp niet wilde.

Zij bedankte Sharpe en liet hem uit, hem vragend waar hij verbleef terwijl hij op het eiland was. Hij antwoordde met een afwijzend, vaag antwoord over een ander hotel ergens in de buurt, en vertrok toen. Zodra ze de deur sloot, stonden Ben en Reggie achter haar, de armen gekruist.

Ze voelde dat ze boos op haar waren, alsof zij degene was die het slechte nieuws bracht.

"Dus we moeten ons gedeisd houden, dit alles negeren?" vroeg Reggie.

"Nee," zei Julie, terwijl ze haar hoofd schudde. "Dat is het laatste wat we zouden moeten doen."

HOOFDSTUK 45

JULIE

"WE GAAN HIER EEN ZAAK VAN NATIONALE VEILIGHEID VAN MAKEN," zei Julie.

"Hoe is dat nu?" vroeg Reggie. Ze kon een zichtbare verschuiving in de houding van de man zien. Hij verwachtte meer teleurstelling, meer woede, meer verdriet. Wat zij hem zojuist had gegeven was hoop.

"Het is niet *zomaar* een ontvoering," antwoordde ze. "En het is niet zomaar een kwakzalver theorie over Atlantis."

"Is het niet?" Vroeg Ben.

Alle vier stonden ze in de smalle gang bij de deur, waar Sharpe zojuist was uitgestapt. Julie wuifde hen te volgen en navigeerde tussen hen in naar de ruimere hotelkamer. *Hoe vaak hebben we een plan beraamd vanuit een hotelkamer als deze?* vroeg ze zich af.

"Dat is het niet," zei ze, terwijl ze verder ging. "Er is hier iets anders aan de hand. Iets groters - dieper - dan alleen de ontvoering van een paar academici. En zeker groter dan alleen een onbewijsbare - en onwaarschijnlijke - theorie over Plato's verloren continent. Sharpe zei het zelf."

"Deed hij dat?"

Julie knikte. Voordat ze voor de afdeling Weerstand tegen Biolo gische Bedreigingen van de CDC had gewerkt, was ze een veelgevraagd IT-consultant geweest. Ze was opgeleid in informatica en informatiesystemen, en na de incidenten in Yellowstone had ze een baan aanvaard als deeltijdconsultant en ondersteuner voor het nationale park waar haar vriend Ben voor werkte.

Haar rol in de CSO was er nog steeds een van ondersteuning, en haar kennis en ervaring werd vaak ingezet om computerproblemen te helpen oplossen. Ze zou zichzelf niet per se een hacker hebben genoemd, maar ze begreep hoe systemen werkten, interfacten en verbonden waren met de buitenwereld. Het belangrijkste, en het stuk dat veel 'echte' hackers misten, was dat ze wist hoe *mensen* werkten. Ze kon de motieven begrijpen waarom mensen deden wat ze deden, en dat dan vertalen naar hoe ze dat gedaan zouden kunnen hebben met behulp van een computersysteem.

Sharpe had iets uitgelegd wat ze intuïtief wist - een regering of politiemacht kan slechts zoveel tegelijk controleren. Ze waren beperkt, net als iedereen, met hun middelen en mankracht om bruikbare items te bepalen. Dat betekende dat zelfs met geavanceerde computers en goed gescripte algoritmen, organisaties nog steeds niet *alles* konden zien, horen en bekijken.

Als Interpol dus op basis van een tip van de IT-afdeling en de campuspolitie van een universiteit iets had gevonden dat het waard was persoonlijk te worden onderzocht, en vervolgens iemand naar de andere kant van het continent had gestuurd om verder onderzoek te doen en ondersteuning te bieden, betekende dit dat het - wat het ook was - waarschijnlijk een grote zaak was.

Voor zover zij zich kon herinneren, was er geen internationaal onderzoek ingesteld naar soortgelijke ontvoeringen, zelfs niet wanneer de ontvoerde persoon beweerde Atlantis te hebben gevonden - een zekere beroemde archeoloog genaamd Dan Kotler kwam in gedachten. Hij had de harten en geesten van het publiek gestolen tijdens zijn eigen succesvolle archeologische excursies, en zijn ontvoeringen hadden bij niemand de aandacht getrokken, behalve bij zijn naaste bondgenoten.

Er was dus iets anders aan de hand. Het was groot genoeg dat ten minste *twee* beroepsbeoefenaars waren ontvoerd in naam van het "vinden" van deze versie van Atlantis, en Interpol volgde een bewijsdraad die gebaseerd was op een gepubliceerd, en vervolgens *ongepubliceerd* - document van een van de ontvoeringsslachtoffers.

Julie was in gedachten verzonken, een plan aan het formuleren, maar ze stopte en keek op naar de rest van de groep. "Ja," zei ze. "Hij zou hier niet zijn als ze niet dachten dat het een internationaal probleem was."

Ze merkte dat Ben hem argwanend aankeek.

"Probleem?" vroeg Julie.

"Je vertelt ons iets niet," zei hij.

Ze ademde uit. "Goed," zei ze. "Je hebt gelijk. Maar het is waarschijnlijk niets. Ik - ik vertrouw hem gewoon niet."

"Wie, Sharpe?" Vroeg Reggie.

"Iets... met hem. Ik weet het niet. Het lijkt gewoon alsof hij *ons* iets niet vertelt, denk ik. Over deze hele puinhoop. En het feit dat hij er is *geweest*, overal waar we zijn geweest? Lijkt vreemd."

"Mee eens," zei Reggie. "Maar ik ben niet zeker dat het iets bruikbaars is."

"Wat *je moet* doen is actie ondernemen," zei Julie.

"Dus wat is onze zet, dan?" vroeg Ben.

"Nou, Interpol is erbij betrokken, denken we. Dat betekent dat het een internationaal probleem is."

"Dus..."

"Dus maken we het een nog *grotere* internationale zorg," zei ze.

"En... hoe doen we dat?"

"Simpel. We zorgen dat iemand ons gelooft, *en aan* de juiste touwtjes kan trekken."

"Heb je iemand in gedachten?" vroeg Reggie.

Julie keek naar Mevr. E, die gewoon glimlachte. Ben volgde haar voorbeeld, maar Reggie zat in de stoel tegenover Julie en was in stilte woedend. Blijkbaar had hij de broodkruimels die ze had laten vallen niet gevolgd.

Ze wachtte.

Eindelijk, na nog een paar seconden, keek hij op. "Ik zie het," zei hij. "Ja, dat zou kunnen werken. Als hij niet bezig is. Maar we hebben iets concreters nodig. We kunnen hem niet gewoon zeggen 'mijn vriendin is ontvoerd' en dan hopen dat de FBI een arrestatiebevel uitvaardigt en een eenheid stuurt."

Julie lachte.

"Is dat... verkeerd?" vroeg Reggie.

"Nee, je hebt gelijk," zei Julie. "De FBI is geen internationale macht. Ik lach alleen omdat je Sarah net je vriendin noemde."

HOOFDSTUK 46

GRAHAM

PROFESSOR GRAHAM LINDGREN STOND OP EN REKTE ZICH UIT. Hij had die avond goed gegeten - een verrassend positieve eigenschap van zijn anders zo miserabele gevangenschap. Hij was nog steeds een gevangene, natuurlijk, maar het was duidelijk dat zijn bewakers meer geïnteresseerd waren in het vinden van wat ze dachten dat hij had dan in hem kwaad te doen.

Maar na hun laatste dreigement tegen zijn dochter, wist hij niet zeker waartoe ze in staat waren of wat ze van plan waren. *Als ik ze niet iets geef...*

Hij liep door ideeën voor alles wat ze zouden kunnen zoeken. Hij had gewerkt aan een theorie over de menselijke beschaving, gebaseerd op een vraag die zijn dochter in een van haar werkstukken had gesteld: '*Waar komen we vandaan?*

Het was een onschuldige vraag, die niet belast was met religieuze en culturele aspecten. Ze vertelde hem dat ze sinds hun laatste gesprek had gewerkt aan een artikel over de migratiepatronen van de vroege Amerikaanse kolonisten, met als werkhypothese dat de eerste mensen die in Amerika aankwamen *niet*, zoals de gangbare mening beweerde, waren aangekomen via een landbrug die het huidige Alaska met Siberië verbond over de nu verdorde Beringstraat. Haar doel was niet om te bewijzen dat de gangbare theorie helemaal *fout* was, maar om te bewijzen dat er een andere route was genomen, en wel eerder - een route aan de andere kant van het continent.

Het vestigen van de oostkant van de Amerika's was iets waarvan de meeste geleerden dachten dat het vele duizenden jaren na de migratie over Beringia had plaatsgevonden, toen beschavingen in staat waren tot scheepsbouw, zeilen en navigatie.

Het was al algemeen bekend dat Christoffel Columbus Amerika niet zozeer had "ontdekt" als wel herontdekt voor de Europeanen, en dat Viking-ontdekkingsreizigers de kusten van Noord-Amerika bijna een half millennium eerder hadden bereikt. Recent bewijs suggereerde zelfs dat de Vikingen zich rond 1000 na Christus in het gebied van Newfoundland hadden gevestigd, wat suggereert dat de Europeanen al lang voordat Columbus was geboren in Amerika rondzwierven.

Dat Grahams dochter suggereerde dat de Vikingen *niet* de eerste uit de Atlantische Oceaan afkomstige connectie met Amerika waren, was dus niet iets wat een veer had moeten doen waaien, maar hij wist beter dan de meesten hoe academici 'nieuwe' informatie behandelden - wantrouwen was hun *modus operandi*, hoe sterk het bewijs ook was. Gewoonlijk was er steeds meer bewijs nodig, miljoenen dollars aan onderzoekssubsidies en jaren van gezonde, maar sceptische discussies, voordat een gevestigde overtuiging werd omvergeworpen en tot mainstream werd gemaakt.

Sarah was niet echt gemeden voor haar hypothese, maar het was niet goed ontvangen. Ze had geld gekregen van haar school, maar hij vermoedde dat aan dat geld voorwaarden verbonden waren. Met andere woorden, het geld was het spreekwoordelijke touw geweest: net lang genoeg om zichzelf mee op te hangen. En, zo vermoedde hij, misschien was er ook wel een familiale gunst mee gemoeid: hij was een ervaren archeoloog met een status van bijna-celebrity, en een weigering van de financiering van zijn dochter zou een terugslag kunnen veroorzaken voor haar universiteit.

Hij rekte zich nog eens uit en liep toen een paar rondjes door de kamer. Er was hier niets te doen - zelfs lezen, als hij een boek had gehad om te lezen, was onmogelijk, omdat het enige licht dat naar binnen scheen afkomstig was van een tl-lamp die in de gang om de hoek hing. Hij had geen mogelijkheid om legaal te bewegen, waardoor hij zich lusteloos en traag voelde. Hij vreesde dat zijn geest, die normaal scherp en sneller was dan de rest van zijn lichaam, uiteindelijk ook zou wegkwijnen.

Hoe lang zullen ze me hier houden? Dacht hij. *Wat is hun eindspel?*

Hij wist dat dat de echte vraag was. Ze gaven niet om hem, of zijn dochter - ze gaven om resultaten. Ze wilden vinden wat ze zochten, koste wat het kost.

En als ze het niet vonden, zouden ze hem er duur voor laten betalen.

Maar hoe lang hadden ze? Wat was hun tijdsbestek?

Het waren vragen waar hij geen antwoord op had, want hij had geen idee wat ze in hemelsnaam zochten. Hij ijsbeerde, en wilde op dit moment niets liever dan meer antwoorden op zijn vragen.

Alsof iemand zijn gedachten had gelezen, hoorde hij de deur van zijn kamer openklikken. Hij draaide zich om en zag Rachel Rascher weer staan. Ze was deze keer niet bij hem komen eten, maar ze glimlachte en hield een fles wijn vast.

"Een vredesoffer?" vroeg Graham. "Je *hebt* mijn dochter *bedreigd.* Denk je dat ik ga..."

"We hebben uw dochter al, Professor Lindgren. Het kostte wat *dwang*, maar ze komt er nu aan."

Hij snauwde en draaide zich volledig naar haar toe. Hij stak een vinger op, klaar om in een tirade te beginnen.

"Hou op, professor," zei Rachel, haar vriendelijke façade falend. "Ik ben hier niet voor een *offerande* van welke aard dan ook, tenzij u toevallig een wijndrinker bent. In dat geval, hier. Het is een wijn uit mijn eigen collectie. Merlot."

Hij zoog op zijn tanden. Hij *was* een wijndrinker. Zowel zijn huidige vriendin als Sarah's moeder - zijn ex-vrouw - waren geïnteresseerd in wijn en waren verzamelaars geweest. Ze hadden Grahams appartement gevuld met zowel oude als moderne selecties van de 'edele rode wijnen:' Cabernet Sauvignon, Merlot, Pinot Noir, Chardonnay, Riesling, en Sauvignon Blanc.

Maar dat veranderde niets aan het feit dat de vrouw die hem dit geschenk aanbood, dezelfde vrouw was die hem, zijn dochter, had ontvoerd en om iets vroeg wat hij niet had.

"Ik begrijp nog steeds niet wat je denkt dat ik heb," zei hij.

Ze overhandigde hem de fles. "Maakt niet uit. Je hebt waarschijnlijk toch een borrel nodig."

Hij nam het aan, ontkurkte de kurk en nam een slok direct uit de fles. "Waar is Sarah?"

"Ze is in orde, als dat is wat je bedoelt," zei Rachel. "Zoals ik al zei, ze is op dit moment onderweg hierheen."

"Wat wil je met haar?"

"Hetzelfde wat we van u willen, professor. We willen weten wat er *in* dat object zat - datgene wat u haar stuurde."

Het poeder.

Hij schudde zijn hoofd en glimlachte ongelovig. "Er zat *niets* in. Ik heb hem in Groenland gevonden, maar hij was *leeg*. Tenzij je wilt weten wat er in de *lucht* zat, in welk geval ik zou zeggen dat het een combinatie is van voornamelijk zuurstof en stikstof, in een verhouding die lijkt op die van de lucht die in de rest van de -"

Ze wipte op haar hielen. "Goed," zei ze. "Uw dochter zal hier binnen een paar uur zijn. Op dat moment..."

Graham verloor zijn zelfbeheersing. "Op *dat moment* kun je alles wat je zoekt in je..."

"Genoeg, Professor." Ze hield een hand op. "Ik geloof u, eigenlijk. Toen ik het over uw dochter had, had u pijn. Echte, echte, pijn. Ik herkende dat, omdat ik het gevoeld heb. Als dat niet echt was, ben je of de beste acteur die ik ooit heb gezien of ik hallucineer. Het feit dat ik haar hier breng, verandert daar niets aan. Als jij niets weet, weet zij het misschien wel. Zo niet, dan gaan we over op een meer *directe* tactiek.

"De inhoud van het object dat je uit Groenland hebt gehaald is van het grootste belang voor dit onderzoek. En we moeten de samenstelling krijgen die in dat object zat, voor de gebeurtenis."

Rachel keek op naar de hoek van de groezelige cel, alsof ze te veel had gezegd.

"Welke gebeurtenis? Waar heb je het over? Zoals ik al zei, er was niets binnen -"

"Ik weet het," zei ze. "Ik bedoel, ik geloof je. Maar we hebben niet veel tijd meer."

"Over welk *evenement heb* je het? En waar ben je in godsnaam *echt* naar op zoek?"

"We proberen de oplossing te vinden voor een oud probleem."

BEN

"KOM OP, MAN, ER MOET TOCH *IETS* ZIJN," zei Ben. Hij was gestrest en voelde dat de fysieke inspanning van twee dagen reizen, slecht slapen en een ontvoering van hun vriend hem zwaar begonnen te vallen. Hij rolde zijn nek heen en weer op gespannen, gespannen schouders.

Reggie schudde zijn hoofd, zijn ogen zakten naar de vloer. "Er is niets, Ben. Het spijt me. Ik heb geprobeerd..."

"Onzin," zei Julie, plotseling aan Bens zijde in de hotelkamer. "Je bent hier goed in, Reggie. De *beste*. Je training, ervaring - "

"Mijn training heeft me door sommige situaties heen geholpen, maar het heeft me *hier* niet op voorbereid."

Ben wist een beetje van het verleden van zijn vriend, dat Reggie - Gareth Red - een sluipschutter van het leger was geweest, opgejaagd voor een missie naar Rusland die slecht was afgelopen en met Reggie's ontslag uit het leger van de Verenigde Staten. Hij was echter niet op zijn lauweren gaan rusten en was begonnen aan een jaren-lange reis rond de wereld, wonend waar hij wilde en werkend waar hij kon.

Ben kende de details niet, maar hij wist dat het 'werk' van de man soms het soort werk was waardoor hij uit het leger was geschopt. Hij vestigde zich uiteindelijk in Brazilië met een jonge vrouw, bouwde een kamp op wat land dat hij had gekocht en opende een overlevingstraining en schietbaan. Hij en zijn vrouw gingen scheiden, Reggie ontmoette Ben en Julie, en sloot zich uiteindelijk aan bij de CSO.

"Dat is zo, Reggie," zei Ben. "Je hebt het nummerbord al. Dat is een begin. Is er niet *iets* anders dat je je kunt herinneren? Hoe zagen de mannen eruit, hoe zag de auto eruit?"

"Ik heb je dat allemaal al verteld. En ik heb Derrick dat ook verteld."

Roger Derrick was een kennis van hen die hen nog niet zo lang geleden had geholpen in Philadelphia en Montana. Hij was een FBI-agent en werkte momenteel aan een opdracht waardoor hij voorlopig in de VS moest blijven. Julie had hem opgebeld, gevraagd of hij hen kon helpen met hun hachelijke situatie, en Roger Derrick had hen het beste antwoord gegeven dat hij kon geven: "Geef me het nummerbord en alle details die je hebt, en ik zal ze door ons systeem halen.

Ben wist echter dat Roger's handen gebonden waren. Er was niet veel dat hij kon doen als de eigenaar van de auto geen crimineel was, en hij zou nog hulpelozer zijn als de persoon geen Amerikaan was. De FBI was geen internationale organisatie, en hoewel ze in staat waren om veel internationale inlichtingen in te winnen, kon Derrick niet zomaar op een vliegtuig springen en naar Santorini vliegen om zijn vrienden te helpen een ontvoeringsslachtoffer te vinden.

Julie's idee om Derrick te bellen was een goed idee, maar het had hen niet veel geholpen. Ze waren nog steeds in het hotel, op zoek naar ideeën, maar zonder goede aanknopingspunten.

Bens telefoon trilde in zijn zak. Hij greep ernaar toen hij merkte dat die van Julie en Reggie ook al in hun handen waren.

"Mevrouw E heeft ons allemaal een sms gestuurd," zei Julie. "Het lijkt erop dat Derrick haar teruggebeld heeft."

Ben las het bericht op zijn telefoon terwijl Julie het hardop voorlas. *Derrick zegt dat de auto op naam staat van de eigenaar in Santorini. Katholieke priester. Waarschijnlijk gestolen.*

"Een priester?" vroeg Julie.

"Daarom denkt hij dat het waarschijnlijk gestolen is," zei Ben schouderophalend. "Ik ken niet veel priesters die mensen ontvoeren."

"Jij kent niet veel priesters," zei Julie.

Hij keek op naar Reggie. "Ziet een van die grunts eruit als een priester?"

"Nee," zei Reggie. "Maar waarom zouden ze? Het is niet zo dat ze zichzelf verraden door een halsband en zwarte kleren te dragen. Trouwens, zelfs als er een priester achter dit alles zat, hoe helpt ons dat?

Julie fronste haar wenkbrauwen, nadenkend. Ben hield van deze vrouw - ze was scherp, haar geest zo snel als iedereen die hij ooit had ontmoet. "Misschien," begon ze, "misschien waren ze op weg naar een kerk? Het is een kleine kans, maar..."

Reggie knipte met zijn vingers. "Dat is het!"

"Een kerk?"

Hij schudde zijn hoofd. "Nee. Nou, ik weet het niet. Maar ik zag waar ze *heen gingen.*"

"Ja, ze gingen de snelweg op. Naar de noordkant van de..."

"Nee," zei hij. "Ik ving een glimp op van hun GPS scherm in de auto. Ze kenden de locatie van hun bestemming niet, dus gebruikten ze het ingebouwde dashboardscherm van de auto om die te vinden. Ik zag de kaart, herkende de ronde vorm van het eiland, het kleinere eiland in het midden van de baai."

Ben ijsbeerde. Hij wist dat Reggie zijn onderbewustzijn aan het aftappen was en hard aan het werk was om zich elk detail van de scène te herinneren zoals die zich had afgespeeld. Hij was getraind om dit soort dingen op te nemen als sluipschutter, maar hij had in vertrouwen met Ben en Julie gedeeld dat hij de meeste van deze 'trucs' uit een heel andere bron had geleerd dan het leger.

Reggie had ongeveer een jaar lang, vele jaren geleden, elke week een raadsman bezocht een getrainde cognitieve gedragstherapeut die gespecialiseerd was in posttraumatische stressstoornis. Hij had de man bezocht om grip te krijgen op de steeds terugkerende herinneringen die hem kwelden en kwelden.

Herinneringen, die hij met hen deelde, aan de vrouw met wie hij bijna getrouwd was, lang voordat hij Ben en Julie en de rest van de CSO had ontmoet, en lang voordat hij de vrouw had ontmoet met wie hij uiteindelijk zou trouwen en van wie hij vervolgens zou scheiden.

Specifiek, het waren herinneringen aan het *kind* - een meisje - dat de vrouw droeg. *Zijn* kind. Ze was nooit geboren, dankzij een beslissing die de vrouw had genomen. De marteling ervan had hem in de greep gehouden van angst, paniek en een langdurig geval van chronische angst. Hij had het kind gewild, maar zijn vriendin niet.

De therapeut had hem veel trucs geleerd om te helpen met de angst- en paniekaanvallen, waaronder technieken voor snelle oogbewegingen en het vermogen om herinneringen te 'zien' alsof ze zich in real time afspelen, op commando. Door naar deze 'films' te kijken die de geest creëert, zo had Reggie's therapeut uitgelegd, kan men beginnen traumatische ervaringen te verwerken met een gevoel van onthechting, wat leidt tot een objectieve en emotieloze analyse van de herinnering, die uiteindelijk zou kunnen helpen de angstopwekkende emoties die ermee gepaard gaan te overwinnen.

Op deze manier, en door de methodes jarenlang te oefenen, was Reggie in staat zich gebeurtenissen voor de geest te halen op bijna dezelfde manier als iemand met een eidetisch geheugen dat zou kunnen. Hij kon een scène in gedachten 'zien' alsof hij een schrijver was, en elke nuance en eigenschap van de scène en de personages beschrijven terwijl het zich ontvouwde. Het was niet altijd betrouwbaar en het was niet altijd volledig accuraat, maar - zoals de therapeut had beloofd - het had bewezen een nuttige strategie te zijn om de slopende effecten van trauma en angst af te weren.

Vrijwel onmiddellijk nadat hij naar buiten was gerend en had gezien hoe de man Sarah achterin het voertuig duwde, had hij een besluit genomen. Hij wilde het voertuig achtervolgen - of hij er iets aan zou kunnen *doen* als hij het bereikte was een heel andere zaak - dus was hij gaan rennen.

Hij bekeek de herhaling in gedachten, als een voetbalcoach die de wedstrijdbanden terugspeelt naar het team. Hij bestudeerde de omgeving, de meeste vaag of wazig, onduidelijke voorstellingen van wat ze moesten voorstellen. Straatnaambordjes, bedrijven, andere auto's - dit alles was slechts een waas in zijn geheugen.

Hij had een enkele focus, en de elementen van zijn onderbewuste focus waren briljant duidelijk in zijn geest. Hij zag de auto, hoe het licht weerkaatste op de zijkanten, de rondingen van het frame en de carrosserie van de auto. Hij zag de nummerplaat en vergrendelde die in zijn geheugen, wetende dat hij zich dat detail later zou willen kunnen herinneren.

Hij had haast gemaakt en kon bijna de zijkant van de auto bereiken, tot die ook gas gaf en wegreed. Hij kon niets doen, want de deuren waren toch al op slot, maar hij bleef rennen tot hij naast de auto stond toen die draaide om de parkeerplaats te verlaten.

De achterruiten waren getint, het diepe zwart verhinderde hem Sarah te zien. De voorruit was ook donkerder getint, maar hij kon het scherm van het op het dashboard gemonteerde display naar hem zien schijnen.

Dat is het.

Het kwam plotseling terug in zijn hoofd, als een golf water in een lagune. Hij voelde het, *wist dat* het echt was. Hij wist dat hij erop kon vertrouwen dat zijn geestesoog een accuraat beeld zou schetsen. Het probleem was dat dit het echte leven was - niet een of andere politietelevisieshow. Hij kon het beeld in zijn geest niet manipuleren. Er was geen inzoomen of het beeld 'verbeteren'. Hij had wat zijn geest had besloten op te slaan, en dan wat het besloot om hem toegang te geven.

Hij sloot zijn ogen, probeerde zo hard mogelijk om het allemaal opnieuw te zien. "Ik ken de geografie van het eiland niet, maar ik zag de lijn op hun GPS-apparaat. Met een kaart kan ik waarschijnlijk aardig in de buurt komen.

"We begonnen op het vliegveld en kwamen toen bij het hotel. Hij noemde de iconische snelweg die rond het binnenland van het hoofdeiland liep, waarbij hij de Griekse naam verpestte. "We reden over de *Eparchiaki Odos Firon-ormou Perissis* en gingen toen landinwaarts, een beetje naar het zuiden.

Julie was al klaar. Ze had een tablet uit een van hun rugzakken gehaald, het verbonden met de wifi van het hotel, en het aan Reggie voorgehouden, de kaartenapplicatie open op het scherm.

Reggie pakte het, draaide zijn hoofd en tablet terwijl hij probeerde het dezelfde grootte te geven als de kaart die hij op het scherm van de auto had gezien. Hij verschoof het, kneep in de kaart om in en uit te zoomen, fronste toen en herhaalde het proces. Eindelijk tevreden, legde hij het neer op het bed.

"Daar," zei hij, terwijl hij met een wijsvinger over de kaart trok. Ben zag de snelweg, *Eparchiaki Odos Firon-ormou Perissis,* op het scherm staan en keek hoe Reggie de bocht omging, de bocht naar rechts op de snelweg, en vervolgens het lange rechte stuk dat door de stad liep. De route die de snelweg - en Sarah, blijkbaar - namen.

"Hun route ging naar het noorden, maar splitste zich af van de hoofdweg en ging hard naar links, over dit kleine schiereilandje hier.

"West," zei Ben.

"Ja, precies. Het eindigde precies bij het water..." hij pauzeerde en zoomde een beetje in. "Precies hier."

"Zijn ze op weg naar een boot?"

"Waarschijnlijk," knikte hij. "Het was te ver weg om het goed te kunnen zien, maar het leek of het net voorbij deze kerk was, de *Ekklisia Theoskepasti.*

Er was inderdaad een kronkelige weg die langs de kerk liep die op de kaart was aangegeven en die bijna helemaal tot aan het water liep.

Julie fronste haar wenkbrauwen. "Dat zijn kliffen, denk ik. Daarom eindigt de weg daar." Ze sleepte haar hand over de noordzuid grens van het eiland. "Dit hele stuk is steil, zo niet recht naar beneden, dan toch zo steil dat het een onmogelijke klim zou zijn, zeker zonder uitrusting."

"Nou," zei Ben, "ze doen het."

Reggie knikte. "Hij heeft gelijk. Daar gaan ze naartoe, denk ik. Misschien is het naar een boot, misschien is er een gebouw of zoiets aan het eind van de weg. Maar we moeten gaan, *nu*."

Ben glimlachte, wetende dat Reggie geen nee als antwoord zou accepteren. Hij, net als Ben, deed dat nooit. "Ik zal Mrs. E bellen," zei hij.

"Doe het in de auto," zei Julie, die al in beweging was. "Ze kan zich daarna bij ons voegen. Als ze nog op de weg zijn, kennen we het kenteken. En zo niet, dan is het spoor net weer heet geworden. Ze werkt aan ons vervoer voor morgen, maar ik heb de sleutels van de huurauto hier."

Ben en Reggie knikten. "Werkt voor mij," zei Reggie.

Ze liepen met z'n drieën naar de deur. Er was niets om mee te nemen, niets om voor te bereiden. Ze hadden een spoor, en ze waren van plan het te volgen, waar het ook heen leidde.

Met een beetje geluk, dacht Ben, zou het hen leiden naar tenminste een andere aanwijzing.

HOOFDSTUK 48

BEN

ZE BEREIKTEN DE SUV OP DE PARKEERPLAATS EN BEN STAPTE ACHTER HET STUUR. Er was geen communicatie of besluitvorming geweest. Ben was toevallig degene die het dichtst bij de deur stond, dus hij stapte in en startte de motor. Julie en Reggie stapten ook in, en voordat hun veiligheidsgordels waren vastgemaakt zei Reggie dat hij moest opschieten.

"Laten we gaan," zei hij.

Ben gromde een antwoord en zette het grote voertuig in zijn achteruit.

Julie pakte haar telefoon en vond de kerk, Ekklesia Theoskepasti, op de kaart. Ze drukte op de knop om ernaartoe te navigeren terwijl Ben met piepende banden de parkeerplaats van het hotel afreed.

Hij wilde niet onnodig de aandacht op hen vestigen, maar hij voelde ook de urgentie van de situatie. De kerk was een flink eind weg, wat betekende dat het voertuig dat ze achtervolgden nog op de weg kon zijn.

Het betekende ook dat ze *enorme* haast moesten hebben. Ze zouden langs de kust rijden, over een snelweg die ze geen van allen kenden, door steden en boerderijen en zelfs een kleine stad.

Hij knarste met zijn tanden en trapte met zijn voet op het gaspedaal. *Laten we hopen dat de politie er vanavond niet is,* dacht hij.

"We worden gevolgd," zei Reggie vanaf de achterbank.

"Wat?" Vroeg Ben. "Nu al?"

"Geen politie," zei hij vastberaden, zijn hoofd omgedraaid, naar buiten kijkend door de achterruit. "Het lijkt op onze vriend van Interpol."

"Je neemt me in de maling," zei Julie. "Volgt hij ons?"

"Hij waarschuwde ons om niets overhaast te doen," zei Ben. "Maar hij is hier niet echt ordehandhaver. Is er *echt* iets wat hij kan doen?"

Reggie zag zijn ogen in de achteruitkijkspiegel. "Tuurlijk," zei hij. "Hij kan ons volgen. En dan kan hij de *echte politie* bellen, ze laten weten dat we onregelmatig rijden, te hard op de snelweg. In een haast om ergens te komen."

"Laten we hopen dat hij gewoon honger heeft, op weg naar de stad voor het avondeten."

"Ja," zei Julie. "Laten we het hopen."

"Julie," zei Ben. "Stuur Mrs. E een sms, laat haar weten dat we de auto hebben. En laat haar weten wat er aan de hand is."

"Al gedaan," antwoordde ze glimlachend.

Goed, dacht Ben. *Hopelijk kan ze iets verzinnen.* Ze zou geen voertuig hebben, dat wist hij, maar de vrouw was vindingrijk. Uber was een populaire taxidienst op het eiland, dus als ze echt ergens heen moest, zou dat wel lukken.

Ben zette zich schrap en keek nog eens in de achteruitkijkspiegel, tandenknarsend. Hij was geen professionele chauffeur, maar hij betwijfelde of de man van Interpol dat ook was. Maar het voertuig van de man was lager bij de grond, maar nog steeds zwaar, en zou waarschijnlijk beter geschikt zijn om de kronkelige haarspeldbochten op hun route in een snel tempo te nemen.

Zijn SUV zou geweldig zijn geweest als ze ergens off-road waren. Maar zelfs dan was de bodemvrijheid van de benzineslurper bij lange na niet groot genoeg voor een *echte* terreinervaring. In de parken reed Bens team meestal met een Subaru of een Jeep, of, als ze iets moesten vervoeren of de ruimte nodig hadden, met een opgeheven vrachtwagen die door de bergpassen kon die in de winter vol sneeuw lagen en in de lente en zomer vol afvloeiend afval.

Hij greep het stuur vast en bleef gas geven. Het bord aan de kant van de snelweg gaf de maximumsnelheid voor het hele eiland aan: 60 kilometer per uur. Ben vond het een beetje traag, maar hij wist dat de limiet was opgelegd vanwege de smalle, bochtige wegen die het eiland doorsneden.

Zijn snelheidsmeter gaf aan dat hij op 85 km/uur zat.

Ben kon de man niet zien rijden, maar hij wist dat het de Interpol agent, Sharpe was. De auto had hun versnellingen en rijstrook veranderingen geëvenaard. De man was duidelijk niet bezorgd om onzichtbaar te blijven. Het kon hem niet schelen of Ben wist dat hij hen volgde.

Ben passeerde een blok auto's op de rechterrijstrook net toen de eerste echte bocht kwam. Het was een scherpe bocht naar rechts, en hij versnelde, hopend dat hij het zwaartepunt van de auto niet zo slecht kon inschatten als hij dacht. "Hou je vast," zei hij, en voerde de snelheid op tot 95.

Hij hoefde ze niet te waarschuwen. Reggie hield de hendel boven zijn raam vast, Julie greep naar de deur rechts van haar en de middenconsole links van haar.

Godzijdank zijn er hier normale wegen, dacht Ben, terwijl hij zich voorbereidde op de bocht. Hij kon zich niet voorstellen wat hij zou doen als hij de achtervolging had moeten inzetten terwijl hij aan de linkerkant van de weg moest leren rijden, in de linkerkant van de auto.

De bocht kwam snel - *veel* sneller dan hij had berekend. Een paar auto's zwenkten uit en toeterden naar hem toen hij voorbij vloog. Hij trok zijn kaak op en leunde naar rechts. *Kom op.* Hij voelde de middelpuntzoekende kracht en de traagheid toen de autodeur tegen zijn linkerzij duwde, maar hij hield zich vast aan het stuur. Zijn triceps brandden tegen het waargenomen gewicht van het voertuig dat zich inspande om van koers te veranderen.

Kom op, dacht hij weer. *Hou je vast.*

Toen was de bocht om en stond hij voor een mooie, lange rechte lijn. Hij haalde diep adem en wendde zich tot Julie. "Gaat het?" vroeg Ben.

Ze schudde haar hoofd.

"Je kunt er maar beter aan wennen,' zei Reggie vanaf de achterbank. Er komen er nog een paar van die -"

"Ik ben niet bezorgd over de bochten," zei Julie. "En die was vrij tam, als je erover nadenkt."

Ben knikte.

"Ik maak me zorgen over het feit dat Sharpe nog steeds achter ons aan zit," zei ze, met haar ogen gericht op de zijspiegel naast haar. "En nu heeft hij gezelschap."

Ben voelde zijn hart sneller kloppen toen hij door de spiegel keek, door de achterruit. Twee politieauto's hadden zich bij de Interpol-sedan gevoegd, hun lichten flitsten fel. Ze hadden allemaal gemakkelijk de bocht genomen en waren nu nog dichter bij de SUV.

"Verdorie," zei hij. "Dat is niet goed."

"Nope," zei Reggie.

Ben versnelde, zodat het grote voertuig zijn enorme motor kon gebruiken. Ze reisden licht, met slechts drie passagiers en geen vracht, dus Ben hoopte dat ze de drie auto's achter hem zouden kunnen inhalen, maar het leek erop dat de politieauto's hen aan het inhalen waren.

Hij reed nog een paar minuten zo door, de auto's achter hem leken tevreden met een gestage, non-stop achtervolging.

En waarom zouden ze niet? Dacht hij. *Ze weten dat ik nergens heen kan.*

Het was niet zoals de achtervolgingen die hij op televisie had gezien. De steden waar ze doorheen reden waren slaperige, rustige plaatsen, met weinig auto's op de weg en veel ruimte voor bestuurders om aan de kant te gaan. Bovendien was er geen eindeloos landschap om doorheen te reizen, noch was er een apart rechtsgebied waar de achtervolgers zich zorgen over hoefden te maken.

Hier op het eiland hoefden ze alleen maar rekening te houden met een tekort aan benzine.

En hij gokte dat hun auto's *veel zuiniger* waren dan de zijne.

Hij stond op het punt om daar iets over te zeggen en Reggie naar zijn mening over hun situatie te vragen, toen hij verderop een wegversperring met twee auto's opmerkte. De politie achter hem had blijkbaar contact opgenomen met de rest van hun team, dat vervolgens twee van hun patrouillewagens had opgesteld net buiten het stadje, waardoor de weg volledig werd geblokkeerd. Hun auto's stonden met de voorkant naar het tegemoetkomende verkeer gericht, waarschijnlijk een extra veiligheidsmechanisme. Door hun auto's *op* de vluchtauto te richten en dan op de noodrem te trappen, zou een frontale botsing met de twee auto's minder kans hebben.

Er stonden twee agenten voor hun voertuigen, die het dodelijke spel speelden van *ik wed dat je stopt voor je me raakt.*

"Reggie..." zijn stem stokte.

"Ik zie het," zei Reggie zachtjes.

"Ideeën?" vroeg Ben.

"Die auto's gaan nergens heen. Ze hebben hun remmen erop. Als we proberen door te drukken, glijden die wagens gewoon een stukje achteruit. Zelfs als we erdoor komen, zal het niet bij de eerste poging zijn. Tegen die tijd zitten de jongens achter ons al op ons."

"En *als* we ze raken, riskeren we het leven van die agenten," zei Julie. "Om nog maar te zwijgen over dat van ons."

Ben ademde snel in en scande de omgeving. De weg lag in een desolaat gebied, een goede keuze voor de politie. Er zou hier geen kans zijn op bijkomende schade, en niemand anders zou in gevaar zijn.

Aan de rechterkant van de weg, helemaal tot aan de rand van het trottoir, lag een stapel moorddadige rotsblokken, opgestapeld en verspreid over het terrein van ongeveer een hectare. *Dat is een doodswens,* dacht hij.

Maar aan de linkerkant van de weg...

Nee, dacht hij. *Geen sprake van.*

Hij wierp een snelle blik op Julie. Er was geen tijd om het uit te praten. Geen tijd om hun opties te bespreken en hun beste strategie te bepalen. Reggie en Julie waren aan hem overgeleverd, erop vertrouwend dat hij de juiste beslissing zou nemen.

Links van de weg, ongeveer een meter van de rand, was niets. Een klif viel honderden meters recht naar beneden, recht in het rotsachtige ondiepe water dat aan het eiland grensde. De zachte donkere zee lag net daarachter.

Daar gaat ie, dacht hij.

Hij draaide aan het stuur en schoof de auto van de weg af. Het grind en de rotsachtige aarde naast de weg schoten onmiddellijk achter hen omhoog toen ze eroverheen stuiterden, waardoor een waas van wit in zijn spiegels ontstond. Ze dreven dichter, *dichter,* naar de klif. *Hou je taai,* wilde hij zichzelf opleggen. Hij had niet per se hoogtevrees, maar zijn perifere gezichtsveld stuurde het alarm naar de rest van zijn geest dat ze *veel* te dicht bij de dood waren door hier te rijden.

Hij draaide het stuur weer terug om het recht te trekken, en richtte de SUV recht op de *achterkant* van de politiewagen aan de linkerkant.

"Ben," fluisterde Julie. Haar stem was zacht, maar driftig. "Wat ben je -"

Ze had geen tijd om de vraag af te maken. Hij trapte het gaspedaal in, en gaf het laatste beetje kracht aan de zware SUV. Het gilde in antwoord, waardoor ze naar voren vlogen, recht op de politieauto af. Hij zag een van de agenten naar hen staren toen ze voorbij hun positie werden gelanceerd, de andere was de SUV-grote raket al aan het ontwijken.

Hij hield het stuur vast, zijn keiharde greep weigerde te wijken. *Hou het vast.*

De SUV knalde tegen de veel kleinere, veel lichtere auto aan en bleef vooruit rijden. De auto spinde zijwaarts, een misselijkmakend krakend en schrapend geluid bereikte zijn oren toen het gewoon uit zijn zicht verdween. Hij werd voorover in zijn stoel geslingerd, de strakke veiligheidsgordel sneed in zijn schouder, maar de airbags gingen niet af.

De SUV reed door de achterkant van de auto alsof hij er niet eens was, en toen waren ze er zo doorheen.

Er was niets dan open weg achter hen.

"Ben!" riep Reggie. "Dat... was..."

Hij glimlachte, maar voelde zich duizelig worden door de adrenalinestoot die door hem heen stroomde. Julie lachte, en Reggie bleef zijn mond openen en sluiten, maar er kwamen geen woorden uit.

Hij zette de auto recht en zette hem weer op de rechterrijstrook. Hij trok een beetje naar links en nam aan dat het onderstel een beschadiging had opgelopen, hetzij aan de uitlijning, hetzij aan de trekstang, maar hij was niet van plan om te stoppen en het te controleren.

We leven nog, en we bewegen nog steeds, dacht hij. *Dat is goed genoeg voor nu.*

HOOFDSTUK 49

BEN

DE SUV REED IN EEN RAZEND TEMPO VERDER. Reggie hield een oogje in het zeil voor de politie en hun vriend van Interpol, maar ze waren bijna op hun bestemming en er was - tot nu toe - geen politie of Interpol in zicht.

Er waren meer bochten, maar Ben nam deze langzamer, niet meer dan nodig om de integriteit van het vrachtwagenchassis te riskeren.

Ze passeerden de stad aan het eind van de route, maar ze waren nog steeds vrij van achtervolgers. Bij hun afslag trok Ben de SUV van de snelweg en vervolgens naar beneden richting het water in de verte. Julie had gelijk gehad over het gebied - het leek gewoon een verlaten weg in het midden van nergens, een kerk met zijn kerktoren het enige bouwwerk in zicht.

Zij passeerden een groot rotsblok dat omhoog stak en hun het zicht ontnam op het kleine kerkje naast de oceaan.

"Skaros Rock," zei Julie. "Een populaire toeristische attractie." Ben keek toe hoe ze nog wat verder inzoomde op de kaart, wachtend tot de verbinding was geladen en de details waren ingevuld. "En het lijkt erop dat de weg daar eindigt."

Ben zag het. Er stond een bord, maar hij kon er niets van opmaken. Het zou in het Grieks zijn, maar hij nam aan dat het een beschrijving van het gebied was - Skaros Rock, de Theoskepasti, de wandelpaden die naar beide beneden leidden. Hij minderde vaart en liet de felle koplampen het gebied verlichten, inclusief het bord.

En, naast het bord, een auto.

"Is dat..."

"Dat is het," zei Reggie. "Dat moet het zijn. Ben, we hebben het gevonden."

De auto die ze achtervolgden stond geparkeerd aan de voet van een kleine heuvel, vlak naast een groot wandelpad dat rond en omhoog leek te kronkelen langs de achterkant van Skaros Rock, die vlakbij opdoemde.

Er brandde geen licht op het terrein of in de auto, en alleen door het licht van hun koplampen konden zij de twee voorwerpen überhaupt zien.

"Dat is het," zei Julie," maar er is daar niemand. Ik zie nergens mensen."

Ze had gelijk. Ben kon niets zien buiten de lichtstraal van hun lampen, maar hij wist dat er toch niemand zou rondhangen. Wie Sarah ook had ontvoerd, zou niet bij hun voertuig blijven wachten.

"Ze zijn ofwel op de rots, beneden bij de kerk, of ze vonden een ander pad dat naar het water leidt."

"Trek op," zei Reggie. "Laten we uitstappen en rondkijken."

"Het klinkt alsof het een eindje lopen is naar de kerk. Geen wegen of zo, en het is ongeveer 20 minuten lopen. Rotsachtig en moeilijk begaanbaar 's nachts."

Ben zag dat ze een recensie van de site aan het lezen was. *Godzijdank voor de moderne technologie,* dacht hij.

"Wat is het gesprek, dan?" vroeg hij. "Ze zijn waarschijnlijk niet van plan om met Sarah een uitstapje te maken, dus ik denk dat Skaros Rock uitgesloten is."

"Juist," zei Reggie. "En de kerk lijkt precies dat te zijn - een kleine kapel, misschien gebruikt voor diensten, maar nu vooral een toeristische attractie. Ik denk zelfs niet dat er huizen in de buurt zijn."

"Dus misschien hebben ze haar meegenomen naar de kustlijn?" vroeg Julie.

"Zou kunnen," zei Reggie. "Laten we in ieder geval in de richting van de kerk gaan. Alle paden die naar het water leiden zullen waarschijnlijk daar beginnen, of we zullen ze op zijn minst onderweg passeren."

Ben knikte en loodste hun voertuig over de hobbelige, met zand bezaaide weg naar de parkeerplaats. Na hun bijna-dood-achtervolging voelde de snelheid van 15 km/uur die ze nu reden ronduit traag aan, maar Ben wist dat ze net zo snel reden als de vering van de auto op de onverharde weg toeliet.

Ze bereikten de parkeerplaats - twee plaatsen naast elkaar die in het vlakke zand waren uitgehouwen, waarvan er een werd bezet door de zwarte sedan die Sarah had meegenomen - en Ben parkeerde. Julie en Reggie vielen uit het voertuig nog voor het tot stilstand was gekomen, en Reggie rende naar het pad dat bergafwaarts liep. Ben en Julie volgden.

Het pad was inderdaad rotsachtig, en Ben verloor een paar keer bijna zijn evenwicht toen ze het donkere, smalle pad volgden. Het draaide en kromde zich een paar keer tijdens de afdaling, en af en toe konden ze de kerktoren en het koepeldak van de kerk boven de horizon zien uitsteken.

Ben was geen ervaren wandelaar, maar hij had meer ervaring dan de meesten, dankzij zijn jaren in de nationale parken. Hij had het grootste deel van zijn carrière voordat hij Julie ontmoette doorgebracht in Yellowstone National Park, met een korte periode in Rocky Mountain National Park, en daarna in Alaska in Denali, waar hij en Julie een korte periode samen hebben gewerkt voordat de CSO van de grond kwam.

Bovendien waren ze alle drie in topvorm, dankzij Reggie's constante aansporingen om fit te blijven en goede eetgewoonten aan te houden. Ben had zelfs een onuitgesproken competitie met Reggie, beide mannen waren koppig en competitief en wilden de ander in zowat alles overtreffen.

Julie, van haar kant, was gewoon het type persoon voor wie fitness een natuurlijke zaak was. Ze was een geboren atlete, met een bijpassende lichaamsbouw, en hoewel ze op school en op de universiteit niet aan sport had gedaan, was haar lichaam net zo scherp als haar geest.

De wandeling kostte hen slechts tien minuten, want ze jogden de meeste heuvels af, alleen om de kronkelende blinde bochten in ogenschouw te nemen en ervoor te zorgen dat ze nergens over zouden struikelen.

Toen ze de kerk beneden naderden en hun tempo wat vertraagden, uitte Ben de bezorgdheid die in zijn hoofd was gegroeid. "We zijn hier goed beneden gekomen, maar het duurt twee keer zo lang om weer boven te komen als het moet. Als ze niet deze kant op waren gekomen..."

Hij hoefde de gedachte niet af te maken.

"Ik ben het met je eens," zei Reggie. "Maar ik weet dat we op het juiste spoor zitten. Dat was hun auto, dat is zeker. En er is hier niets anders dan de rots, de kerk, en..."

Hij pauzeerde, en staarde naar iets.

"Kijk," zei hij. "Hierheen."

Ben staarde naar waar Reggie naar wees. Er was een stuk gras dat over een vlak stuk land was gegroeid. Het gras eindigde aan de rand van een klif, maar Ben kon in het midden van het stuk een stuk zien dat was vertrapt door mensenvoeten. Beter nog, hij kon zien dat het *recent* vertrapt was.

"Dat is vers, toch?" vroeg Julie.

Ben en Reggie knikten, maar Ben sprak. "Absoluut." Hij liep dichter naar het stukje gras, haalde zijn telefoon tevoorschijn en zette de zaklamp aan. Hij hield hem omhoog en richtte hem op de grond, op de plek waar het grasveld samenkwam met het rotsachtige zandpad dat de rest van de weg naar de kerk voerde. Hij bewoog het licht een beetje en knielde toen neer om de grond te onderzoeken. "Er is zelfs de achterkant van een laarsafdruk hier, waar het gras begint."

Het was onmiskenbaar. Hij was geen getrainde spoorzoeker, maar hij had veel tijd in het bos doorgebracht. Mensen waren ongelooflijk hard voor de natuur, vooral als ze haast hadden en niet per se een spoor wilden achterlaten. De laarsafdruk was de enige die hij vond, maar het was duidelijk dat wie zich ook door het gras naar de rand van de klif had bewogen, genoeg haast had gehad om op de lange grashalmen te stampen, waardoor een zichtbaar pad ontstond, zo duidelijk als een graancirkel in een maïsveld.

Het beste van alles, het leek niet op een pad gemaakt door slechts één persoon.

"Dat is het," zei Reggie. "Gaan jullie maar kijken, en ik loop even snel rond de kerk om te kijken of hij leeg is."

Ben knikte en keek naar hem op toen hij wegspurtte, in de richting van de kerk. Toen pas bekeek hij de plek waar hij zich bevond, subtiel verlicht in het avondlicht. Het was alles wat hij zich had voorgesteld van een kapel aan de Middellandse Zee - witgekalkte stenen muren, blauwe koepeldaken. De kapel zelf bestond uit een paar kleine gebouwtjes, gebouwd om met elkaar te verbinden. Het hoogste gebouw stond het dichtst bij de rand van de klif en had een koepelvormig dak op een achthoekige basis. Ernaast, iets lager geplaatst, waren drie klokken. De kapel en het kerkcomplex rond deze twee markante gebouwen was klein, en Ben stelde zich voor dat een dienst binnen de muren hooguit 30 of 40 mensen zou kunnen herbergen.

Hij zag een paar lichtslierten van de opkomende maan zachtjes vallen in de richting van de kerk op de heuvel. Dit puntje land, dat uitsteekt en reikt naar het kleine, schaduwrijke eiland midden in de oceaan van Santorini, was een afgelegen plek, verstoken van bijna alle leven. Het rotsachtige, harde terrein waar Ben over liep was moeilijk te bewerken, dus het gebied was grotendeels ongebruikt gebleven voor landbouw of veeteelt sinds het land miljoenen jaren geleden was ontstaan uit de monding van de grote vulkaan.

Hij zag Reggie verdwijnen aan de zijkant van het kerkcomplex en besloot een kijkje te nemen op het pad dat door het gras liep, om een beter zicht te krijgen op de waterlijn beneden. Het was maar een paar honderd meter door de vertrapte lijn naar de rand, maar Ben stopte even toen hij daar aankwam en kwam op adem. Julie stond plotseling naast hem en hield zijn arm vast.

De weg naar beneden was geen klif, maar het scheelde niet veel. De helling was gevaarlijk en het pad liep recht naar beneden, en zelfs bij daglicht zou het moeilijk zijn om te navigeren. Nu, zonder zaklantaarns of zonlicht om te helpen, wist hij dat ze beter op hun achterwerk naar beneden konden glijden. Het rechte stuk van de helling eindigde zo'n 30 meter verder, en twee keer zoveel meter naar beneden, voordat het een harde hoek naar rechts naar links maakte en uit het zicht verdween. Ben kon alleen water zien voorbij dat punt, maar hij nam aan dat het pad zo verder ging, in zichzelf terugkerend en tientallen meters naar beneden vallend bij elke passage, de gedeelten parallel aan de kustlijn honderden meters lager.

We kunnen nooit op tijd beneden zijn, dacht hij. Hij wist dat Sarah en haar ontvoerders waarschijnlijk niet zo snel door het Skaros Rock pad waren gekomen als hij, Reggie en Julie, maar hij wist ook dat zij een serieuze voorsprong hadden. Bovendien wisten ze waar ze heen gingen.

"Dat is... nogal een pad," zei Julie. "Het lijkt erop dat het niet eens een openbaar pad is, maar een natuurlijke weg langs de zijkant van de berg."

"Geen grapje," antwoordde hij. *Wees alsjeblieft in de kerk. Alsjeblieft, Reggie, vind ze verstopt in de kerk zodat ik niet naar beneden hoef te strompelen in deze puinhoop.*

Op hetzelfde moment hoorde hij een vaag motorgeluid. Een gorgelend en sputterend geluid, gevolgd door een zacht zoemen. Hij keek omlaag naar het water en kneep zijn ogen dicht om de details te kunnen onderscheiden. Een kleine buitenboordmotor dreef een witte boot voort, die afsteekt tegen de verder zwarte diepten van de donkere oceaan. De boot accelereerde de baai in, gelanceerd vanaf een dok of een boothelling die hij vanuit deze hoek niet kon zien.

Verdorie, dacht hij. Hij had geen zonlicht nodig om te weten dat een boot in dit gebied maar één ding kon betekenen. *We moeten erheen om het te controleren.*

"Heb je toevallig aanlegplaatsen voor boten of openbare parken gezien bij de waterlijn?

Julie schudde haar hoofd al. "Helaas niet. Dat betekent dat de enige reden dat er een boot verborgen ligt, is dat Sarah's ontvoerders konden wegkomen zonder gezien te worden."

"Dat is waar ik bang voor was," zei Ben. "We weten nu tenminste waar we achteraan zitten, en waar ze heen gaan. Op die boot *moet* Sarah zitten, en het enige wat in die richting gaat is het eiland in het midden van de baai."

Hij concentreerde zich op de boot en dacht drie gedaanten te zien - twee grotere mannen en een kleinere vrouw - die in de boot zaten. Hij wist dat het onmogelijk was om het met zekerheid te zeggen, maar hij had het gevoel dat de bestuurder van de motorboot niet zomaar een kluizenaar was die in een grot onder een klif woonde, op een nachtelijk vistochtje met zijn twee maatjes.

Hij haalde diep adem en draaide zich om, net toen Reggie op hem af kwam rennen. "Er is niemand binnen," zei hij. "Eenpersoonskamer, leeg."

Ben knikte, wees naar beneden naar de boot en toen naar het pad.

"Echt waar?" Zei Reggie. "Ik hoopte dat het een *beetje* makkelijker zou zijn dan dit."

"We hebben tenminste nog wat tijd om een plan te maken," zei hij, terwijl hij zijn telefoon pakte om mevrouw E te bellen. "Misschien kunnen we teruggaan naar de stad, mevrouw E halen, en dan kijken of we dat -"

"Fout," zei Julie van achter hen. Hij draaide zich om en zag haar mooie, tengere figuur een paar meter verderop staan, in het donker omlijnd door een paar heldere blauwwitte LED-lampjes.

Koplampen.

Hun Interpol-volgelingen, gevolgd door drie politiewagens, trokken de onverharde weg op en begonnen die af te leggen in de richting van de kerk.

"Alweer *rotzooi*," zei Ben. "Dit is belachelijk."

HOOFDSTUK 50

JULIE

JULIE'S OGEN WATERDEN VAN DE FRISSE, zoute bries die van de zee opsteeg en in haar gezicht waaide. Ze was teruggekeerd naar de baai om te proberen de boot te zien, en merkte dat die in feite recht op de kleine heuvel in het midden van het ronde eiland Santorini afkoerste.

Zij had geen kans gehad om over het kleine eiland te lezen, maar zij wist dat het Nea Kameni heette, en dat het een vulkaan was die voor het laatst in de jaren vijftig was uitgebarsten. Het was onbewoond en op een park en een paar toeristische plekjes na, was er niets van betekenis op de rots.

Met andere woorden, als Sarah's ontvoerders Sarah ergens uit de buurt, afgezonderd, of weg van nieuwsgierige ogen wilden brengen, zou de vulkanische heuvel een perfecte keuze zijn.

En, zo zag zij nu, de boot was vertrokken van een punt voor de kust van Santorini dat de reis over het stuk zee veel korter zou maken.

Ze draaide zich om en zag silhouetten van mensen - minstens zes - die op hen af kwamen rennen. Het zou hen minstens tien minuten kosten om beneden te komen, zoals het haar groep had gekost, maar kort daarna zouden ze op hen zijn.

En er is nergens anders heen te gaan, dacht ze.

"Gaan we naar beneden?" vroeg Julie.

Ben was op zijn telefoon, hard aan het werk aan een sms, maar Reggie reageerde meteen. "We moeten wel," zei Reggie. "Tien minuten en ze zijn hier. En ik durf te wedden dat ze na die stunt van Ben onderweg niet bereid zullen zijn om gezellig te blijven kletsen."

"De stunt *die ik* uithaalde?" vroeg Ben.

"Jij reed," zei Reggie.

"Je hebt geen betere ideeën aangeboden!"

"Jongens, ik stel voor dat we later uitzoeken wie de schuldige is van het aanrijden van een politieauto en het doorbreken van een wegversperring."

"Vergeet niet te hard rijden en roekeloos rijgedrag," zei Reggie.

"Juist," antwoordde Julie. "Punt is, wat doen we nu?"

"We gaan Sarah halen," zei Reggie.

"Maar het is onmogelijk dat daar *nog een* boot is," zei Ben. "Het is geen dok of park - er is daar beneden niets anders dan grotten en diep water."

"En tenzij je sneller kan zwemmen dan een speedboot, denk ik niet dat het een goede keuze is op dit moment."

Reggie's gezicht begon te blozen, en Julie kon zien dat hij weer in paniek begon te raken. Ze had hem nog nooit zo gezien. De man was meestal het toppunt van kalmte. Verzameld, kalm, en altijd lachend. Nu, op de rand van een klif, voelde ze hoe Sarah's veilige terugkomst hem ontglipte, en ze zag dat hij zichzelf niet was.

Hij keek hen beiden in de ogen. "Ik ga hier *niet* zitten en me laten arresteren in een vreemd land."

Ben hield een hand op. "Dat zeggen we niet, vriend. We suggereren alleen dat ze misschien..."

"Wat denk je dat ze gaan doen?" vroeg Reggie, bijna schreeuwend. "Ons vriendelijk vragen om te stoppen met weglopen? We zijn *er* nu *bij betrokken*, man! Voor zover we weten, denken ze dat *we* achter dit alles zitten."

"Stop, Reggie," zei Ben. "Het wordt..."

"Het komt *niet goed*, Ben! Ze komen voor *ons*, en Sarah is *weg*! Ze schieten misschien niet op ons, maar ze laten ons zeker niet teruggaan naar het hotel om te hergroeperen."

"Ik weet dat ze niet op ons gaan schieten, Reggie. We hebben niets gedaan..."

Een kanonschot, gevolgd door twee andere, klonk in de lucht voor hen, vechtend tegen de beukende golven die van ver beneden hun oren bereikten.

"Schieten ze op ons?" Julie's stem was hoog, uitzinnig, niet te geloven. *Ze schieten op ons.*

"Ga liggen!" riep Reggie. Julie dook de ene kant op, terwijl Ben en Reggie de andere kant op renden. Julie duwde tegen Ben, bracht hem in beweging, en het tweetal liep naar een rotsblok aan de rand van het gras, dicht bij het begin van de neerwaartse helling die naar de klif leidde.

Er klonken nog twee geweerschoten, een van de kogels suisde over hun hoofden.

Is dat de politie of die vent van Interpol? vroeg ze zich af. *Of allebei?*

Kort na de schoten, hoorde Julie een mannenstem in het Engels roepen. "Niet schieten," schreeuwde hij.

Ze wendde zich tot haar verloofde. "Wat nu?" vroeg Julie. "Serieus, Ben? Waarom schieten ze op ons?"

"Ik weet het niet," snauwde hij. "We hebben niets gedaan. Ik snap dat ze boos zijn over hun auto, maar ik vond het geen misdaad om voor te moorden. Denk je dat dit de typische werkwijze is van de Griekse rechtshandhaving? Eerst schieten, dan vragen stellen?

Julie probeerde zichzelf te kalmeren. "Oké, oké. Laten we er eens over nadenken. Misschien waren het waarschuwingsschoten of zo, iets om ons bang te maken en geen domme dingen te doen.

"Ik zou zeggen dat schieten *op onschuldige burgers* al behoorlijk dom is, Jules. We zijn de grens van domheid al ver gepasseerd."

"Ze staan waarschijnlijk gewoon op scherp," zei ze. "De terroristische aanslag in Athene, de economische crisis waar ze allemaal onder lijden. Maar toch, we weten het niet zeker. Ik denk dat we moeten...

Bens telefoon ging over, en zijn scherm lichtte op. Ze zag dat er een sms was binnengekomen, en Ben was het stilletjes aan het lezen. Ze ging rechterop zitten om over zijn schouder te kijken, met het risico dat haar hoofd in het zicht kwam over de top van het rotsblok.

Het was van mevrouw E. Eerst kon ze niet zien wat er stond, en toen ze dat wel kon, begreep ze niet wat de context was.

Waar heeft ze het over?

Ben keek naar haar op, net toen er nog twee schoten tegen de grond sloegen. Ze klonken veel luider - veel *dichterbij* - dan Julie wilde toegeven.

Misschien schieten *ze op ons*, dacht ze.

"Jules," zei hij, en keek haar recht aan. Zijn ogen waren strak, gefixeerd op de hare.

"Ben," antwoordde ze.

"Ik wil dat je me vertrouwt."

"Ik vertrouw -"

"*Nee*, Julie. Ik wil dat je gewoon mijn voorbeeld volgt. En Reggie."

"Oké..." Ze probeerde zijn uitdrukking te lezen, om te begrijpen wat het was dat hem zo van streek maakte. "Waarom vertel je me niet gewoon wat je van plan bent?"

"Omdat je het niet leuk gaat vinden."

Een stem riep van de andere kant van het rotsblok. "Juliette Richardson! Harvey Bennett, Gareth Red!"

Agent Sharpe.

"Nu dat we uw aandacht hebben, kom achter de rotsen vandaan, we gaan niet schieten. U staat onder arrest voor hulp en medeplichtigheid aan de ontvoering van Dr. Sarah Lindgren," vervolgde hij.

"Wat?" fluisterde Julie. "Medeplichtig en uitlokkend?"

"En ook aanklachten tegen jullie voor roekeloos rijden. Ik heb met de plaatselijke politie gesproken, en zij zullen geen geweld gebruiken als jullie *nu* meteen komen voor ondervraging. Anders zijn ze bereid om jullie als criminelen te benaderen, met alle geweld dat nodig is."

Zoals ons neerschieten, dacht Julie.

"Ben, wat ben je aan het doen?"

"Julie, luister naar me. Dit is onze *enige kans*. Als Sarah op dat eiland komt, is ze *weg*. Begrepen ?"

"Ja, natuurlijk, maar -"

"Maar als we nu met Sharpe en de politie meegaan, kunnen we onze zaak niet bewijzen en zijn we op tijd weg om haar terug te krijgen. Om nog maar te zwijgen over haar vader."

"Ben, dat begrijp ik. Maar er is geen andere optie hier. Toch? Wat zie ik over het hoofd?"

Hij glimlachte en kuste haar. "Zoals ik al zei, volg mijn voorbeeld."

Hij controleerde zijn telefoon nog een laatste keer en schoof hem toen in zijn zak. Hij rolde zich op zijn knieën en hurkte toen.

Hij kroop naar de rand van de kei en fluisterde naar Reggie.

"Ben je klaar, broeder?"

Reggie zei geen woord, hij knikte alleen.

"Goed zo," zei Ben. Hij wendde zich tot Julie. "Oké, Jules. Het spijt me bij voorbaat."

Zonder om te kijken keek Julie toe hoe hij opstond en begon te rennen - sprinten - over het steile pad dat naar het water leidde. Ze keek hem verschrikt na.

Hij kan niet helemaal naar beneden rennen, dacht ze. *En trouwens, wat gaat hij doen als hij -*

Voordat ze haar gedachte kon afmaken, gilde ze. Ben vertraagde niet toen hij de eerste bocht in het pad naderde.

Hij versnelde, maakte gebruik van zwaartekracht en momentum om een goede start te maken.

Oh God, Ben. Nee, alsjeblieft. Niet doen -

Weer kon ze de gedachte niet afmaken. Ben plantte zijn linker-voet precies aan het eind van het korte pad, knielde laag en stak dan weer omhoog en naar buiten.

En toen zeilde hij van de rand van de klif, in de nachtlucht, en uit het zicht.

HOOFDSTUK 51

BEN

HIJ VERWACHTTE ANGST, terreur, misschien een beetje spijt. In plaats daarvan voelde hij vrijheid.

Hij had nog nooit zo'n sensatie meegemaakt. Hij was nog nooit gaan parachutespringen, BASE jumpen, of een andere stomme hoge intensiteit sport als deze gedaan.

Zeker, hij was van een klif gevallen in Antarctica, maar hij was geland op een sneeuwbank niet al te ver beneden. Bovendien was dat niet *zijn* keuze geweest, maar de keuze van de Chinese soldaten ver boven hem die het touw hadden doorgesneden.

Deze keer, echter, was het *zijn* keuze geweest. Hij had genoeg gelezen over dit soort dingen om te weten dat hoe meer je erover nadacht, hoe moeilijker het werd om het voor elkaar te krijgen.

Dus toen de gedachte in hem opkwam, besloot hij onmiddellijk dat het de juiste beslissing was.

Hij strekte zijn armen wijd uit en voelde de luchtstroom, de snelheid en de adrenaline toen hij vloog. Hij viel, maar de eerste honderd meter voelde als zweven - de oceaan was donker, de heuvel in het midden nog zo ver weg, een beetje dobberend maar niet echt bewegend.

Toen begon de oceaan groter te worden, *sneller*. Hij voelde nu de terreur van wat hij had gedaan. Hij voelde de domheid van zijn gekke beslissing.

Julie gaat me vermoorden, dacht hij. *Als ik mezelf niet eerst vermoord.*

Hij raakte het water veel harder dan hij dacht dat hij had moeten doen, waarschijnlijk omdat hij het niet had zien aankomen. Een val als deze was bijna onmogelijk voor te bereiden, omdat hij geen nauwkeurig idee kon krijgen hoe ver hij nog moest gaan.

Het water was koud - *heel* koud - en het meeste kwam recht in zijn neus. Hij voelde zich alsof hij een lobotomie had ondergaan, het water deed zijn ogen verschroeien en zijn neus prikken. Hij niesde, dwong het zoute water uit de binnenkant van zijn gezicht, en toen voelde hij de rest van de pijn.

Het koele water en de schok van dit alles hadden zijn pijnreceptoren even tot rust gebracht, maar ze werkten weer en in een hoge versnelling, schreeuwend naar zijn hersenen. Zijn armen waren rauw, het smakken toen hij de oppervlakte raakte veroorzaakte een buikflop-achtige reactie op hun onderkanten.

En zijn oren waren gespannen, de druk bouwde op. *Ik ben onder water,* realiseerde hij zich. *Ik ga dieper.*

Hij kon zich niet oriënteren, maar hij wist dat de toenemende druk in zijn oren geen goede zaak was. Hij dwong zich door de pijn in zijn armen en trapte met zijn benen, in een poging de richting op te gaan waarvan hij dacht dat die omhoog was.

Hij opende zijn ogen. Alles was donker. Stil nu. Hij was nog steeds onder water, en hij kon de bubbels voelen kietelen aan de buitenkant van zijn gezicht, zelfs als het water zelf de *binnenkant* kietelde. Hij ging omhoog, duwend, vechtend.

En toen brak hij door en zweefde. Hij ademde diep in en lachte. Hij had nog steeds pijn, zijn neus, ogen en oren prikten nog steeds, maar hij lachte.

De zee was hier kalm, want hij was ver genoeg gesprongen om de beukende golven te missen die tegen de grillige rotsen duwden en braken. Hij gilde de nacht in. *Wat een kick,* dacht hij.

Niet dat ik dat ooit nog zal doen.

En toen, alsof hij zich plotseling herinnerde waar hij was, keek hij op.

"Kom op, Jules," fluisterde hij. "Je hebt dit."

Hij zag een lichaam dat zich van de rand van de klif liet vallen. Zijn hart stokte in zijn keel. *Het is zo* hoog, realiseerde hij zich. *Het moet minstens tweehonderd meter hoog zijn.*

De persoon die op hem af kwam vliegen was Reggie - hij kon het zien aan de grootte van het silhouet toen het naar beneden zeilde, het potlooddunne figuur dat met de voeten naar beneden viel, de handen aan zijn zijde, alsof hij elke dag van zijn leven had gedoken op een klif.

Hij spetterde, maar het leek lang niet zo intens als Ben's epische kanonskogel. Hij zwom erheen om een handje te helpen. Reggie, echter, was op en watertrappelend in minder dan drie seconden. Hij had een glimlach op zijn gezicht, en zwom naar Ben toe.

"Je moet me er slecht laten uitzien, nietwaar?" Zei Ben.

"Je *hoefde* niet als een idioot met je armen te zwaaien," zei Reggie. "Dat was jouw keuze."

"Bedankt." Ben keek afwachtend naar de rand van de klif.

Kom op, Julie.

Hij hoopte dat er genoeg tijd was. De politie en Sharpe zouden nu bijna bij hun schuilplaats zijn, of ze hadden die al bereikt. Hij hoopte dat Julie niet was opgehouden, gegrepen door een van de agenten voordat ze kon springen.

Hij keek toe, nog steeds wachtend. Hij voelde zich angstig en kreeg weer het gevoel dat zijn beslissing om van een klif te springen en te hopen dat de anderen hem zouden volgen, misschien een beetje te overhaast was geweest.

Geen weg meer terug nu.

Net toen hij daar aan dacht zag hij een ander silhouet, deze kleinere, zich van de klif lanceren.

"Dat is Julie," zei Reggie.

Ze schreeuwde, riep iets dat Ben niet helemaal begreep, en toen lag ze in het water. Ze landde een paar meter van Reggie, en hij stak onmiddellijk zijn hoofd onder water om Ben's verloofde terug te halen.

Ze hijgde en spuugde een mondvol zeewater uit toen haar hoofd de oppervlakte brak. Ze schreeuwde nog steeds iets tegen Reggie terwijl hij haar probeerde te helpen.

"Ga van... ga van me af," schreeuwde ze, vechtend tegen de grotere man. Ze zwom naar Ben toe en gaf hem een klap in zijn gezicht.

"Auw," zei hij. Hij lachte, niet in staat zichzelf te helpen.

"*Hou je...* me *voor de gek*?" schreeuwde Julie. "Maak je een grapje? Wat was dat in godsnaam? Wat dacht je in hemelsnaam -"

"Kijk," zei Reggie, wijzend.

Julie stopte met schreeuwen, en de drie keken omhoog naar de klif. Ben kon een paar mannen langs de rand zien staan, die over de rand gluurden.

"Denk je dat ze zullen proberen de sprong te maken?" vroeg Reggie.

"In geen miljoen jaar," zei Ben. "Ik dacht dat ze het niet de moeite waard zouden vinden. Ik bedoel, ze schoten op ons, maar toch - ik denk niet dat iemand anders dan Sharpe denkt dat we een bedreiging zijn."

"Trouwens," zei Reggie, knikkend. "Ze denken waarschijnlijk dat ze ons gedekt hebben."

Op dat moment ging er een enorme lamp aan en de brede, dikke lichtstraal schoot op hen neer. Het was een industriële zaklantaarn, die de oceaan rond hen verlichtte, twee meter diep in het water.

"Ze hebben een duidelijk zicht op ons," ging Reggie verder. "En ze weten dat we niet zomaar kunnen wegzwemmen. Als we proberen aan land te komen, gaan ze gewoon naar beneden en grijpen ons."

"Of schiet ons neer," zei Ben, zijn stem klonk ernstiger dan hij bedoelde.

"Ben," zei Julie. "Ik ben nog steeds - ik kan niet geloven ... Ik bedoel *wat dacht je?* Wat moeten we nu doen?"

Met z'n drieën waren ze aan het watertrappelen in de baai, de donkere, lege grotten langs de klif gebarricadeerd achter scherpe, gekartelde rotsen. Zelfs als het Ben's plan was geweest om naar de kust te zwemmen, zou dat een bijna onmogelijke taak zijn. De branding zou hen tegen de rotsen smakken en de vlijmscherpe, geschuurde oppervlakken zouden het karwei afmaken.

Het is maar goed dat dat niet mijn plan was, dacht hij.

Hij spitste zijn oren en lette op een geluid in de verte.

"Hoor je dat?"

"Hoorde *wat*?" Vroeg Reggie.

"Hou je mond en luister. Daarheen."

Ben wees naar het noorden, langs de kustlijn op het puntje van de landtong, waar het een bocht maakte en terugging naar het vasteland. Het was het geluid van een motor, die met de seconde luider en duidelijker werd.

"Een boot?" vroeg Julie.

"Niet *zomaar een* boot," zei Ben. "*Onze* boot."

"Waar heb je het over?"

De boot naderde hun locatie, en Ben kon nu zien dat het kleiner was dan hij had gehoopt - mevrouw E. had hen niet verteld welke maat ze zouden krijgen, dus hij had verwacht dat het een klein jacht zou zijn, of op zijn minst een ruime oceaancruiser met een stevige motor. In plaats daarvan leek het niet meer dan een 18 voet platbodem vissersbootje te zijn, met een eenvoudige binnenboordmotor en een kapiteinsstandplaats in het midden van de romp.

Maar, zoals hij had gezegd, het was *hun* boot. Hij kon nu de gedaante van de piloot zelf zien - mevrouw E's massieve gestalte, korte haar en brede grijns waren onmiskenbaar - terwijl ze de boot om de punt van de rotsen navigeerde en langszij hen kwam. Het licht van de politie, ver boven hen, maakte het voor Mevr. E alleen maar gemakkelijker om hen te vinden.

"Hallo, jullie allemaal," kwetterde ze naar beneden. "Een lift nodig?"

Julie draaide zich om in het water en staarde Ben aan. "Ben, hoe...?"

"Ik stuurde haar een sms toen we onder druk stonden. Vertelde haar waar we waren en stuurde een locatie voor het geval dat. Ik vertelde haar ook dat we lager zouden zijn, en dat we nat zouden zijn."

"Gelukkig was het klaar met zenden voordat jij je sprong in het duister maakte," zei Reggie.

Ben hield zijn door water verzopen telefoon omhoog die hij uit zijn zak had gehaald. Hij stond uit, en hij wist dat het onwaarschijnlijk was dat hij - of een van hun apparaten - weer aangezet zou kunnen worden. "Ja," zei hij. "Goed zo."

"Ik was al op weg naar de bootsteiger,' zei mevrouw E. "Ik kreeg de sms van Julie van eerder dat jullie zonder mij op avontuur waren, dus ik heb de eigenaar van de boot wakker gemaakt en hem verteld dat we de huur iets eerder nodig zouden hebben dan verwacht."

"Ik ben blij dat je het gedaan hebt,' zei Julie, terwijl ze zich al een weg baande naar de uitschuifbare ladder aan de achterkant van het vaartuig. Ze trok zichzelf omhoog en op de achterkant van de boot en draaide zich toen om om Reggie te helpen. Toen het Ben's beurt was, keek hij op naar zijn verloofde en glimlachte.

Ze schudde gewoon haar hoofd. "Ik stel voor dat we deze kerel een tijdje in het water laten."

"Seconded," zei Reggie.

Ben trok zich op en naar binnen, liep toen naar de boeg en wees. "Daarginds," zei hij tegen mevrouw E. "Ze zijn naar het eiland gegaan, en als we opschieten kunnen we er over een paar minuten zijn."

Ze knikte en trok zich terug uit de kleine cirkel van licht waarin ze zweefden, en Ben hoorde het geschreeuw van de politie - en Agent

Sharpe - vanaf de klifrand. Hun woorden bereikten hem nauwelijks, maar hij kon horen dat ze niet blij waren, en ze waren niet van plan de achtervolging op te geven.

Hij zuchtte. *Uit de pan,* dacht hij.

Mevr. E trapte het gaspedaal in en de kleine 9.8 pk Suzuki motor kwam tot leven, in de richting van de Nea Kameni kratertop vulkaan.

...en in het vuur.

HOOFDSTUK 52

REGGIE

 Hij had met afgrijzen en verbazing toegekeken hoe zijn
beste vriend Ben, een man die anders nogal stoïcijns en beheerst was,
zijn verstand verloor en van de rand van een klif aan de rand van de
wereld rende.

De sprong was een paar honderd meter recht naar beneden - niet
erg genoeg om blijvende schade te veroorzaken, wist Reggie - maar
het waren de brekende golven en het schuimende kolken van de zee
die hem zorgen baarden. Een misrekening had Ben op de rotsen
kunnen doen belanden.

Maar zoals later bleek, was Ben in orde.

Dus haalde Reggie diep adem, beloofde zichzelf dat hij Ben een
klap in zijn gezicht zou geven omdat hij hem daartoe dwong en
sprong toen in zee.

Reggie had nooit aan klifduiken als sport gedaan, maar hij had in
zijn tijd wel meer dan een paar harige sprongen gemaakt. Hij herinnerde zich in het bijzonder een keer skiën in Rusland met een oude
vriend, en samen waren ze een beetje in de knoop geraakt in de
kommen achter Dombay. Hij had een route genomen door een zwaar
bebost gebied dat eindigde met een steile val van 15 meter net onder

de skilift, en zijn vriendin Latia was gedwongen geweest zijn dwaze route te volgen, waarbij ze beiden tot hun middel in de verse poeder belandden, ongedeerd maar vol adrenaline.

En in een ander leven trainde hij directeuren en rijke mensen in overlevingstechnieken op zijn compound in Brazilië, en voor een speciale sessie had hij een oude parachutist van het leger ingehuurd om hem - en zijn klanten - de rit van hun leven te bezorgen.

Uit een perfect vliegtuig springen was nu iets waarvan Reggie kon zeggen dat hij het gedaan had, hoewel hij geen zin had het te herhalen.

Maar 's nachts van een klif springen, terwijl hij achterna werd gezeten door agenten en Interpol, was *niet* iets wat Reggie ooit had gedaan. De val was zonder problemen verlopen, al had hij wel een beetje geschrokken van de temperatuur van het water toen hij was geraakt. Hij kwam weer boven en glimlachte, lachte om de situatie en vroeg zich tegelijkertijd af wat voor plan Ben had bedacht.

Julie, aan de andere kant, leek wat meer begaan met hun hachelijke situatie. Nadat ze het water had geraakt en bovenkwam, zout water uit haar mond spuwde en deed alsof Ben haar gedwongen had in een poel gesmolten lava te springen, keek Reggie toe hoe de woedende vrouw Ben een mep gaf en op hem inbeukte.

Ben glimlachte echter alleen maar, en binnen een paar minuten begreep Reggie waarom: Mevrouw E racete naar hen toe en lokaliseerde hen op de GPS van Bens telefoon voordat die onbruikbaar werd en onder water kwam te staan.

Goed werk, vriend, dacht hij. Reggie had hem een snelle knik gegeven voordat hij uit de oceaan en in de boot klom.

Maar de pret was nog niet voorbij. Reggie kon in het dovende licht *nog net een andere* boot zien - *Sarah's* boot. Het was aangemeerd tegen een kort, stomp uitsteeksel van de vlakke rotsen van Nea Kameni en was op dit moment bezig zijn passagiers uit te laden. Hij zag de grotere gestalten van de mannen die haar hadden ontvoerd, en ook Sarah zelf, vastgebonden en nu geblinddoekt.

Hij voelde zijn bloed opwarmen, zijn hele lichaam herinnerde zich niet meer dat het nog maar enkele ogenblikken geleden volledig was ondergedompeld in het kille oceaanwater. Hij balde zijn vuisten en staarde naar het donkere, onheilspellende eiland in het midden van de baai.

Ben leunde naar hem toe, terwijl hij zijn haar afdroogde met een vod dat hij onder een van de stoelen had gevonden. "We gaan haar terughalen, broer," zei hij.

Reggie knikte, maar zijn vuisten werden harder gebald, zijn knokkels wit.

Waar brengen ze haar heen? vroeg hij zich af. *Wat* willen *ze met haar?*

Hij probeerde het bij elkaar te puzzelen. Eerst haar vader, toen Sarah zelf. *Wat hadden ze gemeen?*

Ze waren beiden wetenschappers, academici. Gerespecteerd in hun grotere academische gemeenschappen, ondanks de wispelturige collega's die ze hadden. Ze hadden allebei aanleg voor het oplossen van problemen, een liefde voor geschiedenis en hun oude verleden, en een verlangen om de ware erfenis van hun voorouders beter te begrijpen. Ze wilden allebei de rest van de wereld onderwijzen, en gebruikten hun platforms en populariteit alleen om de boodschap van de geschiedenis te verspreiden: leer van je verleden, en je kunt leren over je toekomst.

Reggie, zelf een geschiedenisliefhebber, begreep hun standpunt volkomen. Hij was Sarah en haar vader gaan bewonderen in de tijd dat hij met Sarah omging, en hij had vaak gedroomd over een leven als haar echtgenoot, haar over de hele wereld volgend terwijl ze zaken oploste en oude raadsels oploste.

Een hedendaagse Indiana Jones, dacht hij. *Diana Jones, misschien.* De gedachte deed hem meestal glimlachen - in de fantasie zou hij de beveiliging spelen, de sterke arm van Sarah's ongeëvenaarde gevatheid, haar helpen oude mysteries op te lossen die haar antropologie-achtergrond voor haar op tafel legde door corrupte ambtenaren en overijverige plaatselijke bewoners om de tuin te leiden.

Maar vanavond liet de fantasie een diepe kuil in zijn maag achter - hij keek toe hoe Sarah uit de boot en op het dok werd gemanoeuvreerd, en toen omhoog naar een smal pad dat was uitgesneden in de zijkant van de heuvel die aan de voet van de vulkaan lag. Hij voelde woede, een gevoel dat hij zichzelf zelden toestond te voelen. Die emotie, zo had hij lang geleden beredeneerd, was voorbehouden aan het ergste van het ergste - situaties die het gebruik van geweld vereisten, en geweld dat onwrikbaar en onbetwistbaar extreem was.

Hij deed zijn best om de emotie te verdringen uit de rationele kant van zijn geest, maar hij faalde. De woede bouwde zich op, en niets wat Ben of Julie of Mevr. E hem kon vertellen zou dat veranderen.

De laatste keer dat hij zo kwaad was geweest, had hij een man vermoord met niets anders dan het kleine uitsteeksel op de gesp van zijn horloge.

En deze keer, zou hij ervoor zorgen dat hij meer had dan een horloge.

Graham

We proberen de oplossing te vinden voor een oud probleem.

Haar abstracte, vage antwoord was nog steeds zelfvoldaan, alsof ze het antwoord allang had.

"*Welk* probleem?" vroeg Graham. "Jullie denken dat ik jullie zal helpen omdat jullie mij en mijn dochter bedreigd hebben. Eigenlijk had ik jullie vanaf het begin kunnen helpen als jullie me hadden *verteld* wat jullie willen." Graham voelde zijn zelfvertrouwen groeien, zijn verlangen om tot een conclusie te komen sterker dan zijn verlangen naar veiligheid. "U denkt dat u me door me te bedreigen zover krijgt dat ik ergens aan voldoe, maar de waarheid - en dat *weet* u - is dat ik geen flauw idee heb. Ik heb *geen idee* wat je van me wilt. Het is bijna alsof je denkt dat ik me door te dreigen met geweld ineens ga herinneren..."

Zijn stem viel weg.

"Ja?" vroeg Rachel. Haar stem was klein, onbeduidend. Bijna smekend. Ze speelde een rol, en die rol was plotseling veranderd. Haar houding was volledig veranderd, van kwaadaardige gevangene naar een ouder die geduldig wacht tot haar kind iets zelf heeft bedacht. "Wat is er, Professor?"

Graham wist toen dat hij bespeeld was. Hij had geprobeerd haar te doorgronden, evenals haar twee handlangers, om te bepalen wat ze wilden. Hij was de gevangene, de gevangene, maar *zij waren* het die een tikkende tijdbom vasthielden die dreigde te ontploffen. *Zij waren degenen* met de *echte* deadline, en hij nam aan dat ze uiteindelijk wanhopig zouden worden.

Zijn dochter op het spel zetten was niet iets waartoe hij bereid was, maar sinds het gebeurd was, had hij met zichzelf beredeneerd dat het de enige voor de hand liggende escalatie was: ze hadden weinig kaarten om tegen hem uit te spelen, en door zijn dochter in te schakelen konden ze tegelijkertijd profiteren van zijn plicht als vader om zijn kind te willen beschermen, en haar gebruiken voor haar eigen enorme hoeveelheid kennis.

Maar hij had niet vermoed dat hij de hele tijd in haar grillen had gespeeld. Hij had niet vermoed dat dit alles een list was, een valstrik om hem te laten geloven dat het antwoord iets diepers was, iets veel *grootser* dan hij zich kon voorstellen.

De waarheid was dat hij precies wist, op dat moment, wat ze wilde. Het antwoord dat ze zocht lag daar - het was de reden waarom hij zoveel problemen had gehad met zijn laatste werkstuk, het werkstuk dat op mysterieuze wijze uit de circulatie van de universiteit was gehaald. Het werkstuk dat een twistpunt was geweest tussen hem en een paar van de Oudheidkundigen met wie hij bevriend was.

"Dit gaat over de krant, is het niet?" vroeg hij. "Die over *Timaeus* en *Critias*." Hij pauzeerde, probeerde haar reactie te beoordelen. "Die over *Atlantis*."

Hierop leunde ze voorover. "*Hoe zit het met* Atlantis, professor?"

"Dat Atlantis niet zomaar een 'verloren continent' is,' zei hij. "Atlantis is de *geschiedenis* van een beschaving, die een volk beschrijft dat uit was op overheersing, zozeer zelfs dat ze het opnamen tegen de machtigste natie die de wereld toen kende.

"Griekenland," zei ze.

"Athene, om precies te zijn,' antwoordde hij, terwijl hij voelde dat de docent in hem het overnam. "De Atlantiërs dachten dat ze machtig genoeg waren om hen te verslaan. En dat zouden ze ook zijn, ware het niet dat een catastrofale gebeurtenis hen belemmerde om hun spervuur tegen de Atheense bolwerken verder op te voeren."

Hij was nu in zijn element, het tempo ging door, maar zijn houding veranderde in die van een professor die klaar was om een lezing te geven over iets wat hij zijn hele leven had bestudeerd, een professor die zo enthousiast was over zijn curriculum dat hij niet anders kon dan die opwinding overbrengen in zijn monoloog.

"Ze dachten dat ze de Griekse troepen konden verslaan, en dat konden ze - gemakkelijk. Maar zij planden een golf van aanvallen, in de loop van vele jaren, vertrouwend op de trainingsprogramma's en oorlogsacademies die zij in hun thuisland hadden opgezet om hen te voorzien van de jonge, frisse troepen die de opmars zouden voortzetten."

Rachel glimlachte nu, maar Graham kon het niet schelen. Hij was volledig in de 'professor' mode, zich niet bewust van zijn studenten.

"Ze zouden de Atheners verslagen hebben, *zonder* een gebeurtenis die hun samenleving op zijn grondvesten deed schudden."

"Welke gebeurtenis, professor?" vroeg Rachel, zachtjes.

Hij had zijn toespraak geoefend. Hij kende het van boven tot onder, had het *ingestudeerd* alsof het een toespraak was die hij voor de president zou houden. Hij kende de argumenten van voor naar achter en van achter naar voren, wetende dat de academische wereld zijn theorie nooit zonder meer zou aanvaarden. Hij zou zijn punt moeten *bewijzen*.

"De overstroming."

"Welke overstroming?" vroeg Rachel, haar gefluister werd intenser.

"*De* vloed. Dezelfde die opduikt in bijna *elk* oorsprongsverhaal dat we hebben. Oude beschavingen gaven ons hun geschiedenissen, die bijna allemaal een rode draad hebben met een 'vloed van epische proporties'.

"De Ark van Noach?" Rachel spoorde aan.

"Ja," zei hij. "Dezelfde zondvloed. De Christelijke geschiedenissen zijn slechts hervertellingen van dezelfde wereldwijde catastrofe, maar het epicentrum van de gebeurtenis was de Middellandse Zee. De Egeïsche en Zwarte Zee, om precies te zijn. De Atlantiërs leefden op een eiland in de huidige Egeïsche Zee, en dankzij vele millennia van overheersing en isolement, konden zij zich verder ontwikkelen dan hun buren op het vasteland. Scheepvaart en zeilen, landbouw en veeteelt. Hun naaste gelijken waren de Atheners, en die zouden tegen hen hebben gezegevierd. De Atheners hadden zelfs, in Plato's eigen woorden, "de koers van hun machtige leger weten te drukken". Maar toen kwam de vloed..."

Hij is gestopt. *Waarom leg ik dit allemaal aan haar uit?*

"Je weet dit al," zei hij.

Ze knikte. "Ik heb de krant gelezen."

Hij fronste zijn wenkbrauwen. "Maar het werd neergehaald. De universiteit moet hebben -"

"*We* hebben het verwijderd, professor. Ik heb mijn IT-afdeling de server van uw universiteit laten hacken en het artikel laten verwijderen. Daarna heb ik het web afgezocht naar verwijzingen naar uw artikel, daarna heb ik de bron van de link benaderd en een DMCA-claim ingediend."

Graham wist precies waar ze op doelde. De Digital Millennium Copyright Act van 1998 en de daarmee samenhangende voorschriften en regels inzake online privacy die in de daaropvolgende jaren waren aangenomen, hadden een veiligheidsdeken gelegd voor makers van inhoud, in die zin dat ze een gemakkelijke manier hadden om hun intellectuele eigendom te beschermen. Het probleem was dat veel organisaties, die bang waren voor de rechtsgevoelige maatschappij waar zij deel van uitmaakten, de neiging hadden om eerst te handelen en pas later vragen te stellen. Een eenvoudige DMCA-claim, zelfs als die vervalst was, zou door de host worden beantwoord met een snelle verwijdering van de beledigende inhoud zonder ook maar een vraag te stellen.

Voor Rachel was het waarschijnlijk vrij eenvoudig voor hun computerwonders om de servers van de universiteit binnen te dringen en de originele bestanden te verwijderen, een follow-up DMCA-claim verzonden naar de belangrijkste zoekmachines met het verzoek de links en verwijzingen naar het artikel te verwijderen, zou het bijna onmogelijk hebben gemaakt voor iedereen om het te vinden.

"Waarom?" vroeg Graham. "De informatie die ik heb verzameld is elders vrij verkrijgbaar, en -"

"Maar je *hebt* het allemaal voor ons verpakt, mooi gepresenteerd op een manier die het onmogelijk maakt om te negeren. Eerlijk gezegd, als uw onderzoek ooit openbaar zou worden, zouden onze plannen worden teruggedraaid, zo niet volledig vernietigd. We kunnen het academisch onderzoek niet voorkomen of controleren, noch de drommen archeologen en antropologen die naar dit gebied zouden komen."

"*Dit* gebied," zei Graham. "Waar precies *is* 'dit gebied'?"

Ze schudde haar hoofd. "Sorry, professor. Ik kan u die informatie niet geven. Niet op dit moment." Ze draaide zich om en begon de kamer te verlaten. Voor ze de drempel bereikte draaide ze zich weer naar hem om. "Maar ik wil u bewijzen dat we uiteindelijk aan dezelfde kant staan. We hebben er geen belang bij u of uw dochter kwaad te doen - we willen uw *hulp*. Hoewel ik u het antwoord niet zomaar zal *geven*, zal ik u de poging tot een beredeneerde gok niet ontzeggen."

Ze maakte een uitdrukking ergens tussen gretigheid en intrige.

Hij keek de kamer rond, alsof hij ze voor de eerste keer zag. "Atlantis?"

Zeker niet, dacht hij. In werkelijkheid had hij geen idee hoe een beschaving als Atlantis eruit zou hebben gezien. Welke architectonische kenmerken ze zouden gebruiken, of welke kenmerken hun gebouwen, wegen, tempels en huizen zouden hebben bepaald. Hij was een archeoloog, maar de precieze samenstelling en stijlelementen van hun cultuur waren hem even vreemd als iemand anders.

Toch, rondkijkend, voelde hij dat deze plaats niet Atlantis *was*. Het was niet het eiland Santorini, of ergens in de buurt van het nabijgelegen verzonken eiland van de Cycladen.

Op de een of andere manier voelde het verkeerd, alsof de stenen waaruit deze plaats was gevormd, niet waren gebruikt voor hun bouwkundige eigenschappen, speciaal voor de taak gekozen, maar omdat het de enige beschikbare stenen waren. Alsof het in haast was gebouwd. Ook al was het een perfect gezonde ruimte, structureel samenhangend en naar tevredenheid versterkt, het schreeuwde voor hem niet *heilig* of *belangrijk*. In plaats daarvan leek het meer op een enscenering, een voorkamer die het belang en de aanwezigheid van een grotere, grandioze kamer logenstrafte.

Hij stopte, plotseling realiserend.

Hij wist van één beschaving die deze bouwstijl had gebruikt, één beschaving die haar gebouwen en monumenten had gebouwd van stenen die ver weg waren gevonden, maar haar huizen en crypten en kleinere bouwwerken van de stenen die vlak onder haar voeten lagen.

Rachel keek naar hem, bestudeerde hem. Ze ondervraagde hem, in stilte. Wachtend tot hij tot de conclusie kwam die hij had uitgesteld sinds hij hier was.

Het kan niet waar zijn, dacht hij. *Het is niet mogelijk.*

"Ik had al die tijd gelijk?" Vroeg professor Lindgren. "Ik had gelijk in mijn artikel, of niet? *Daarom heb* je het weggehaald."

Ze glimlachte en knikte toen. "Meer gelijk dan je weet."

"We zijn... in *Egypte?* Net zoals ik voorspeld had? "

Ze knikte nog eens.

"Het Gizeh complex. Cairo."

"Ja, Professor."

HOOFDSTUK 53

BEN

TIEN MINUTEN LATER BEREIKTEN ZE DE KADE, en Ben hielp Reggie op en uit de boot. Reggie zat in zijn 'lock and load'-modus, een toestand die Julie zo had genoemd nadat ze had gezien hoe Reggie overging in een bekrompen, bekrompen denkpatroon met maar één doel en één doel voor ogen. Hij was niet in staat om aan iets anders te denken, en hij was nauwelijks in staat om te communiceren in die modus.

Zo intens als het was, het duurde meestal maar een minuut - Reggie gebruikte de shift als een manier om zijn doelwit in beeld te krijgen, de opties en mogelijke routes naar succes te analyseren, en zijn geest en lichaam voor te bereiden op een serieuze en dodelijke aanval. Ben en Julie hadden het zelf gezien, en wisten dat ze uit zijn buurt moesten blijven en de man moesten laten smeulen.

Ben concentreerde zich op zijn eigen voorbereiding. *Wat is het plan?* vroeg hij zichzelf af. *Wat nu?*

Julie was al op de steiger en liep naar het begin van het pad waar de rotsen en de houten planken van de korte promenade elkaar ontmoetten. Er was niemand anders in de buurt, maar Ben bewoog toch voorzichtig, voorzichtig om niemand te waarschuwen die misschien de open baai achter hem bespiedde.

Hij liep naast Reggie, wachtend tot de man zou spreken, wetend dat een woord of twee zou betekenen dat hij klaar was met zijn moment en klaar was om te beginnen. Ben keek naar de heuvel voor hen, bracht in gedachten Julies positie aan de voet van het pad in kaart, en zag vervolgens de afstand van de bodem - waar zij zich bevonden - tot de top van de heuvel. De heuvel leek af te vlakken aan de top, net voor hij verder ging op een steile helling naar de voet van de vulkaan, waar hij oprees naar de wolken ver boven zijn hoofd.

Op dat moment hoorde Ben twee dingen - van voor hem, en aan de voet van de vulkaan waar de heuvel eindigde en de steile helling begon, hoorde hij een man naar hen toe schreeuwen. Hij was uitzinnig, rende naar hen toe terwijl hij met iets in zijn handen zwaaide.

Een RPG.

Ben kende het wapen uit videospelletjes, maar hij wist niet precies wat voor 'raketgestuurde granaatwerper' de man vasthield. Alles wat hij wist - en alles wat hij *hoefde te* weten - was dat het wapen dichter bij hen kwam, en dat de man die het op hem richtte het hoger gelegen gebied had.

Het tweede wat hij hoorde was het ritmische kloppen van de rotor van een helikopter. Hij vloog van achter hen, net over de horizon en maakte een lijn naar de top van de heuvel.

"Ga liggen!" schreeuwde Reggie.

Het was echter te laat. Ben bewoog zich al in de richting van Julie, die de man en zijn misselijkmakende wapen niet had gezien vanuit haar positie direct onder hem. De man tilde de RPG op en vuurde, het gekrijs van de ontstoken stuwstof veroorzaakte onmiddellijke angst voor Ben.

Shit.

Hij bereikte Julie net voor de detonatie. Hij was Reggie uit het oog verloren, maar Julie keek met grote ogen en was bang, blijkbaar niet wetend wat er ging gebeuren. De explosie sloeg hem van zijn voeten, maar omdat ze dicht bij een hoge rots waren, verspreidde het grootste deel van de drukgolf zich zonder schade aan te richten.

Hij wikkelde zich om Julie heen, zijn grote lichaam bedekte met gemak het grootste deel van haar blootgestelde lichaam. De hitte overspoelde hem met een furie, de open delen van zijn lichaam schreeuwden van de pijn, maar net toen hij dacht dat het verschroeiende vuur hem en zijn verloofde zou verteren, nam het af. Hij viel achterover, zwaar ademend en met zweet over zijn lichaam.

"Wa - wat was dat?" vroeg Julie.

"Dat wil je niet weten," antwoordde hij, al op zoek naar Reggie.

Reggie liep de andere kant op en koos voor de boot, waar Mrs. E nog steeds aan het dobberen was.

De kade kon echter niet meer als een kade worden omschreven. Het was een massa verward hout en metaal, verkoolde palen gebarsten en sissend, kleinere stukken fel brandend tegen het donkere water. Stukken smeulend as vielen uit de lucht, dreven neer in de baai en landden met een fel gesis op het wateroppervlak.

Het ergste van alles was dat het dok niet langer één stuk kunstmatig land was. Het bouwwerk was volledig doormidden geschoten, een gapend gat was nu in het midden van de lengte van de houten planken gebrand.

Het gat was ongeveer een meter in doorsnee, en sneed Ben en Julie volledig af van Reggie en mevrouw E in de stilliggende boot, en Ben wist dat de boot niet veel verder naar hen toe zou kunnen varen zonder vast te lopen op de scherpe rotsen aan de voet van de heuvel.

"Wat nu?" fluisterde Julie.

Haar angst sloeg over op Ben. Hij keek op haar neer en realiseerde zich plotseling dat hun plezier en spelletjes een enorme prijs hadden gekost. Ze waren gestrand op een stapel rotsen in het midden van een *grotere* stapel rotsen in het midden van een zee, ongewapend en zonder middelen om zichzelf te verdedigen.

Reggie schreeuwde naar hem, en pas toen kwam Ben uit zijn roes. Hij schudde zijn hoofd, probeerde zijn hoofd leeg te maken en zich te concentreren op de volgende stap in plaats van op de verwoesting die voor hem lag, en keek naar Reggie's mond.

Hij kon niets horen, maar hij kon Reggie's lippen ook niet helemaal lezen. *Iets over 'boot'.*

Boot. Get - boot, voor zover hij kon vertellen. *Wat probeert hij in godsnaam te -*

Julie trok aan zijn arm, rukte hem bijna uit hun schuilplaats. Zijn ogen verwijdden zich en hij realiseerde zich plotseling wat Reggie probeerde over te brengen.

Ga naar de boot!

Hij sprong naar voren, wetende dat Julie sneller zou kunnen bewegen dan hij en besloot dat ze voorlopig beter alleen kon zijn. Hij dwong zijn zware benen in actie, pompte en strekte ze tot hun maximale kracht, mikkend op de plek net voorbij het gapende gat.

Ga gewoon naar het water, dacht hij. Ze konden onmogelijk van hun kant van de steiger naar de boot springen, maar er was een kans dat ze het water konden bereiken en dan de rest van de weg naar de boot konden zwemmen.

Op z'n minst zou het water hen beschermen tegen de volgende RPG detonatie.

Of dat dacht hij toch.

Ben versnelde, richtte zich op het gat in het midden van de houten kade, zonder zich zorgen te maken over Julie of Reggie of mevrouw E of iets anders in zijn leven. Hij wilde overleven, en hij wilde naar die boot toe.

Hij hoorde een fluitend geluid. Zijn geest viel in een slow-motion onderbewustzijn, zijn voeten stampten langzamer en langzamer op de bovenkant van de planken. Hij kon zijn ademhaling horen, zijn hart voelen kloppen, zwaarder en zwaarder bij elke stap, wetend dat hij het niet zou halen.

Hij hoorde het gefluit toenemen en voelde zijn nekharen overeind staan in afwachting van de inslag.

Hij wist dat het dichtbij was. Te dichtbij.

Hij ging het niet halen.

Julie was plotseling in zijn zicht, en nam de sprong vlak voor hem.

Goed, dacht hij. *Zo goed. Ze gaat het halen. Ze wordt...*

Een schitterende lichtstraal schudde hem door elkaar en wierp zijn benen onder hem vandaan. De wereld draaide om zijn as, zijn zicht werd wazig en verschoof tegelijkertijd zijwaarts.

HOOFDSTUK 54

BEN

ELK ZINTUIG EN ZENUW IN BENS LICHAAM FLAKKERDE TEGELIJK OP. *Hitte, geur, vuur, gevaar, rennen, verstoppen, pijn.*

Hij schreeuwde, maar kon nog steeds niets horen door het geluid van de explosie. Het voelde alsof hij in een sneeuwbol vol lava en vuur was geplaatst, toen door elkaar werd geschud en van een trap werd gegooid. Zijn gezichtsvermogen was onregelmatig, zijn geest een waas.

Julie, dacht hij. *Ga naar Julie.*

Maar hij kon Julie niet zien. Hij kon niets anders zien dan oranje en wit en de tranen die zijn ogen bedekten, in een poging zijn zicht te beschermen tegen de flits. Toen voelde hij haar - stootte haar, om precies te zijn. Zij viel, en hij viel met haar, van de rand van de steiger, of wat voor harde ondergrond hij ook had gebruikt, en toen in het kille water.

Het water golfde om hem heen omhoog toen hij ondergeduwd werd door zijn eigen gewicht. Het voelde verfrissend en koel aan, en leek het perfecte tegengif voor de vurige hel die zojuist op hem was neergestort. Julie lag nog steeds voor hem en hij kon haar tengere gestalte zien schoppen en vechten tegen de zware golven. Hij zag haar weer opduiken, maar hij hield zijn hoofd naar beneden en concentreerde zich op zo ver mogelijk weg te komen van de overblijfselen van de RPG detonatie.

En, indien mogelijk, om verborgen te blijven.

Hij wilde niet dat hun achtervolger nog meer van zijn dodelijke raketten naar beneden zou sturen. Hij wist dat het geen goede keuze was om een RPG het water in te sturen in de hoop een paar dobberende hoofden te raken, gezien de lage nauwkeurigheid en de noodzaak van een harde ondergrond voor een goede detonatie. Dat gezegd hebbende, wilde hij ook zijn verloofde en zijn lot niet in handen leggen van een gestoorde granaatlanceerder. En als die gek geluk had, wist hij dat de bovenkant van iemands schedel hard genoeg was voor een inslagontploffing.

Hij draaide zich onder water en keek achter Julie, nauwelijks in staat om de donkere schaduw van de romp van de boot tegen de lichtere skyline erboven te zien. Hij schopte met zijn benen en armen en schoot naar voren, zich voortstuwend in de richting van de schaduw.

Reggie zei dat we naar de boot moesten gaan, besefte hij. *Hij kon de schutter zien. Hij wist dat hij op ons richtte.*

Maar de man had geschoten, waardoor Ben en Julie in de branding stortten, veilig maar verward.

Dat betekent dat hij aan het herladen is, realiseerde Ben zich. *En ik wed dat ik weet wat zijn volgende doelwit is...*

Hij schopte harder, in de hoop dat Julie de boodschap ook had begrepen. Ze moesten de boot bereiken en binnen zijn voor de man klaar was met zijn wapen te herladen en nog een granaat naar beneden te sturen.

Ben wist zeker dat een boot een *veel* groter doelwit was dan een enkele mens die in de golven dobberde. Ze wachtten op hem en Julie, maar hij wist dat het dom zou zijn als ze te lang zouden wachten.

Hij brak het oppervlak, nam een grote slok lucht, en hoorde onmiddellijk Reggie schreeuwen. De motor van de boot draaide ook luidruchtig, het ronkende geluid van de motor overstemde Reggie's stem bijna.

"Ga in de boot, Ben!" riep Reggie. "Waarom duurt het zo lang?"

Reggie had een grote glimlach op zijn gezicht, maar Ben wist wel beter dan te denken dat de man in een goed humeur was. Voor ieder ander betekende dat gezicht vreugde, geluk, gemak, nonchalance.

Voor Ben betekende het dat Reggie zijn pokerface ophad.

Hij zwom een snelle schoolslag naar de boot, duwde Julie erin en ging zelf de ladder op.

HOOFDSTUK 55

REGGIE

Reggie was nauwelijks klaar met Ben en Julie op de boot te hijsen toen hij een krachtsinspanning voelde en zijwaarts viel. Mevrouw E had de motor in zijn achteruit gezet, waardoor ze meteen een meter of tien achteruit werden getrokken, dieper de baai in. Reggie greep de rugleuning van een stoel vast en kon zijn evenwicht bewaren, maar werd weer opzij geslingerd toen mevrouw E de boot terugschroefde naar een rustig voorwaarts gaspedaal.

"Kom op, E," schreeuwde hij. "Probeer je me eruit te gooien?"

"Proberen hem te verslaan," riep ze terug, hem over haar schouder toeroepend.

Proberen wie te verslaan? dacht Reggie. Net toen de woorden door zijn hoofd schoten, volgde hij Bens en Julies blik naar het rotspad.

Shit.

De man was klaar met herladen, de reusachtige buis op zijn schouder staarde nu op hun kleine bootje neer.

"Oké, team," schreeuwde hij. "Wijziging van de plannen - opnieuw."

Ben en Julie aarzelden niet, en Reggie keek toe hoe ze van de boot af sprongen, terug in de richting van het vernielde dok. Mevrouw E was ook in beweging, haar grote passen droegen haar in twee gemakkelijke stappen naar de achterkant van de boot.

"Ga weg," zei ze terwijl ze langs Reggie liep. "Ik moet op zoek naar -"

Ze kreeg de kans niet om haar zin af te maken, en Reggie kreeg de kans niet om zelf te ontsnappen. De fluitende granaat zong door de lucht, luider en luider, tot hij tegen de boeg van de romp knalde, een voltreffer op de smalle, v-vormige voorkant. In de fractie van een seconde voor de inslag sloot hij zijn ogen en keerde zijn rug naar de explosie.

De ontploffing tilde hem op en droeg hem weg van het wrak, het koele water van de Egeïsche Zee ging de verzengende hitte van de vurige explosie snel tegen. Hij landde met zijn gezicht naar beneden, zijn borst en benen prikten, maar was verder ongedeerd.

Hij dook weer op en trapte in het water, terwijl hij om zich heen keek. Hij was een meter of tien achter de boot geland, maar hij kon zien dat de voorste helft van de boot volledig verdwenen was. Brokjes smeulend puin knetterden toen het verhitte plastic en schuim in contact kwam met het water. Rook gulpte uit de achterste helft van de romp van de boot, een brandstofleiding of olielek brandde langzaam op. Hij betwijfelde of de motor van de boot zou ontploffen - de brandstoftank was al gedecimeerd - maar hij was niet van plan om terug te zwemmen en het te controleren.

Hij draaide zich naar links en zag Ben en Julie staan op een grillige strook hout die ooit een steunpaal voor de steiger was geweest. Ze leunden naar het water, waar een lang, dun silhouet van een vrouw naar hun wachtende handen zwom.

Blijkbaar was ze erin geslaagd te grijpen wat ze was gaan halen, want ze zwom met één arm, de andere arm hield een klein, aktetasvormig voorwerp vast. Een doosje met een handvat, zwart en van hard plastic. Julie griste het koffertje uit mevrouw E's hand terwijl Ben de vrouw uit het water trok. Reggie zag ook dat mevrouw E haar linkerarm vasthield - de arm die het koffertje had meegesleept.

Reggie zwom ook in de richting van het dok, terwijl hij de man in de gaten hield die nog steeds op het pad stond. Hij wist niet zeker of de man probeerde te zien hoeveel van zijn vijanden zijn laatste aanval hadden overleefd of dat hij gewoon door zijn munitie heen was.

Reggie hoopte dat het de laatste was.

Toch was het feit dat de man niet bewoog een beetje verontrustend. Het betekende dat hij zelfverzekerd was, totaal niet geschrokken van de brute explosies en het bloedbad beneden hem.

En het betekende dat hij waarschijnlijk gewoon wachtte tot ze allemaal samen op de grond stonden. Hij had misschien nog maar één granaat over, en die zou hij niet aan twee van hen willen verspillen, door slechts de helft van de binnenvallende groep uit te schakelen.

Wat zou mijn volgende zet zijn? vroeg hij zich af. *Als ik in die man zijn schoenen stond, wat zou ik dan doen? Wat zou ik denken?*

Hij was lang geleden opgeleid als sluipschutter, om het slagveld onder hem - of in dit geval, boven hem - te observeren en te proberen de motieven, drijfveren, tactieken en bewegingen van elke speler te begrijpen. Het was als een schaakspel, elke zet had invloed op elke andere zet, maar elke zet was enigszins voorspelbaar.

Ik zou wachten tot we allemaal samen waren, dacht Reggie. *Tot ik zonder twijfel wist dat mijn laatste schot zou tellen.*

De man had al drie granaten aan hen verspild, en hoewel die schoten hen fantastisch door elkaar hadden geschud en hen de stuipen op het lijf hadden gejaagd, hadden ze hun uiteindelijke doel niet bereikt: de vernietiging van de vijand.

Reggie waadde naar de kade en haalde zichzelf eruit. Ze waren kansloos, de vijand zat op z'n hoge plek - de letterlijke hoge grond. De klim naar hem toe was niet onmogelijk, maar ook niet snel. Ze konden de man niet echt opjagen.

En als de kloppende rotors die hij nu kon horen vanaf de top van het kleine vulkanische eiland een indicatie waren, was hij ook niet alleen. Hij had vrienden, en die vrienden waren waarschijnlijk ook gewapend.

Toen hij uit het water kwam, voegde hij zich bij Ben, Julie en Mevr. E aan de rand van de klif - precies waar Ben en Julie eerder hadden gestaan - de enige plek op de grond buiten het bereik van de raketgranaten van de vijand. Voorlopig waren ze tenminste veilig.

Maar Sarah is daarboven, dacht hij. *Ze ontsnappen, en er is niets wat ik eraan kan doen.*

"Wat is het plan?" vroeg Reggie, terwijl hij om zich heen keek naar zijn natte, soppende team. "We hebben geen hoger gelegen gebied, we hebben geen wapens, en -"

"Eigenlijk," zei mevrouw E. "We hebben dit."

Hij fronste zijn wenkbrauwen en keek omlaag naar het zwarte koffertje dat Julie haar had gegeven. Hij keek toe hoe ze het openklikte en begreep dat het een waterdichte kist was - het soort droge opslagcontainer dat vaak op boten en jachten wordt gevonden om alles in te bewaren wat niet met zout water overweg kon. Wat er ook in zat, het zou helemaal droog zijn en klaar voor gebruik.

"Het is niet veel," ging ze verder. "Maar ik heb een plan."

Hij fronste weer toen ze hem een klein pistooltje gaf dat ze uit de droge voorraaddoos had gehaald. *Hoe kunnen we in godsnaam een vent met een RPG en een revolver aanvallen?*

Hij draaide het wapen om in zijn handen en realiseerde zich dat het gewicht niet klopte. Zelfs voor een wapen met een stompe neus als dit, zou het nog moeten aanvoelen als een rots in zijn handen. Maar hoe langer hij het onderzocht, hoe meer hij merkte dat alles aan het kleine pistool niet klopte - het was niet eens van metaal.

Een streepje afnemend maanlicht raakte het wapen en het kwam uit de schaduw tevoorschijn. Reggie zag dat het pistool eigenlijk gemaakt was van hard, fel-oranje plastic.

"Is dat een alarmpistool?" vroeg Ben.

Mevrouw E grijnsde en knikte toen. "Dat is zo. Ik had een voorgevoel dat er een op de boot zou zijn, en ik had gelijk. We hebben vijf rondes - allemaal hoge-reflectie, hoge-zicht fakkels, oranje-roze kleur."

"En jij denkt dat we de autoriteiten ermee gaan waarschuwen?" vroeg Reggie. "Hen laten weten dat we aangevallen worden en dan gewoon afwachten?"

"Nee," zei ze. "Ik denk dat het onze enige kans is om langs die man met zijn raketwerper te komen. En het is onze enige kans om bij Sarah te komen."

HOOFDSTUK 56

REGGIE

De Orion Safety Alerter Coastal Signaling Kit was de volledige naam van het goedkope plastic lichtkogelpistool, en Reggie draaide het nog eens om in zijn handen en probeerde een plan uit te werken.

Hij wist dat de vuurpijlen van kaliber 12 waren en zijn beperkte ervaring leerde hem dat ze, ondanks de lichte en goedkope constructie van het geweer, accuraat waren tot op ongeveer 500 meter. Hij had ze zien schieten tijdens trainingsexpedities in het Amerikaanse leger, en hij had er een of twee keer mee geschoten toen hij jonger was.

Maar als verdedigingswapen was het een laatste redmiddel. Hij gebruikte het liever alleen als zijn handen en vuisten al buiten gebruik waren.

Erger nog, als aanvalswapen leek het ronduit riskant.

Maar het is alles wat we hebben. Hij wist dat Mevr. E slim was om het te vinden en terug te halen, ook al voelde het nog steeds als een zelfmoordmissie om het te gebruiken tegen de RPG-zwaaiende man boven hen.

Maar we hebben wel nummers...

"We hebben nummers," zei Ben, zijn gedachten lezend. "We kunnen hem opjagen."

Reggie knikte. "Dit ding is accuraat op korte afstand. Het zal op zijn minst een blauwe plek achterlaten, zo niet hem op zijn kont slaan."

Julie sprong in. "En als we dicht bij de klif blijven, denk ik niet dat hij ons kan raken. Hij zou bijna recht naar beneden schieten en het zou nog steeds een lastig schot zijn."

"Juist," zei mevrouw E. "Maar misschien werkt hij op dit moment aan het pad. Als hij bij die bocht komt op ongeveer 100 meter afstand, heeft hij een vrij schot."

Reggie knikte opnieuw, keek naar zijn vrienden en teamgenoten en analyseerde hun ad-hoc plan. *Het is niet veel,* dacht hij. *Maar het is alles wat we hebben.*

"Oké," zei hij, terwijl hij in de open doos in mevrouw E's handen reikte en een paar van de 12-gauge lichtkogels pakte. "Laten we gaan. Ben, Julie, jullie blijven achter mij. Mrs. E, jij gaat eerst. U bent groot en snel genoeg. Als hij om de hoek komt, laat hem dan zijn gang gaan."

Mevrouw E glimlachte al en knikte mee. "Je hebt het begrepen. Maar ik wil hem niet zelf nemen," zei ze. "Laat een schot vallen als je kunt."

Reggie stak de andere vier kogels in zijn zak en hield het pistool lichtjes in zijn rechterhand. Een klein wapen als een pistool was veel minder nauwkeurig dan een langeafstandswapen als een geweer. Hij kon goed schieten met een pistool, maar alleen onder de juiste omstandigheden - een schietbaan, zijn eigen vertrouwde wapen, geen wind. Zonder die variabelen was hij nog altijd veel beter dan de gemiddelde Amerikaan met een roodbloedgeweer, maar vanavond was *geen* van die variabelen van toepassing. Het was donker, hij zou grotendeels blind vuren, met een goedkoop stuk plastic wapentuig dat bij duizenden was gemaakt in een of andere Chinese fabriek.

En als klap op de vuurpijl schoot hij op een man die hem en zijn drie vrienden dolgraag wilde doden, en daar ook nog *eens* alles voor over had.

Hij had niet veel vertrouwen in hun overlevingskansen, maar dat deed er niet toe - Sarah was daarboven en werd in een helikopter gedwongen. Als dat gebeurd was, waren alle kansen verkeken. Ze konden misschien een enkele vijandelijke strijder uitschakelen met een lichtkogel, maar hij betwijfelde de effectiviteit tegen een vliegende machine.

"Klaar?" Vroeg Mevr. E.

Hij knikte, spande zijn vinger rond de trekker en voelde de veerdruk.

Mrs. E wachtte niet op verdere instructies. Ze rende in volle vaart het smalle pad tegen de berghelling op. Reggie keek een paar passen naar haar en volgde haar toen. Hij moest het goed timen - te dicht bij mevrouw E en een verkeerde stap zou hen allemaal de dood in kunnen jagen op de rotsspitsen beneden. Te ver achter haar en hij zou niet van enig nut zijn voor haar.

Mevrouw E minderde vaart, draaide aan het eind van de bocht en begon toen aan het tegenoverliggende stuk van het pad. Hij keek toe hoe Ben en Julie ook de bocht om begonnen te lopen, terwijl hij achter mevrouw E aanliep.

Voordat Mrs. E de top van dat stuk bereikte, sprong de grote man de bocht om en stopte. Hij droeg de RPG losjes aan zijn zijde terwijl hij rende, maar zwaaide hem snel omhoog en op zijn schouder.

En richtte het toen direct op Mrs. E.

"Ga liggen!" schreeuwde Reggie. Mevrouw E had geen extra aanmoediging nodig en krulde zich al op in een rol. Reggie keek toe hoe de man zijn vizier verplaatste en de grote vrouw volgde toen ze wegdook. Op het laatste moment richtte hij opnieuw en bracht de loop van de RPG omhoog.

Richt nu rechtstreeks op Reggie.

Verdorie, dacht hij. Hij lanceerde zichzelf omhoog en naar rechts, en landde met zijn rechtervoet op een klein uitsteeksel. Hij duwde zich omhoog, stond nu op het uitsteeksel maar nog steeds in beweging, zijn momentum droeg hem vooruit. Op de top van zijn zwaai-boog duwde hij zich weer af met zijn rechtervoet en vloog al snel voorover, met zijn hoofd naar de man toe.

Hij zeilde over mevrouw E heen, haalde haar met zijn snelheid in, net toen de man zijn laatste raket afvuurde. De raket vloog door de lucht met een witachtige staart van rook, recht in de ruimte waar Reggie minder dan een seconde daarvoor had gestaan. Als in slow-motion keek Reggie toe hoe de raket naast zijn linkerzij passeerde, centimeters onder zijn op de neus duikende lichaam.

Tegelijkertijd bracht hij zijn armen omhoog en naar voren, en richtte het lichtpistool op het hoofd van de man.

Nee, dacht hij, terwijl hij plotseling van gedachten veranderde. *Een te klein doelwit.*

Net zoals de raket van de man een explosief was dat detoneerde bij een inslag, waren de Orion 12-maat vuurpijlen als eenvoudig vuurwerk: ingebouwde drijfgassen droegen de lading naar voren, om uiteindelijk uit te barsten in een vurige en heldere lichtflits. *Tenzij* de voorwaartse beweging werd gestopt door iets solide, op welk punt alle explosieven die de voorwaartse beweging veroorzaakten zouden worden samengeperst in een enkele vuurbal.

Een menselijke schedel was zeker stevig genoeg, maar het was een te klein doelwit voor nauwkeurigheid, vooral afgeschoten van een goedkoop stuk plastic terwijl je door de lucht aan de zijkant van een klif hangt.

Hij verplaatste zijn doel naar rechts en haalde zijn pols over vlak voordat hij de trekker volledig indrukte. De lading schoot eruit en zeilde naar rechts, de energie droeg het rechtstreeks naar de ruimte rechts van de man.

Maar het was geen *lege* ruimte - in tegenstelling tot het mislukte laatste schot van de man, was de vuurpijl niet op weg naar de lucht. De man stond vlak bij de klif, en vlak naast zijn hoofd stak een groot stuk rots uit de omringende rotswand. Dit was het gebied waar Reggie op had gemikt, en dit was de plek die de fakkel raakte.

De inslag was stil, maar de klap die het veroorzaakte was enorm. Oranje en gele strepen licht stroomden alle kanten op, en een zinderende vuurbal groeide en kaatste van de rots af, recht in het gezicht van de man.

Hij gilde, liet zijn RPG buis vallen, en viel op de grond. Verblind en met littekens van de hete stuwstof, krabde hij in zijn gezicht toen Reggie landde.

Boven op de man.

Hij raakte de onderhelft van de man en sloeg de wind uit beide mannen, maar Reggie rolde naar rechts en herstelde zich. De man hoestte en veegde nog steeds zijn ogen af, grotendeels ongedeerd maar nog steeds met veel pijn. Hij trok zich op in een zittende positie...

En toen raakte de laars van Mrs. E hem in de kin. Hij viel meteen neer, met zijn hoofd naar achteren, neer voor de telling.

"Mooi schot," zei mevrouw E.

"Mooie trap," antwoordde Reggie.

Ben en Julie haalden elkaar in, en de vier hergroepeerden zich snel terwijl ze de situatie opnamen. Reggie haalde diep adem, controleerde de man op een pols, en stond weer op.

"Kan hier niet stoppen," zei hij. "Sarah is daarboven."

De helikopter boven hen kwam tot leven, het kloppen van de rotors werd steeds intenser.

Nee, dacht hij. *Zeg me alsjeblieft niet dat we te laat zijn.*

Hij zette het op een lopen, reed de man op het pad voorbij en draaide de laatste bocht om voor de laatste klim naar de top van de berg. Hij versnelde naarmate hij de top naderde, maar kon niets zien over de struikachtige rand totdat hij bijna op gelijke hoogte was met de bergtop.

Op dat moment werden al zijn angsten bewaarheid. De heli zweefde een paar meter boven de grond, en een man - de andere van de bar - stond op een stut en sloot de deur. Hij trok aan de hendel en zwaaide het metalen luik dicht, maar Reggie ving een glimp op van de binnenkant van de helikopter.

Sarah.

Sarah was binnen, haar handen met ritsen vastgebonden. Ze was geblinddoekt en haar mond was open, en het leek erop dat ze iets schreeuwde. Hij kon niets horen door het geluid van de helikopter.

De man gleed over de stut naar de deur aan de passagierskant, opende die en ging naar binnen, de deur achter zich dichtvallend. *Blijkbaar willen ze hun andere boef niet,* dacht hij. De bewusteloze man lag nog steeds op de rotsen ergens beneden.

Reggie versnelde, in een poging de klok te verslaan. Hij liep op volle snelheid, maar de helikopter was nog honderd meter weg.

Het begon te stijgen, de hoek van de bladen veranderde om meer lift te geven aan het vaartuig. Het was al vier voet van de grond en verhoogde snelheid, nu dichter bij Reggie. Hij wist zonder te hoeven rekenen dat het vliegtuig veel te snel zou gaan, en ver buiten bereik zou zijn, tegen de tijd dat het over hem heen zou vliegen.

Ze is weg.

De helikopter veranderde enigszins van richting, maar kantelde toen zijn neus naar beneden en vloog weg over de baai van Santorini, het donkere water eronder slechts iets donkerder dan het vaartuig zelf.

Reggie probeerde zijn ademhaling onder controle te houden, maar de gebeurtenissen van de laatste twee uur haalden hem eindelijk in. Ze hadden verloren, en nu was er niets meer te doen.

Hij ging op een rots zitten, net toen mevrouw E, Ben en Julie de heuvel beklommen en zich bij hem voegden. Niemand sprak, en Ben bukte en legde een hand op zijn schouder.

Het is voorbij, dacht hij.

HOOFDSTUK 57

JULIE

"WAT NU?" vroeg Julie, zwaar ademend terwijl ze onderuit zakte, met haar handen op haar knieën. Ze was uitgeput, de gebeurtenissen van de laatste uren hadden de momenten van rust verspild die ze had gekregen toen ze voor het eerst in Santorini waren geland.

Ze wist dat de anderen dat ook waren. Ben was aan het zwoegen, zijn grotere gestalte had duidelijk moeite met de klim en de race over het pad naar de top van de Nea Kameni-krater. Reggie, ook, leek verslagen.

Verslagen is een beter woord ervoor, dacht ze.

De enige onder hen die helemaal in orde leek te zijn was mevrouw E, die hersteld was van haar schop en korte worsteling met de schutter en nu met haar handen boven haar hoofd stond te wachten tot de rest van hen een beslissing had genomen over wat te doen.

Ze was ouder dan zij allemaal, en bijna oud genoeg om Julie's moeder te zijn. Maar de vrouw die ze alleen kenden als 'mevrouw E' was een getrainde professionele vechter, een expert in Krav Maga en andere hand-tot-hand gevechten, en over het algemeen in betere conditie dan Julie voor mogelijk had gehouden.

Zij was het tegenovergestelde van haar man. Mr. E loste graag problemen op met zijn verstand - hij was briljant, een investeerder en zakenman, en hij had in zijn eentje zijn startup laten uitgroeien tot een van 's werelds grootste telecommunicatiebedrijven *en* hield het onder strakke persoonlijke controle.

Het stel kon niet meer van elkaar verschillen - mevrouw E was lang, dik op een gespierde manier, en extreem uitgaand. Mr. E was in wezen een kluizenaar. Julie had de man nooit persoonlijk ontmoet. Hij verschool zich achter televisieschermen en zag er altijd mager, zelfs ziekelijk uit.

Maar zijn intelligentie en zorgvuldige planning hadden hen in het verleden al meer dan eens uit een netelige situatie gehaald. Julie wenste dat ze hem nu konden bellen om hem op de hoogte te brengen.

In plaats daarvan waren ze alleen op de top van een vulkaan, al hun telefoons vernield door het zeewater en totaal onbruikbaar. Ze waren moe, nat, en werden achtervolgd door Interpol en de plaatselijke politie, en nu hadden ze geen aanwijzingen over de verblijfplaats van Sarah Lindgren.

"Die helikopter was een Sikorsky S-92," zei Reggie.

"En?" vroeg Ben.

"Het is een lange afstand helikopter, gebruikt voor offshore booreiland inzet. Het totale bereik is meer dan 600 mijl."

Ben staarde op zijn vriend neer. "...En?" zei hij opnieuw.

Reggie haalde zijn schouders op. "Nou, als het hier ergens op het eiland was volgetankt, kan Sarah uiteindelijk 600 mijl hier vandaan zijn."

Julie's hart zonk. "Wat betekent dat ze 600 mijl in *elke* richting kan eindigen."

Reggie keek naar haar op en schudde toen zijn hoofd. "Niet per se." Hij stond langzaam op en wees toen naar het zuidoosten, naar de rand van het hoofdeiland, waar de dunnere strook van Akrotiri aan de zuidelijke rand van de baai lag. "De helikopter ging die kant op."

"Terug naar Santorini?" Vroeg Ben. "Waarom zouden ze daarheen teruggaan? Ze komen er net vandaan."

"Ik weet het," zei Reggie. "Dat deden ze niet. Ik weet het bijna zeker. Denk je eens in - een lange-afstandshelikopter, volgetankt - die kan helemaal over de Egeïsche Zee *en* de Middellandse Zee trekken. En ze gaan die kant op."

"Wat is er na Santorini die kant op?" vroeg Ben. "Kreta?

"Bijna, maar Kreta is te ver naar het westen. Ik denk dat ze heel ergens anders heen gaan. En als ik gelijk heb, denk ik dat het een belangrijke aanwijzing kan zijn over waar dit allemaal om gaat."

Julie wachtte tot Reggie ademhaalde en verder ging.

"We denken hier helemaal verkeerd over, jongens. Ze hebben Sarah's vader eerst opgepakt, omdat hij iets wist over Atlantis dat ze in de doofpot wilden stoppen.

"Juist."

"En ze wilden het zo graag in de doofpot stoppen dat ze bereid waren zijn *dochter te* ontvoeren. Waarschijnlijk als pressiemiddel tot ze hebben wat ze denken dat haar vader heeft. Dus we hebben hier te maken met een organisatie, waarschijnlijk meer dan een paar mensen. Ze hebben middelen - genoeg om een Sikorsky te huren of te kopen en een paar schurken met raket-gestuurde granaatwerpers is niet zo'n grote zaak voor hen. Dus we hebben een verwrongen, boze miljardairssituatie *of* we hebben een verwrongen, boze groep mensen die iets te bewijzen hebben en genoeg middelen hebben om dat te bewijzen. Ik denk dat het logischer is om aan te nemen dat het niet één persoon is die dit allemaal doet."

"Daar ben ik het mee eens," zei Julie.

"En met *wie* we te maken hebben, heeft iets met het verleden - hun interesse in Atlantis, het ontvoeren van een archeoloog, *en* een antropoloog. Wat ze ook willen, het heeft iets te maken met de oude geschiedenis, voordat Plato zelfs maar zijn gedachten over de mysterieuze beschaving opschreef.

"Weet je nog in zijn geschriften? Hij vertelt ons in feite dat hij dit niet heeft bedacht. Hij hoorde het van een man die gereisd had."

Julie's ogen verwijdden zich. "Solon."

"Precies."

"En hij reisde naar *Egypte.* "

Reggie glimlachte naar haar. "Weer goed. En er is genoeg bewijs dat Atlantis en de oude Egyptenaren op een of andere manier verbonden waren. Ze zijn relatief dicht bij elkaar, als je erover nadenkt - niet eens een oceaan uit elkaar. "

"Ik durf te wedden dat ze nog geen 600 *mijl* uit elkaar liggen," zei Ben.

"Dat is wat ik denk, zei Reggie. "Ik heb een kaart nodig om zeker te zijn, maar ik zou veel geld inzetten op de weddenschap dat er 600 mijl lang *niets* in die richting is totdat je Egypte bereikt. Om precies te zijn, Cairo. Het ligt direct aan de Middellandse Zee, aan de monding van de Nijl."

Julie grijnsde. "Dat moet het zijn, Reggie. Het *moet wel*. Sarah gaat naar Caïro."

"Nou, dat is allemaal geweldig," zei Ben. "Maar hoe komen *we* in Caïro?"

"Juist," zei mevrouw E. "We kunnen niet zomaar terug naar het vasteland drijven - de politie en Interpol zijn naar je op zoek."

"Op zoek naar ons."

Mevrouw E draaide zich om en wierp Ben een vragende blik toe, waarna ze haar handen omhoog stak. "Ze weten niet wie *ik* ben, weet je nog?" glimlachte ze. "Ik was gewoon een passerende schipper die jou toevallig oppikte. Ze schoten op *jou*, niet op mij."

"Nou goed," zei Reggie. "We zullen je zeker sturen om namens ons in het openbaar te verschijnen, dan."

"Jongens," zei Julie. "We weten nog steeds niet hoe we helemaal in Egypte moeten komen. We zitten op het midden van een eiland, *midden op een ander eiland*, midden in de Middellandse Zee."

Voor iemand kon antwoorden, hoorde Julie het geluid van een

boot die hun kant op kwam. Hij kwam snel dichterbij, duidelijk krachtiger en slanker in het water dan de boot die mevrouw E had bestuurd.

"Ga weg van de rand," zei Reggie. "Waarschijnlijk de plaatselijke politie, die komt controleren waarom er hier een vuurwerkshow was."

"Nee," zei Julie. "Er is maar één persoon op de boot. Het kunnen geen agenten zijn."

Zij keek over de rand van de klif naar beneden toen de anderen naast haar kwamen zitten. Op het smalle vaartuig was een enkel silhouet te zien, een enkele bestuurder zonder passagiers. En zelfs in het donker kon Julie zien dat het zo'n klein vaartuig was dat er geen ruimte was om iemand aan boord te verbergen.

"Dat is... vreemd," zei Ben. "Misschien een lokale visser?"

"Wat een boot voor een nachtvisser."

De boot voer sneller dan Julie aanvankelijk had gedacht. Hij lag op koers, maar de boeg stak nog een halve meter uit het water, de motorbehuizing aan de achterkant diep onder het wateroppervlak. Het zou minder dan een minuut duren voor hun nieuwe bezoeker arriveerde.

"Zullen we naar beneden gaan en kijken wat er aan de hand is?" Vroeg Ben.

"Ik denk het wel," zei Julie. "Maar Reggie, heb je dat alarmpistool nog?"

HOOFDSTUK 58

BEN

DE AFDALING VAN DE VULKAAN GING VEEL SNELLER DAN DE TOCHT NAAR BOVEN, vooral omdat ze niet bang waren dat iemand hen zou willen opblazen. Ze renden de drie bochten af en landden op de grauwe oever, waar de verwrongen en rokende over-blijfselen van de aanlegsteiger tussen de verkoolde en verschroeide resten van de boot dreven.

Het lijkt wel een slagveld, dacht Ben. *Onwerkelijk.*

Hij was bijna droog, maar zijn hemd was nog zwaar van het vocht, en het effect in de koele nachtlucht was dat hij het bijna koud kreeg. Hij stopte naast Julie en keek geïnteresseerd toe hoe de man - met krullend haar, jong en fit - uit de boot sprong.

"Ik ken dat kind," zei Reggie zachtjes, terwijl hij rechts van Ben stond.

"*Ken* je hem?"

"Ik heb hem zeker eerder gezien. Geen idee waar, dat wel."

De 'jongen', een jongeman van begin twintig, liep naar hem toe en hield zijn hand op als vredesoffer. Ben probeerde zijn persoon te onderzoeken, om te zien of hij een wapen droeg of op een andere manier iets verborg. Hij had er genoeg van om voor één nacht beschoten te worden.

"Hé daar," zei de man. "Mijn naam is Alexander. Alexander Whipple." Hij stak een hand uit en mevrouw E - vol vertrouwen in haar eigen kunnen, mocht het kind iets stoms proberen - schudde die.

Reggie's mond viel open. "Alex *Whipple*? Je was in het veld met... je kent Sarah?"

Alex lachte. "Dr. Lindgren, ja. Ik ben een van haar studenten. We zaten samen in Michigan."

"We zijn ver weg van Michigan, zoon," zei Reggie.

Ben fronste zijn wenkbrauwen. Reggie klonk bijna neerbuigend, alsof hij geïntimideerd was door de jongeman. Ben moest toegeven dat Alex best knap was - aantrekkelijke gelaatstrekken, een gezonde bos donker haar, en hij was bijna even lang als Ben. Hij had zelfs nog het magere figuur van zijn jeugd.

Misschien is Reggie jaloers, dacht Ben, glimlachend. *Dit kan leuk worden.*

Alex behield zijn kalme kalmte. "Ja, ik weet het. Sorry dat ik zo kom binnenvallen, maar - uh, waar is Dr. Lindgren?"

Ben voelde Reggie naast zich verkrampen. *Rustig aan, maatje,* dacht hij. Hij wist dat Reggie momenteel een gespannen veer was, maar hij hoopte dat hij het nog wat langer kon volhouden. Het heeft *geen zin om ons vanavond in nog meer problemen te brengen.*

"Sarah is - niet hier," zei Julie. "Waarom ben *je* hier?"

Hij hield zijn telefoon omhoog, met een kaart en een stip erop. De blauwe stip lag in het midden van de wateren tussen Santorini en Nea Kameni. "Dit is Sarah's locatie, volgens mijn telefoon. Vanaf ongeveer dertig minuten geleden."

Reggie stormde naar voren, alleen tegengehouden door Ben's greep op zijn linkerarm.

"*Volg* je haar?" Schreeuwde Reggie.

"Whoa, nee," zei Alex. "Ik ben - dit is gewoon de app die we gebruiken om elkaar te volgen. Ze had hem aanstaan op haar telefoon, maar het signaal viel weg op de weg hierheen."

Reggie was ziedend, maar Ben wist dat het meer over Sarah's ontvoering ging dan wat deze jongen zei. Ben kende het gevoel - iemand waar hij van hield werd bedreigd, en er was niets wat hij er aan kon doen. Hij zou hetzelfde gedaan hebben als het Julie was geweest in deze situatie - zij was het geweest, tenslotte, en hij deed *precies* hetzelfde.

"Wat weet je over Sarah?" vroeg Reggie, zijn stem nog steeds haperend. "Waar is ze?"

Alex leek verrast door Reggie's intensiteit, en hij deed een paar stappen achteruit, nu hij in een paar centimeter water stond. "Ik - ik weet het niet, man. Zoals ik al zei, ik heb een stip op een scherm gevolgd. Ik vloog terug naar Cairo om familie te bezoeken, maar iets wat ze zei in haar appartement heeft me van streek gemaakt. Ik bedoel, ze deed er *heel* raar over. Alsof er iets groots aan de hand was.

"Ik dacht dat ze me wel verteld zou hebben dat ze helemaal naar Griekenland zou vliegen, maar nee - niets. Dus toen ik in Cairo landde en zag dat ze deze kant op ging, heb ik een vlucht genomen. Het is maar zestig dollar voor een enkele reis, en met het geld dat ze me gaf vond ik een goedkope..."

"Alex," zei Julie, terwijl ze met haar vinger knipte. "Concentreer je. *Waarom* ben je *hier*?"

"Juist," zei hij. "Sorry. Ik vloog hierheen en was op weg naar het hotel, maar haar puntje verhuisde weer en ze kwam hier terecht." Hij pauzeerde. "Of... midden in de oceaan."

"Ze leeft, vriend," zei Julie. "Maak je geen zorgen. Maar iemand heeft haar meegenomen."

"*Nam* haar mee?"

"Ja."

"Wie - waarom zouden ze -"

"Alex, kalmeer," zei Ben, terwijl hij naar voren stapte en de schouder van het kind vastpakte. "Bedankt dat je helemaal hierheen gekomen bent. We zijn met een groep die erop uit is gestuurd om haar te vinden en haar terug te halen. We zitten op de zaak, en we zullen niet stoppen tot ze terug is."

Hij knikte. "O - oké. Dus..."

"Dus maak je geen zorgen over ons, en maak je geen zorgen over haar,' zei Ben. "Waarom gaan jullie niet terug naar de stad? We verblijven in een hotel in de buurt, en we hebben vier kamers. Je bent welkom op een van hen. "

"Maar ik wilde hierheen komen om zeker te zijn -"

Ben voelde Reggie's hand op zijn schouder toen hij sprak. "Weet je, jongen," zei hij. "Voor je gaat, we kunnen wel een lift gebruiken."

HOOFDSTUK 59

REGGIE

WIE IS DIE KEREL? dacht Reggie. *En waarom is hij zo bezorgd over Sarah?*

Ze reden snel terug naar de rand van het schiereiland Akrotiri van Santorini, het zuidelijkste puntje van het ronde eiland. Het idee was dat terwijl de politie naar hen op zoek zou zijn, en hun vriend bij Interpol zeker zijn voelsprieten naar hun locatie zou uitsteken, de CSO-groep misschien voor een paar minuten naar het vasteland zou kunnen sluipen terwijl zij op hun lift wachtten.

Nu ze een werkende mobiele telefoon hadden, dankzij de jonge nieuwkomer Alexander Whipple, leende de groep om beurten de telefoon en plande hun volgende actie.

Dankzij de GSM-ready chip in de telefoon en Santorini's relatief kleine geografische voetafdruk, was de mobiele service op Alex' telefoon sterk en betrouwbaar. Reggie gebruikte het eerst en ontdekte dat Cairo, Egypte in feite iets meer dan 550 mijl van hun locatie lag, en het was precies in de richting die ze gedacht hadden. Ze besloten dat Caïro een goede plaats was om de zoektocht voort te zetten, en eens ze op de grond waren konden ze hun zoekradius verder verfijnen.

Mevrouw E had toen haar man gebeld en hem op de hoogte

gebracht, en hij had een privé Learjet co-op geregeld om hem een transportmiddel voor hun team te lenen. Het vliegtuig zou sneller kunnen vliegen dan de Sikorsky, zodat ze in de lucht misschien wat tijd zouden kunnen inhalen. Ze zouden de piloot, een man die een privé-landingsbaan aan de zuidkant van het eiland bezat, binnen een uur ontmoeten. Hij verzekerde hen dat hij het vliegtuig volgetankt en klaar voor vertrek zou hebben, zodra hun Uber ter plaatse was.

Akrotiri lag mijlenver van Santorini en ver weg van de plaats waar de plaatselijke autoriteiten hen hadden opgepikt. Vanaf daar zou de vliegreis ongeveer vijf uur duren, waarna ze in Caïro zouden landen en naar de plaats zouden rijden waar ze dachten dat hun volgende aanwijzing heen zou leiden.

Het probleem, wist Reggie, was dat ze de volgende aanwijzing nog niet *hadden*. Hij hoopte dat de vliegreis hen wat tijd zou geven om te ontspannen, uit te rusten, en een goed plan te bedenken om Sarah op te sporen. Als ze geluk hadden, zouden ze ook Sarah's vader vinden waar ze haar gevonden hadden.

Tenslotte belde Alex een van zijn professoren aan zijn universiteit, een man van wie hij beweerde dat hij een mentor was en een gerespecteerd geneticus. Hij liet mevrouw E de boot besturen terwijl hij in de achterste kuipstoel zat en met de professor sprak. Reggie wist niet zeker waarom hij zo opgewonden was, maar Alex was geanimeerd, praatte met zijn handen en liet de telefoon een paar keer bijna vallen.

Wat een nerd, dacht Reggie. Hij probeerde zich te herinneren waar hij die knul had gezien. Hij was er bijna zeker van dat hij hem nooit ontmoet had, maar er moet iets geweest zijn...

Dat was het. Hij herinnerde zich een foto op een van Sarah's social media profielen, waar ze met een paar van haar studenten voor een enorme klif stond. Alex was een van de studenten, en hij stond dicht bij zijn professor.

Heel dicht bij haar.

Reggie schudde de gedachte weg. *Ik ben niet het jaloerse type.*

Of ben ik dat?

Hij glimlachte, zich realiserend dat deze jongen, een of andere lomperd van Sarah's universiteit, niets tegen hem had. Hij was militair getraind, gebeiteld, fit, en veel meer ervaren - in alle opzichten - dan de jonge twintiger.

Maar toch... Reggie kon zich niet aan het gevoel onttrekken dat er iets anders aan de hand was tussen zijn laatste vlam en haar leerling.

Ze waren bijna bij het noordelijke strand van Akrotiri, en mevrouw E deelde hen allen mee dat ze binnen vijf minuten zouden aanmeren.

Reggie liep terug naar het achtereind van de boot toen ze naar de donkere kustlijn voeren en Alex confronteerden.

"Waar ging dat allemaal over?"

"Ik praat gewoon met mijn professor genetica."

"Over... genetica?"

Alex glimlachte. "Ja."

"Iets in het bijzonder? We zitten een beetje krap, dus ik vind het vreemd dat je nonchalant zit te babbelen over een opdracht."

"Het gaat niet over een opdracht," zei Alex, zijn kalmte werd onmiddellijk minder. "Het gaat over iets waar Dr. Lindgren en ik aan werkten."

"Jij en Sarah waren samen in het veld, ja?" vroeg Reggie.

"We waren. In Michigan. We probeerden het bestaan te bewijzen van een niet-traditionele nederzettingsroute naar de Amerika's."

"Een non... je bedoelt iets anders dan de 'liep over de bevroren ijsbrug' route?"

"Precies," zei Alex. "De Berengiepas is een bewezen route die vroegere kolonisten volgden om Amerika te bereiken. Maar Dr. Lindgren gelooft sterk dat er *een andere* route was, een die mogelijk millennia voor de Straat lag."

"Met *duizenden jaren?*" vroeg Reggie.

"Misschien. Ik weet niet of haar ideeën goed ontvangen zijn, maar ik ben meegekomen als geneticus, om een ander antropologisch perspectief te bieden dan wat zij in haar eentje had kunnen onderzoeken."

"En?"

Alex' houding veranderde. Waar hij eerst duister, een beetje verrast en mogelijk boos was, straalde hij nu een uitbundigheid en opwinding uit die Reggie in dagen niet had gezien. "*En* ik heb net gehoord dat mijn professor en mentor mijn studies en hypothese heeft ontvangen, en hij vindt dat het een tweede blik waardig is."

"Je bent opgewonden omdat je professor je vertelde dat je studie geen complete troep was? Man, jullie academische types zijn zo wispelturig."

Alex fronste zijn wenkbrauwen, maar de opwinding verdween niet van zijn gezicht. "Ik ben *opgewonden* omdat het verder bewijst dat Sarah's theorie juist was. Ik denk dat ze iets op het spoor was, en nu heb ik nog meer bewijs om haar zaak te helpen."

Reggie negeerde het feit dat Alex een informele toon aansloeg en Sarahs voornaam gebruikte. "En wat was precies die 'studie' die je deed?"

"Ik denk dat het wat langer duurt dan twee minuten om het volledig uit te leggen, maar ik geloof dat ik *genetisch* bewijs heb gevonden dat er een groep kolonisten was die de oostelijke kusten van Amerika hebben bereikt *lang* voor de Vikingen.

"Ook voor de Indianen, bedoel je?"

"Nou, ik zeg dat deze kolonisten de indianen *waren*. Maar zij kwamen naar Amerika *lang* voor de nomadische stammen uit het huidige Rusland."

"Kwamen ze van de Bering Straight *voor* de mensen die wij kenden?"

Alex schudde zijn hoofd net toen mevrouw E de waterscooter afremde en richtte op de kleine houten steiger die zich uitstrekte vanaf het strand. "Nee," zei hij. "Ik zeg dat ze helemaal niet uit de Beringstraat kwamen. Ze kwamen heel ergens anders vandaan."

Reggie bekeek de jongen en voelde - en spiegelde - zijn opwinding. Alles wat ze vanavond hadden geleerd leek op zijn plaats te vallen, op een vreemde, gekke manier. De puzzel was nog lang niet af, maar hij had het gevoel dat ze nu de meeste stukjes hadden.

Ze begonnen naar de voorkant van de boot te lopen, waar de bank aan bakboord fungeerde als opstapplaats naar het dok. Ben en Julie stonden al op de trap en maakten zich klaar om naar de drijvende steiger te springen.

Mrs. E zweefde en liet de motor stationair draaien, tot op een paar centimeter. Alex ging vooruit, maar Reggie greep zijn arm.

Hij draaide zich om, met een beetje angst in zijn ogen.

"Hé, jongen," zei Reggie. "Nog één vraag. Heb je enig idee *wanneer* deze jongens naar Amerika kwamen?"

Alex haalde zijn schouders op. "Zoiets, maar het is moeilijk te zeggen. Beste gok die ik heb, gebaseerd op..." hij stopte. "Nou, zoals ik al zei, het zal wat meer tijd kosten om alles uit te leggen, maar..."

Reggie wachtte.

"Voor zover ik weet, kwamen ze ergens tussen 11.000 en 10.000 jaar voor Christus."

HOOFDSTUK 60

BEN

DE VLUCHT ZOU EEN GOEDE VIJF UUR VAN WELVERDIENDE ADEMPAUZE ZIJN VOOR BEN. Hoewel hij een hekel had aan vliegen, moest hij toegeven dat zitten in een luxe jetliner, een hele rij voor zichzelf, droog, en een stevige borrel in de hand een fatsoenlijke manier van reizen was.

Ze hadden zich omgekleed; een van de kleine voordelen van Mr. E's briljante oog voor detail was dat hij aan sommige kleine dingen dacht die vaak vergeten werden. In dit geval had hij de bemanning een kleine garderobe kleding laten kopen in een outdoor winkel in de stad voordat ze hun vliegtuig gereed maakten. De maten waren wat afwijkend, maar Harvey Bennett klaagde niet over hoe hij eruitzag.

Hij was droog, en hij was comfortabel. Hij had een mysterie op te lossen, en Alex - jong als hij was - zou een goede aanwinst zijn om te hebben. Zijn opmerking over de timing van de westwaartse expansie van de vroege mensheid was intrigerend, en hij was benieuwd naar meer informatie.

En het beste van alles was, dat hij een koud glas whisky vasthield. Het was Iers, iets van de Bushmills distilleerderij, maar hij was verre van kieskeurig en Reggie had hem verteld dat het een zeer kwaliteitsvolle selectie was.

"Ben," zei Julie, die plotseling boven hem stond in het brede gangpad tussen de rijen. "Ben je wakker?"

Hij knikte. "Ik kan niet slapen in vliegtuigen. Maar de rust is goed. Dat hebben we allemaal nodig."

"Geen grap," zei ze, terwijl ze zich omdraaide en naast hem op de stoel neerplofte. Hij kon het niet helpen dat hij haar tengere, strakke figuur opmerkte toen ze zich om de stoel boog. "Ik denk dat Reggie daar ergens mee bezig is."

Reggie had zijn plaats achter in het vliegtuig ingenomen, koos voor stilte en afzondering in plaats van kameraadschap en gezelschap met de anderen. Blijkbaar had hij niet of nauwelijks geslapen, en toen Ben opdook om te kijken, zag hij het hoofd van zijn vriend naar beneden liggen, met zijn tong uit de zijkant van zijn mond. *Diep in gedachten.*

"Is hij klaar om uit te leggen wat het is dat hem zo opwindt?"

"Ik denk het wel. Hij vertelde Mevr. E dat hij iets bedacht had, en zij vertelde het mij. Alex is daar al, hem aan het afluisteren om het hem te vertellen."

Ze besloten Alex mee te nemen, omdat hij toch al op weg naar Caïro was om familie te zien. Hij had hen een groot plezier gedaan door hen van het eiland te redden, en het minste wat ze konden doen was de jongen een gratis lift naar huis geven.

Ben lachte en rekte zich uit. "Dat is best grappig."

Julie glimlachte. "Ja, ik denk dat onze oude vriend een beetje jaloers is."

"Een *beetje*," antwoordde Ben met een gniffel. "Die vent is zo opgewonden over die Egyptische kwestie dat hij niet eens beseft dat hij in Alex een grote concurrent heeft."

Julie gooide haar hoofd achterover en begon te lachen, maar verstikte zichzelf toen. "Hou toch op! Hij is gewoon in gedachten verzonken." Alsof ze zich herinnerde waarom ze daar allemaal waren, en wat er op het spel stond, veranderde haar temperament. "Hij is...

gewoon gestrest, dat is alles. Nu Sarah er niet meer is, weet hij niet goed wat hij moet doen. Daarom kan hij niet slapen."

Ben knikte. "Ik kan het hem niet kwalijk nemen. Ik zou net zo zijn."

Julie lachte opnieuw. "Juist. Je zou alles vernietigen wat je ziet. Schedels kraken en zo."

Ben keek naar haar op. "Nou weet je, je bent het waard." Hij knipoogde naar haar.

"Kom op, Casanova," zei ze. "Laten we gaan kijken wat ze hebben bedacht."

Ze liepen naar de achterkant van het vliegtuig en wachtten in de op een na laatste rij, beiden staand en leunend over de rugleuningen van de stoelen, zodat ze Reggie en Alex konden zien, die nu naast elkaar zaten en naar beneden keken naar het scherm van Alex' telefoon.

"Hebben jullie besties al iets ontdekt?" vroeg Julie.

Aan Reggie's gezicht kon Ben zien dat hij niet echt enthousiast was over Julie's beschrijving van hun relatie.

"We... weten dat Egypte de plaats is waar we heen moeten," zei Reggie.

"Goed. Ik zal de piloot zeggen dat hij in dezelfde richting moet blijven gaan," zei Ben.

"We zijn erachter gekomen dat de Sikorsky naar Caïro gaat, omdat uit Alex' onderzoek blijkt dat Egypte veel overeenkomsten heeft met de oude Atlantiërs."

"Wacht..." Zei Julie. "Wat? *Egypte* en *Atlantis* zijn verwant?"

Alex kromp ineen en keek zijdelings naar Reggie. "Nou, niet precies. Ik denk dat je moet aannemen dat er eerst een oud Atlantis *was*."

Reggie fronste zijn wenkbrauwen. "Weet je wat, jongen? Laten we gewoon aannemen dat het *zo was*. Snap je het? En dat 'Atlantis', of wat het ook was, nu onder de oceaan ligt op een enorm eiland net ten noordwesten van Santorini."

Alex stak zijn handen voor zich uit. "Oké, oké. Dus - in dat geval, hebben Egypte en Santor - *Atlantis* - veel gemeen. Ze zijn geografisch dichtbij, natuurlijk, maar ze zouden ook een vergelijkbare geschiedenis kunnen hebben. Als deze 'Atlantiërs' dezelfde groep mensen zijn die ik heb bestudeerd, denk ik dat zij de Egyptenaren zo'n beetje alles hebben geleerd wat zij wisten.

"Als we Plato geloven, waren de Atlantiërs er al zo'n 10.000 jaar *voordat* Plato over hen schreef. Op dat moment was Egypte niet meer dan een idee, als het dat al was. Nomadische jager-verzamelaars waren de enige mensen. Maar op een bepaald moment in de geschiedenis van Egypte, het 'Predynastische Tijdperk', zagen we beschaving opkomen. Farao's verschenen, hun versie van koningen, en de groepen begonnen samen te smelten tot een verenigd volk."

"Dat is Egyptische Geschiedenis 101," zei Ben. "Zelfs ik wist dat."

"Juist," antwoordde Alex. "Maar het interessante is dat als je het sommige mensen vraagt, zij het idee niet geloven dat deze nomaden-stammen uiteindelijk tot één grotere groep zijn samengesmolten en zichzelf hebben geleerd hoe te boeren en te bouwen."

"Doen ze dat niet?"

"Dat doen ze niet," zei Alex. "Omdat de meeste geleerden het erover eens zijn dat beschavingen zich langzaam ontwikkelen in de loop van de tijd, door het domesticeren van dieren zodat ze niet langer hoeven te jagen, dan het bewerken van land zodat ze geen fruit en noten hoeven te verzamelen, en leren om stevigere bouwwerken te bouwen naarmate ze langer op één plek blijven.

"Maar hun ontwikkeling tot een machtige beschaving ging opmerkelijk snel. Het is alsof ze op een dag wakker werden en plotseling wisten hoe ze landbouw moesten bedrijven, dieren moesten houden, enorme tempels en bouwwerken moesten bouwen en in het algemeen een beschaafde samenleving konden zijn, en dat alles in een kwestie van eeuwen, in tegenstelling tot de millennia die er gewoonlijk voor nodig zijn."

"Wow," zei Mrs. E. "Dus je suggereert dat de Atlantiërs hen onderwezen?"

"Nou, ik impliceer dat *iemand* dat deed. Ik weet niet of Atlantis er iets mee te maken heeft of niet, maar mijn punt - en mijn onderzoek - is dat er *iemand* was die hun manieren leerde aan de rest van de wereld, lang voordat wij dachten dat dat mogelijk was." Alex klaarde zijn door. "We weten *ook* dat er interessante overeenkomsten zijn tussen hun genetische opmaak."

"Werkelijk?" vroeg mevrouw E. "Hoe kunt u dat weten?"

"Wel, nogmaals, we kunnen niets met zekerheid weten. *Maar* we kunnen soortgelijke genetische samenstellingen vinden in het DNA van beide stammen van de mensheid. De Egyptenaren en dit oudere, onbekende ras - volgens Reggie's veronderstelling, Atlantis."

"Stammen van de mensheid?" vroeg Julie.

"Sorry - rassen. Elk ras is een beetje anders, natuurlijk, maar we zijn allemaal mensen. Dus kunnen we moderne genetische testen gebruiken om de overeenkomsten tussen deze rassen te analyseren, en dan de resultaten vergelijken en contrasteren. We zijn vrij accuraat met de resultaten, maar we weten niet precies *waarom* we die resultaten zien. Dat betekent dat we niet weten of een bepaalde genetische eigenschap een mutatie was, een bloedverwante toevoeging - iemand trouwde met iemand van een iets ander ras - of iets heel anders.

"We weten echter wel dat er groepen genetisch materiaal zijn die alleen voor bepaalde rassenprofielen bestaan. Wij kunnen dan de historische verspreiding van deze groepen volgen, beginnend bij hun oorsprongspunt - de vroegste plaats in de vroegste tijd waarvan wij denken dat die groep genetisch materiaal verscheen."

"Dat is fascinerend," zei Ben. "Het is als een kaart met tijdstempels van waar en wanneer mensen vandaan kwamen."

"Precies," zei Alex terwijl hij naar hem glimlachte. "Het is niet perfect, maar het komt aardig in de buurt. Hoe dan ook, we kunnen deze verschillende groepen in kaart brengen, en de rassen die er uiteindelijk uit voortkwamen, en dan krijgen we een beter idee van hoe de mensen migreerden - en zich voortplantten - over de aardbol tijdens de prehistorie."

"Wacht," zei Julie. "*De prehistorie*? Ik dacht dat dit allemaal voor de moderne tijd was? Hoe weten we *eigenlijk* waar bepaalde groepen mensen zich toen bevonden? Ik bedoel, als we botten opgraven en zo, dan is er niet veel verschil tussen de rassen van Homo sapiens, toch? Dus hoe kunnen we het verschil zien?"

"Dat is wat ik bestudeer. En mijn mentor is een van de belangrijkste experts op dit gebied. In principe bestuderen we moderne mensen. We hebben toegang tot de database van menselijke mitochondriale DNA-monsters in opslagplaatsen over de hele wereld, en vergelijken die resultaten dan met onze eigen gegevens. En onze eigen gegevens tonen aan dat deze 'groepen', 'haplogroepen' genaamd, zich in statistisch significante brokken over de wereld verspreiden. We kunnen nu een persoon testen en zien welke haplogroepen in zijn DNA aanwezig zijn, en dat vervolgens vergelijken met de kaart, die de algemene route laat zien die die combinatie van groepen heeft gevolgd om op hun huidige locatie terecht te komen."

Ben knikte mee. "Dat klinkt logisch. Dus je zegt dat er een groep is - een haplogroep - voor de Atlantiërs, en dat die terecht zijn gekomen in... Egypte?"

"Nee," zei Alex, terwijl hij een blik op Reggie wierp. "Nogmaals, ik zeg niet, of wil niet toegeven, dat er überhaupt een 'Atlantis' is. *Maar* er is een Haplogroep die meer dan 10.000 jaar voor Christus lijkt te zijn ontstaan, en dat zij de technologische knowhow hadden om zeilschepen te bouwen."

"Zeilschepen? Deze jongens wisten hoe ze moesten *zeilen*?"

"Zeker," zei hij. "Polynesiërs deden het lang voordat wij ze krediet gaven. Maar wat opmerkelijker is, is dat ze het over *veel* grotere afstanden deden. Als ze in Santorini begonnen, waar jullie denken dat deze mensen vandaan kwamen, dan was naar Egypte komen voor hen niet meer dan een snel sprongetje over een plas. Uit mijn onderzoek blijkt dat zij in de loop van duizenden jaren via eiland- en continentketens helemaal naar Amerika zijn gereisd.

"En mijn onderzoek bewijst dat ze dat al konden lang voordat we dachten dat mensen iets konden opschrijven.

HOOFDSTUK 61

JULIE

JULIE'S MOND VIEL OPEN. "Dus we hebben goed bewijs dat er mensen waren, *beschaafde* mensen, die rond de wereld reisden en zich uiteindelijk in Amerika vestigden?"

Alex knikte. "Voor zover ik weet wel, ja. De afstamming van de Haplogroep X is helemaal terug te voeren op Amerikaanse indianenstammen, vooral rond het gebied van de Grote Meren. Maar wat interessant is, is dat de X-groep van genen niet echt *een* noemenswaardige aanwezigheid heeft in het verre westen van de Verenigde Staten, Northwest Territory, Alaska, of Azië."

"Dus ze kwamen niet van de Beringstraat," zei Julie.

Alex schudde zijn hoofd. "Dat kan niet. Dat is onmogelijk." Hij haalde zijn telefoon tevoorschijn, controleerde of die verbonden was met het WIFI-netwerk in het vliegtuig en vroeg toen of ze allemaal wat dichterbij wilden leunen. "Hier, kijk. Ik zal jullie een afbeelding laten zien van de kaart waar ik aan werk voor mijn onderzoek."

Hij bladerde rond op het scherm en Julie zag een wereldkaart, bepaalde landen en streken verduisterd door potloodstreepjes.

[Afbeelding: haplogroep-kaart.jpg].

"Deze donkere gebieden tonen de plaatsen waar er tenminste een kleine aanwezigheid is van de voorouderlijke afstamming van onze hedendaagse samenleving die positief test op de Haplogroep X genen, en de donkerste gebieden zijn waar de concentraties van Groep X het hoogst zijn.

"Als de *eerste* kolonisten naar Amerika vanuit Azië kwamen via de Beringstraat, dan zouden er mensen zijn die hun afstamming kunnen herleiden tot één van die regio's die positief testen op Haplogroep X. Maar die zijn er niet. In plaats daarvan hebben we gebieden van de mensheid met Haplogroep X rond de Grote Meren, New England, dan omhoog via Nova Scotia, Groenland, het Verenigd Koninkrijk, dan naar beneden en rond de Straat van Gibraltar.

"Als we verder teruggaan, zien we dat de genen sterk aanwezig zijn aan *beide* zijden van de Middellandse Zee, inclusief Egypte. De beste gok die we hebben is dat de oorspronkelijke locatie - of thuis - van deze Haplogroep X'ers ergens in de huidige Egeïsche Zee ligt."

Julie slikte. "Alex, dat is precies waar Santorini ligt."

Hij knikte en keek naar beneden. "Ik weet het. Hoe gek het ook klinkt, er zit misschien iets in je 'Atlantis' theorie."

"Ik denk niet dat het nog maar een theorie is, jongen," zei Reggie. "Als je me je telefoon geeft, zal ik je het onderzoek laten zien waar Sarah's vader aan werkte."

Alex verplichtte zich en gaf Reggie zijn telefoon. Reggie vond een browser en opende een tabblad, waar hij een kaart van de Egeïsche Zee laadde. Het laden duurde even, maar uiteindelijk kon Julie zien dat hij een kaart had geladen die was gemaakt met satellietbeelden, die een stukje van de onderwatercontouren van de oceaanbodem in de relatief ondiepe zee toonden.

Reggie legde uit wat mevrouw E hen eerder had laten zien, namelijk dat Plato's beschrijving van een eiland waarop de beschaving die hij Atlantis had genoemd, *perfect* overeenkwam met de geografische kenmerken van het nu gezonken eiland ten noordwesten van Santorini. Santorini zelf, legde Reggie uit, was opgenomen in Plato's beschrijving - de 'ring binnen een ring' van de concentrische vulkanen.

Alex knikte mee, zijn ogen werden wijder naarmate Reggie langer sprak. Uiteindelijk zat hij, zwijgend, terwijl hij naar iedereen keek die om hem heen zweefde.

"Dit... dit is groot," zei hij. "Dit is *heel* groot."

"Daar zijn we het mee eens," zei Reggie. "En je hebt ons een ander belangrijk stuk van de puzzel gegeven. Het lijkt erop dat deze beschaving zelfs ouder is dan de oude Egyptenaren, waarvan lang geleden werd gedacht dat het de eerste hoogontwikkelde beschaving was. Maar ik durf te wedden dat je voorouders in Egypte niet zo slim waren als ze dachten - ik durf te wedden dat ze veel van wat ze weten geleerd hebben van bezoekers. *Van Atlantische* bezoekers."

"Ik denk dat je gelijk hebt," zei Alex. "Het is moeilijk om het tegen te spreken. Mijn onderzoek bewijst in feite dat er *een* geavanceerde beschaving op aarde ronddoolde, die mensen leerde hoe te leven en te werken en steden te bouwen, *lang* voordat iemand dacht dat dat mogelijk was - en ik ben er vrij zeker van dat het epicentrum van deze beschaving ergens midden in de Egeïsche Zee lag. Ik dacht eerst dat het Kreta was - misschien de voorgangers van de Minoïsche beschaving, misschien - maar dit... dit verandert mijn mening. En de *tweede* sterkste concentratie van Haplogroep X is in Egypte. Cairo, om precies te zijn."

"Wacht," zei Julie. "Hoe zit het met overblijfselen? De botten van wie deze mensen ook waren? Zouden we die niet moeten kunnen vinden en bepalen hoe oud ze precies zijn?"

Alex knikte mee, alsof hij de vraag al verwachtte. "Natuurlijk. Wel, bedenk dat het overgrote deel van de beschaving nu begraven is onder roet en aarde, en dat dat allemaal volledig onder water ligt. Dus er is niet veel te vinden, eigenlijk. Zelfs met de modernste onderwatertechnologie is er veel geluk nodig om een plek te vinden die het opgraven waard is, en zelfs dan is het nog een gok - het meeste van wat we zouden opgraven zou moeten worden weggehaald om het gebied vrij te maken. Onderwater uitgraven is een tijdrovend en *zeer* duur proces.

"Voeg daar aan toe dat botafbraak een kwestie is van ontkalking en ontbinding, en aangezien het hydroxyapatiet en collageen..."

"Je zegt dat het niet mogelijk is," zei Reggie.

"Nee, ik zeg alleen dat het hoogst onwaarschijnlijk is. De meeste menselijke materie zou gedesintegreerd zijn. Het zou gewoon ophouden te bestaan na die hoeveelheid tijd, en - "

"Maar dat is maar 10.000 jaar," zei Ben. "Hoe zit het met dinosaurussen? We weten *dat ze* bestonden, en ze waren hier lang voor 10.000 jaar geleden."

Alex knikte. "Zeker - je hebt het over fossilisatie, meestal door permineralisatie. Het zit zo, we denken dat minder dan tien procent van alle dieren die ooit geleefd hebben fossielen zijn geworden, en dat gebeurde meestal door sedimentatie, droging en kristallisatie van de 'harde delen' van het dier. Dus als deze beschaving *iets* achterliet, zou het niet onder water bewaard zijn gebleven. Alle fossiele resten die we vinden, zullen bijna zonder twijfel ergens *anders* zijn *dan* op Santorini. Dat is nog een reden om elders te zoeken, en het is nog steeds onwaarschijnlijk dat we iets vinden dat groot genoeg is om te testen."

"Dus we gaan naar Egypte, zeker weten," zei Ben. "Het is allemaal veel te toevallig. Zowel Sarah als haar vader waren aan het graven in de Atlantische geschiedenis, wat uiteindelijk naar Egypte zou leiden. Die kerels - wie haar ook meenamen - willen iets van hen, en het is ernstig genoeg dat ze mogelijk zullen moorden om te weten te komen wat dat is."

"Maar waar in Egypte?" vroeg Julie. "Het is niet zo dat we gewoon een zwarte Sikorsky helikopter kunnen zoeken en zeggen: 'daar is ie!'"

"Eigenlijk," zei mevrouw E. "Al het luchtverkeer in deze regio is zwaar gereguleerd. Het is net als vliegen in de buurt van Washington, D.C."

"Dus iemand houdt de lucht in de gaten voor ons?" vroeg Ben.

Ze knikte, glimlachte, en greep toen naar de telefoon die Reggie nog steeds vasthield. "Ja, er kijkt zeker iemand mee. De vraag is of mijn man toegang heeft tot die gegevens."

"Denk je dat hij dat doet?"

"Als het een openbaar vluchtpad is, zeker. Als het een regeringsvliegtuig is, zal hij alleen de roepnaam van het vliegtuig kunnen zien. Maar met wat hulp en het feit dat ons doelwit langzamer vliegt dan de meeste commerciële jets, moet hij ons een paar goede opties kunnen geven."

"Dat is fantastisch," zei Ben. "En als we geluk hebben, kan onze piloot ons overvliegen, zodat we kunnen zien of een van hen onze gelijke is."

Alex keek naar hen op. "Dus wat doen we tot die tijd?"

Julie rekte zich uit. "Ik kan wel wat slaap gebruiken, eigenlijk. Nog meer detectivezaken?

"Op dit moment niet," zei Ben. "Julie heeft gelijk. Laten we allemaal wat slapen als we kunnen. We hebben nog een paar uur voor we aan de afdaling beginnen, dus doe je best om te rusten."

Daarmee draaide hij zich om en liep terug naar zijn rij stoelen, zijn drankje zwetend in zijn hand.

HOOFDSTUK 62

SARAH

SARAH WERD GEBLINDDOEKT VRIJWEL ONMIDDELLIJK NADAT ZE IN DE BOOT WAS GESCHOVEN, en voelde haar rok langs haar benen omhoogschuiven toen ze in de diepe stoel werd geduwd. *Waarom dacht ik dat een rok dragen een goed idee was?* dacht ze.

Een van de twee mannen die haar hadden gegrepen, Ivan, had zich niet bij hen gevoegd in de helikopter, maar was na hun boottocht op de klippen blijven hangen. Ze kon alleen maar hopen dat de zwakke explosies die ze had gehoord, Reggie en de anderen waren die hem van zich af hadden gevochten.

Maar ze kon nog steeds niets doen - de tweede, kleinere man die haar had ontvoerd, was achterin de helikopter bij haar gaan zitten en hield haar handen de hele tijd vast met een ritssluiting. De piloot en copiloot zeiden niets tegen haar of haar kidnapper tijdens de vlucht.

Dat was meer dan zes uur geleden. Nu werd ze door een gang in een of ander gebouw geduwd, nog steeds geblinddoekt. Nadat ze uit de helikopter was gestapt, werd ze een paar trappen naar beneden geleid, en ze voelde de lucht koeler en vochtiger worden op haar blote armen en benen. *We zitten onder de grond,* dacht ze. Om de een of andere reden bracht die gedachte haar in paniek, en ze verkrampte, wat alleen maar een kortaf antwoord en een duw van de man die haar voortduwde, opleverde.

Ze voelde de grond onder haar voeten, oneffen en geplaveid. Elke hobbel en dal was in de loop der tijd gladgestreken, maar voelde aan als een enkel koud, hard stuk steen. De lucht was zwaar, benauwd, alsof de muren langzaam op haar drukten - en aangezien ze niets kon zien, had ze geen idee of dat zo was of niet.

Ze werd door nog een paar gangen geleid, allemaal kort, en allemaal met smalle plafonds, te oordelen naar de geluiden die naar haar weerkaatsten terwijl ze doorliepen.

Aan het eind van de volgende gang hield haar ontvoerder haar tegen. Hij mompelde iets onbegrijpelijks, en toen voelde ze hoe de blinddoek van haar ogen werd gehaald.

Haar ogen pasten zich langzaam aan in het zwakke licht, maar ze kon zien dat ze nu voor een open deuropening stond die van de gang afsloot. Het interieur van de kamer was donker, donkerder zelfs dan de gang waar ze zojuist doorheen was geleid, en het kostte haar een moment om naar binnen te kijken.

Iets in de kamer verschoof, en Sarah sprong op. Toen de figuur dichterbij kwam, herkende ze de man.

"Pap?"

"S - Sarah?" antwoordde de man.

Ze voelde haar keel dichtknijpen. Ze strompelde naar voren, niet langer tegengehouden door de man die haar de kerker in had geduwd. Ze omhelsde haar vader, voelde zijn warmte en merkte tegelijkertijd op dat hij broos aanvoelde, bijna breekbaar.

Hoe lang is het geleden?

"Sarah," zei hij weer. "Je bent hier. Je bent echt *hier*."

Ze snoof en glimlachte toen. "Ik ben hier, pap. Is alles goed met je?"

Hij stond op het punt te spreken toen ze zijn ogen verwijd zag worden. Ze draaide zich om en zag de deur van de kleine kamer waarin zij en haar vader zich bevonden dichtzwaaien. De man buiten de kamer sloot hen in, en ze hoorde de koude, metalen klik van een slot aan de buitenkant van de deur.

"Waar - waar zijn we?" vroeg ze. Haar gedachten raceten al, terwijl ze de mogelijkheden doornam. Ze waren zes of zeven uur onderweg met een helikoptervlucht vanaf Santorini, dus het was onwaarschijnlijk dat ze ergens buiten de omtrek van de Middellandse Zee waren. Natuurlijk had ze geen idee in welke richting ze waren gereisd - ze was verward, bang, en ontzettend kwaad geweest toen ze haar grepen, om nog maar te zwijgen van het feit dat ze geblinddoekt was. Als ze naar het noorden waren gereisd, of zelfs naar het noordoosten of noord-westen, dan zou dat hen ergens in Noord-Europa kunnen plaatsen, misschien zelfs zo ver weg als Frankrijk of Rusland.

Kan net zo goed overal zijn, dacht ze.

Toch was er iets aan deze plek dat haar intiem vertrouwd was. De stijl van de architectuur - als ze het zo kon noemen - het gevoel van de plaats, het leek wel ergens waar ze eerder was geweest. In al haar jaren van studie kende ze de gebouwen, de infrastructuur, de stijlkenmerken van veel van de bekendste oude beschavingen.

Maar deze plek, van de vloeren tot de plafonds tot de muren zelf, elk gebeiteld uit gladgeslepen stenen, leek een mengelmoes van hen allemaal. Het was een smörgåsbord van design, een cornucopia van oude tradities, alsof een museum had geprobeerd - en gefaald - om de designkenmerken van alle bekende volkeren te vangen en te integreren in één, enkel product.

"We zijn in Egypte, Sarah," zei haar vader, zijn stem laag en schor. "Cairo, eigenlijk."

"Caïro? Zoals in *Gizeh?* De piramides?"

Hij knikte. "We zitten duidelijk ondergronds," zei hij. "Ik heb onze locatie bevestigd aan onze gastheer, een vrouw die Rachel Rascher heet. En ja, ik ben in orde, geloof het of niet. Ze hebben eigenlijk best goed voor me gezorgd, gezien de omstandigheden.

Sarah's hoofd draaide. "Rachel... *Rascher?"*

Waar had ze die naam gehoord?

"En we zijn ondergronds... onder *wat* precies?" ze keek om zich heen en draaide een rondje terwijl ze de schemerig verlichte ruimte zo goed mogelijk onderzocht. Ze wist dat de Grote Piramide en zijn twee kleinere tegenhangers, die samen met de kleinere piramiden en de omringende gebouwen het hele Gizeh Complex vormden, op een grandioos, massief, 5 kilometer breed plateau van uitgehouwen kalksteen lagen. Het was een stevige fundering, en moderne technologie kan *nog steeds niet zo*'n vlakke ondergrond produceren als die waarop de Grote Piramide van Khufu stond.

De fundering, een uitgestrekte kalkstenen vlakte die meer dan zes voetbalvelden besloeg, was tot in de kleinste details gevormd en uitgehouwen: minder dan een centimeter hoogteverschil van de ene kant naar de andere. Het was een absoluut wonder van architectonisch kunnen, niet voor niets een wereldwonder, en iets waar zij en haar collega's uren over hadden gediscussieerd tijdens haar studieperiode.

Maar het punt was dat de fundering van de piramide letterlijk rotsvast was, en diep. De kalkstenen rotsmassa was niet ondoordringbaar voor moderne technologie, maar het zou onmogelijk zijn om iets onder het oppervlak uit te graven en te bouwen dat uitgebreider was dan een ruw, rond gat in de grond.

"Mijn hypothese is dat we onder het oppervlak van het Gizeh Complex staan, maar niet onder een van de piramides."

Ze fronste haar wenkbrauwen. "Een van de oude tempels, dan? Of -" ze stopte, plotseling realiserend. "De Grote *Sfinx?*"

Hij knikte. "Ik geloof het wel. De Sfinx is, zoals u weet, nog steeds een raadsel, zelfs voor Egyptologen. Zijn leeftijd en reden van bestaan is op zijn best een mysterie, en zijn doel is nog meer een onbekende."

"Het is een schildwacht," zei Sarah, "gebouwd om te waken over de Grote Piramide."

"Natuurlijk," zei haar vader glimlachend. "Een wachter, ja. Maar niet om over de piramides te waken."

"Nee?"

Hij schudde zijn hoofd. "Volgens de Kolbrin, de oude Egyptische teksten die verwijzen naar dezelfde gebeurtenissen als in het Oude Testament, bouwden de mannen van Zaidor de Sfinx, lang voordat de piramiden werden gebouwd.

"Zaidor?" vroeg Sarah.

"Sommigen denken dat het het woord Poseidior is - de Mannen van Poseidon, in dat geval. Zij waren grote astronomen en kwamen van hun land dat ook recentelijk was verwoest. Zij kwamen en bouwden de 'Grote Beschermer,' of 'Rakima,' waarvan wij denken dat het de Sfinx is. Pas later kenden Egyptologen de Sfinx een beschermende rol toe boven de piramiden.

"Maar je moet je afvragen *waarom?* Waarom zou het beschermd moeten worden? Duizend ton rots scheidt de buitenwereld van de graftombe in de piramide. Waarom er *nog een* bouwwerk voor bouwen?

"En er was geen graftombe," zei Sarah, terwijl ze zich stukken herinnerde van de discussies en lezingen die ze in de loop der jaren had bijgewoond. "Er zijn nooit overblijfselen van een tombe gevonden, noch zijn er *gegevens* over een tombe in de Grote Piramide."

"Dat weet ik, Sarah," zei Lindgren. "Dat betekent dat het des te onwaarschijnlijker is dat een ras als de Egyptenaren behoefte zou hebben aan een *secundaire* beschermer. Het zou een kolossale verspilling zijn geweest om een voltooide piramide te beschermen die millennia lang verstoken zou blijven van leven - of dood -."

"Dus... waar is de Sphinx dan voor?"

Zijn glimlach veranderde in een bijna ondeugende. "Mijn gedachten - en ik heb ruim de tijd gehad om erover na te denken - zijn dat de Sfinx nog steeds een tempel van bescherming *is*. Een waarschuwing voor buitenstaanders, en een herinnering aan de bouwers van de grote geheimen die hij bewaakt."

"Wat voor geheimen?"

"*Alle* geheimen, mijn liefste," zei hij, de ondeugende glimlach. "De Sfinx bewaakt *alle geheimen*. Alles wat zijn bouwers wisten en ontdekten. Alles wat ze voor altijd verborgen wilden houden, om welke reden dan ook. Ze wilden iets dat buitenstaanders zou waarschuwen dat het betreden van zijn aanwezigheid de dood betekende, tenzij ze waardig waren om zijn welkomstroep te ontvangen."

"Zijn welkom aan het ontvangen, pap," zei Sarah. "Je doet belachelijk. We staan in een *gevangeniscel* onder een ton rots, ergens in Egypte, en jij bent een langdradige lezing aan het voorbereiden om me uit te leggen dat de Sfinx gewoon een andere oude tempel is?"

Zijn glimlach vervaagde, maar slechts een beetje. "Ten eerste heb ik ruimschoots de tijd gehad om een lezing 'op te werken', dus u hoort nauwelijks een ruwe schets. Ten tweede, ik heb het *niet* over 'zomaar een oude tempel'. Ik vertel u dat ik geloof dat de Sfinx de bewaker is van de *grootste* schat die ooit in de geschiedenis van de mensheid is gevonden. Ik zeg u dat de Sfinx de schat bewaakt - en het verhaal - *van* de menselijke geschiedenis."

Sarah was niet overtuigd, maar haar vader was geen amateur. Als hij reden had om te vermoeden dat ze op de rand van iets wonderbaarlijks stonden, wilde ze de details weten.

"De Sfinx, mijn lieve Sarah, bewaakt de Hall of Records."

"De Hal van - wacht, echt?"

Hij glimlachte weer, de ondeugendheid niet langer aanwezig op zijn gezicht. "Ja, Sarah. *De* Hall of Records, dezelfde Hall of Records die al eeuwenlang wordt gemythologiseerd, ongedocumenteerd en slechts het onderwerp van verbale overlevering. De Hal van Gegevens die dient als de enige opslagplaats voor de volledige kennis van de eerste van de Grote Beschavingen."

"De *eerste* van de Grote Beschavingen?" vroeg Sarah. "Pap, je hebt het over..."

"Ja, Sarah," antwoordde professor Lindgren. "Ik heb het over de Hall of Records die gebouwd, gevuld en beschermd is door het ras van Atlantis."

HOOFDSTUK 63

GRAHAM

PROFESSOR GRAHAM LINDGREN STOND IN DE CEL TE KIJKEN NAAR DE REACTIE VAN ZIJN DOCHTER. Ze was briljant, veel slimmer dan hij ooit had kunnen hopen te zijn. Haar hele leven was een aaneenschakeling van verrassingen geweest, van de ontdekking van haar bijna-eidetisch geheugen tijdens haar kinderjaren tot haar uitmuntendheid in bijna elk academisch streven tijdens haar lagere schooljaren.

Maar tijdens haar laatste jaren op de middelbare school - de 'verschrikkelijke tienerjaren' waar hij en Sarah's moeder lang bang voor waren geweest - was Sarah's persoonlijkheid opgebloeid en veranderd. Waar ze ooit leergierig, hardwerkend en geïnteresseerd was geweest, was ze nu sarcastisch, afstandelijk en arrogant. Ze gebruikte haar intelligentie om in de klas de slimmerik uit te hangen, wat haar heel wat strafpunten en de woede van meer dan één leraar op de middelbare school opleverde.

Ze was nog steeds een uitblinkster op academisch gebied en had al heel wat beloftes voor studiebeurzen in de wacht gesleept tegen de tijd dat ze een junior was, maar Graham en haar moeder waren ten einde raad hoe ze hun enige dochter moesten begrijpen - en opvoeden. Ze probeerden gezinsretraites, counseling en disciplinaire maatregelen, maar het mocht allemaal niet baten.

Uiteindelijk, en het einde van zijn geduld bereikt, probeerde Graham zijn dochter te laten zitten voor een hart-tot-hart gesprek. Van de ene academicus naar de andere, had hij uitgelegd. Hij had haar gevraagd waarom ze zich niet op haar studie concentreerde, op een goede school en een degelijke opleiding? Wilde ze per slot van rekening niet net als haar vader een gerespecteerd geleerde worden?

Ze had geantwoord met een verklaring die hem tegelijk kwader en trotser dan ooit maakte: '*Ik wil niet dezelfde onzin onderzoeken als de anderen. Er is meer in deze wereld verborgen, en ik wil het vinden.*

Haar carrière in de wetenschappen, had hij bepaald, was begonnen.

Sinds dat gesprek was meer dan tien jaar verstreken, en het sarcastische, asynische meisje was nu een mooie, intense, wilskrachtige jonge vrouw, en hij kon niet trotser zijn. Ze was alles wat hij in een dochter had gewild, en nog meer. Ze was op weg om zijn eigen prestaties te overtreffen, en er was niets meer op deze aarde dat een vader zich kon wensen.

Maar hij had in haar ogen de wrok gezien. De korte flits van verdriet die ze had getoond toen hij zijn theorie had uitgelegd. Ze was niet alleen ongelovig, ze was verdrietig.

Hij wist dat ze boos was dat hij de laatste jaren van zijn leven had verspild aan het najagen van iets dat volkomen belachelijk was. Ze wilde niet accepteren dat zijn onderzoek hem - en haar - naar deze plek had geleid. Ze *kon* het niet accepteren. Ze had geen reden om te geloven dat een oude legende, die door Plato was verzonnen en sindsdien door talloze historici, dromers en samenzweringstheoretici tot iets nieuws was verwerkt.

Er was een inherente verwerping van de waargenomen feiten als het ging om zaken als deze, wist Graham. Hij was opgeleid om overdrijving te negeren, om de dringende zorgen te negeren die capituleerden in de richting van een noodzakelijke waarheid.

Met andere woorden, als historicus was hij gewaarschuwd en geconditioneerd om op zijn hoede te zijn voor alles wat een *andere* uitkomst inhield dan wat de "gevestigde autoriteit" - in het geval van de geschiedenis, de "verzamelde wijsheid" - aanvaardde.

"Ockham's Razor," zei hij, zacht.

De deur achter hem klikte open.

Sarah draaide zich om en Graham keek toe hoe Rachel Rascher zelf door de deur liep.

"Welkom, Dr. Lindgren," zei Rachel. "Mijn naam is Rachel Rascher, en ik heb de leiding over de afdeling Prehistorie van het Ministerie van Oudheden voor de Egyptische regering. Ik ben blij dat u eindelijk hier bent. Het is mij een groot genoegen u kennis te laten maken met het grootst bewaarde geheim dat de wereld ooit gekend heeft." Ze zwaaide haar arm op en neer met een zwierige zwaai.

"Een donkere, vochtige kamer?" vroeg Sarah. "Die hebben we thuis, maar je moet meestal dood zijn om erin te komen."

Rachel glimlachte, maar Graham kon het brandende verlangen om Sarah's sarcasme te onderdrukken in haar ogen zien. "Slim, maar nee. Ik heb het over het *grotere* complex, niet over deze kamer."

"En wat *is* deze samenstelling?" vroeg Sarah.

"Nou, ik geloof dat je vader het net begon uit te leggen," antwoordde ze. "Professor?"

Sarah draaide zich om naar haar vader. Hij voelde zijn armen en schouders inzakken, het gewicht van wat er voor hem lag begon hem eindelijk uit te putten. En niet alleen de uitleg over wat deze plek was - dat was het gemakkelijke deel.

Hij was bezorgd over wat het allemaal *betekende*, als het waar was.

"Ik had het net over Ockham's Razor," zei hij.

"En ik ben *net zo* benieuwd waarom Ockham's Razor relevant is voor onze situatie, professor?"

Graham keek naar de twee vrouwen, die beiden naar hem keken. De ene twijfelde aan hem, de andere spotte met hem.

"Ik - het is gewoon..." voor het eerst sinds lange tijd was hij sprakeloos. Hij had geen lezing voorbereid, geen lesplan geschreven, of zelfs maar het hoofdstuk gelezen. Er *was* geen hoofdstuk. "Het is gewoon dat ik geloof dat deze hele ontdekking, Atlantis, de Hall of Records, het is allemaal goed te verklaren door het concept van Ockham's Razor. Het eenvoudigste antwoord is waarschijnlijk de waarheid', en zo.

"Dus het *eenvoudigste* antwoord is dat Atlantis *echt* is?" vroeg Sarah.

"Ja," antwoordde hij. "Maar voor we daar op ingaan, Ockham's Razor is, zoals je weet, niet *precies* wat ik net heb uitgelegd. Dat is de vereenvoudigde versie. In wezen zei Willem van Ockham *eigenlijk* dat hij geloofde dat we geen extra lagen van verwarring, of meningen, moesten toevoegen bovenop gemakkelijk te ontcijferen feiten. We moeten entiteiten niet 'vermenigvuldigen' bij het berekenen van een oplossing."

"Dus Plato had gelijk? Alles wat hij schreef?"

Graham keek naar zijn dochter. "Nee, natuurlijk niet. Niet als we bepalen wat *feitelijk* is en wat *allegorie*. Maar als we het probleem op die manier structureren, lost de verwarring op. Elke fatsoenlijke vertaling van Plato's eigen woorden kan dan worden onderzocht, en elke redelijke, rationele geest kan bepalen wat Plato bedoelt als onderdeel van zijn totale verhaal en wat een historisch feit is.

"Hij schrijft zowel een *geschiedenis* van de hem bekende wereld, zoals hem verteld door - op dat moment - geloofwaardige bronnen, als een *verhaal* - een allegorisch hulpmiddel gebruikt voor onderwijsdoeleinden - van diezelfde wereld. Maar met een redelijke benadering, en in de veronderstelling dat Plato ons niet probeert te misleiden, zijn zijn woorden gemakkelijk te begrijpen."

Graham keek om naar Rachel Rascher. Ze knikte mee, de opwinding groeide op haar gezicht. "Ja, Graham," zei ze. "Dat is *precies* goed."

"Dus zijn documentatie van Atlantis is precies dat - een documentatie van haar geschiedenis, haar bestaan, en haar ondergang.

Plato gebruikte het bestaan en de daaropvolgende ondergang als een middel om uit te leggen hoe belangrijk het is om als ras niet te hoogmoedig te worden. Hij gebruikte zijn dialoog om de waarheden uit te leggen waar hij als filosoof mee worstelde.

"Maar dat betekent niet dat Atlantis *niet echt was* - het was absoluut een beschaving van mensen, een die de oude Atheners bedreigde en vervolgde. Uiteindelijk werden ze vernietigd door een cataclysmische gebeurtenis die hen verzwolg 'in een dag en een nacht' - een veelgebruikte uitdrukking in het Oudgrieks die 'een onbekende en onnauwkeurige hoeveelheid tijd' betekende."

Hij pauzeerde om adem te halen, en merkte toen pas dat Sarah op de matras op de vloer van de kamer zat. Rachel stond bij de deur. De gezichten van beide vrouwen waren gefixeerd op hem, elke beweging van hem in de gaten houdend.

"Dus de Atlantiërs *waren* absoluut echt, Sarah," zei hij. "Ze bestonden, precies zoals Plato beschreef. Ze waren misschien niet het fantasierijke, fantastische ras van vliegende auto Jetsons dat onze eigen geschiedenis uit de mythe heeft geschapen, maar ze waren echt. Dus Ockham's Razor stelt dat het eenvoudigste antwoord, na het verwijderen van de extra, hypothetische lagen die bovenop de oorspronkelijke mythe zijn gestapeld, is dat Atlantis, zonder twijfel, een echt mensenras was.

"De Atlantiërs waren een ras van mensen dat al bestond lang voordat de geschiedenis hen zelfs maar *toestond* te bestaan. Wat wij mogelijk achten voor het bepalen van de leeftijd van oude samenlevingen - Babyloniërs, Grieken, Egyptenaren, Maya's - het is allemaal gebaseerd op een fysieke wereld die *vandaag* bestaat. Maar als je het een kosmoloog of iemand met kennis van de aardwetenschappen vraagt, dan zal hij je vertellen dat het beste wat we kunnen bepalen over hoe onze wereld er 10.000 jaar geleden uitzag, een beredeneerde gok is. We *weten het* gewoon niet.

"De oude Atlantiërs waren dus 'geavanceerd', alleen in die zin dat zij veel beschaafder waren dan andere volkeren uit die tijd - de nomadische jager-verzamelaars die via de Beringstraat naar Amerika kwamen, de eilandbewoners in de Stille Oceaan, de vroege Afrikaanse stammen. Deze mensen leefden samen met de Atlantiërs, al wisten ze dat toen nog niet. En Atlantis, als ras, was de voorganger van de Babyloniërs, de Soemeriërs, de Minoërs, de Grieken - zij allemaal - zij konden zeilen, en navigeren over de oceanen met behulp van hemelse waypoints.

"Zij kwamen aan de macht door hun inspanningen op het gebied van beschaving, door hun buren, waaronder de oude Atheners en Egyptenaren, te leren hoe zij landbouw moesten bedrijven, gewassen moesten verbouwen, de hemel boven hen moesten bestuderen en monumenten en bouwwerken moesten bouwen voor goden waarin zij geloofden.

"Zij waren misschien 'voor hun tijd' in de zin dat zij hadden bereikt wat geen enkel ander bekend ras voor hen had bereikt - ware beschaving, een evenwichtige en meritocratische samenleving - maar zij waren zeker niet het verheven, magische ras van buitenaardse wezens waar onze verhalen hen in hebben veranderd. Zij hadden geen vliegende auto's, geen magische spreuken, en zij waren zeker geen ras van buitenaardse wezens.

"Ze waren, bij gebrek aan een beter woord, *normaal.* En als we naast *Timaeus* en *Critias* nog een andere originele tekst hadden die naar Atlantis verwees, hadden we misschien meer 'eenvoudige antwoorden'."

Hij stopte toen, wachtend om de reacties op de gezichten van de vrouwen te zien.

HOOFDSTUK 64

BEN

BEN'S DRANKJE WAS ALLANG GESTOPT MET ZWETEN, het ijs was nu volledig gesmolten en het drankje warmde snel op tot kamertemperatuur, maar hijzelf *was* begonnen met zweten.

Ze waren geland in Caïro en taxieden over de landingsbaan en over het uitgestrekte, door de ochtendzon verwarmde, lichtgrijze asfalt, de golven van hitte vervormden de lucht op de grond. Ben schudde zijn hoofd, werd abrupt wakker en kreunde.

Het voelt als het midden van de nacht, dacht hij. *Waarom ben ik altijd vermoeider als ik in een vliegtuig heb geslapen?*

Hij schudde opnieuw zijn hoofd, knipperde met zijn ogen de restjes slaap weg en ging rechtop in zijn stoel zitten.

De zon scheen op het vliegveld en de omliggende gebouwen met een intensiteit die hij nog nooit had gekend. Het was hard, schurend en droog. Zelfs met de airconditioning aan in het vliegtuig, was de lucht nog steeds droog en op de een of andere manier benauwd. Hij snoof, voelde de binnenkant van zijn neus droog worden toen zijn lichaam zich probeerde aan te passen aan de plotselinge verandering in vochtigheid.

"Ben je wakker?" vroeg Julie.

"Dat ben ik nu," zei hij.

"Alex zegt dat hij een lift kan regelen van hier naar het Gizeh Complex," zei ze. "Vanaf daar is het een toeristisch uitstapje - en een toeristische *val*. Het zal er druk zijn, aangezien de school uit is en het mooi weer is."

"Is dit *mooi* weer?" vroeg Ben ongelovig. Hij trok zich op en ging in het midden van de romp van het vliegtuig staan, de enige plaats die hem genoeg hoofdruimte bood om volledig te staan zonder zijn hoofd opzij te houden.

Hij zag Reggie en Alex achter in het vliegtuig, nog steeds diep in gesprek, en hij wendde zich tot Julie en zag haar glimlachen. "Het lijkt erop dat ze met elkaar kunnen opschieten," zei hij.

Julie rolde met haar ogen. "Ze hebben hun mond nog niet gehouden," zei ze. "Ik kon daar niet slapen. Ik ben verhuisd naar de rij vlak achter jou." Ze wees met haar duim naar de rij aan de overkant van Ben's gangpad.

Ben trok zijn wenkbrauwen op. "Je had mijn rij kunnen delen." Alsof ze niet wist wat hij bedoelde, voegde hij eraan toe: "Als je weet wat ik bedoel."

Ze rolde weer met haar ogen. "Juist. *Dat is* wat ik wilde. Een beetje hanky-panky in een vliegtuig, vol met onze vrienden. "

Hij haalde zijn schouders op. "Ik zeg het maar."

"Hoe dan ook," zei Julie, terwijl ze van onderwerp veranderde, "Alex heeft een idee. Hij denkt dat er iets aan de Grote Sfinx is dat het onderzoeken waard is."

"De Sphinx?" Vroeg Ben. "Dat is dat rare kat-ding?"

"Het is een *leeuw* met een faraohoofd, Ben," zei Julie. "En ja. Dat is hem. Hij staat pal naast de Grote Piramide van Gizeh, naar het oosten gericht, en bewaakt iedereen die het terrein wil binnensluipen."

"Iemand die vanuit *het oosten naar binnen sluipt*, bedoel je," zei Ben grinnikend.

Ze zuchtte. "Kom... kom luisteren naar wat Alex te zeggen heeft."

Het vliegtuig taxiede tot stilstand bij de terminal van de kleine regionale luchthaven en reed naar de gate. De piloot kondigde over de intercom aan dat ze waren aangekomen, en waar ze hun koffers binnen konden vinden.

Ben wist niet zeker of het gewoon de gewoonte van de piloot was om de bagageclaim in deze terminal uit te leggen of dat hij hen voor de gek hield omdat ze niets bij zich hadden - geen tassen, geen kleren, geen mobiele telefoons.

Hij volgde Julie terug naar waar Alex en Reggie naast elkaar zaten, diep in gesprek. Mevrouw E zat op de stoel in de rij voor hen, leunde voorover en luisterde. Alex was in beslag genomen door zijn eigen monoloog.

"...en besloot toen dat de Sfinx - en waarschijnlijk de rest van de piramides in het complex - *veel* ouder was dan we aanvankelijk dachten. Of, in ieder geval, ouder dan de meeste hedendaagse Egyptologen denken."

"Zijn er gegevens om dat te staven?" vroeg Reggie.

"Het is empirisch, maar zeker," zei Alex. "Er waren een paar onderzoekers die toegang kregen tot de Sfinx en een aantal tests en berekeningen konden uitvoeren. Dit was natuurlijk allemaal uitdrukkelijk verboden door de Egyptische regering, en -"

"Wacht," zei Ben, "de regering van jouw land wil niet dat mensen haar oude structuren bestuderen?"

Alex schudde zijn hoofd. "Voor het grootste deel, nee. Ze zijn bang, eerlijk gezegd. Er zijn te veel tegenstrijdige meningen over wat de bouwwerken zijn, hoe ze zijn ontstaan, en wanneer ze zijn gebouwd. Dingen die duidelijk zouden moeten zijn, zoals het feit dat de meeste piramides graven zijn, zijn misleidend. De Grote Piramide van Gizeh, bijvoorbeeld, is helemaal geen graftombe. Er is nooit iemand in begraven geweest, geen mummies, geen sarcofagen, niets. Het is alsof het was gebouwd om *gewoon* een tempel te zijn, maar dan bleef het leeg voor de eeuwigheid. "

"En die kerels die de Sfinx bestudeerden, wat hebben ze precies gevonden?"

"Ze beweerden dat er waterschade was rond de basis van de Sfinx, in de put waar hij in zit."

"Zo," zei Ben. "Het heeft geregend? Wat bewijst dat?"

Alex glimlachte. *"Alles,* eigenlijk. Ben, ik heb het niet over een beetje regen - het soort waterschade dat duidelijk zichtbaar is op de basis van de Sfinx impliceert dat er *veel* regen is gevallen. *Honderden jaren* van regenval, niet minder."

"Dus we hebben het over stortregens op moesson-niveau?" vroeg Reggie.

"Ja, precies," zei Alex. "En dat is gewoon onmogelijk, gezien de leeftijd van de Sfinx. Er is geen periode *geweest* met zoveel regenval in het Nijldal sinds de Sfinx een paar duizend jaar geleden werd gebouwd."

"Tenzij..." Zei Julie, voorover leunend.

"Tenzij de Sfinx niet een paar duizend jaar geleden *is* gebouwd," eindigde Reggie. "Tenzij hij *veel eerder is gebouwd."*

Alex' glimlach werd groter. "Precies. De laatste regenval die de horizontale erosie op de fundering van de Sfinx heeft veroorzaakt, was ergens tussen de vijf- en zevenduizend jaar geleden. Een handjevol Egyptologen, waaronder ikzelf, denken al jaren over dit alternatief na. Wij geloven dat het Egypte dat wij kennen niet uit het niets is ontstaan; wij geloven dat Egypte is beïnvloed - in hoge mate, misschien - door een veel oudere, veel verder gevorderde beschaving. *Deze* beschaving was de groep die de piramiden en de Sfinx bouwde."

"Dus jouw theorie is dat de groep die Sarah en haar vader ontvoerde bij de Sphinx zijn?"

"Zoiets," zei hij. "Ik denk niet dat ze per se geïnteresseerd zijn in de Sfinx zelf, maar eerder in wat *eronder zit."*

"Eronder? Ik dacht dat het een massief rotsblok was?" Zei Ben.

"Dat is zo," zei Alex. "Maar er zijn theorieën en voorspellingen dat het bovenop een enorm ondergronds complex ligt - een soort 'geheime tombe', zo je wilt."

"Geloof jij in deze theorieën?"

Alex knikte. "Er is al bewijs dat er holtes onder het bouwwerk zijn. Er is zelfs een tombe onder gevonden, toegankelijk via een smalle, verticale schacht aan de achterkant van de Sfinx. Binnen was er een rottende houten kist en hiërogliefen op de muren."

"Dat is verbazingwekkend," zei Julie. "Wat is ermee gebeurd?"

Alex lachte. "Toerisme. In 1926 goot een Fransman er beton overheen, waardoor het hele ding ontoegankelijk werd, om 'schoon schip' te maken voor de opkomende hausse in het toerisme."

"Je - je maakt een grapje," zei Ben. "Dat is ontheiliging."

Alex haalde zijn schouders op. "Kijk, je hoeft het me niet te vertellen. Egypte ligt al lang onder vuur vanwege de manier waarop het met zijn oude artefacten omgaat. En zelfs als de regering het niet voortdurend verpestte, zijn er sinds de bouw *talloze* plunderingen, overvallen en ontheiligingen van de monumenten geweest. De deksteen van de Grote Piramide, bijvoorbeeld, en de witte dekstenen die aan alle kanten zaten, zijn allang verdwenen. Wie weet hoeveel onbetaalbare artefacten er verloren zijn gegaan?"

Ben knikte. "Klinkt logisch. Dus je denkt dat deze tombe niet de enige is? Dat er misschien ergens een grotere is?"

"Ik *weet dat* er een is," zei hij. "De regering verbergt het, voorkomt dat iemand er bij kan. Maar geloof me, het is daar beneden."

"Heb je het gezien?" vroeg mevrouw E.

"Nee, helaas. Ze laten niemand in de buurt komen. Maar er zijn honderden ooggetuigenverslagen van een 'groot, tombe-achtig complex' verspreid door de geschiedenis, ook al ontkent de regering het. Tot overmaat van ramp is het beroemdste verhaal, dat het meeste aandacht krijgt, van een helderziende. Hoewel hij het duidelijk eerder heeft gehoord of ergens anders heeft gelezen, deed hij het af als zijn eigen 'visioen' en dat is het verslag waar de Egyptische regering het vaakst naar verwijst, omdat het het gemakkelijkst te negeren is."

"Een *helderziende?*"

"Ja," zei Alex. "Edgar Cayce. Hij 'voorspelde' dat onder de Grote

Sfinx de Hall of Records lag, een enorme verzameling kennis en wijsheid van een oud ras dat duizenden jaren voor de Egyptenaren lag."

Ben wierp een blik op Julie. *Dat is een te groot toeval,* dacht hij. *Dat moet het zijn wat ze willen.*

"Is er een reden om aan te nemen dat de Hall of Records de wijsheid van de oude Atlantiërs is?" vroeg Ben.

Alex keek naar hem op. "Weet je, het klonk altijd belachelijk. Maar ik geloof echt dat er daar beneden *iets is.* Ik heb het altijd geloofd. Ik hou van Egypte en zijn geschiedenis, maar beschavingen worden niet zomaar op een dag 'wakker' en bouwen reusachtige piramides met perfecte wiskunde. Het is duidelijk voor mij, dat Egypte ergens vandaan *kwam.* Na naar jullie geluisterd te hebben, klinkt het alsof het de Atlantiërs moeten zijn. Er is gewoon niets anders dat logisch is."

Ben knikte. "Dat is wat ik ook denk."

"Op naar de Sphinx, dan?" vroeg Reggie.

"Komt in orde," zei Ben. "Laten we Sarah terughalen."

HOOFDSTUK 65

GRAHAM

"HEEL GOED, PROFESSOR," zei Rachel. "*Heel* goed. Je hebt precies gelijk. Plato schreef over een heel *echt* mensenras, een ras dat in staat was om meer dan een millennium in relatieve afzondering te bestaan, waardoor ze konden ontwikkelen wat in die tijd een zeer geavanceerde beschaving zou zijn geweest. Zij waren in staat hun omgeving volledig te beheersen, dieren te verbouwen en te domesticeren, het land te bewerken, de zee en de rivieren te bevissen, en te worden wat geen enkele andere samenleving in die tijd kon worden - een geïsoleerd, veilig, en geavanceerd mensenras. De meest *pure* vorm van menselijkheid die ooit heeft bestaan."

Graham keek toe hoe zijn dochter alle informatie in zich opnam. Hij had al maanden niet meer met haar gesproken, maar de blik op haar gezicht deed vermoeden dat ze vol ongeloof was. *Ze heeft hier al over nagedacht,* dacht hij. *Ze heeft mijn cadeau gekregen, en ze is erover gaan nadenken.*

Hij wist niet precies wat het voorwerp was dat hij in Groenland had gevonden - als archeoloog was hij gewoonlijk op zijn hoede voor voorwerpen die te zeer uit de toon leken te vallen in hun omgeving, maar tegelijkertijd wekte het zijn nieuwsgierigheid. Groenland was, in alle opzichten, een archeologische woestenij. Artefacten die daar werden gevonden, waren vaak achtergelaten door voorbijgangers - niemand in de geschiedenis had het continentale eiland ooit voor langere tijd bewoond.

Dus het vinden van zoiets unieks, iets dat duidelijk een artefact was uit een tijd voordat de geschiedenis zich kon herinneren, had een impact op professor Lindgren.

En om het stuk in Groenland te vinden was gewoon fascinerend.

Hij wist dat zijn dochter de theorie probeerde te bewijzen dat er bezoekers naar de Nieuwe Wereld waren geweest lang voordat de nomadische stammen over de ijsbrug van de bevroren Beringstraat waren gereisd. Hij had tijdens zijn loopbaan soortgelijke vermoedens gehad, maar tot op heden was er geen hard bewijs opgedoken.

Maar toen hij het artefact vond, deed hij niet eens moeite om het in zijn lab op echtheid te laten testen of het te laten beoordelen door collega's. Hij stuurde het onmiddellijk naar Sarah, en pauzeerde alleen om het artefact te openen en de binnenkant te onderzoeken - en de steen die erin verzegeld was.

En, het beste van alles, als Sarah's onderzoek iets van waarde zou opleveren, had hij sterk het gevoel dat het zou samenvallen met zijn eigen onderzoek, het project waar hij de laatste tijd aan had gewerkt.

Hij wist dat zijn dochter uitzonderlijk intuïtief was, in staat om schijnbaar ongerelateerde stukjes van een probleem te nemen en ze samen te voegen tot een samenhangende, begrijpelijke oplossing. Hij had haar de stukjes gegeven - of tenminste *een* van de stukjes - wetende dat haar eigen studie haar langzaam, uiteindelijk, op hetzelfde pad zou brengen, en als hij gelijk had, wist hij dat ze uiteindelijk zou begrijpen waar hij aan had gewerkt.

Hij had natuurlijk niet verwacht dat hij ontvoerd zou worden, maar hij wist wel dat zijn meest recente artikel nogal wat stof had doen opwaaien in zijn academische kring. Bovendien was het volledig gewist van de servers van zijn universiteit, waardoor er geen spoor was dat het ooit was gepubliceerd.

Toen dat was gebeurd, wist professor Graham Lindgren dat hij op iets was gestuit dat *iemand*, ergens, verborgen wilde houden.

Hij had echter geen idee dat het tot *dit* zou leiden.

"Maar dat is... dat is niet genoeg," zei Sarah uiteindelijk. "Het is goed - ik geloof je. Jullie allebei. Maar het is niet *genoeg*."

"Wat bedoel je?" vroeg Rachel, haar hoofd een beetje opzij gedraaid, nieuwsgierig.

"Ik heb dit soort dingen mijn hele leven bestudeerd - ik ben antropoloog, maar mijn vader is mijn hele leven archeoloog geweest, en een hele goede ook. Geloof me als ik zeg dat ik *ben opgegroeid* met dit soort speculaties, en zelfs als hij gek genoeg was om dit verhaal te geloven - sorry, pap - kan ik niet geloven dat *jij* dat zou zijn."

Rachel glimlachte. "Ik waardeer de motie van vertrouwen."

"Vertrouw *me*, dame. Het was niet als een compliment bedoeld. Ik zeg alleen dat je geen duizenden dollars zou hebben *verspild* aan het bouwen - of opgraven - van deze plek als er niet meer aan de hand was.

"Ik kan het idee aanvaarden dat er een oud, geavanceerd mensenras *was*. De geografie klopt - Santorini en het Cycladenplateau zijn daar absoluut perfect voor - en de mythen en legenden moeten allemaal *ergens* vandaan zijn gekomen. Maar zelfs als je William van Ockham in aanmerking neemt en de lagen van hyperbool en giswerk uit de analyse haalt, zijn Plato's verhalen in *Timaeus* en *Critias* alleen niet genoeg om de bewering te staven dat *deze plek -*" ze wuifde met haar hand rond de schimmige, besloten ruimte - "gebouwd is door Atlantiërs."

Rachels glimlach werd groter, en Graham kon zien dat ze helemaal niet geschrokken was van Sarahs belediging. "Ja, Sarah."

Sarah draaide zich volledig om en keek hun ontvoerder recht in de ogen. Zijn dochter was nog geen kop groter dan de kortere vrouw, maar hij wist dat als het erop aankwam, Sarah er geen moeite mee zou hebben Rachel neer te halen. Hij had zijn dochter nog nooit *zien* vechten, maar hij had het gevoel dat zijn dochter een niveau van vinnigheid en dominantie bezat dat hij nooit had gekend. Hij was tenslotte met haar moeder getrouwd.

Rachel Rascher vervolgde. "Jij hebt ook gelijk. Wat jij en je vader niet weten, en wat de rest van de wereld zal *willen weten*, is dat er *nog een* boek van Plato was."

Graham voelde zijn knieën slap worden. *Dit is het soort ontdekking waar carrières op gemaakt worden.* "Nog een... dialoog?" *Dat is niet mogelijk.*

Hij dacht er even over na en realiseerde zich toen dat het niet alleen *mogelijk* was dat er een ander manuscript van Plato was, het was *zelfs waarschijnlijk.* Hoewel de meeste van Plato's manuscripten die waren gepubliceerd en op grote schaal beschikbaar waren gesteld, waren gekopieerd uit de vele fragmenten en voltooide versies, waren er vele stukken van zijn codices, tetralogieën, en fragmenten van papyri die in het beste geval onvolledig waren. In het slechtste geval waren het niet meer dan toespelingen op langere, intrigerend afwezige werken van de grote filosoof.

Overblijfselen van veel van Plato's werken, alsmede kopieën van die werken, werden voortdurend opgegraven, onderzocht, vertaald, en naar musea gestuurd voor restauratie. Sommige daarvan waren stukken van werken die bekend waren in de Griekse academische wereld, terwijl andere zo onleesbaar waren dat het net zo goed onontdekte werken hadden kunnen zijn.

Waarom zou er niet iets completers zijn dat nog onontdekt is? dacht hij.

"Plato schreef een derde stuk dat samenviel met zijn woorden over Atlantis in *Timaeus* en *Critias*. In deze dialoog, waarin hij verhaalt over een diepgaand gesprek met Solon, de man die naar Egypte was gereisd en over de oude Atlantiërs had gehoord, vertelt Solon Plato waar hij de Atlanteïsche Hal der Archieven kan vinden, de plaats waar hun hele massa kennis en wijsheid zou worden bewaard."

Sarah was duidelijk verbaasd. "En jij... jij *hebt* dit boek?"

Rachel knikte zonder zelfs maar te pauzeren. "Ja, dat weet ik. Mijn overgrootvader maakte deel uit van een elite wetenschappelijke gemeenschap die werkte aan het terughalen van deze kennis, om het te verheerlijken voor de rest van de wereld, om voor eens en voor altijd de zuiverheid van het ras van zijn familie te bewijzen, helemaal terug naar de oorspronkelijke -"

"Wacht eens even," zei Sarah, onderbrekend. "Jouw overgrootvader was een *Nazi, nietwaar?*"

Rachels gezicht vertrok in een verzuurde uitdrukking. "Mijn overgrootvader was de *leider* van een groep mannen die hun *hele leven* aan de oplossing van een probleem hebben gewerkt.

"Hij *vermoordde* onschuldige mensen. Mannen, vrouwen en kinderen."

"Hij was geen deel van het grotere edict dat leidde tot de concentratiekampen, Sarah. Hij probeerde alleen...

Graham zag de verandering in Sarah het eerst, waarschijnlijk zelfs voordat Sarah het merkte. Haar houding veranderde, ze begreep plotseling wat haar doel was, en wat haar rol hier moest zijn. Ze stond op, rechtte haar rug en duwde haar borst vooruit terwijl ze zich uitstrekte tot haar volledige lengte, torenhoog boven hem en Rachel uit. Haar neusvleugels wapperden een keer en haar kaak zette zich op.

"*Dat is* waar het hier om gaat," zei Sarah. "Je bent een gestoorde neonazi, uit op wereldheerschappij door een vaag idee om te bewijzen dat jouw 'ras' superieur is aan de rest van ons. Jij en de 'Arische droom'. In dat geval, kunnen jij en Hitler's Dream Team gaan...

Rachel stak een hand op, en een man kwam onmiddellijk door de open deur naar binnen. In tegenstelling tot Rachel was deze man *duidelijk* niet geamuseerd door Sarah's tirade. Hij stapte naar voren en greep Sarahs pols, trok hem achter haar lichaam en draaide hem achter haar schouderblad. Ze schreeuwde van de pijn, en Graham haastte zich naar voren.

Hij rende op zijn dochter af, maar Rachel stapte voor hem uit. Ze stak een arm uit en hij viel er met zijn hoofd tegenaan, verrast en versuft door de plotselinge snelheid en kracht van de kleine vrouw. Hij rolde zijwaarts, net toen Rachel de voet van haar handpalm in zijn nek sloeg.

Hij wankelde en viel. Voordat hij weer kon opstaan, snelde een tweede man, deze groter en nog onheilspellender dan de eerste, de kamer binnen en drukte met zijn zware linkervoet tegen Grahams hoofd, het in de harde stenen vloer.

"Professor," zei Rachel. "Ik wil u bedanken voor uw medewerking tot nu toe. Het was een waar genoegen u te leren kennen. Maar uw dochter lijkt niet hetzelfde respect voor mijn doel te hebben als u, en daarom zal ik een voorbeeld aan haar moeten stellen."

Graham kon haar gezicht niet zien, maar haar voeten - zwarte laarzen die bij die van de soldaten pasten - stonden vlak voor zijn gezicht. Haar tenen hadden zijn neus kunnen raken zonder veel beweging van haar kant.

Hij voelde een worsteling, hoorde geschuifel en commotie ergens buiten, in de gang.

Sarah.

Hij was in de kamer met alleen de andere soldaat en Rachel zelf. Opnieuw was zijn dochter van hem afgenomen.

Opnieuw was alles waar hij om gaf van hem weggerukt.

"U en uw dochter zijn beiden zeer bekwaam," zei Rachel. "Maar we kunnen jullie niet allebei gebruiken. Ik wil weten waar de verbinding is die je uit het object hebt gehaald, en ik wil het *nu* weten."

"Ik... ik wil niet..."

"Niet hier," zei Rachel. Graham voelde zich ruw overeind getrokken worden. "Er is nog een laatste proef gepland voor we ons aan de wereld openbaren, en ik denk dat u die niet wilt missen, professor."

HOOFDSTUK 66

BEN

DE RIT NAAR HET GIZEH COMPLEX WAS SAAI, maar werd nog saaier door het grote aantal forenzen op de weg. Het verkeer was een nachtmerrie, en wat een rit van twintig minuten vanaf het vliegveld had moeten zijn, was meer dan twee keer zo lang.

Ben hield Julies hand vast in de auto, geen van beiden spraken ze. Alex en Reggie praatten op de achterbank terwijl mevrouw E reed, maar Ben's gedachten waren gericht op wat hun volgende stap zou zijn. Als leider van de CSO, was het zijn plicht en verantwoordelijkheid om zijn team te beschermen. Hij wist dat Reggie en Mevr. E meer dan capabel waren, maar hij zou het zichzelf niet kunnen vergeven als er iets met Julie en Alex gebeurde.

Toen ze bij Gizeh aankwamen, riep Ben het team bijeen. "Luister," zei hij, voordat iemand een deur opende. "We zijn vijanden van de staat hier. We zijn niet welkom, en dit is niet het soort land om eerst vragen te stellen. Bovendien, als Sarah's ontvoerders invloed hebben op de lokale autoriteiten, en ik denk dat dat zo is, zitten we er al tot over onze oren in. Ze laten ons niet zomaar binnen en beginnen rond te snuffelen op hun oude sites."

"Wat is het plan, baas?" vroeg Reggie.

"Nou, dat is een beetje waar ik vast zit," zei Ben. "Maar er is iets wat we vroeger altijd deden in de nationale parken. Om onze systemen en processen te testen, en ook de algemene tevredenheid van onze service, huurden we andere rangers van andere parken in om naar ons park te komen en daar een soort 'vakantie' te houden.

"Ze kwamen binnen, casual gekleed - niet in uniform - en vroegen gewoon naar dingen. Onze gastenservice en de meeste rangers en ander personeel hadden geen idee dat ze een overheidsfunctionaris waren, die een audit uitvoerde."

Reggie lachte. "Dus jullie plan is om gewoon naar het bezoekers-centrum te gaan en te zeggen: 'hé daar - we willen graag rond jullie Sfinx graven, als dat goed is?'"

Ben haalde zijn schouders op. "Ja, zo'n beetje. Het personeel van hun centra kent onze gezichten en namen toch niet? Ik bedoel, we zijn hier niet echt welkom, maar we zijn ook geen internationaal bekende criminelen."

"Eigenlijk, zou dat kunnen werken," zei Alex. "Het kan ons tenminste in het park krijgen zonder te hoeven sluipen. Het is het proberen waard. En als het niet werkt, kunnen we daarna nog naar binnen sluipen, maar dit is een veel betere optie dan de bewakers te omzeilen."

"Zijn er hier bewakers?" vroeg Reggie.

"Oh ja," zei Alex. "Veel van hen, ook. Het Ministerie van Oudheden kondigde een paar jaar geleden aan dat ze het grootste deel van de beheer- en onderhoudstaken, inclusief de beveiliging, over-droegen aan particuliere aannemers. En er zijn altijd legermannen in de buurt geweest. Dat, gecombineerd met de toename van het aantal opdringerige gebouwen en golfbanen in de buurt, betekent meer - en betere - beveiliging in het algemeen.

"In 1995 schrapte de UNESCO de Grote Piramide van de lijst van werelderfgoederen omdat er een snelweg was gepland die te dichtbij zou komen. De snelweg werd verplaatst, UNESCO zette hem weer op de lijst, en hier zijn we dan. Nu het toerisme op een historisch dieptepunt staat als gevolg van terroristische dreigingen en een onstabiele economie, zijn er veel meer marskramers en oplichters die buiten het complex werken en azen op de weinige toeristen die er zijn."

"Dus, eigenlijk, worden we gebombardeerd door straatjongens of waakhonden," zei Reggie. "En jij zegt dat onze beste gok is om gewoon door de voordeur te lopen en alles netjes te houden."

"Ja," zei Alex. "Zo zijn er in ieder geval minder wapens op ons gericht."

"Oké," zei Ben. "Dus de sleutel is om gewoon casual te doen, alsof we gewoon toeristen zijn. In zekere zin zijn we dat ook. We zijn nieuwsgierig naar de Sfinx en willen hem zien. Niets meer, niets minder. Als we eenmaal binnen zijn, kunnen we proberen toegang te krijgen tot een van de bijgebouwen en rond te neuzen. Als Sarah hier is, is het niet onmogelijk om haar te vinden."

Mevrouw E knikte in de achteruitkijkspiegel en opende haar portier, gevolgd door Alex en toen Julie. Ben gleed uit de auto, rekte zich uit en wenste plotseling dat hij weer in de auto zat, waar het koel en gekoeld was. *Het is* heet *hier buiten*, dacht hij. *Veel te heet.*

Hij had geen idee hoe mensen ooit hadden besloten hier te gaan wonen - zijn eigen hut in Alaska was 's zomers benauwd, en deze plek was minstens veertig graden warmer.

Hij snoof, huiverde en liep toen naar het hoofdgebouw dat vlak voor het meest massieve monument stond dat hij ooit had gezien.

De Grote Piramide van Gizeh rees 481 voet de hemel in, uittorenend boven de twee andere massieve bouwwerken die er vlakbij stonden. De piramide doorboorde de hemel erboven en brak in de lage wolken die zich boven het gebied hadden gevestigd. Eeuwenlang was het 's werelds hoogste gebouw geweest, totdat de groei van de bevolking en de technische bekwaamheid de uitdaging aangingen.

Mijn God, dacht hij. *Zoiets heb ik nog nooit gezien.* Ben had natuurlijk foto's van de piramiden gezien, maar om het in het echt te zien, was absoluut adembenemend. Net als het Colosseum in Rome, was het moeilijk te geloven dat een bouwwerk als dit door mensen gemaakt kon zijn.

En mensen die geen echte technologie hadden, dacht hij. *Geen bulldozers, grondverzetmachines, of zelfs fatsoenlijke polycarbonaat schoppen.*

Op dat moment wist hij de waarheid. "Alex," zei hij.

"Ja?"

"Je zei dat er een tijd was dat het hier veel regende?"

"Ja."

"Het zou toen een *stuk* koeler zijn geweest, vermoed ik."

"Zeker," zei Alex. "Het klimaat zou totaal anders zijn. Bijna tropisch."

Ben knikte. "Dat is wat ik dacht. Deze bouwwerken werden *zeker* gebouwd lang voordat de Egyptenaren dat beweerden."

"Waarom zeg je dat?" vroeg Julie.

Ben trok de kraag van zijn overhemd open om te proberen er wat lucht onder te krijgen. "Omdat het *heet is*. Verschrikkelijk heet. Deze jongens zouden nooit zoiets gebouwd hebben in deze hitte."

Julie en Alex lachten. "Is *dat* jouw theorie?" vroeg Alex. "Klinkt wetenschappelijk genoeg, denk ik."

Ben mopperde onder zijn adem en liep door. Ze bereikten de vooringang, een weinig indrukwekkend bruinachtig gebouw met een laag en plat dak, zonder ramen. Het gebouw stond naast een lange elektrische poort, en aan beide kanten van de poort stonden drommen mensen opeengepakt, wachtend op hun tijd om binnen te komen of wachtend op meer mensen in hun gezelschap.

Ben kon ook het tumult horen van de schreeuwende sjacheraars, die prijzen afratelden in het Engels en Arabisch, en hij hoorde zelfs de tonen van een ondernemende jongeman die in het Frans schreeuwde terwijl hij zijn kleurrijke Egyptische sjaals omhoog hield naar een groep vrouwen die in de buurt stonden te wachten.

Ben zag een bord geschreven in Arabisch en Engels: *BINNEN-KOMEN VIA TICKET GEBOUW.*

Hij liep naar het gebouw toe, de rest van zijn groep op sleeptouw, en zag twee gewapende soldaten aan weerszijden van een open deur staan. Ben probeerde hen niet aan te kijken en de aandacht op zich te vestigen, maar tegelijkertijd wilde hij weten of de mannen ook naar hem keken. Helaas waren hun ogen verborgen achter sportzonnebrillen, maar ze verroerden zich niet toen hij langsliep en door de deur de donkere, lage kamer binnenstapte.

Zijn ogen pasten zich aan en hij zag de kassa aan de rechterkant. Alex nam het voortouw en liep naar de balie. Hij sprak even in het Arabisch met de man achter de balie en overhandigde de man toen een creditcard en een paar biljetten uit zijn portemonnee. De man glimlachte, haalde de kaart over en overhandigde Alex genoeg pols- bandjes voor zijn hele groep. De man overhandigde Alex een bonnetje en stopte de biljetten in zijn zak.

Ben knikte instemmend en nam zijn polsbandje aan. "Heb je een deal met hem gemaakt?" vroeg hij Alex.

Alex knikte. "Vertelde hem dat ik wat Amerikaanse toeristen rondleidde."

"Dat is... alles wat er voor nodig was?" vroeg Reggie, terwijl hij zijn polsbandje omdeed.

Alex keek om zich heen en zijn ogen vielen op Ben. "Ik heb hem ook verteld dat die grote jongen hier 'speciaal' is, en dat het geweldig zou zijn als we het kindertarief voor hem konden krijgen."

Reggie en mevrouw E lachten hysterisch en schuifelden zich een weg door de bezoekers naar de uitgang aan de achterkant van het gebouw.

"Wat?" Vroeg Ben. "Je hebt ze verteld dat ik... Jules, zie ik er 'spe- ciaal' uit? Wat betekent dat eigenlijk?"

Julie grijnsde en pakte Bens arm, trok hem weg van de toonbank en in de richting van de deur. "Shh," zei ze. "Je wilt toch niet dat die vent denkt dat we er snel vandoor gingen."

Ben rolde met zijn ogen, maar klopte op Alex' schouder toen de jongeman voor hem langsliep. "Blij dat je er bent, maatje. Bedankt."

Alex knikte en keek op naar Ben. "Komt voor elkaar. Wat er ook voor nodig is om Sarah te vinden."

Ben haalde diep adem en stortte zich weer in de kolkende hitte. Reggie stond plotseling naast hem, rukte aan zijn shirt en trok hem opzij.

"Hey -"

"Hou het laag," zei Reggie. "En blijf in de schaduw van het gebouw."

"Waarom?" vroeg hij, maar hij stapte toch opzij.

De anderen waren er ook, ineengedoken uit de weg en meestal in de schaduw van het lage gebouw. Dankzij de ligging van het gebouw aan de oostkant van het complex, wierp de ochtendzon een lange, rechthoekige schaduw op deze kant van het loket.

"Kijk," zei Reggie, wijzend.

Ben volgde en zag een groep gewapende mannen in de buurt staan, die de menigte in de gaten hielden toen ze door de kassa stroomden. In tegenstelling tot de bewakers bij de voordeur droegen deze mannen echter de insignes van het Egyptische leger.

En in het midden van de groep stond een man die Ben onmiddellijk herkende.

Agent Sharpe.

HOOFDSTUK 67

BEN

"IS INTERPOL HIER?" Vroeg Ben. "Hoe..."

"Ze hebben waarschijnlijk de Sikorsky gevolgd," zei Reggie. "Er is geen enkele manier dat het een solide manifest en vluchtplan zou hebben ingediend bij de lokale autoriteiten, dus het zou gemakkelijk te traceren zijn geweest als ze wisten waar ze naar zochten."

"En ze waren op de heuvel toen het opsteeg," voegde Mrs. E eraan toe. "Dus ze zouden zeker geweten hebben waar ze naar moesten zoeken."

"Dit is niet goed," zei Ben. "Tot zover het binnenlopen en doen alsof we gewoon toeristen zijn."

"We *zijn* gewoon toeristen," zei Reggie. "Alex heeft de kaartjes gekocht, weet je nog? Ze zullen zijn naam niet weten, dus zijn creditcardgegevens zullen niet worden doorgegeven aan Interpol of de regering hier. We vliegen nog steeds onder de radar, we moeten alleen vanaf nu voorzichtig te werk gaan."

"Denk je dat ze op ons zullen schieten?" vroeg Julie.

Reggie schudde zijn hoofd. "Zelfs als ze dat zouden willen, zou het een rel veroorzaken. Het is hier te druk." Hij keek in de richting van de Sfinx, die bijna ten westen van hun locatie stond. Maar als we eenmaal weg zijn van de drukte, zijn we in de open lucht."

"Ze schoten op ons in Santorini," zei Julie. Ben hoorde de vraag in haar stem.

"Ze handelden in een opwelling," zei Reggie. "Sharpe is geen groentje, maar die agenten op het eiland krijgen waarschijnlijk niet veel actie te zien. En hij heeft hen waarschijnlijk niet het volledige verhaal verteld. Voor zover zij wisten, waren wij internationale voortvluchtigen."

"Technisch gezien *zijn* we internationale voortvluchtigen," zei Ben.

"Nou, dat betekent niet dat we beschoten moeten worden. Maar toch, die jongens zijn geen gewone infanteristen. Ik denk dat hun insigne het embleem is van de Mukhabarat."

"De viezigheid-wat?" vroeg Ben.

"De Algemene Inlichtingendienst van Egypte. Ze zijn een soort CIA van het land. Hoofdzakelijk gericht op het verstrekken van inlichtingen aan de regering, maar ook belast met contraterrorisme operaties."

"*Contra-terrorisme?*" vroeg Julie. "Dus we zijn nu terroristen?"

Reggie schudde zijn hoofd. "Dat zijn we niet, maar wat er ook aan de hand is met de groep die Sarah gevangen nam, kan bij zoiets betrokken zijn. Maar dat betekent *ook dat* ze *heel* kieskeurig zullen zijn om ons hier rond te laten lopen."

"Dat betekent dat we beschoten kunnen worden," zei Julie.

Ben zag de abrupte verschuiving van een van de Egyptische soldaten. Hij bewoog in hun richting, en Sharpe's blik viel plotseling op hen. Ben sloot de ogen met de man.

Shit.

"Oké, ze hebben ons gezien," zei Ben. "Als we vluchten, zijn we de klos. Wat Sharpe ook over ons verteld heeft, ik denk niet dat het Egyptische leger zich gaat bemoeien met voortvluchtigen die rond hun historische monumenten rennen."

"Ja, waarschijnlijk niet," zei Reggie. "Maar de Sphinx is *daar*. Misschien kunnen we hen vragen ons te begeleiden..."

De mannen begonnen naar hen toe te lopen net toen Reggie zichzelf onderbrak.

"Oké, dit is *niet goed*," zei Reggie.

"Wat?" Vroeg Ben.

"Die kerel naast Sharpe," zei hij, verwijzend naar de man die naast Agent Sharpe marcheerde. De man was enorm - bijna een kop groter dan Sharpe, en gemaakt van dikke, stevige spieren. "Ik herken hem."

"*Ken* je hem?"

Reggie schudde zijn hoofd. "Nee, maar ik zou me nergens in dat gezicht vergissen. Dat is een van de kerels die Sarah meenamen. Hij was in de bar, met zijn andere schurk, degene die we achterlieten in Nea Kameni."

De soldaten en Sharpe verhoogden hun tempo. Zij waren nog steeds aan de andere kant van het brede, uitgestrekte terras van Ben en zijn groep, en er waren honderden toeristen tussen hen in aan het zwermen. Maar Sharpe en de anderen waren op hun positie gericht en zouden in minder dan tien seconden door de menigte zijn.

"Jongens," zei Ben. "We moeten gaan. *Nu*."

Niemand sprak, maar Reggie ging voorop en wendde zich naar links, naar de zuidelijke rand van het plein, waar minder mensen waren. Ben zag zijn doel - hij was bezig om de mensenmassa in het midden van het plein tussen hen en de soldaten te houden.

"Volg hem," zei Ben. "Ga!"

Net toen ze allemaal begonnen te rennen, begonnen de soldaten en Sharpe te sprinten, mensen uit hun weg duwend en duwend, terwijl ze op Ben's positie bij het ticket gebouw mikten.

Ben volgde de rand van het gebouw naar het zuiden, sneed toen rechts af en volgde Reggie en de anderen. De vierhoek was smaller aan deze zuidelijke rand, en een lage muur van oude rotsen stond aan de uiterste westelijke rand. *Dat is ons doel,* wist Ben. Reggie ging er recht op af, en als ze daar konden komen, zouden ze -

Crack!

Het geluid van geweervuur klonk, maar Ben nam niet de moeite om achter zich te kijken. Geschreeuw vulde onmiddellijk de lucht, en hij wist dat de jacht geopend was.

En wij zijn de prooi, dacht hij.

Er werden nog twee schoten gelost, daarna het onmiskenbare geluid van een schot met drie ontstekingen uit een van de aanvalsgeweren die de mannen droegen. Ben wist niet hoeveel mensen - als er al waren - zich tussen hem en de schutters bevonden, maar hij durfde nog steeds niet achterom te kijken.

Het geschreeuw van de toeristen op het plein groeide in hevigheid tot een dof gebrul in Bens achterhoofd. Het was er wel, maar het was niet het onmiddellijke aandachtspunt. Hij was in een race voor zijn leven, en ook in een race om het leven van zijn vrienden te beschermen. Niets anders deed er toe.

Reggie had de muur bereikt en sprong er overheen, waarna hij zich omdraaide om Alex, Julie en mevrouw E. te helpen. Ben hijgde in de hitte, maar hij versnelde en schoot zichzelf de lucht in. Zijn voet raakte de bovenrand van de muur net toen mevrouw E over de muur gleed.

Hij duwde, gebruikte de bovenkant van de muur als een opstap, draaide zijn lichaam opzij en rolde door de lucht over de lijn van rotsen.

Hij landde op een hoopje aan de andere kant, stof en zand vlogen omhoog en in zijn ogen en gezicht. Hij hoestte, voelde een scherpe uitstekende steen in zijn rug hameren en kneuzen, maar dat kon hem niet schelen.

We leven nog.

Hij ging rechtop zitten. De bovenkant van de lage muur was slechts centimeters boven de bovenkant van zijn hoofd, en hij wist dat dit verre van een permanente schuilplaats was. De soldaten zouden hen in enkele seconden achterna zitten, en er was niets dan zand en leegte tussen hen en de Sfinx, die in de verte opdoemde.

"We moeten in beweging blijven," zei Reggie. "Laten we de muur helemaal tot het einde volgen. Dan hebben we een paar honderd meter geen dekking, maar dan kunnen we op ons dooie gemak naar het Sphinx complex rennen. Het ligt in een soort gracht, dus als we in de gracht komen kunnen we misschien weer dekking zoeken."

"En wat dan?" vroeg Julie. "Ze blijven ons achtervolgen tot we buiten adem zijn. We kunnen nergens heen."

Reggie wees naar het noordwesten. "Dat is het Tempelcomplex van de Vallei, vlak naast de Sfinx. Het is een doolhof van steen. Als we daar naar binnen gaan, hebben we misschien een kans om achter ze te komen."

Hij keek naar Ben, en Ben wist meteen wat hij dacht. *Als we achter ze komen, kunnen we ze misschien ontwapenen.*

Ben knikte, en Reggie ging er vandoor, weer voorop.

Hij hoorde een paar knallen van kogels die insloegen aan de andere kant van de muur.

Opnieuw aangevallen.

HOOFDSTUK 68

REGGIE

REGGIE WIST SLECHTS MARGINAAL VEEL OVER DE GROTE SFINX EN DE OMGEVING. Hij wist dat de Grote Piramide, gelegen ten noordwesten van de Sfinx, het laatste overgebleven wereldwonder was en dat het al ontelbare duizenden jaren in dit gebied had gestaan, waarbij de werkelijke leeftijd van het bouwwerk een punt van discussie was onder Egyptologen.

Maar tijdens de vlucht naar Caïro en Gizeh, tussen de conversaties met Alexander door, had Reggie zich wat op de hoogte gesteld van de geschiedenis van de plaats waar ze nu doorheen reden.

De Vallei Tempel, zoals hij werd genoemd, was een uitgestrekt stenen complex dat net ten zuiden van de Sfinx en zijn eigen tempel lag, en men dacht dat het de tempel was die was gebouwd ter herinnering aan de farao Khafre, een Egyptische koning die meer dan vierduizend jaar geleden had geregeerd.

De Vallei Tempel is ruwweg vierkant, ongeveer 150 voet aan een kant, en bestaat uit een paar verschillende 'kamers,' elk gehouwen uit kalksteen dat was uitgehakt en gedolven uit het gebied rond het Sphinx plateau. Voor Reggie leek het bovenaanzicht van het complex op een soort ruimteschip, als een tweedimensionale Starship Enterprise:

[Image: valley-temple.jpg]

De tempel was tot de jaren 1800 volledig bedekt geweest met zand, zodat hij goed bewaard was gebleven en verborgen was gebleven voor plunderaars en dieven. Het resultaat was een tempelcomplex dat wonderbaarlijk goed bewaard was gebleven, met muren en zuilen die nog recht overeind stonden en waarvan alleen het dak dat ze vroeger bedekte, ontbrak.

Egyptologen schreven de stichting van de tempel toe aan het tijdperk van Khafre's heerschappij, omdat zij een buste van de farao ondersteboven in een kuil in de tempel vonden. Het probleem bij het gebruik van deze eenvoudige associatieve methode voor het dateren van de structuur eromheen is natuurlijk dat de buste op elk moment *na de* bouw aan de tempel kan zijn toegevoegd - ook duizenden jaren daarna.

Dat soort leeftijd-per-beschrijving was gebruikelijk in Egypte, wist Reggie, en een van de grootste problemen die hij had met de academische gemeenschap. De Grote Piramide zelf had te lijden gehad van een soortgelijke verouderingsmethode, en de huidige pogingen om de enorme piramide op de juiste wijze te dateren lagen voortdurend onder vuur van Egyptologische 'puristen'.

De meest veelzeggende reden die Reggie had gevonden om te denken dat de Vallei Tempel - en de Sfinx, de eigen Sfinx Tempel, en de rest van de indrukwekkende bouwwerken die samen het Gizeh complex vormden - veel ouder was dan de geaccepteerde wijsheid beweerde, was iets dat hij had ontdekt terwijl hij snel een rapport van de Sfinx en de omringende gebouwen doorbladerde. De oorspronkelijke 200 ton zware kalkstenen blokken die de Tempel van de Vallei vormden, waren later omhuld met granieten dekstenen. Maar die granieten stenen waren perfect gevormd om aan te sluiten bij de verweerde, geërodeerde gevels van de kalkstenen blokken die ze moesten bedekken - wat betekende dat de kalkstenen blokken er al *heel lang waren*.

Hij was geïntrigeerd door de informatie en had het opgeborgen voor het geval het iets was dat nodig was voor hun operatie in Gizeh. Nu liepen ze naar de tempel met het lage plafond, onzeker over wat er binnen lag.

Reggie liep vooraan in de linie, wetende dat hij op Ben kon rekenen om achteraan te blijven. De geweerschoten waren nu even weggeëbd, maar hij wist dat dat alleen was omdat de mannen die hen achtervolgden goed getraind waren. Ze zouden geen munitie verspillen door verdwaalde kogels af te vuren. Ze zouden wachten tot hun schoten duidelijk waren.

Hij versnelde zijn pas, bijna voorover duikend met elke lange pas, tot hij bij de ingang van de Vallei Tempel was. Een kring van Aziatische toeristen stond vlakbij, geschrokken en bang, maar ze liepen langzaam weg van de ingang, bleven bij elkaar en probeerden geen oogcontact te maken. Hij was blij dat ze zich een weg baanden naar de poort, maar nog steeds vol ongeloof dat hun achtervolgers midden op de dag het vuur op hen hadden geopend, zich niets aantrekkend van de onschuldige burgers en voorbijgangers.

Het vertelde hem dat de Mukhabarat niet van plan waren de kans te missen om hen uit te schakelen. Ze waren hier om een klus te klaren, en die klus hield in dat ze ervoor moesten zorgen dat Reggie en zijn maatjes volledig uit het spel waren.

En hij wist maar al te goed hoe ze van plan waren die missie te volbrengen.

Dit alles vertelde hem dat ze niet langer alleen te maken hadden met de Interpol agent, Agent Sharpe, die fatsoenlijk en onschuldig genoeg leek. Nu zaten ze midden in de strijd, achtervolgd door een groep mensen die bijkomende schade riskeerden en onschuldige omstanders doodden om te verbergen wat het ook was dat ze probeerden te verbergen.

En om Sarah te verbergen.

Hij stormde naar voren en lanceerde zichzelf tegen de voordeur van de Vallei Tempel. Hij bukte instinctief, ook al was het plafond hoog genoeg om zijn hoofd niet te bedreigen. Hij bleef even staan om op adem te komen en op de rest van zijn team te wachten. In de korte pauze nam hij het interieur van de grote tempel in zich op en zag de foto's en beschrijvingen die hij had gelezen voor zijn ogen tot leven komen.

Hij wist niet zeker of informatie over de Tempelvallei of de Sfinx hen zou helpen hun achtervolgers voor te blijven - en het zou hen zeker niet helpen niet neergeschoten te worden - maar het bevestigde alleen maar zijn vermoedens dat er iets *heel* vreemds en onofficieels was aan het hele Gizeh Plateau.

HOOFDSTUK 69

JULIE

JULIE'S ZIJ SPLEET UIT ELKAAR VAN DE TOENEMENDE PIJN VAN DE INSPANNING. Ze waren veilig - voor het ogenblik - in de Vallei Tempel, maar Reggie was nauwelijks gestopt om op haar en de anderen te wachten, voordat hij hen voorstelde verder te gaan in de diepten van het oude bouwwerk.

Hij had onderzoek gedaan naar de gebouwen die het plateau vormden, en in combinatie met zijn liefde en aanleg voor geschiedenis en Alexanders kennis uit de eerste hand als ex-inwoner van Caïro, voelde zij dat zij in goede handen waren.

Toch wenste ze dat die handen *iets* in zich hadden om terug te vuren op hun achtervolgers. Reggie had hen verteld dat de mannen die hen volgden van de Mukhabarat waren. De veiligheidsdienst had de leiding over alles wat de Egyptische regering hun waardig achtte; ze hadden bijna carte blanche bij het aanpakken van plaatselijke bedreigingen voor de regeringen van Caïro en Gizeh.

En Julie wist ook dat Agent Sharpe niet alleen buiten zijn jurisdictie viel, hij *had* geen jurisdictie. Het feit dat hij hier was was verrassend - Interpol was geen politiemacht, maar slechts een communicatiebedrijf dat nationale en lokale overheden bijstond. Hij voelde zich waarschijnlijk even overweldigd door zijn betrokkenheid als Julie door haar eigen betrokkenheid, maar ze wist dat hij niets kon doen of zeggen om de mannen van Mukhabarat terug te roepen. Ze waren op een missie, en Julie en haar team vormden de bedreiging.

Ze zouden de dreiging elimineren, of ze zouden falen.

En ze leek niet te denken dat ze geïnteresseerd waren in falen.

Ze volgde Reggie op de voet, Mevr. E, Alex en Ben vlak achter haar. Ze liepen door de bijna lege vallei van de Tempel Vallei. De meeste toeristen waren afgeschrikt door het dreigende geweld en de geweerschoten en waren massaal op weg naar de oostelijke poorten. Een paar achterblijvers - mensen die niet wisten wat er gebeurde of die onwetend wilden blijven - bleven achter, lazen inscripties en wandelden tussen de stenen pilaren in de tempel.

Julie hoopte voor hen dat de mannen die hen volgden niet zo onvoorzichtig zouden zijn om schoten af te vuren zodra ze naar binnen stormden.

Reggie sloeg voor hen rechtsaf, en toen meteen linksaf. Door het ontbreken van een dak op hun route kon Julie in de verte nog net de top van het hoofd van de Sfinx zien, en ze zag dat het kronkelige pad dat Reggie door de met zuilen bezaaide tempel nam, ergens bij de zuidoostelijke kant van de Sfinx zou uitkomen.

Juist toen Julie de bocht naar links nam, zag ze Reggie door een plastic zeil stappen dat een deuropening in de noordwestelijke hoek van de Tempelvallei versperde. De deuropening was smal, nauwelijks breed genoeg voor een paar om er naast elkaar door te passen, en naast de deur stond een bordje met het doel van het afgesloten gedeelte in het Engels en Arabisch.

Causeway momenteel gesloten; geen toegang voor het publiek.

Reggie stopte niet om na te denken over de betekenis van het bord of om de anderen om hun mening te vragen, hij rende gewoon door de dunne plastic folie, scheurde het van de zwakke schilderstape die het tegen de stenen muren hield. Julie volgde hem en liep door een oneindig lange tunnel. De 'causeway' was ook zonder dak, en de felle zon verlichtte de hele strook stenen pad die de afstand liep tussen de Vallei Tempel en zijn bestemming, ergens in de buurt van de voorkant van een van de piramides.

Julie wist niet wat het oorspronkelijke doel van de brug was, maar het was duidelijk dat hij nu voor een of ander bouwproject werd gebruikt. Terwijl ze rende, omzeilde ze verfblikken, zaagpalen en ander gereedschap en voorraden. Meer plastic platen bedekten de stenen muren, en op een paar plaatsen waren steigers over de brug gebouwd, zodat de werklui er zo nodig overheen konden.

Reggie liep vooruit en stopte toen bij een kruispunt met een andere doorgang die rechts van de doorgang aftakte.

"Dit hoort hier niet," mompelde hij, zwaar ademend.

"Wat bedoel je?" vroeg Julie.

"Deze doorgang," antwoordde hij. "Het is gewoon een lange en rechte stenen doorgang, waarschijnlijk bedoeld om water naar de piramides te brengen. Er waren geen uitlopers, van wat ik me herinner."

"Misschien heb je het gemist?" Zei Julie, net toen de drie achterblijvers haar inhaalden, allen hijgend.

"Nee," zei hij. "Ik bedoel, het is ook nieuwer. Kijk." Hij wees naar de muren rond de hoofdgang en vervolgens naar de nieuwere doorgang. Julie moest toegeven dat de nieuwe tak recentelijk gekapt leek, de verse hoeken en randen nog scherp.

"Je hebt gelijk," zei Ben. "Dus... nemen we het?"

Reggie keek achter zich en knikte toen. "Ze zullen vlak achter ons zijn, en er is geen andere uitgang van de Vallei Tempel dan deze verbindingsweg. Het is te lang om de lengte ervan te lopen voordat ze ons in de gaten hebben, dus we zullen schietschijven zijn. Deze splitsing is de enige weg. Ze zijn waarschijnlijk..."

Voor hij kon uitpraten, hoorde Julie het geluid van zware laarzen - vele paren - die luider door de verhoogde weg weergalmden.

"Ze zijn er bijna," zei Reggie. "Kom op."

Julie aarzelde niet. Ze volgde Reggie naar de loodrechte aftakking van de hoofdweg. Het was overdekt, en dus donkerder. Reggie was langzamer gaan lopen om geen gevaarlijke richels of obstakels te missen, en Julie volgde haar.

HOOFDSTUK 70

BEN

DE DEUROPENING DIE IN DE ZIJKANT VAN DE MUUR WAS UITGEHAKT, leidde naar een andere gang, deze was iets hoger, maar smaller dan de oorspronkelijke Egyptische gang. Hij was ook donkerder, omdat deze gang nog een dak had - of tenminste het gesteente waaruit de gang was gehakt, was niet helemaal tot aan de oppervlakte uitgehakt. Zand en steenslag stapelden zich op langs de zijkanten van de gang, en een lichte laag stof vulde de lucht toen ze naar binnen liepen.

Ben kon eerst niet precies zien hoe ver de gang was doorgesneden, maar na een paar seconden pasten zijn ogen zich aan en zag hij dat de gang nog maar een meter of twintig verder eindigde.

Helaas eindigde het in een dikke, massieve metalen deur, die de toegang tot wat erachter lag volledig afsloot.

"Niet goed," zei Reggie.

"Zeker niet goed," herhaalde Ben.

Ben hoorde de voetstappen achter hen steeds luider worden, en hij kon de schaduwen van de soldaten zien opdoemen in de langere doorgang.

"Wat is er?" vroeg Alex. "Het is duidelijk modern."

"Geen idee," zei Reggie. "Waarschijnlijk een soort toegangsgang voor onderhoud of zo."

"Wat het ook is," zei mevrouw E, "het is op slot." Ze trok weer aan de klink en de deur bewoog niet eens. "We zitten hier vast."

Ben voelde hoe de adrenaline hem onmiddellijk verliet, en zijn hart zonk toen hij Julie aankeek. Hij ging voor haar staan, blokkeerde haar zicht op de hoofdweg. *En blokkeerde hun zicht op haar.*

Hij zou niet echt een schild zijn, maar het was beter dan niets.

"Moeten we de gang opjagen?" vroeg Ben.

Reggie stond naast hem, beide grote mannen stonden schouder aan schouder in de kleinere gang, de ruimte volledig opvullend. "We hebben niet echt een keus, denk ik," zei Reggie. "Op mijn tel."

Ben knikte, ademde diep in en liet het weer uit.

"Een," zei Reggie, zijn stem fluisterend.

Ben zag de schaduwen op hen afkomen, steeds groter en vager naarmate ze hun positie naderden. De zware voetstappen denderden over de verhoogde weg, en door de kakofonie klonk het alsof er een leger op hen afkwam.

"Twee."

Ben wist dat ze minder dan drie seconden hadden voordat de soldaten en Sharpe hun positie bereikten. Drie seconden om hun verdediging voor te bereiden - in dit geval, niets meer dan hopen dat hun verrassingsaanval hen zou afschrikken. Drie seconden om Julie te vertellen -

"Drie!"

Reggie sprong naar voren net toen de eerste soldaat de hoek om kwam. Reggie vloog met een ongelooflijke snelheid op de man af, zijn schouders gebogen maar zijn hoofd omhoog, de kruin van zijn voorhoofd op de kin van de eerste man richtend.

Het *krakende* geluid van de klap - bot op bot - galmde nog harder dan de voetstappen, en het kostte Ben een fractie van een seconde om te beseffen dat het niet alleen de klap van Reggie's kopstoot was die het geluid had gemaakt.

De *tweede* soldaat in de rij van de mannen die over de lengte van de verhoogde weg liepen, had op Reggie's aanval gereageerd met een snelle haal van zijn trekker. De terugslag van het aanvalsgeweer stuurde de kogel in de richting van Reggie en landde in het dikste deel van zijn bovenbeen.

Hij gilde en viel zijwaarts, juist toen de eerste soldaat - de man die Reggie met zijn hoofd had geraakt - zich herstelde en zijn eigen geweer ophief.

Ben bleef staan. Hij had ook gerend, maar zijn snelheid kon niet op tegen die van Reggie en zijn vriend was ervandoor gegaan en was voorop geraasd. Hij bereikte de brug en de eerste man in de rij een seconde eerder dan Ben.

Nu stond Ben op het kruispunt van de doorgang en de kleinere gang, starend in de loop van een Maadi MISR 7.62mm aanvalsgeweer.

Hij slikte en sloot toen zijn ogen. Reggie kreunde vanaf zijn plek op de grond in de verhoogde weg, het bloed op zijn been begon zich rond hem te verzamelen.

Dit is het.

Hij hoorde een luid krakend geluid en hij hield zijn adem in. Het geluid werd gevolgd door een kleiner, lichter gepiep, en hij waagde een blik op de soldaat.

De man keek niet naar hem.

In plaats daarvan had de soldaat zijn ogen gericht op iets over Bens schouder. Ben liet zijn adem stokken en draaide zich om.

Achter Julie, Mevr. E, en Alex, ging de metalen deur aan het eind van de gang open.

"Niet schieten!" schreeuwde een stem.

Agent Sharpe.

Ben herkende de stem van de man, en toen hij zich omdraaide zag hij de Interpol-agent naast de man staan met een pistool in Bens gezicht.

"Wacht! Niet schieten!" zei hij opnieuw. Hij duwde het geweer van de man naar beneden en stapte naar boven, de kleinere gang in.

De deur achter Ben opende volledig, en hij hoorde iemand naar buiten schuifelen. Hij draaide zich om, met zijn rug nu naar de schutter en Agent Sharpe. Hij zag een vrouw - kort, een beetje stout, maar met een jeugdig gezicht dat helder en vrolijk was. Ze stapte volledig uit de open deur, en Ben kon zien dat er een andere man direct achter haar stond.

En ook hij hield een wapen vast.

"Welkom, Gareth," zei de vrouw. "Dit moet je team zijn. De *Civilian Special Operations*, geloof ik?"

Reggie sprak niet.

"Ik hoop dat je klaar bent om te leren waar al die ophef over ging. Alstublieft, kom binnen." Ze gebaarde dat de vijf haar moesten volgen, maar Reggie gaf geen krimp.

"Ik ga nergens heen," zei hij. "Totdat je me vertelt waar Sarah is."

De vrouw glimlachte. "Natuurlijk," zei ze. "Ik zal je wat zeggen - ik zal je een nog beter aanbod doen: kom binnen en zie waar ze ons mee helpt. Ze heeft haar vader geholpen een cruciaal deel van ons onderzoek uit te zoeken. Ze zijn allebei ongedeerd, en zouden erg opgewonden zijn om je te zien."

Reggie fronste zijn wenkbrauwen en keek toen naar Ben. Ben haalde zijn schouders op, net toen hij de loop van een geweer in zijn rug voelde drukken. Agent Sharpe stond plotseling naast hem.

"Kun je ons hier niet uit krijgen?" Ben vroeg Sharpe. "Je weet dat we onschuldig zijn."

Sharpe keek naar Ben.

"Wat?" Vroeg Ben. "Kun je niet gewoon bellen? Iedereen hier vertellen wat er aan de hand is, en dat we niets verkeerd hebben gedaan?"

Sharpe onderzocht zijn gezicht, liet toen met een zware zucht, zijn schouders zakken. Hij hief zijn pistool langzaam op, en hield het toen tegen de achterkant van Ben's hoofd. "Sorry, Harvey. Ik - Ik kan het niet."

Ben's gedachten gingen tekeer. *Wat is er in godsnaam aan de hand?* Hij wendde zijn blik weer tot de glimlachende vrouw.

"Dank je, Agent Sharpe," zei ze. "Uw werk wordt zeer gewaardeerd."

Kent ze hem?

Dan, als bijkomstigheid: *ze* werkt *met hem?*

Ben voelde dat hij kwaad werd. Ze dachten dat ze hierheen waren *gejaagd*, terwijl ze hier gewoon waren *bijeengedreven*. Ze waren in een val gejaagd, en die val was net gesloten.

"Mijn team zal jullie allemaal volgen - Mr Sharpe inbegrepen - naar binnen, en de deur op slot doen. Ik hoop dat je begrijpt dat onze beveiliging hier *vooral* is om te voorkomen dat toeristen ronddwalen op plaatsen waar ze niet veilig zijn. Deze gang -" ze stak haar hand op naar de uit de rotsen gehouwen gang - "is vers, en hoewel onze ingenieurs me de integriteit ervan hebben verzekerd, zijn ze zeker geen Arische bouwers."

Ze draaide zich om en begon terug naar binnen te lopen, de man die achter haar stond stapte uit de weg.

Mevr. E en Alex liepen ook naar binnen, gevolgd door Julie.

Ik denk dat we echt geen keus hebben, dacht Ben.

Reggie zuchtte, maar hij verzette zich niet. Ben wist dat de man antwoorden wilde - maar meer dan dat, hij wilde Sarah terug.

HOOFDSTUK 71

BEN

BEN VOELDE DE GROEIENDE WOEDE IN HEM VECHTEN TEGEN DE OPRECHTE NIEUWSGIERIGHEID DIE HIJ VOELDE.

Deze plek... het is verbazingwekkend, dacht hij.

Hij was geen archeoloog, en hij was nooit een historicus geweest. Het dichtste bij een van deze titels was een verre nicht van hem die werkte aan een succesvolle carrière als archeoloog. Toch was er iets aan deze plek dat hem vertelde dat ze zich op onbekend terrein begaven. De muren, het plafond, de vloeren - alles was uit dezelfde steen gehouwen, en alles had iets aards, leegs, *doods.*

Alsof je door een tombe loopt, dacht hij.

Hij was in veel grotten geweest - meestal tegen beter weten in - en deze plek had hetzelfde gevoel als een ondergrondse grot. De vochtigheid was hoger, maar de temperatuur was gelukkig lager dan de zinderende woestijn buiten. Het was niet perfect, maar het was comfortabel.

"Dit is de voorkamer van de Grote Zaal," zei de vrouw, terwijl ze hun tocht door de schemerig verlichte gangen vertelde. Ben zag dat de verlichting werd verzorgd door gemonteerde gloeilampen die aan hun kettingen hingen, alle stroom liep via verlengkabels en stapels snoeren. "De Grote Zaal ligt natuurlijk onder de Grote Sfinx zelf. Hij is verloren gegaan door de tijd, maar dat is voornamelijk te wijten aan het werk van de Egyptenaren zelf, die een opmerkelijke prestatie hebben geleverd door zijn bestaan uit de wereldrecords te wissen. Het heeft me bijna mijn hele carrière gekost om de regering zover te krijgen dat mijn team en ik de zaal mogen opgraven en onderzoeken."

Julie versnelde haar pas en bereikte een plek vlak achter de vrouw. "Waar heb je het over?"

"Daar is nog wel tijd voor," zei ze. "Maar we moeten opschieten, want het laatste proces gaat beginnen. Ik zal het onderweg uitleggen."

De laatste wat?

De vrouw praatte verder terwijl ze hen door de gangen leidde. "Ik heb nu vier jaar de leiding over de afdeling Prehistorie van het Ministerie van Oudheden. Mijn missie was om de oude geschiedenis van het Egyptische volk te verjongen en te beschermen, maar wat dat werkelijk betekent is dat ik belast ben met het verzekeren van een gestage inkomstenstroom uit het toerisme.

"Maar ik was niet alleen geïnteresseerd in het *beschermen van* onze grote monumenten en artefacten, maar ook *in het uitbreiden* ervan. Mijn familie wist van een lang verborgen zaal, gevuld met de opgetekende verslagen van een grote beschaving, veel ouder dan de Egyptenaren. Zij werkten hun hele leven om de 'Great Hall of Records' te vinden, maar faalden uiteindelijk. Hun werk zal echter niet ongedaan worden gemaakt. Toen ik de baan aannam, gebruikte ik de informatie en kennis die ik in de loop der jaren had verzameld om deze plek te vinden en met de opgraving te beginnen. Uiteindelijk wist ik dat de Grote Zaal zich aan mij zou openbaren."

"Zijn we in de Great Hall of Records?" vroeg Reggie.

Ze schudde haar hoofd. "Nee - dit is de voorkamer, of kamers. We hebben het omgebouwd tot kantoorruimte, en de ware identiteit verborgen gehouden voor de regering."

"Waarom?"

"Omdat de regering niet geïnteresseerd is in de waarheid," zei ze, snel. "De regering is geïnteresseerd in geld. En stabiliteit. En het behouden van het geloof dat *Egypte* de eerste grote beschaving is."

"Je denkt toch niet dat ze dat zijn?" vroeg Julie.

Ze glimlachte. "Dat doe ik niet. De oude Egyptenaren waren niet meer dan een bende rondtrekkende barbaren. Hun 'koninkrijk' was niets voordat mijn voorouders kwamen. Zij leerden de Egyptenaren hoe te boeren, hoe te leren, hoe te navigeren. Ze leerden hen hoe ze een *beschaving* moesten zijn. Hun architectuur, geloofssystemen, religie, alles werd ze geleerd. Wat de Egyptenaren willen geloven is een leugen. Een leugen die aan de rest van de wereld is verteld sinds de herontdekking van de Grote Piramides."

Ben kon voelen dat ze een gevoelige snaar bij de vrouw hadden geraakt, en dat ze ofwel in een uitgebreide tirade zou beginnen, of alleen maar bozer zou worden en haar mond zou houden.

Maar hij wilde dat ze praatte, dus haar ophitsen was het risico waard.

"De Egyptenaren *bouwden* de piramides," zei Ben. "Dus waarom zou iemand geloven dat iemand anders..."

"De Egyptenaren *leerden* de piramiden van iemand te bouwen," snauwde de vrouw. "Ze werden niet op een morgen wakker en besloten het hoogste gebouw te bouwen dat de wereld ooit had gekend - of nog eeuwen zou kennen. *Het is ze geleerd*. Net als al het andere waarvoor ze worden gecrediteerd, hebben ze het *geleerd*.

"Van wie?" Vroeg Ben.

"Van mijn voorouders."

"En wie zijn dat precies?"

De vrouw stopte en stond nu in het midden van een lange gang. Ben kon kantoren zien die zich binnen in rots uitgehouwen kamers bevonden. In elke kamer hingen armaturen met een enkele gloeilamp. De meeste kantoren waren gesloten, met grote metalen deuren over de oorspronkelijke openingen, maar de kamers die hij kon zien waren schaars en niet versierd, met alleen een computer en een bureau in de ruimte.

"Mijn voorouders zijn de oorspronkelijke bewoners van het Heilige Land. Zij zijn de oorspronkelijke bezitters van de Hof van Eden. Zij zijn het ene, ware ras van zuivere mensen, door God ontworpen naar Gods evenbeeld. Zij waren het uitverkoren volk, bedoeld om de aarde te bevolken en hun plaats als de 'rechtigen' te verwerven."

Ben's ogen verwijdden zich toen ze sprak. *Gelooft ze die onzin echt?* "Dat is... dat is het soort dingen dat Hitler in de problemen bracht," zei hij.

De vrouw staarde hem aan. "Mijn overgrootvader zou het met me eens zijn."

Ben fronste zijn wenkbrauwen.

"Hij was een briljant wetenschapper, ingehuurd door Hitler en zijn partij om te observeren, bestuderen en experimenteren met verschillende stammen van genetisch materiaal. Natuurlijk, in die tijd, was genetica een heel nieuw vakgebied.

"Ik geloof dat ze het *eugenetica* noemden," zei Ben, niet proberend de minachting in zijn stem te verbergen.

"Noem het wat je wilt," ging de vrouw verder. "Mijn overgrootvader maakte deel uit van een van de originele teams die voor Heinrich Himmler werkten. Hij deed veel proeven om de effecten van onderkoeling te bestuderen en hoe het te bestrijden."

"En hoeveel mensen heeft hij gedood in die experimenten?" vroeg Reggie.

De vrouw draaide zich om naar hem toe. "Zijn onderzoek leidde ons naar veel van de medische kennis die we vandaag hebben."

"Zijn onderzoek leidde ertoe dat onschuldige mannen, vrouwen en kinderen werden vermoord voor absoluut geen -"

"*Genoeg,*" zei ze. "Het verleden is het verleden. Ik ben geïnteresseerd in de *toekomst*. Mijn werk hier is bijna voltooid, op een klein stukje na."

Ben wierp zijn ogen op haar neer. "Bedoel je dat je de *echte* Hall of Records hebt gevonden?" vroeg hij, terwijl hij om zich heen keek. "Niet alleen deze grote, lege graftombe?"

Ze knikte. "Natuurlijk. Het is net zo echt als de grond waar we op staan."

"Wat is dan het probleem?" Vroeg Ben. "Wat is het ontbrekende stuk?"

Ze keek hem aan terwijl haar stem een paar decibel daalde. "We hebben geen... manier om het te *openen*."

HOOFDSTUK 72

REGGIE

REGGIE KEEK NAAR DE VROUW MET EEN GROEIEND GEVOEL VAN ONBEHAGEN. Hij was al kwaad - zijn been deed vreselijk pijn en begon over zijn broekspijp te bloeden - en Agent Sharpe, de man van Interpol, had hen blijkbaar de hele tijd bedrogen.

Erger nog, hij had nog steeds geen idee waar die mafkezen Sarah en haar vader vasthielden, en de tijd begon te dringen. Deze vrouw, blijkbaar een hooggeplaatste in Duitsland geboren regeringsambtenaar, verspilde nu hun tijd met praten over Nazi's en haar voorouders.

Op een normale dag zou Reggie op zijn minst geïntrigeerd zijn door een discussie over de geschiedenis van de Tweede Wereldoorlog; hij zou op zijn minst bereid zijn om de moraalridder uit te hangen en beleefd te luisteren als hij ooit ruzie zou krijgen met iemand die de slechte naam van de nazi's probeert te zuiveren.

Maar vandaag was geen normale dag.

Hij keek naar Ben en Julie, daarna naar mevrouw E en de nieuwkomer, de jonge kerel die Alex heette. Alex was de enige van hen die bang leek, de angst op zijn gezicht was moeilijk te missen. De anderen waren echter net zo bang - hij wist dat ze het alleen beter verborgen konden houden.

Ben leek de vrouw aan de praat te willen houden; om welke reden wist hij niet. Reggie was klaar om in actie te komen, maar er was niets dat ze konden doen zonder zichzelf nog een schotwond te bezorgen en Sarah nog meer in gevaar te brengen.

Kom op, Ben, dacht hij, en wilde dat zijn vriend het afrondde. *Laten we eens kijken wat ze van plan is.*

Alsof ze zijn gedachten kon lezen, draaide de vrouw zich om en keek hem recht aan. "Ben jij Gareth?" vroeg ze.

Hij knikte, zijn gezicht verwrongen van de pijn. "Dat ben ik," zei hij. "Degene die doodbloedt."

Ze glimlachte alsof hij haar net had verteld dat hij een pleister nodig had. "We kunnen dat wel inpakken," zei ze, terwijl ze naar een van de soldaten bewoog. De man verliet de kamer en kwam even later terug met een rol verbandgaas die hij naar Reggie gooide.

De vrouw ging verder. "Maar eerst - ik neem aan dat u Dr. Lindgren wilt zien?"

Hij voelde zijn hart een paar slagen versnellen toen hij klaar was met het wikkelen van het gaas rond zijn bloedende dij. *Ja.* Hij knikte.

"Ze wacht op ons. De laatste rechtszaak gaat beginnen, en omdat we zelden publiek krijgen, dacht ik dat we konden wachten tot we allemaal verzameld waren."

Reggie fronste zijn wenkbrauwen. *Wat is dat 'proces' waar ze het over heeft?* Het was de tweede keer dat ze het noemde, en het was nog steeds onduidelijk *waar* ze hier in vredesnaam aan werkten.

"Deze kant op," zei ze.

Reggie hinkte een paar stappen vooruit, maar zijn been werd zwakker en de pijn sterker. Ben stond plotseling aan zijn zijde en hij hielp hem op weg. Ze gingen een hoek om en Reggie zag een lange, schemerig verlichte gang voor zich. De vrouw leidde hen ongeveer halverwege naar beneden en toen naar een grotere rechthoekige kamer.

Een dubbele set klaptafels, elk twee meter lang en drie breed, was naast elkaar gezet om een grotere, bijna vierkante tafel te vormen. Goedkope plastic klapstoeltjes waren eromheen geplaatst.

"Het is niet echt een conferentieruimte," zei ze. "Maar we hebben niet echt veel conferenties."

Reggie zag ook een fel oranje verlengsnoer de kamer in lopen, dat net onder een tv-standaard uitkwam, waarop een enorme flatscreen-tv was gemonteerd. De televisie stond aan, maar het scherm was leeg.

De vrouw knikte naar een van de grote mannen die hen naar binnen was gevolgd en hij haastte zich naar de televisie, rolde die eerst uit voor de tafel en drukte toen op een paar knoppen aan de achterkant. Reggie werd op een stoel gezet door Ben, die plaatsnam tussen hem en Julie. Hij voelde de lichte opluchting van het gewicht van zijn gewonde been, dan de onmiddellijke verschroeiende pijn toen zijn bloed overuren maakte om te proberen de wond te genezen. Zijn hersenen deden wat ze moesten doen, endorfine en adrenaline in zijn systeem vrijmaken om de effecten van de pijn te bestrijden.

Maar het hielp niet; Reggie wist dat door het maskeren van de echte schade, hij meer geneigd zou zijn te overdrijven, zichzelf verder te verwonden. En als het gaas het bloeden niet snel zou stoppen, zou hij leegbloeden in de kelder van de Sphinx.

We zijn tenminste al in een tombe, dacht hij.

De man friemelde nog wat aan de televisie en toen verscheen er een beeld op het scherm: een donkere, lege kamer. Het zag er precies hetzelfde uit als de kamer waarin zij zich bevonden, op één merkwaardig detail na.

In plaats van een stel tafels in het midden, had de kamer die zij bekeken een kleine standaard, waarop een klokvormig voorwerp rustte. Het leek op een soort vaas, gemaakt van keramiek of klei. Reggie kon zien dat er een kleine opening in de bovenkant zat, cirkelvormig.

Waar heb ik dat eerder gezien?

De vorm leek niet *precies* op die van een bel; hij was langgerekt en in plaats van dat de basis het breedste gedeelte was, liep het voorwerp weer een beetje taps toe, om uit te komen op een kleinere cirkel waarop de rest van het voorwerp zat.

Hij herinnerde zich wat de vrouw hen had verteld. *Mijn voorouders... mijn familie... geschiedenis... nazi's...*

Nazi's.

Hij ging rechtop zitten en hapte naar adem toen de pijn langs zijn been omhoog schoot.

"Wat is er?" vroeg Julie. "Je been?"

"Nee - ik bedoel, ja. Doet pijn als niets anders, maar dat is niet wat -" hij draaide zich om om de vrouw te vinden die aan het eind van de tafel stond, nog steeds glimlachend.

"Ben je klaar voor de rechtszaak?" vroeg ze.

"Wat is dat?" vroeg Reggie haar.

"De kamer die u bekijkt is de kamer aan het einde van de gang. Het is...

"Ik heb het niet over de *kamer*, dame. Wat is dat ding in..."

Ze ging verder, zich totaal niet bewust van de uitbarsting. "En die muur aan de andere kant is de *deur* naar de Grote Zaal, denken we. Onze scans laten een massieve, holle ruimte zien, net erachter."

"Wat is de *bel* op de top van die standaard?" Vroeg Reggie. "Is dat *de bel*?"

"De bel?" Vroeg Ben.

Mrs. E en Alex zaten tegenover hen aan tafel, met de soldaten en Agent Sharpe eromheen. Reggie probeerde een uitweg te zien, maar die was er niet. Ze waren onderbemand en onderbewapend. Zelfs zijn trouwe horloge, dat hij eerder had gebruikt in een noodsituatie, zou niet van veel nut zijn.

"*Die Glocke*," zei Reggie. "De Klok. Een Nazi onderzoeksproject, naar men zegt een soort magisch apparaat."

"Het is helemaal niet magisch," zei de vrouw. "Het is *wetenschap*."

Reggie ging verder. "Mensen zeiden dat het van alles was - ze zeiden dat het kon zweven, dat het kon vliegen, dat het rood kwik gebruikte om te functioneren, dat het buitenaardse technologie was.

Het is nooit bewezen, omdat het nooit is gevonden. Maar de meeste mensen geloven dat het heeft bestaan, en dat het een soort wapen was - deel van een klasse van top-geheime geavanceerde wapens waar de Nazi's onderzoek naar deden genaamd 'Wunderwaffe. "

"Wonder Waffles?" vroeg Ben.

"Bijna," zei Reggie. "Wonderwapens," eigenlijk. De V-2 raketten zijn een voorbeeld van de wapens die uit het programma zouden komen. Die Glocke, 'De Klok,' zou er een van zijn geweest."

"Het *is* echt," zei de vrouw. "Maar waar je naar kijkt is een kopie. Het origineel is in een museum in Athene."

Julie hoestte. "Wacht - *welk* museum?"

Reggie zag Agent Sharpe zich spannen. Zijn gezicht was een masker, maar zijn ogen lieten iets doorschemeren.

"Het Nationaal Museum van Archeologie in Athene."

"Dat is... dat is waar al die mensen..."

Reggie wist waar ze het over had. Hij had de nieuwsberichten ook gehoord, de artikelen gelezen. Het was een week lang internationaal nieuws, voordat de vicieuze cirkel van informatieoorlogen het weer overnam. *137 doden. Zoveel mensen...*

"Dat evenement was een van de laatste waarbij de synthetische verbinding werd gebruikt," legde de vrouw uit. "Het had zijn onvolkomenheden, maar het was ook heel verhelderend. Het stelde mijn team in staat om hun onderzoek met een paar weken te verlengen, en ik denk dat we in staat zullen zijn om een perfecte kopie van de oorspronkelijke verbinding te maken en verder te gaan met ons laatste evenement -"

"Wacht," zei Reggie, terwijl hij zijn slapen vasthield. Zijn hoofd bonsde en zijn been klopte, maar hij zette door. "Wacht even. Onderzoek? Welk onderzoek? Maar wat zijn in godsnaam die 'proeven' waar je het steeds over hebt? Is dit wat de nazi's *echt* deden met deze... bel?"

Ze keek hem aan. "Mijn overgrootvader had de leiding over het *Die Glocke* project; hij vond de klokken en zette ze in voor het onderzoek van het Reich."

"De nazi's hebben deze niet gemaakt?" vroeg Julie. "En er zijn er meer dan één?"

"Nee, en ja. Mijn voorouders - en zijn voorouders - waren degenen die de test creëerden. Zij creëerden de technologie. Hun nakomelingen probeerden de samenstelling die de zuiverheid test te kopiëren, omdat zij degenen waren die het over de hele wereld zouden brengen, om voort te zetten wat de Ouden begonnen waren."

Op het televisiescherm, terwijl de vrouw sprak, zag Reggie beweging. Ergens buiten het scherm was een deur opengegaan, terwijl de kamer een beetje helderder werd. Twee silhouetten verschenen, hun donkere contouren maakten hen onherkenbaar.

Behalve...

Reggie leunde dichterbij. *Is dat...*

Hij dacht dat de persoon aan de linkerkant er dunner uitzag, kleiner. En toen de persoon verder de kamer in werd geduwd, wist hij het.

Sarah.

Hij duwde zijn stoel naar achteren, vloog omhoog en plantte zijn goede been op de grond. "Dat is Sarah!" schreeuwde hij. "Jij vuile -"

Hij voelde een krak en viel meteen achterover in zijn stoel. De soldaat die achter hem stond had de kolf van zijn geweer tegen de achterkant van zijn slechte been geslagen, waardoor ergens binnenin een bot was gebroken. Hij kreunde van de pijn maar vocht niet terug.

Ben, naast hem, was ziedend. De grote man staarde een gat in de televisie, zijn ogen gericht op het scherm.

Reggie keek toe. Hij kon zien dat Sarah vocht, worstelde om los te komen. Maar de man die haar naar binnen had geduwd was in het voordeel, en met een laatste duw slingerde hij haar door de kamer, bijna tot waar de bel zat, en vertrok.

Hij zag haar schreeuwen, maar hoorde niets.

"Het proces gaat beginnen," zei de vrouw. Ze haalde een walkietalkie uit haar zak en begon erin te praten. "Breng Professor Lindgren binnen."

Reggie's ogen verwijdden zich. Voor een moment vergat hij de pijn die hij had.

Een van de soldaten die achter hem stond draaide zich om en opende de deur. Twee andere mannen - wetenschappers of werknemers zo te zien - duwden een grijsharige, vermoeid uitziende man naar binnen. Hij was zwak en hield zich vast aan de schouders van de mannen toen ze hem naar binnen leidden, maar hij leek verder gezond.

En de vastberadenheid in zijn ogen vertelde Reggie alles wat hij moest weten.

Dit is Sarah's vader.

De vrouw knikte naar de man en sprak toen weer in haar radio. "Dokter Shaw, we zijn klaar in kamer 23."

Reggie hoorde een man bevestigen, en daarna een waarschuwing van vijf seconden geven. Reggie's ogen waren aan de televisie gekluisterd.

Vijf seconden, dacht hij. *Ik heb vijf seconden om uit te zoeken wat ik moet doen.*

Hij wist dat dat betekende dat hij de soldaten moest uitschakelen, met een gewond been, zonder wapens, en dan door de gang moest rennen om in de afgesloten kamer te komen.

In vijf seconden.

Hij liet een ademteug.

Ben kneep in zijn schouder.

Mevr. E en Alex staarden naar de televisie, hun gezichten waren geschokt.

Hij hoorde Julie zachtjes snikken.

HOOFDSTUK 73

SARAH

HET ENGSTE MOMENT VAN SARAH'S LEVEN, tot op dat moment, was vele jaren daarvoor geweest. Op een keer, toen ze een jaar of acht was, was ze met haar vader en moeder naar de top van een waterval gewandeld, waar ze hadden gepicknickt op een grote, platte rots die over de waterval uitkeek. Het uitzicht en de omgeving waren onovertroffen, en Sarah herinnerde zich het tafereel nog levendig.

Toen ze klaar waren om te vertrekken, stond Sarah op en maakte zich klaar om over het oppervlak van de rots naar de oever te springen, maar haar voet gleed uit op een natte plek, en ze viel achterover.

Over de rand van de waterval.

Haar moeder had het allemaal zien gebeuren en sprong naar voren, waarbij ze Sarah's shirt nog net kon vastgrijpen toen ze over de rand viel. Haar moeder viel op haar buik en strekte zich uit, terwijl ze het shirt vasthield en haar dochter voorzichtig, langzaam binnenhaalde.

Sarah herinnerde zich het gevoel van vallen, toen het gevoel dat ze zou sterven.

Ze herinnerde zich dat gevoel nog levendiger dan de scène zelf, en het achtervolgde haar tot op de dag van vandaag.

Vandaag voelde ze hetzelfde gevoel, maar de paniek was vervangen door verwarring.

Waarom gebeurt dit? Wat gebeurt er?

Ze was opgesloten in een lege kamer, niets dan een vreemd artefact dat stilletjes in de buurt stond.

Het klokvormige object in het midden van de kamer was blijkbaar elektronisch, want ze kon een zwarte kabel zien die door de kamer slingerde en verdween in een kast die in de hoek stond. Een slang, mooi opgerold, lag ernaast op de vloer.

De bel kwam plotseling tot leven.

Wat is dat?

Sarah bestudeerde het voor een moment. Het kwam haar bekend voor, maar ze kon niet plaatsen waar ze het gezien had. Ze liep er langzaam omheen en merkte dat hij zachtjes warm werd. Ze stak haar hand uit en voelde hoe de stralingstemperatuur zich opbouwde op het oppervlak van de bel.

Haar gezicht werd ook warm.

Ze vroeg zich af of de bel een soort ultraviolet licht afgaf, iets dat zonnebrand zou veroorzaken. Ze wreef over haar armen en handen. *Word ik warm?*

Het zoemende geluid van de bel nam in hevigheid toe en begon een oorverdovend gekrijs te worden. Ze bedekte haar oren, maar was geschokt toen ze voelde hoe heet ze waren geworden.

Ik moet dit ding uitzetten, dacht ze.

Ze keek om zich heen, uitzinnig. Haar paniek groeide en haar ademhaling werd zwaarder. *Het is alsof ik steeds dunnere lucht inadem.*

Ze draaide zich weer om, en haar ogen vertoonden nu alles in een wazig, onsamenhangend beeld. *Iets... Ik heb iets nodig...*

Haar hersenen waren pap, en de hitte straalde nu van haar af. Ze stapte naar de deur en begon te bonzen.

"Help!" schreeuwde ze. "Alsjeblieft! Papa!"

Ze wist dat er geen hulp zou zijn. Ze werd gestraft. Of liever gezegd, haar vader werd gestraft - zij was gewoon de offerrat in wat voor experiment dit ook was. Wat hun ontvoerders ook zochten, ze hadden het niet gevonden.

Haar vader had hen niet kunnen vertellen wat het was.

Hij *wist* niet eens wat het was.

Ze wist dat als hij dat had gedaan, hij het haar verteld zou hebben - of hij zou het *hen* verteld hebben. Hij zou het niet zover hebben laten komen, ze zijn enige dochter laten meenemen...

Het snoer.

Ze klauterde naar de hoek van de kamer, mikkend op de kast. Voor ze die bereikte, viel ze. Haar knieën waren zwak geworden en haar zicht danste nu sneller dan de kamer tolde. Het geluid van de bel was bloedstollend, het lawaai blokkeerde zelfs de opkomende pijn in haar gezicht.

De pijn.

Ze raakte haar gezicht aan. Het voelde alsof het op het punt stond te smelten, alsof ze was blootgesteld aan een soort intense chemische straling die haar levend opat.

Ze kroop naar het snoer.

Zo dichtbij.

Ze rukte er aan. *Alsjeblieft.* Ze trok eraan door haar pols naar achteren te draaien en dan haar arm erin te buigen om meer druk uit te oefenen. Ze had een hefboom nodig, en die vond ze door haar pols met haar andere hand vast te pakken.

Er is niets gebeurd.

Het snoer bewoog niet, en de kast waar het in zat schudde nauwelijks.

Nee...

Ze probeerde het opnieuw. Ze trok, harder deze keer, schudde de kabel terwijl ze probeerde om te rollen en er wat gewicht op te zetten. Ze was te zwak om te staan, maar ze wist dat ze er genoeg kracht op kon zetten om hem los te trekken.

Ze voelde het een beetje meegeven, een klein beetje maar. *Ja. Alstublieft.*

Ze rukte weer. *Draaien. Uit.* Ze probeerde de stekker uit het snoer te trekken - ze bad zelfs.

De hitte in de kamer was tot een ondraaglijk niveau gestegen. Ze kon niet ademen, wilde niet ademen. Haar ademhaling was onregelmatig, elke ademhaling ontnam een beetje leven aan haar borstkas. Ze begon te hijgen, kwijl bouwde zich op aan de zijkant van haar lip en streelde over haar wang - het was veel koeler dan de lucht in de kamer, en bijna rustgevend.

Ze rolde op haar andere zij, haar kracht bijna op. *Eén. Meer. Tijd.*

Ze rukte aan de zwarte kabel, zo hard als haar armen konden.

Het gaf niet.

Ze snikte een keer, sloot toen haar ogen en legde haar hoofd op haar schouder.

GRAHAM

VERDORIE SARAH, dacht Graham. *Sta op.*

Hij huilde, de tranen stroomden rijkelijk over zijn gezicht. Niemand scheen het te kunnen schelen - niemand merkte het zelfs op. Ze waren allemaal, net als hij, gefixeerd op het televisiescherm dat in de voorste hoek van de kamer was gerold.

Hij keek vol afschuw toe hoe zijn enige dochter, zijn enige familie op deze planeet, in de kamer aan het eind van de gang werd geduwd. *Kamer 23.* Het was de kamer die blijkbaar diende als de ingang naar de Great Hall of Records, maar Graham had dit verhaal al vanaf het begin verdacht gevonden.

Ten eerste had Rachel Rascher hem toegestaan de kamer zelf te onderzoeken, in de hoop dat iets in de kamer een herinnering zou oproepen die haar zou kunnen helpen. Hij had haar gezworen dat hij geen idee had hoe hij de 'deur' moest openen, als zoiets al bestond.

Rachel geloofde hem niet sinds ze hem binnenbrachten - ze was vastbesloten om te bewijzen dat professor Lindgren iets verborg, dat hij een manier wist om de ingang van de Hal te openen.

Hij, natuurlijk, deed dat niet. Hij had de plaats nog nooit van zijn leven gezien, en afgezien van een paar verwijzingen in mythologische bronnen, had hij nog nooit van de plaats *gehoord*.

Ze beweerde dat het gebouwd was door de oude Atlantiërs. Dat zij hierheen waren gereisd en de Egyptenaren hadden geleerd hoe te bouwen, te boeren en zich te gedragen als beschaafde mensen.

Dat kon hij allemaal geloven.

Hij kon zelfs geloven dat deze vrouw, Rachel Rascher, afstamde van datzelfde mensenras. In de loop van zijn carrière had hij meer dan genoeg bewijs gezien om te geloven dat er inderdaad een soort oeroud mensenras was geweest, en dat die mensen hun bereik hadden uitgebreid tot alle uithoeken van de wereld. Hij had een deel van dat bewijs *ontdekt*.

Maar wat hij niet *kon* geloven - wat hij niet wilde geloven - was dat diezelfde vrouw zo ver zou gaan om haar gelijk te halen. Dat ze hem en zijn dochter angst zou aanjagen was niet verwonderlijk.

Dat ze dreigde haar daarvoor te *vermoorden*.

En nu, terwijl hij de verschrikking op het scherm zag, moest hij de realiteit onder ogen zien.

Sarah gaat sterven.

Mijn enige dochter gaat sterven door mij.

Hij was nog steeds verward over hoe dit zijn schuld was, maar daar gaf hij niet meer om. Dit *was* zijn schuld. Hij had gefaald om voor haar te zorgen, en nu betaalde hij de prijs die geen vader ooit in zijn stoutste dromen had gedacht te moeten betalen.

Sta op, Sarah.

Sarah bewoog niet. Ze lag languit op de vloer van kamer 23, haar benen en armen gespreid over de rots.

Rachel begon te praten, en professor Lindgren probeerde haar woorden te negeren. Het lukte niet.

"Op dit punt wordt de verbinding verhit tot een punt waar het verandert in een damp, bijna een gas. Dit lijkt op een van de verbindingen die de Nazi's gebruikten in hun concentratiekampen om hun gevangenen te vergassen.

"Net als wij probeerden de Nazi's te begrijpen hoe ze de samenstelling die ze hier vonden konden namaken. Ze faalden, net als wij, om een perfecte kopie te maken, en eindigden met de beruchte samenstelling, *Zyklon B*, gebruikt in gaskamers in de vernietigings-kampen. Maar we zijn veel dichterbij, en u ziet nu de effecten."

Ze keek weer naar Agent Sharpe. "Helaas onthulde onze proef in Athene een andere set van chemische fouten in de verbinding. We brachten een proefpersoon terug naar ons lab en dienden een tweede dosis toe, maar ze was niet in staat die test te overleven."

Sharpe's kaak klemde, maar hij bewoog niet.

Ze hief haar hand op naar het scherm terwijl ze verder ging, alsof ze niets meer was dan een conservator van een museum die een nieuwe aanwinst in hun Franse Impressionisten vleugel aanwees.

"Dr. Lindgren stikt langzaam, haar longen trekken samen maar vinden niet genoeg zuurstof in de lucht. Maar in tegenstelling tot het *Zyklon B* gas en zijn alternatieven, heeft deze verbinding een *psychologisch* en *hallucinogeen* effect. Dr. Lindgren's hersenen registreren warmte - het is echter niet echt warmer in de kamer. Haar gezicht voelt aan alsof het smelt. De huid schilfert af van het bot, en..."

"*Stop*," zei de man voor Graham. Hij was lang, maar hij zat onhandig in de stoel en hield zijn been vast, dat bloedde en over de vloer droop.

Rachel ging verder. "Ze zal sterven aan vergiftiging als ze niet eerst stikt. Maar de meeste van onze proefpersonen -" ze keek de kamer rond, haar ogen landden op Graham en de man die in de tegenover-gestelde hoek in de houding stond - "waren in staat om de lagere zuurstofniveaus voor een aanzienlijke tijd te weerstaan, waardoor ik en mijn team geloofden dat we in feite een *zuiver* proefpersoon hadden gevonden."

"Test je haar *zuiverheid*?" flapte een van de vrouwen aan tafel eruit.

"Ja," antwoordde Rachel.

"Door haar *te vermoorden*."

"We weten niet precies hoe het middel van de Ouden werkt, maar we denken dat het middel alleen hun genetische samenstelling kan analyseren door hun lichaam aan extreme stress bloot te stellen. In letterlijke zin, is het een stresstest. De sterksten overleven, en de zwakken breken."

"Je bent een monster," zei de vrouw.

"Ik ben een wetenschapper. En ik ben *heel dicht* bij het begrijpen van hoe dit proces precies werkt. Dr. Lindgren is slechts een van de vele onderwerpen die we hebben bestudeerd, en - te oordelen naar haar huidskleur - zal ze, helaas, niet slagen. "

Graham haastte zich naar voren, maar de twee mannen die hem naar binnen hadden gedragen waren vervangen door een grote, gespierde soldaat. Hij hield hem in bedwang zonder zelfs maar te buigen.

"Jij moordenaar!" Graham schreeuwde.

Rachel draaide zich naar hem om en glimlachte. "Er is nog tijd, professor. Zeg me hoe ik de deur moet openen en ik laat Sarah gaan." Ze keek weer even naar de televisie en richtte zich toen weer tot Graham. "Zoals het er nu uitziet, heeft Sarah nog ongeveer een minuut - misschien anderhalf - te leven."

Hij huilde nog steeds, maar hij dwong de tranen terug en liet zijn woede naar voren werken. "Ik - ik zal je vermoorden," fluisterde hij. "Ik vermoord je. En iedereen hier."

"Er is geen reden voor onnodige agressie, professor," zei Rachel. "Zoals ik al zei, vertel me gewoon hoe ik het moet openen..."

"Je *kunt* het niet openen," schreeuwde hij. "Het is niet *echt*. Je gelooft in een sprookje - een mythe. De Atlantiërs, of wie ze ook echt waren, waren gewoon een *ras* van mensen. Net als de Minoërs, of de Babyloniërs. Ze waren er toen wel, maar ze... ze bouwden geen piramides en gebruikten geen klokken om de 'onwaardige' massa te vergiftigen."

Rachel opende haar mond om te spreken, maar de man die voor Graham zat onderbrak haar.

"Hij heeft gelijk," zei de man. "Je bent in een leugen getrapt, dame. Je hebt waanideeën, en daar zul je voor moeten boeten."

Hij stond langzaam op en de man die naast hem zat stond ook op en hielp de gewonde man overeind.

"Die vrouw daarbinnen - ze is..." de man haperde toen hij het beeld zag van Sarah, onbeweeglijk, op de vloer. "Ze is *alles* voor me."

Hij wierp een blik op Graham. "En deze kerel - haar vader - hij weet niet hoe hij je stomme kluis moet openen. Kun je dat niet zien? Hij zou niet tegen je liegen. Nu niet meer. Kijk naar haar daarbinnen. Denk je dat *een* vader het kan verdragen om zijn kind in die martelkamer te zien en niet te bekennen? Denk je dat...

"Mijn vader was niet zuiver," zei Rachel.

De kaak van de man viel open. "Je - je testte je eigen *vader*?"

Ze knikte. Graham dacht dat hij een lichtflits in haar oog kon zien. De glinstering van een traan, onthuld door de enkele lamp die boven de tafel hing. Zo snel als hij verscheen, zakte hij weer terug in haar oog.

"Je bent ziek, dame."

Graham keek weer naar de televisie, net toen de vrouw die naast de gewonde man zat, sprak. "Ze staat op!"

Graham's hart begon sneller te slaan. *Misschien is er een kans...*

Hij was er bijna zeker van dat ze geen tijd meer hadden. Ze had hen verteld dat Sarah nog minder dan een minuut had.

Maar ze bewoog. Sarah rolde rond, probeerde wanhopig haar voeten te vinden. Ze knielde en schuifelde naar de tegenoverliggende muur, nauwelijks in staat haar evenwicht te bewaren. Uiteindelijk stond ze op trillende benen.

Kom op, Sarah.

Hij wist niet zeker wat ze deed, wat ze dacht. Maar ze had het in haar hoofd om op te staan, en ze deed het. Graham zag de koppige, mooie, vastberaden vrouw op dat moment - haar moeder. Ze was niet van plan te sterven liggend in een plas van haar eigen speeksel. Ze zou...

Sarah viel, deinsde voorover en smakte hard tegen de rotswand, gezicht eerst.

Graham's hart zonk, en zijn hoofd viel.

Nee.

Sarah lag verfrommeld tegen de muur, niet echt op de grond maar ook niet echt staand. Haar gezicht en borst lagen plat op de rots, haar voeten op ongeveer een meter afstand. De rotswand had haar val opgevangen, maar het leek erop dat de timer was afgelopen.

"Nou, dat was spannend," zei Rachel. "Nu, als we kunnen..."

Haar stem werd onderbroken door het geluid van een diep, laag gerommel. Het werd luider totdat Graham de grond onder zijn voeten voelde schudden. Hij voelde de angst in de kamer toen alle ogen naar elkaar dansten, niemand had een antwoord.

Even zaten ze allemaal in hetzelfde team, een groep bange mensen in een ondergrondse ruimte die om hen heen in elkaar kon storten. Toen waren ze hetzelfde, ieder even verward als ieder ander.

Het gerommel nam weer toe, maar werd toen gelijkmatig.

HOOFDSTUK 75

GRAHAM

"WAT IS DAT?" Rachel schreeuwde. "Wat veroorzaakt dat? Werkt het demoteam vandaag?"

Een van de soldaten haalde zijn schouders op, terwijl een ander zijn hoofd schudde. "Ik denk het niet, mevrouw."

Het gerommel hield aan, en Graham zag stof uit de scheuren in de kamer vallen, waar het plafond en de muren elkaar ontmoetten. Kleine stukjes steen braken af en werden onderdeel van de wervelende zandstorm die op hun hoofden viel.

De twee mannen en de vrouw in de rij stoelen voor hem kwamen ook in beweging - de twee mannen stormden op Graham af, misten hem ternauwernood terwijl ze de soldaat raakten die achter hem op wacht stond. De vrouw sprong over de tafel en tackelde Rachel.

Graham kon niet geloven hoe snel ze bewogen, en hij vroeg zich af hoe gewond de man was geweest, of dat hij had gedaan alsof om zijn krachten te sparen.

De twee mannen overrompelden de bewaker en tilden hem volledig van zijn voeten en sloegen hem - hard - tegen de gesloten metalen deur achter hem. Hij kreunde, maar zijn hoofd viel en ze lieten hem bewusteloos op de grond vallen.

Twee andere soldaten en de man die in de houding had gestaan, liepen ook naar de deur, maar Graham stond hen in de weg.

Als mijn dochter vandaag doodgaat, dan ga ik ook dood, dacht hij.

Hij hief zijn armen op en deed zijn best om een NFL-kwaliteit stijve arm na te bootsen.

De man minderde niet eens vaart en stak zijn armen omhoog en boven zijn hoofd in een harde uppercut, waarmee hij Grahams arm blokkeerde. De derde man - degene die een pak droeg in plaats van het soldatenuniform - duwde Graham gewoon opzij toen ze passeerden.

Hij viel, maar wierp een blik over zijn hoofd toen hij de grond raakte. Hij had ze niet tegengehouden, maar wel vertraagd. Hij zag de twee mannen die aan tafel hadden gezeten - de ene dunner, bijna broodmager, de andere groot en beerachtig - zich omdraaien en de aanstormende aanvallers aankijken.

Een van de soldaten hief zijn geweer en richtte het op de grotere man, maar de dunne hief het subcompacte aanvalsgeweer dat hij van de soldaat aan zijn voeten had afgepakt en vuurde twee keer, snel.

Graham bedekte zijn oren, maar het was te laat. Ook al was het een klein machinegeweer, het klonk alsof er een bom was ontploft in de afgesloten ruimte, en de harde muren hielpen daar niet bij.

De soldaat zakte ineen en viel toen op de grond, dood. De tweede man was stomverbaasd, maar herstelde zich snel. Hij vuurde een schot vanuit zijn heup, maar het raakte het rotsframe rond de deur. Graham was opgelucht te zien dat de twee mannen naar buiten waren gedoken net nadat ze hadden geschoten.

"Pak ze! Nu!" schreeuwde Rachel.

Twee andere soldaten die in de kamer de wacht hadden gehouden, renden naar buiten, terwijl de man in de mooie jurk en de laatste soldaat in de kamer probeerden de vrouw van Rachel af te trekken, die nu worstelend op de grond lag.

Wie zijn deze mensen? dacht Graham. Ze waren in actie gekomen alsof hun hele aanval gepland was.

Toen werd hij kwaad. *Waarom vielen ze niet eerder aan? Het is nu te laat. Sarah's zal...*

Hij keek op naar de televisie en fronste zijn wenkbrauwen.

Waar de muur enkele ogenblikken geleden nog had gestaan, doemde nu niets meer op dan een zwarte schaduw. Sarah was bijna verloren in het donker, maar hij kon haar iets donkerder silhouet zien, geknield voor het zwarte laken.

Ze leeft nog.

"Sarah," zei hij. Hij kon zijn eigen stem nog steeds niet horen, of iets anders, maar hij spitste zijn oren en ging rechtop zitten. Zijn knie had een flinke klap gekregen, maar het was niets. Hij stond, met zijn ogen nog steeds op de tv gericht.

"Wat gebeurt er?" vroeg hij, aan niemand in het bijzonder. "Wat is - wat is dat?"

Langzaam begonnen de hoofden in de kamer zich naar de televisie te draaien. Rachel ging rechtop zitten, en de vrouw die haar had aangevallen was blijkbaar ook geïnteresseerd, want ze stond nu ook te kijken.

"Het - het ging open," zei Rachel, haar stem verborg haar ontzag niet. "Zij deed het."

Graham wist niet zeker wat hij zag, maar langzaam kwam de kamer op het scherm weer in beeld. Het zwarte laken was in feite een andere kamer - nu geopend. Het silhouet was natuurlijk zijn dochter, en de klok, op zijn kleine torentje, stond nog steeds in het midden van de kamer.

"Ze leeft," zei hij.

"Ze leeft," herhaalde Rachel. "Ze heeft de test doorstaan."

Graham's woede keerde terug bij het noemen van de test. *Ze liet Sarah dit doormaken. Met opzet. Ik zal deze vrouw vermoorden*, dacht hij. *Ik zal niet stoppen tot ze weg is.*

Hij balde zijn vuisten en liep rond de tafel naar Rachel.

"Wacht even," zei een van de soldaten, terwijl hij het uiteinde van zijn geweer in Grahams borst drukte. "Geen stap verder."

"Ja," zei Rachel, "laten we gaan kijken, zullen we?"

Ze keek de kamer rond, alsof ze geschokt was door wat er gebeurd was.

Op het scherm achter haar liepen nog twee silhouetten - de twee mannen die twee van de soldaten hadden uitgeschakeld - Kamer 23 binnen. Ze stopten aan weerszijden van de bel en keken naar Sarah terwijl ze in het zwarte niets keek.

Graham haalde diep adem. *Mijn dochter leeft nog,* dacht hij. *Ze maakt het goed. Ze deed de deur open. Het gaat goed met haar.*

Hij probeerde de mantra keer op keer te herhalen, maar zijn hart ging tekeer, sloeg uit zijn borstkas.

Hij leidde de weg uit de kamer en liep door de gang naar de kamer aan het eind. De deur stond open en hij kon de omtrek van de bel binnen zien.

Daarachter kon hij zijn dochter zien staan aan de rand van een diepe laag duisternis. *De Grote Zaal,* dacht hij. *Het is echt.*

Toen hij de kamer naderde, zag hij de twee mannen ook in beeld komen, beiden vol ontzag starend naar wat het ook was dat ze konden zien. Hij liep dichterbij en zag dat Sarah haar rechterhand omhoog hield, iets op haar borst vasthoudend.

Ze draaide zich om en zag zijn ogen toen hij de kamer binnenstapte. Hij zag haar toen, bang, hetzelfde kleine meisje dat bijna was gestorven bij een waterval zoveel jaren geleden. Dezelfde angst, dezelfde vragen.

Maar er was nog iets.

Er was een blik in haar ogen die hem vertelde dat ze nog steeds de stukjes in elkaar aan het zetten was. Het was niet alleen angst - het was intelligentie. Ze had iets bedacht. Hij keek naar haar hand, de hand die de...

De ketting.

Hij had de ketting in het kleine artefact gestopt voor hij het naar zijn dochter stuurde. De ketting was van zijn ex-vrouw - Sarah's moeder - maar de opaalsteen eraan, de steen waarop hij het zilveren ringetje had gelijmd dat met de ketting zelf was verbonden, was datgene wat hij in het artefact had gevonden.

Toen hij het artefact eindelijk had geopend, had de steen erin gezeten, ongepolijst en ruw. Opaal, had hij gedacht. Een gewone edelsteen, en de geboortesteen van zijn dochter.

Ze hield die ketting nu stevig vast in haar hand.

En er was een blik in haar ogen die Graham vertelde dat de ketting iets te maken had met hoe deze monsterlijke rotswand was geopend.

Het had er *alles* mee te maken.

HOOFDSTUK 76

SARAH

HET WERKTE.

Sarah keek toe hoe de deur - eigenlijk niets meer dan een massief stuk rots - openging. Ze voelde de koele, muffe lucht de kamer binnenstromen, vermengd met de vergiftigde lucht van Kamer 23.

Ze haalde diep adem, voelde het leven in haar terugkomen. De lucht was oud, maar het was veilig. Ze glimlachte, een traan viel over haar wang. Ze veegde hem weg en stond toen te kijken aan de rand van de enorme kloof die zich voor haar ogen had geopend.

Ze hield de steen in haar hand, de steen die haar vader in het artefact had gestopt.

Niet opaal, dacht ze. *Dit is helemaal geen opaal.*

Het leek op opaal, met zijn witachtige teint, schilfers van glanzend mineraal die naar de oppervlakte fonkelden. Zij was bekend met haar geboortesteen, en hoewel deze steen gemakkelijk voor opaal had kunnen doorgaan, wist zij nu dat het dat niet was.

Reggie was daar, achter haar. Ze kon hem voelen. Ze hoorde zijn ademhaling, wist dat hij het was. Iemand anders was er ook, en verder weg liep een derde persoon, de kamer binnen. Ze verroerde zich niet.

"Sarah," zei een stem, zacht. "Sarah, ben je in orde?"

Ze draaide zich eindelijk om en keek haar vader aan. Ze veegde nog een traan uit haar oog en knikte glimlachend, terwijl ze de steen nog steeds vasthield. "De - de ketting..."

"Ik weet het," zei hij. "Het was geen opaal."

Ze lachte. "Nee, ik denk het niet."

Toen merkte ze Reggie voor het eerst op, ze zag zijn been op de rotsbodem druipen van het bloed, en ze haastte zich naar hem toe. Hij greep haar vast en probeerde haar overeind te houden, maar ze voelde zijn torso trillen van de pijn.

"Het is goed," zei hij. "We kunnen - we hebben later tijd."

Ze knikte.

Ze draaide zich terug naar de derde man in de kamer, Ben. "Bedankt, Ben," zei ze. "Bedankt dat je me geholpen hebt."

Hij leek meer verbaasd dan wie ook, met een blik van echte verwarring op zijn gezicht. "Je hebt het, maar... weet je, we zijn het bos nog niet uit."

Sarah keek over zijn schouder en zag Rachel Rascher in de gang net buiten de deur staan, drie mannen met gevaarlijk uitziende wapens om haar heen.

"Hallo, Sarah," zei Rachel. "Je bent geslaagd voor de -"

Sarah rende op Rachel af, haar vuisten gebald, maar Ben ving haar op en hield haar vast. "Niet nu," fluisterde hij. "Ze hebben nog steeds de overhand."

Sarah zag de mannen van dichtbij, herkende een van de bruten die haar uit het hotel hadden gehaald, en knikte. *Niet nu*, beaamde ze, *maar hun tijd komt nog wel.*

"Ik moet zeggen dat ik onder de indruk ben," zei Rachel, terwijl ze de kamer binnenstapte. "We hebben deze kamer wekenlang grondig onderzocht, net als mijn vader en overgrootvader voor mij. We zagen geen scheuren, geen mechanisme dat zou suggereren..."

"Heb je er stroom op gezet?" vroeg Sarah.

Rachel fronste haar wenkbrauwen. "Elektrische stroom? Natuurlijk niet. Waarom zouden we?"

"De deur is elektrisch geladen," legde Sarah uit. "Zo is hij opengegaan."

"Ik begrijp het niet... ik begrijp het niet."

"Ik moet zeggen dat ik net zo in de war ben als zij," zei Ben. "Bedoel je dat de mensen die deze plek gebouwd hebben, *kracht* hadden? Zoals echte, elektrische energie?"

Sarah keek naar Ben, maar richtte zich op de soldaten en enkele andere mensen die door de deur de kamer binnenstapten. Julie, gevolgd door Mevr. E, gevolgd door -

"Alex?"

Alexander liep naar haar toe en omhelsde haar. "Het spijt me," zei hij. "Ik wist niet dat je vader..."

"Het is goed," zei ze. "Hoe heb je me gevonden?"

Hij hield zijn telefoon omhoog. "Je telefoon pingde elke tien minuten een update met je locatie. Net zoals je ons laat doen op een site."

Ze lachte. "Ik vergat hem uit te zetten."

"Goede zaak, ook." Hij pauzeerde. "En ik ben blij dat je in orde bent. Maar ja - hoe heb je de deur geopend? "

Ze liet hen haar ketting zien. Mijn vader gaf dit aan mij. Het zat in het artefact dat hij me stuurde."

Rachel wierp een blik op haar vader, die mokkend in de hoek zat. "Het is maar een steen," zei hij. "Je was op zoek naar een soort poeder, of vloeistof. Ik dacht dat deze steen er later was bijgekomen, waardoor het een soort juwelendoosje of zo werd."

"Het is niet zomaar een steen," zei Sarah. "Het is geen opaal. Het is *toermalijn*."

"Tourma-wat?" vroeg Ben.

"Toermalijn. Een relatief veel voorkomende steen, overal te vinden. Maar deze soort - deze kleuring - is vrij regionaal. Gevonden in de Middellandse Zee, vooral de eilanden. "

Professor Lindgren glimlachte. "Niet, zou ik kunnen toevoegen, in Groenland."

"En het opent geheime deuren?" vroeg Reggie.

"Ja," zei ze. "Deze wel. Toermalijn is eigenlijk elektrisch gepolariseerd, en werkt als een piëzo-elektrische geleider. Oefen snel een beetje druk uit en je krijgt een kleine hoeveelheid spanning."

"Als je de muur raakt..." zei haar vader.

"Precies," zei ze. "Toen ik de muur raakte, werd de steen tegen de muur gesmakt, waardoor er genoeg druk ontstond om er een lading - zij het een kleine - in te sturen. Het systeem is zo ingesteld dat het opengaat als er een elektrische stroom actief is."

"Dat meen je niet," zei Ben. "De Egyptenaren bouwden een *elektronische schuifdeur?*"

"Nee," zei Rachel. "De *Atlantiërs* wel. Bovendien hebben ze nooit iemand verteld hoe je het moet openen. Daarom hebben de Egyptenaren het hier achtergelaten, ongeopend. Mijn voorouders kwamen hier ook, en waren niet in staat om toegang te krijgen. Deze deur naar de Grote Hal werd achtergelaten als de laatste rustplaats van de verzamelde wijsheid van Atlantis en hun beschaving. Alleen te openen door de zuiveren."

Naast haar, kneep Ben de brug van zijn neus dicht. "'Door de zuiveren,'" zei hij. "Dat betekent... dat alle moorden waar de Nazi's bij betrokken waren - de massamoord - bedoeld waren om die mensen te vinden waarvan ze dachten dat ze 'zuiver' waren?"

Rachel knikte. "Ja. Bovendien was het om de rassen te zuiveren die beslist *niet* zuiver waren."

"Maar ze zochten op de verkeerde plaats," zei Ben. "Zuiverheid had toch helemaal niets met *ras te maken?*"

Rachel staarde hem aan.

"Het ging over het hebben van de *sleutel*. Dat is alles. Gewoon een klein steentje."

"Hoe ben je dit allemaal te weten gekomen? Je overgrootvader was een Nazi, maar hoe wist hij dat? Hoe heeft hij deze plek gevonden?"

Rachel gaf geen antwoord. Sarah keek geïnteresseerd naar het verhoor. Ze was nieuwsgierig, maar dat gevoel verdrong niet de woede die ze voelde.

Agent Sharpe stapte dichter naar Ben. "Vanwege het *Boek der Beenderen*," zei hij zacht.

"Wat?" Sarah en Ben zeiden eenstemmig. *Wat is het* Boek der Beenderen? Dacht ze. Dus, *Sharpe wist ervan?*

"Het Boek der Beenderen," zei hij. "Het verloren boek van Plato. Een volledig verslag van de beschaving van Atlantis, inclusief waar ze heen reisden en waar ze hun laatste fortuin achterlieten - de Grote Hal der Notulen."

"En je overgrootvader had dit boek?"

"Een versie ervan, ja," zei Rachel. "Het enige volledige origineel dat we hebben is gevonden door de Egyptische regering en lag weg te kwijnen in een museum totdat mijn team het herontdekte. Maar er zijn nog steeds fragmenten van de rollen. Een van deze fragmenten zat in een kist die door mijn familie was doorgegeven. Mijn overgrootvader kon slechts een deel van de tekst lezen, omdat die in verval was geraakt en in een vroeg-Griekse zinsbouw was geschreven."

"Grieks?" Zei Alex. "Interessant."

"Waarom?" Vroeg Ben. "Plato was Grieks, toch?"

Hij knikte, maar gaf geen uitleg, blijkbaar in gedachten verzonken.

"En dit 'boek' vertelde je overgrootvader om de verschillende rassen van mensen te testen op hun zuiverheid, en dan iedereen te doden die niet zuiver genoeg was?"

Rachel staarde hem aan.

"Het lijkt me dat je hele familie een stel moorddadige, racistische matkezen waren."

Rachel knikte en draaide zich toen om naar de gapende opening van de Hall of Records. Het interieur was nog steeds pikdonker, en Sarah kon niet verder dan drie meter in de enorme ruimte kijken.

Sarah fronste haar wenkbrauwen en vroeg zich af wat Rachel aan het doen was, toen ze een misselijkmakende *klap* hoorde. Ze draaide zich om en zag Ben op de grond vallen, de kolf van een geweer terug-trekkend in de handen van een van de soldaten die achter hem was geslopen.

Zij hoorde het onmiskenbare geluid van magazijnen die in de bodems van geweren vastklikten, en draaide zich om om niet alleen de drie Mukhabarat soldaten te zien die hen naar binnen waren gevolgd, maar *nog drie* soldaten achter hen, wachtend voor de deur, die allen hun wapens in de kamer richtten.

Sarah zelf had twee mannen direct op haar gericht.

Status quo, dacht ze. *Rachel heeft nog steeds de overhand.*

"Het is tijd om te gaan," zei Rachel, nog steeds met haar gezicht naar de hal. "Dr. Lindgren, willen u en uw vader even deze kant op komen, alstublieft? Ik wil u in de buurt houden voor het geval er nog meer deuren geopend moeten worden of puzzels opgelost moeten worden."

Ben kreunde van de grond, en Reggie's gezicht was bleek, verwrongen van pijn. Alex, Mevr. E, en Julie staarden naar haar, maar geen van hen bewoog. Hun armen waren omhoog, palmen vooruit, boven hun hoofd.

"En de rest van hen?" vroeg Sarah.

"Ze zijn niet nodig voor de rest van onze missie," zei Rachel. "Dood ze."

HOOFDSTUK 77

BEN

BENS NEK BONKTE WAAR ZE HEM MET HET GEWEER
HADDEN GESLAGEN, maar hij was niet bewusteloos geslagen. Hij
was wel naar de grond gestuurd, waar hij een paar seconden kreunde
en 'dood speelde'.

Toen hoorde hij de vrouw het bevel geven om hen te doden.

Ben had al heel wat moeilijke situaties meegemaakt - zowel
figuurlijk, zoals die keer in Antarctica toen ze in het nauw gedreven
werden door een contingent Chinese troepen, als letterlijk, zoals toen
hij plakkerig, nat, modderig en uitgeput was in het Amazone regen-
woud. Hij had gevochten tegen meedogenloze criminelen, was vastgebonden aan een stoel en bewusteloos geslagen, en aan een touw
opgehangen aan een Antarctische klif.

Maar hij was niet van plan hier vandaag te sterven. Hij weigerde
toe te kijken hoe die idioten Julie, zijn beste vriendin, en onschuldige
burgers vermoorden. Hij weigerde te sterven zonder een gevecht.

Het probleem was dat zijn beste vriend, de man die hij een grizzly
toevertrouwde, zelf gewond was. Hij zou niet veel hulp zijn. Mevr. E
en Julie, evenals de nieuwkomer, Alex, waren te ver weg van de actie
om iets goeds te doen.

En Sarah en haar vader waren in shock, waarschijnlijk nog te geschokt om steun te bieden.

Hij zuchtte. *Klinkt alsof het aan mij ligt, dan,* dacht hij.

Hij draaide zich om, zodat hij op zijn zij lag. Hij zag dat de drie soldaten die bij hen in kamer 23 waren geweest, gezelschap hadden gekregen van drie andere, even grote soldaten, elk met even dreigende wapens.

Zes tegen één, dacht hij. *Niet slecht.*

Ben schopte zijn been zo hard als hij kon naar de soldaat die boven hem stond, mikkend op de zachte plek net onder de knie van de man. Die knikte met een *knak,* de knie schoot naar achteren en stuurde de man naar beneden. Ben bleef in beweging, wetende dat de uitbarsting de aandacht op hem zou vestigen.

Wat geweldig is voor Julie, Mrs. E, en Alex, en heel slecht voor mij.

Hij rukte het geweer uit de handen van de man toen deze in het rond zwaaide en rolde toen naar de zijkant van de kamer om een trap van de tweede soldaat te ontwijken.

Ga naar de deur.

De deur was de sleutel tot het winnen van dit gevecht, wist Ben. Als hij de drie nieuwe soldaten binnen zou laten, zou zijn voordeel snel teniet gedaan worden. Hij moest de deur dicht krijgen - en geblokkeerd.

"Ik heb je," zei Reggie. Ben draaide zich om naar zijn vriend, niet zeker van wat hij bedoelde. "De deur, bedoel ik," zei Reggie.

Ben grijnsde en knikte toen. Hij vuurde een paar schoten af door de deur, waardoor de soldaten aan de kant gingen, en sloeg toen de deur dicht.

Reggie was er al, hij hinkte toen Ben aan het vechten was. Hij viel neer voor de gesloten deur en drukte zijn rug tegen het metalen paneel. Twee kogels knalden tegen de andere kant van de deur, maar ze drongen er niet doorheen.

Ben wachtte niet om Reggie te helpen zich te installeren. Hij draaide zich om en sprong opzij, net toen de derde soldaat het vuur opende. Julie haastte zich op dat moment naar voren, gebruik makend van het feit dat de man met zijn rug naar haar toe stond. Ze sloeg haar handen, de vingers ineen, tegen de zijkant van de man zijn hoofd. Hij droeg geen bescherming over zijn schedel en de knokkels van Julie's vuisten kraakten tegen het bot, waardoor hij naar voren struikelde.

Ben stuurde twee kogels in zijn kogelvrije vest, en toen één in zijn dij. Het was genoeg om hem achteruit de hoek van de kamer in te laten draaien, waar hij zijn wapen liet vallen en naar zijn been greep.

Dat is voor Reggie, klootzak, dacht Ben.

Ze waren echter nog niet uit de strijd. Ben draaide zich om om de situatie te overzien en stelde vast dat enkel Julie, Reggie, Agent Sharpe, en Sarah nog bij hem in de kamer waren.

Alle anderen waren weg.

De vrouw, twee van de soldaten, professor Lindgren, en Alex waren verdwenen.

HOOFDSTUK 78

BEN

Het bonzen op de deur ging door - of de soldaten probeerden binnen te komen of hun kogels sloegen in op de solide metalen deur. Reggie leek te slapen, maar Ben wist wel beter. De man had pijn, en hij probeerde duidelijk al zijn aandacht te richten op het gesloten houden van de deur. Hij had de hiel van zijn voet ingegraven in een kleine imperfectie in de rotsbodem, en gebruikte zijn kracht en de massieve stenen vloer als hefboom tegen de soldaten.

"Wat is er gebeurd?" Vroeg Ben. "Waar zijn ze gebleven?"

Hij marcheerde naar Agent Sharpe en begon zijn vuist te balmen, klaar om de man op het hoofd te slaan.

"Stop!" riep Sharpe uit, terugdeinzend. "Alsjeblieft, ik hcb nict - ik probeerde je niet te bespelen."

"*Bespeel* jij?" schreeuwde Ben. "Je hebt ons compleet *voor de gek gehouden*. Je bent ons niet *gevolgd*, je hebt ons hierheen *geleid*!"

"Ik weet het - het spijt me, zoals ik al zei," zei hij. "Ik werd ertoe gedwongen."

Ben stopte. Zijn vuist was nog steeds gebald, maar hij dwong zijn kin omhoog en ontspande zijn schouders. "Door wie?"

"Haar," zei Sharpe, wijzend in de afgrond. "Rachel Rascher."

"Leg uit," zci Julic, aan Bens zijdc.

"Ze nam een maand geleden contact met me op. Ze zei dat ze mijn professionele mening nodig had, en dat haar regering mijn advies- en reiskosten zou betalen - en dat deden ze. Ik kwam hierheen en ontdekte dat ze iets van plan was. Er zou een soort 'test' komen, en ze had mijn steun nodig.

"Ze legde wat uit over de test en ik - natuurlijk - was ontzet. Ik zei haar dat ik haar op geen enkele manier zou helpen."

"Wat wilde ze dat je deed?" vroeg Julie.

"Ze wilde dat ik haar hielp haar sporen uit te wissen. Ze zou iets gaan doen in Griekenland, en had iemand als ik nodig om het papieren spoor te laten werken, om haar en haar team een alibi te geven."

"De bom in Athene," zei Julie. "Dat was haar."

Sharpe knikte, en hield een paar seconden zijn adem in. Hij liet het eruit, en Ben kon horen dat zijn stem begon te trillen.

"Ik wist niet precies wat ze van plan waren, dat beloof ik. Ik stemde toe om haar te helpen omdat ik geen keus had?"

"Lijkt me van wel," zei Ben.

"Nee, dat is het juist. Je begrijpt het niet. Ik had *geen keus*. Ze zei me dat het een kwestie van leven of dood was. Maar niet voor mij. Mijn zuster. Mijn enige broer of zus."

"Bedreigde ze je zus?"

Hij knikte weer. "Ja. Jennifer Polanski."

"Polanski," zei Julie. "Waar ken ik die naam van?"

Agent Sharpe zuchtte. "Ze is getrouwd met een man met die naam. Een politicus, en een echt stuk vreten. Hij deed veel werk met de Griekse regering tijdens hun post-bankroet fase, en is een soort van lokale beroemdheid daar nu. "

"Ah, juist," zei Julie. "En je zus is zijn vrouw."

"Was," zei Sharpe. "Ze waren beiden in het museum in Athene."

Ben keek naar de grond. "Shit. Het spijt me voor je verlies," zei hij.

Sharpe staarde omhoog naar het plafond, naar de enkele kleine lamp die de kamer verlichtte en een deel van de grotere ruimte daar-achter. "Het is - het is oke. Hij heeft het niet gehaald. Zij wel, maar ze werd naar een ziekenhuis gebracht, en toen..." hij stopte, even op adem komen. "En toen werd ze hierheen gebracht."

"*Hier*?" vroeg Ben. "Waarom? Dit is geen medisch..."

"Ik weet het," zei Sharpe. "Dat was het dreigement. Ze zei me voor de logistiek te zorgen, wat ik deed, en dat als ze me hielp haar einddoel te bereiken - toegang krijgen tot deze hal - ze mijn zus zou laten gaan."

"Dus je denkt dat je zus hier ergens is?" vroeg Julie.

"Dat denk ik wel. Ik *moet wel*. Ze heeft het niet gehaald, maar haar lichaam is hier ergens. Ik moet haar vinden." Hij haalde nog eens diep adem, en kwam toen recht op zijn volledige lengte. "Harvey - Ben - het spijt me dat ik je bedrogen heb. Ik zal niet in staat zijn om mezelf te vergeven voor dat, maar - "

"Maak je er geen zorgen over," zei Ben. "Het is niets."

"Het is niet niets."

"Wel, het doet er nu niet meer toe. Je zus is hier ergens, en ik heb een team in die..." hij keek in het diepzwarte niets van de enorme hal. "Wat *die* plek ook is."

Hij stak een hand uit, en Agent Sharpe omklemde die. Hij keek naar Julie, die knikte. *Het is tijd,* hij kon haar bijna horen zeggen. Hij draaide zich terug naar Sharpe, die een tweede wind scheen te hebben gevonden. "Help me dit recht te zetten."

Sharpe knikte.

"En als je me in de rug schiet, zal ik echt kwaad zijn."

Sharpe glimlachte. "Ik heb geen wapen."

Ben kauwde even op de zijkant van zijn mond terwijl hij de kamer rondkeek.

Toen hij zag wat hij zocht, sprak hij opnieuw.

"Weet je hoe je er een moet gebruiken?"

HOOFDSTUK 79

JULIE

Kamer 23 was effectief vergrendeld - Julie en Ben hadden de speling in de dikke stroomkabel als een touw gebruikt, en het een paar keer rond de deurklink gewikkeld tot de kabel strak stond. De mannen buiten de kamer probeerden nog steeds binnen te komen, en Julie wist dat het slechts een kwestie van tijd was voordat ze zich door de metalen deur zouden wurmen.

Dat betekende dat ze een voorsprong hadden, maar geen grote. Ze moesten de vrouw - Rachel Rascher - en de rest van hun groep vinden. Ze was verdwenen in de enorme hal met Alex, Mevr. E, Sarah en haar vader op sleeptouw.

Julie had niet de indruk dat de vrouw hen zou laten leven als zij en haar soldaten hen zouden vinden.

Maar Julie was zeker niet van plan de vrouw nog eens te laten ontsnappen.

Ben gaf Julie en Agent Sharpe elk een MISR geweer van een van de soldaten die in de kamer waren neergehaald. Julie was een betere schutter dan hij, en als ze iemand moesten neerschieten vanop enige afstand, had hij liever Julie's oog achter het vizier.

Hij hield een pistool voor zichzelf, een Glock, een wapen waarmee hij vertrouwd was. Het ging snel en gemakkelijk stuk, en het was bijna onmogelijk om het te breken. In welke puinhoop ze ook terecht zouden komen, een Glock zou net zo goed een hulpje zijn als ieder ander.

"Laten we gaan," zei hij.

Hij en Sharpe verdeelden Reggie's gewicht tussen hen en de groep ging op weg naar de diepten van de Hall of Records. Julie gebruikte het licht van Sharpe's mobiele telefoon als een zaklamp, en werkte langzaam en voorzichtig aan het lood.

"Als we de hoek om zijn, doe dan het licht uit,' zei hij. "We willen niet dat ze ons in een hinderlaag lokken."

Julie knikte en ging toen een paar meter vooruit. "Denk je dat deze 'geavanceerde beschaving' eraan gedacht zou hebben om hier beneden verlichting aan te brengen," zei ze.

"Dat deden ze," zei Sharpe. "Die richel die door de rots rechts van je is gesneden was waarschijnlijk een geul voor een soort vlam."

"Jammer dat er geen Atlantische aanstekervloeistof meer in zit," zei ze.

Ze kwam aan het einde van de grote ruimte waar ze doorheen waren gelopen, en Julie merkte op dat de ruimte ongeveer even groot leek als de sfinxbasis. Klinkt *logisch*, dacht ze. *We zitten er direct onder.*

Het liet hen echter weinig te verkennen over. Een paar pilaren rezen uit de vloer en sloten aan op eenvoudig versierde plafondornamenten. De muren aan alle vier zijden waren kaal, glad gesteente, zoals de kamers in de vorige voorkamer.

De enige verandering in de eentonigheid van de rotswanden was de bocht die Ben had aangewezen. Het was toevallig de ingang naar een trappenhuis, een die naar rechts boog en afdaalde naar een ander sublevel onder de Sfinx.

"Lijkt op een trap," zei Sharpe.

"Dat is zo," antwoordde Julie. Ze deed het licht uit en gaf de telefoon terug aan de Interpol-agent, in de hoop dat ze, nadat haar ogen de tijd hadden gehad om zich aan te passen, in staat zou zijn om iets nuttigs op te merken in het donker.

Helaas had ze het mis.

"Het is pikdonker," fluisterde Ben. "Ik kan niets zien."

"Ik ook niet," zei ze. "Maar we weten waar de trappen zijn. Misschien kunnen we ze volgen tot het einde en kijken of de andere groep een licht heeft? Dat zou ons tenminste in staat stellen hen te besluipen."

Eerst hoorde ze geen antwoord, en toen besefte ze dat Ben zijn hoofd moest hebben geschud. "Nee," zei hij. "Te riskant - als er een trap ontbreekt of ergens een rand is, kunnen we er zo aflopen. Pak de telefoon en stop hem in je zak met het licht aan. Dat zou in ieder geval de trap recht voor je moeten verlichten."

Ze nam de telefoon terug van Agent Sharpe en zette de zaklamp aan, stopte toen het apparaat in haar zak en wiebelde er een beetje mee. Tevreden, keek ze op.

De groenachtige gloed die uit haar voorzak kwam, lichtte net genoeg op om drie of vier trappen tegelijk naar beneden te kunnen zien.

"Dat zal moeten volstaan," zei Ben. "Klaar?"

Ze knikte. "Zo klaar als ik ooit zal zijn. Reggie?"

Reggie gromde vanuit zijn positie tussen de twee mannen in. "Ja, ik denk het. Ik zou je me niet hebben laten achterlaten, maar ik wou dat er een set krukken was of zoiets."

"Niet comfortabel?" vroeg Ben, terwijl hij zijn greep op Reggie's torso verplaatste.

"Nee," zei Reggie. "Dat is het niet. Je ruikt erger dan een rottende mummie."

"Je moet er maar aan wennen, of ik laat je van deze trap af vallen en laat je weer naar buiten kruipen.

Laten we gaan."

Julie wachtte tot Ben en Sharpe zich onder Reggie's gewicht

bevonden, dan draaide ze zich terug naar het trappenhuis. Ze tilde haar voet op en maakte zich klaar om verder af te dalen in de tombe.

Ze hoorde geschreeuw en het geluid van zware laarzen die op de harde steen stampten. Lichtbundels dansten rond in de grot.

"Ze zijn binnen," zei ze.

"Nog meer reden om in beweging te komen,' antwoordde Ben. "Laten we naar de bodem van de trap gaan, en ons dan verdedigen. Hierboven zijn we in het open veld."

Ze knikte en zette zich schrap, toen sprong ze op de eerste trede.

HOOFDSTUK 80

SARAH

SARAH PROBEERDE HAAR ADEMHALING RUSTIG EN BEHEERST TE HOUDEN. Ze probeerde haar zenuwen te kalmeren, het ritmisch bonzen van haar hart te negeren.

Ze probeerde het, maar ze faalde.

Ze was doodsbang, en het hielp niet dat haar vader haar hand vastgreep en het bloed eruit kneep tot hun beide vuisten wit waren.

Ze kon zijn gezicht niet zien, maar dat was maar goed ook. Als ze zijn gezicht zou zien, zou ze zijn angst zien, wat haar angst alleen maar zou versterken.

Haar groep was afgescheiden van de grotere groep in Kamer 23 en opgesplitst. Twee van de soldaten hadden haar en haar vader, Alex en mevrouw E onder schot de grote, spelonkachtige ruimte in geduwd. De zaklantaarns van de soldaten verlichtten de hal en onthulden eenvoudige structurele spitsen die het dak omhoog hielden - het dak, wist ze, dat de fundering was van de Grote Sfinx zelf.

Aan het eind van de lege hal vonden ze een trap die naar een ander ondergronds niveau leidde. Rachel Rascher had niet eens geaarzeld en stortte zich woedend op de trap. Ze sprong over de laatste twee en rende de volgende kamer in, Sarah en haar vader vlak achter haar.

Sarah had geen keus - ze was nu veilig, maar alleen als ze meeging in wat Rachels plan ook was. De vrouw was gestoord en had waanideeën, maar Sarah kon ook de opwinding voelen. Ze kon het niet helpen - als wetenschapper was Sarah net zo gefascineerd om te ontdekken wat het hol van de Grote Sfinx al die jaren geheim had gehouden.

Tot nu toe was het antwoord echter een volmondig *niets*. De 'Grote Zaal' was leeg. De grote zaal die was opengegaan met een aanraking van Sarah's ketting, het trappenhuis, en nu de kleinere kamer waar de trap in uitkwam.

Rachel draaide in een langzame cirkel, richtte een zaklamp op elke hoek en rand en vlakke muur in de ruimte.

"Het is... het is leeg," zei ze. "Er is hier niets."

De soldaat wiens zaklantaarn ze had gevorderd stapte naar haar toe toen de rest van de groep de kamer in liep. "Misschien is er een andere deur, zoals de -"

"Nee," zei ze. "Nee, dat is niet mogelijk. Er is *maar één* ingang naar de Hall of Records. Dat staat in het Boek. Het is duidelijk dat er *één* ingang is, en die ingang was in Kamer 23."

"Wat betekent dat?"

"Het betekent dat we te laat zijn," zei ze, terwijl ze nog een laatste rondje draaide voordat ze de straal van de zaklamp op de grond liet vallen. "We zijn hier niet op tijd geweest. Deze plek is geplunderd. Het is weg."

"Weg?" vroeg Alex. "Hoe weet je dat hier ooit iets is *geweest*? Voor zover we weten, is dit gewoon een crypte. Een tombe, zoals de piramides zelf."

"Het is geen *crypte*," zei Rachel. "Jij en de rest van de wereld zijn gehersenspoeld om te geloven dat deze mensen uitgebreide grafkamers voor hun koningen en koninginnen zouden bouwen. Dat is niet zo. De piramiden zijn misschien als graftombe *gebruikt*, maar ze zijn niet *gebouwd* om als graf te dienen."

"Waar zijn ze dan voor gebouwd?" vroeg mevrouw E.

Rachel keek de kamer rond en haar ogen vielen op de lange, breedgeschouderde vrouw die haar aansprak. "Ze zijn gebouwd door mijn voorouders. Ze zijn een bewijs van hun intelligentie. Een voorbeeld van hun kracht, en een waarschuwing voor toekomstige beschavingen."

Sarah fronste haar wenkbrauwen en schudde toen haar hoofd. "Je bent gek. Je klinkt alsof je een ritueel aan het opzeggen bent. *Geloof* je dat echt? Dat de piramides hier gebouwd zijn om *op te scheppen*? Om mensen af te schrikken?"

Rachel zweette. "Ik *geloof* het niet. Ik *weet* het wel. Het *Boek der Beenderen* - het verloren boek van Plato - zegt het al. Dit hele plateau is gemaakt om mensen buiten te houden. De mensen die niet zuiver waren."

Sarah kreunde. "Daar ga je weer. *Zuivere* mensen? Dat meen je toch niet. De bel die je nazi-vrienden gebruikten om mensen te 'testen'? Het is een schijnvertoning. Weet je nog? Ik heb dat bewezen - het is geen echte test. De 'zuivere' mensen in de kamer waren alleen zuiver omdat ze de sleutel hadden om eruit te komen."

Ze hield haar ketting omhoog. "Dit. Toermalijn. Het is een steen. Niets meer, niets minder. Het heeft me niet *puur* gemaakt, maar het opende de deur. Het is een magische truc, Rachel."

Rachel schommelde heen en weer op haar hielen en schudde haar hoofd. "Nee," zei ze. "Nee, er moet meer zijn. Mijn leven... mijn hele leven ben ik hier al naar op zoek..."

"En je hebt het gevonden," zei Sarah. "Gefeliciteerd. Laten we hier nu weggaan. Voor zover we weten sluit die deur daar na een uur, en we willen niet -"

"Nee," zei Rachel. "Nee, nee. Het is niet... het is niet *mogelijk*. Niemand is in deze ruimte geweest sinds hij verzegeld is. Het kan niet...

"Leeg?"

Sarah draaide zich om om te zien wie had gesproken en zag Ben en Agent Sharpe die Reggie tussen hen in hielden. Julie stond naast hen en hield een van de wapens van de soldaten vast.

De twee soldaten die hen hadden vergezeld trokken snel hun wapens, maar Ben en Sharpe voegden hun eigen wapens toe aan de mix en Julie sprak opnieuw.

"Hou ze laag," zei ze. "Als je probeert te schieten, ben je dood. Als je beweegt op een manier die ik niet leuk vind, ben je dood."

Sarah voelde de opluchting over haar heen spoelen. Ze knikte naar Julie, die hetzelfde deed.

De twee soldaten lieten hun geweren zakken en gingen naast Rachel staan om hun baas te beschermen.

Pas toen merkte Sarah het probleem. *Oh nee,* dacht ze. Ze keek op naar Julie en de rest van de nieuwkomers, maar wist dat ze geen tijd had om hen te waarschuwen.

Rachel houdt de enige zaklamp vast.

De soldaat die de weg verlichtte had een paar minuten geleden zijn licht uitgedaan, waardoor Rachel met de enige zaklamp in de kamer achterbleef. Het was de bron van al het licht - en het was de enige manier waarop Julie's groep kon zien.

Rachel wist dit ook, en Sarah keek toe hoe de vrouw haar vinger langzaam over de knop bewoog. Ze kneep haar ogen dicht, in de hoop dat ze door haar ogen voor te bereiden op de naderende duisternis beter zou kunnen zien. Maar dat plan, wist Sarah ook, hing af van de vraag of er *ook maar enig* licht was.

Ze moest iets anders doen, en er waren niet veel opties om uit te kiezen. Ze keek rond naar de impasse, en nam toen een beslissing.

Ze was al in beweging tegen de tijd dat Rachel het licht uit deed. Sarah schatte dat ze twee, misschien drie seconden hadden voordat de soldaten hun wapens weer oppakten en schoten in de ruimte waar Ben en de anderen stonden.

Ze had het mis - de soldaten hadden Rachels zet voorzien, en hun geweren kwamen onmiddellijk tot leven. Sarah hoorde het oorverdovende gekraak van de geweren. Twee, toen nog drie schoten. Ze hoopte dat de andere groep eraan gedacht had om uit de weg te duiken, maar ze had op dit moment andere dingen aan haar hoofd.

Ze hurkte een beetje, trok haar kin naar haar borst en hoopte dat ze goed mikte - en dat Rachel niet was opgeschoven van waar ze stond.

De kamer was pikzwart, maar Sarah duwde zich van de grond, vertrouwde op haar positie en hoopte er het beste van, en vloog zo hard als ze kon in Rachels zij.

De vrouw liet een keelklank horen, zoiets als het geluid van een zak rijst die wordt opengeknald en op de grond terechtkomt, en knikte zijwaarts. Sarah sloeg haar armen om de dikke taille van de vrouw en het tweetal schoot op de grond.

Rachels hoofd werd eerst geraakt, maar de klap was blijkbaar niet genoeg om haar bewusteloos te slaan. Sarah wilde net van het lichaam van de vrouw afrollen toen ze een harde - en pijnlijke - stoot tegen haar kaak voelde.

Goed gemikt, dacht ze. *Vooral in het donker.*

Maar Sarah was niet iemand die een klap kreeg en het negeerde. Ze wist precies waar het hoofd van de vrouw was, zelfs in het donker. Ze trok haar vuist terug en stootte hem naar voren, wachtend op de verpletterende klap om Rachels gezicht te verbrijzelen.

Helaas had Rachel de tegenaanval voorzien en bewoog haar hoofd, waardoor Sarah's gebalde vuist hard op de stenen vloer terecht kwam.

Het krakende geluid dat Sarah's hele arm omhoog schoot werd alleen overtroffen door het *gevoel* van de klap. Haar hand bevroor onmiddellijk op zijn plaats, haar knokkels en pols schokten van de klap, haar hersenen beantwoordden de signalen van immense pijn door elk alarm af te geven dat ze hadden.

Ze schreeuwde van woede, worstelde zich over de vloer om Rachel beter vast te kunnen houden, maar de vrouw was weg. Ze voelde met haar goede hand, maar kon niets vinden om zich aan vast te houden. Even voelde ze de angst weer opkomen, de verwarring en chaos van de exploderende wereld om haar heen rechtvaardigde niet de pure duisternis van de ruimte. Meer geweerschoten doorkliefden de lucht, en Sarah vroeg zich af of ze uit frustratie werden afgevuurd of dat iemand echt iets kon zien.

Het was desoriënterend, en Sarah bleef even stil op de grond liggen om zich weer te oriënteren. Ze draaide haar hoofd in de richting van waar ze dacht dat de trap eindigde en zag een zachte groenachtige gloed.

Een vuurtje.

Ze zag hem even ronddansen voor ze besefte: *het is een telefoon. In iemands zak.*

Ze had geen idee in wiens zak de telefoon zat, dus ze was niet van plan hem aan te vallen, maar hij verlichtte de ruimte in ieder geval genoeg zodat ze haar directe omgeving kon zien. Rachel was nergens te bekennen, maar er stonden wel twee soldaten vlakbij, die elk hun wapens de verkeerde kant op richtten - weg van het licht.

Nog twee gedaanten bewogen zich door de duisternis van de omtrek van de kamer, en wat leek op nog drie mensen sprongen en doken door het midden, maar ze kon niet onderscheiden wat wat was.

Er klonk nog een schot en Sarah zag de kamer in zicht komen. Er was een golf van licht vanuit het trappenhuis de ruimte binnengedrongen - nog een of twee zaklantaarns, beide feller dan die Rachel had gebruikt. Ze hoorde het tumult van de nieuwe soldaten die binnenkwamen, de stampende voetstappen op de trap vertelden haar dat het meer gelaarsde schurken waren, goed bewapend en klaar voor een gevecht.

We zijn weer in de minderheid, dacht ze. *Er moet iets zijn wat ik kan -*

Plotseling werd haar zicht belemmerd door een torenhoge

gestalte - niets dan een schaduw, toen het silhouet Sarah opnieuw in de duisternis wierp.

Maar zij kende de gestalte - de korte, dunne gestalte van de tengere vrouw, die haar niet had gezien en bijna bovenop haar was gaan staan.

Sarah stond snel op en haastte zich naar voren, greep de arm van de vrouw en trok hem achter haar rug, tilde hem op en drukte hem tussen de schouderbladen van de vrouw, net zoals ze had geleerd in de cursus persoonlijke verdediging die ze op haar campus had gevolgd, en net zoals de bewaker eerder bij haar had gedaan.

Rachel schreeuwde van de pijn, kronkelde en probeerde zich los te maken, maar Sarah werkte haar andere arm - die met de kloppende, ontstoken hand - door Rachels zij en weer omhoog en om haar arm heen, en eindigde met haar pols tegen de achterkant van Rachels hoofd gedrukt. Rachels rechterarm ging recht de lucht in, haar linkerarm was achter haar rug gedraaid, en terwijl haar voeten en benen schopten en ronddraaiden om te proberen in een positie te komen om terug te vechten, was Sarah niet van plan haar te laten gaan.

Zij spreidde haar benen een beetje, zodat haar voeten niet het gevaar liepen door de hakken van de vrouw te worden verbrijzeld, en zij rukte met haar bovenlichaam naar achteren, haar greep op Rachel verstevigend en een immense pijn in haar eigen hand veroorzakend.

Toch hield ze vol.

"Stop!" schreeuwde Sarah. "Ik heb je idiote baas, en ik ga haar nek breken als je de wapens niet laat vallen."

Ze wist natuurlijk niet hoe je de nek van een kip moest breken, laat staan die van een volwassen vrouw. Ze had het gevoel dat het iets lastiger was dan films en televisie graag deden geloven, maar ze had het basisidee onder de knie - het hoofd zo hard en snel mogelijk opzij draaien, zodat het ruggenmerg uit zijn baan wordt gerukt en het slachtoffer hopelijk in een heel slechte toestand achterblijft.

Iedereen in de kamer bevroor. De vijf soldaten - de twee die bij haar groep waren geweest en de drie nieuwe die nu de enige uitgang naar boven bewaakten - hadden allemaal hun wapens op haar gericht.

Dat zou goed zijn geweest, maar de rest van haar team - haar vader, Ben, Julie, mevrouw E en Alex - stonden allemaal tussen haar en de soldaten in, recht in de vuurlijn.

Behalve...

Zij wierp haar ogen naar rechts, om niet de aandacht te vestigen op waar zij zich op richtte, en merkte dat er nog een man in de kamer was waar zij - en blijkbaar iedereen - geen rekening mee had gehouden.

Reggie was door Agent Sharpe en Ben in de hoek gedumpt toen het schieten begon, maar hij stond - of leunde - nu tegen de achtermuur bij de deuropening.

Hij schoof opzij en baande zich langzaam een weg achter de soldaat die het dichtst bij hem stond. Hij had geen wapen, maar Sarah wist dat hij dat niet nodig zou hebben. Hij was boos, had pijn, en liep op pure adrenaline.

Geen goede combinatie als je in het andere team zit.

HOOFDSTUK 81

REGGIE

REGGIE HAD VEEL PIJN, maar zijn lichaam weigerde te stoppen. Hij had zich voorzichtig en langzaam overeind geduwd, in een poging niet de aandacht op zich te vestigen. Daarna had hij zich langs de muur naar beneden gewerkt, met het stenen oppervlak als steun, maar langzaam genoeg zodat het krassende geluid van zijn kleren op de muur geen alarm sloeg.

Eindelijk in positie, hief hij een vuist op, haalde adem, en gooide hem neer.

Hij ramde het zo hard als hij kon op de nek van de man die niet het dichtst bij hem stond, maar in het midden van de rij soldaten die de deur blokkeerden - dezelfde mannen die eerder hadden geprobeerd kamer 23 binnen te komen. Ze waren er blijkbaar in geslaagd, en waren nu gekomen om hun baas te zoeken en steun te bieden.

Maar ze waren niet klaar voor een nijdige ex-sluipschutter, getraind in hand-tot-hand gevechten en tijdelijk geen zware verwondingen.

De klap haalde de middelste man neer, en de andere twee soldaten keken voorspelbaar om om te zien wat er gebeurd was. Reggie, echter, was al in beweging.

Hij gebruikte de afleiding om het geweer van de man te grijpen, zwaaide het omhoog en vuurde op de soldaat aan de andere kant. De man die nu geen wapen meer had, dook naar voren, meer bang dan van streek, hopend dat hij geen kogel in zijn rug zou krijgen.

In plaats daarvan kreeg hij een kogel in zijn schedel. Reggie vuurde het ene schot af zonder zelfs maar aan bijkomende schade te denken, wetende dat hij met het licht van de zaklamp van de neergeschoten man, die de hele kamer verlichtte en zijn ervaring met vuurkracht voor kleine wapens, geen gevaar liep om iemand anders in de kamer te verwonden.

De man viel, zijn hoofd een bloederige puinhoop, recht voor de plaats waar Sarah Rachel gegijzeld hield. Hij vuurde nog een schot op de soldaat naast Sarah, maar miste. De laatste soldaat met een wapen vuurde terug op Reggie, maar die had zich met zijn goede been weer in de hoek gelanceerd en vuurde toen terug.

Ook dat schot miste, maar plotseling torende Ben boven de soldaat uit en sloeg zijn vuist in het gezicht van de man, waardoor hij achterwaarts in de richting van de muur kronkelde. Hij kwam hard tegen de muur en zag ongetwijfeld sterretjes, maar Ben was nog niet klaar.

Reggie keek met ontzag en voldoening toe hoe Ben zijn vuisten in de romp, het hoofd en de maag van de man stak. Elke slag leek sterker te worden, en Reggie wist dat hij zag wat er gebeurde als Ben genoeg opgewonden raakte om te knallen.

Het bebloede, verwrongen gezicht van de man vertelde Reggie dat hij stevig uit de strijd was, maar Ben gaf niet op. Hij sloeg de man drie keer in het gezicht, twee keer in de neus en een keer in het linkeroog van de man. Zijn hoofd viel, en nog steeds viel Ben aan.

De andere staande soldaat rende naar hem toe om de aanval af te weren, maar Agent Sharpe stopte hem met een snelle reactie met zijn eigen wapen, waardoor de man op de grond viel.

Ben ging door, de hele voorste helft van zijn lichaam bedekt met een laag bloed.

"Ben," zei Reggie. "Dat is goed."

Ben negeerde hem. Alleen Ben's eigen vuisten hielden de soldaat overeind.

"*Ben*," zei Julie. "Ben!"

Eindelijk, Ben stopte. De man viel op de grond.

Dood.

Reggie hoorde de zware ademhaling van zijn beste vriend, het donkere karmozijn bedekte zijn gezicht als een masker. Hij schommelde langzaam, van zijn tenen naar zijn hielen, zichzelf naar beneden werkend.

"Gaat het?" Vroeg Reggie.

Ben schudde zijn hoofd.

"Ik ook niet."

Reggie keek de kamer rond. Hij keek naar Sarah, die nog steeds achter Rachel stond, de iets langere vrouw totaal en totaal verslagen. Haar vader, Professor Lindgren, keek met grote ogen naar Ben, en Agent Sharpe inspecteerde de lichamen van de gevallen soldaten. Julie, Mevr. E, en Alex waren -

Hij merkte Alex voor de eerste keer op. De jongen zat voorovergebogen, met zijn rug tegen de muur tegenover Reggie.

"Kind - Alex," zei hij. "Gaat het?"

Alle ogen waren op Alex gericht.

"Alex?" Vroeg Sarah. Ze liet Rachel onmiddellijk los en haastte zich naar Alex' plaats.

Alexander's ogen waren nauwelijks open, en er druppelde bloed uit zijn mond op zijn schoot.

Reggie liep erheen en duwde de schouders van de jongeman naar achteren, waardoor een zware bloedvlek op zijn borst zichtbaar werd.

"Nee..." fluisterde Sarah.

"Het is oké," zei Reggie. "Hij wordt..."

Hij stopte. Het had geen zin om de waarheid te verbloemen. Sarah wist het, ze wisten het allemaal.

Alex wist het.

Zijn ogen schreeuwden, de pijn leek net achter hen te wachten om los te barsten en naar buiten te stromen, maar de jongen hield zijn kalmte. Zijn ademhaling was onregelmatig, en werd alleen onderbroken door Ben's zwaardere en langere uitademingen.

"Voel je je goed?" vroeg Reggie.

"IK - IK..." Alex probeerde te spreken, maar zijn ogen werden met de seconde intenser. Alles in hem wilde hem bij elkaar houden, om de pijn niet te laten winnen.

Maar Reggie wist wel beter. Er was geen 'winnen' als het ging om een schotwond als deze. Hij had gezien dat mindere verwondingen hardere mannen namen. Alex zou geen minuut langer meer leven.

"Het is koud," zei het kind uiteindelijk. "Zo... koud."

Reggie knikte. "Dat is goed. Dat is je lichaam dat je beschermt. Je wordt -" hij hield zichzelf weer tegen. *Nee,* dacht hij. *Geen leugens meer.*

"Je bent bijna klaar."

Alex keek op naar Reggie, en Reggie voelde de tranen in zijn ooghoeken opwellen. *Dit is niet eerlijk*, dacht hij. *Hij was nog maar een kind.*

"Ik heb het goed gedaan. Ja?" vroeg Alex.

Reggie en Sarah knikten, en Reggie kon het niet helpen dat er twee tranen vielen op Alex' handen, die voor hem op zijn schoot waren geklemd. De jongen keek stoïcijns toe hoe de wereld op hem af kwam met twee wijde, maar onbevreesde ogen.

"Ik wilde nooit... Ik wilde niet..."

Reggie hield een hand op. "Het is oké. We weten het."

Hij keek Sarah aan, maar ze wierp hem geen blik terug. Haar ogen waren gefixeerd op Alex. Haar leerling. Haar collega.

Ze zal het zichzelf nooit vergeven, dacht Reggie. *Ze zal eeuwig blijven denken dat dit haar schuld was.*

En hij, meer dan wie ook, wist precies hoe dat voelde.

HOOFDSTUK 82

BEN

BEN WAS NIET ONERVAREN ALS HET OP VUISTGEVECHTEN AANKWAM. Hij had al heel wat meegemaakt, zowel aan de verliezende als aan de winnende kant. Hij was geslagen, vastgebonden aan een stoel en bijna gedood, en hij had een handschoen vol pijn moeten doorstaan waarvan hij niet wist dat hij die kon overleven.

Dus hij was niet onwetend het gevecht ingegaan. Hij kende zijn mogelijkheden, zijn sterktes en zijn zwakke plekken. Hij wist dat als hij de man een goede, stevige klap in het gezicht kon geven, hij die zou kunnen opvolgen met nog een paar schoten in de flanken van de man, een strategie die in het verleden winnend was gebleken.

Wat hij *niet* verwachtte was dat hij zo snel zou zijn als hij was geweest. Ben was een forse man, sterk en lichtvoetig, maar hij had niet veel tijd doorgebracht in de sportschool of aan fitness gedaan.

Dat wil zeggen, totdat hij Reggie ontmoette.

Reggie had een trainingsprogramma voor hem en Julie opgesteld in hun Alaska hut en CSO hoofdkwartier, en Ben had het gevolgd, met tegenzin maar grondig.

Hij had zijn dieet veranderd, zijn kern versterkt, en was sneller op zijn voeten. Hij had niet echt een kans gehad om de nieuwe vaardigheden *te gebruiken* tot nu.

Dus hij had zichzelf verrast door hoe snel hij zijn tegenstander overbodig had gemaakt, maar hij had zichzelf nog meer verrast door het feit dat het uitschakelen van de oppositie niets deed voor zijn humeur.

Hij was niet tevreden toen hij de neus van de man voelde wijken, toen hij zijn ogen bloeddoorlopen en gezwollen zag worden, toen hij de piepende zucht van mislukking de lippen van de man voelde verlaten.

Hij was nog niet *tevreden*, en hij was nog lang niet moe, dus was hij blijven vechten. Tegen het einde vocht hij tegen niets meer dan een boksbal, een slappe, zware zak van vlees die niet meer weerstand bood dan een waterballon.

Pas toen hij de stem van Julie hoorde, stopte hij.

En pas toen realiseerde hij zich dat hij de laatste was die vocht. Er was niemand anders om neer te halen, niemand anders om te neutraliseren.

Hij haalde een paar keer diep en zwaar adem en liep toen naar de rest van de groep. Ze stonden om Alex heen, die voorovergebogen op de grond lag, bloedend uit een lelijke borstwond.

Ben keek naar het gezicht van Reggie en Sarah, wetend dat de prognose voor de jongeman niet goed was.

Reggie was geen arts, maar hij had veldtraining en veel ervaring. Dat hij niets deed om het bloeden te stoppen of de wond te bedekken, was veelzeggend.

Ben wendde zich tot Rachel Rascher, de vrouw achter dit alles, en ging naar haar toe.

Ze deinsde achteruit, drukte haar rug tegen de muur, haar handen in de lucht. "Stop," zei ze. "Wacht, ik..."

"Jij hebt dit gedaan," zei Ben. Zijn stem was een mengeling van woede en pure adrenaline, laag en kruiperig. "Jij hebt dit allemaal veroorzaakt."

"Ik - ik probeerde alleen maar om -"

"Je bent een nazi," zei hij. "Maar je had niet eens een regering of een naziregime die je steunde. Je moest vertrouwen op een handjevol krankzinnige wetenschappers, hen overtuigen van hun *zuiverheid*. Je loog tegen hen, en je loog tegen jezelf.

"Nee," zei ze. "Ik heb *niet* tegen mezelf gelogen."

"Dan *heb* je waanvoorstellingen. Deze 'wereld' die je probeert te creëren, zal *nooit* bestaan. Begrijp je dat nu niet? U bent niet 'zuiver'. Uw werknemers ook niet, en de arme zielen die uw test hebben doorstaan ook niet."

Ze snoof, het vuur nog steeds in haar ogen. "Het is echt," zei ze. "Het *werkt*. De originele samenstelling - het doodt mensen die onrein zijn. Het redt diegenen die dat niet zijn."

Sarah liep erheen. "Het is genetica," zei ze. Alle ogen waren op haar gericht. "En heel eenvoudige genetica, dat wel."

Ben en Rachel Rascher fronsten hun wenkbrauwen.

"Sikkelcelanemie," ging ze verder. "Het is een ziekte die bijna 100% uniek is voor mensen van Afrikaanse afkomst. En de ziekte van Tay-Sachs treft vooral Oost-Europeanen of Joodse mensen."

Ben knikte mee, maar richtte zich tot Rachel. "Dus je magische elfenstof is gewoon een vergif dat de meeste mensen doodt als ze ermee in contact komen, maar er zijn een handjevol mensen met een aangeboren immuniteit."

Rachel grijnsde. "Het *zuivere*, oorspronkelijke ras van..."

"Nee," zei Ben. "Gewoon nee."

"Het is een natuurlijk ongeluk," zei Sarah. "Het is geen magisch elixer dat de genetische code leest."

Je begrijpt het gewoon niet," zei Rachel. "Je *kunt het niet* begrijpen. Deze plek - alles - het is echt. Je begrijpt niet...

Ben stapte dichter naar haar toe. "Ik begrijp genoeg om te zien dat wat je hier probeert te doen hopeloos is. Je hebt *gefaald*, Rascher. En je zult je voor die mislukking verantwoorden."

Ze schudde haar hoofd. "Dat doe ik niet."

"Dat zul je."

Hij stapte naar voren, vuist omhoog.

"Je zou toch geen..."

Hij bracht zijn vuist met een harde *klap* naar voren en landde vlak achter haar linkeroog, voor haar oor. Ze viel voorover en knalde met haar achterhoofd tegen de muur en daarna met haar gezicht tegen de stenen vloer. Ben stapte een stap achteruit, zodat ze de grond kon raken zonder dat zijn voeten haar hoofd een zachte landing konden bieden.

"Raap haar op," zei hij, tegen niemand in het bijzonder. "We gaan hier weg."

Er was een puinhoop op te ruimen, zowel letterlijk als figuurlijk. De CSO was per ongeluk gestuit op een van de grootste doofpotaffaires uit de geschiedenis, en er was nog veel werk te doen om deze plek, het doel ervan en de makers te begrijpen.

En er was genoeg tijd om dat te doen.

Voor nu moest hij zijn team uit deze kerker krijgen voordat ze opgesloten zouden worden. Ze konden de rotzooi later opruimen, als ze allemaal tijd hadden gehad om te debriefen, te decompresseren, en gewoon te rusten.

Er zou tijd zijn om te begrijpen wat hier was gebeurd, wat Rachel Rascher en haar team hadden geprobeerd te bereiken.

Er zou tijd zijn voor dat alles. Maar op dit moment was het Ben's taak om iedereen in veiligheid te brengen.

Reggie hinkte met een arm om Sharpe's schouder, terwijl Julie en Mevr. E het gewicht van Alex tussen hen in droegen. Ben wist dat de jongen het niet ging halen, maar hij was blij de weigering van de groep te zien om hem achter te laten.

Sarah hielp haar vader, die duidelijk door elkaar geschud was en nauwelijks kon lopen.

Samen ging de groep de trap op naar de hoofdgang en liep toen door de pikdonkere duisternis naar het heldere, open gat dat naar Kamer 23 leidde.

HOOFDSTUK 83

BEN

ZE LIEPEN LANGZAAM, want er waren twee gewonden in de groep, Rachel Rascher en Reggie, en één die het niet had gehaald, Alex.

Sarah snikte zachtjes, en haar vader had zijn arm om haar schouder, maar Ben wist wie van hen de ander steunde. Sarah had bewezen veel veerkrachtiger te zijn dan hij aanvankelijk had gedacht, zelfs nadat hij met haar had gewerkt - en met haar *had overleefd* - op de Bahamas.

Julie en Mevr. E liepen door de bovenste kamer. Zowel de kleine kamer onderaan de trap als deze enorme kamer waren leeg, volledig verstoken van iets dat hen een aanwijzing zou kunnen geven over wat hier gebeurd was.

Ben dacht echter niet aan de geschiedenis van deze hal.

"Alex vroeg Rachel of het boek dat ze had - het *Boek der Beenderen* - in het Grieks geschreven was," zei hij.

Reggie keek naar hem op, vooruit bewegend op een gewond been terwijl hij ondersteund werd door Agent Sharpe. "Ja," zei hij. "Wat is ermee?"

"Hij vroeg dat nadat Rachel zichzelf probeerde uit te leggen. Ze had het erover waarom ze dacht dat de enige mensen die daar binnen mochten 'rein' waren. Waarom vond hij het interessant dat de tekst in het Grieks was? Plato was Griek, dus natuurlijk schreef hij het in het Grieks. Mis ik iets?

Eerst sprak niemand, maar toen hoestte professor Lindgren en schraapte zijn keel. "Ja," zei hij. "Dat bent u. Hij was niet verbaasd over het feit dat het in het Grieks geschreven was - wat hem verbaasde was het *woord* dat ze gebruikte. Zuiver'.

"Waarom?" Vroeg Ben.

"Nou, ik denk dat het iets te maken heeft met de Griekse vertaling. Ik ben een beetje roestig in mijn Grieks, maar ik denk dat het woord *Katharos* is. Het betekent 'schoon', of 'vrij van verontreinigende stoffen'.

"Dat is..."

"Het gesteente. Toermalijn," zei hij. "Het is *zuiver*, zoals een diamant. Vrij van verontreinigingen. Plato schreef wat Solon hem vertelde - letterlijk een *zuivere substantie*, een die een lading genereert als er druk op wordt uitgeoefend. Elk mineraal of edelsteen die niet zo zuiver is, zal waarschijnlijk niet werken."

Ben dacht hier even over na en knikte toen. "Fascinerend."

"Ja," zei Julie. "Of ongelukkig."

"Wat bedoel je?" vroeg mevrouw E.

"Ik bedoel dat een hele *generatie* mensen is weggevaagd - zo'n 50 *miljoen*, waaronder oorlogsslachtoffers en burgers - en dat allemaal vanwege een slechte vertaling."

Ben knikte opnieuw. "Ja, ik denk dat als je het zo bekijkt, het nogal ongelukkig is." Hij pauzeerde, fronste. "Toch vind ik het gek dat dit allemaal echt was."

"Maar dat is het niet," zei Sarah. "Er is hier niets."

Ben haalde zijn schouders op. "Dat hier nu niets is, wil niet zeggen dat hier *nooit* iets is geweest. Wie deze plek ook gebouwd heeft - de Sfinx, de piramides, alles - ze deden het met een reden."

Reggie verplaatste zijn gewicht op Sharpe's schouder. "Ja, en misschien was die reden niet om een enorme bibliotheek van kennis te verbergen. Misschien was dit allemaal gebouwd als een *back-up*. Ik bedoel, het is dicht bij waar de Atlantiërs hun thuis noemden, toch? Misschien kwamen zij hier eerst en leerden de oude Egyptenaren wat ze moesten weten om hun tempels te bouwen, te boeren, beschaafd te worden. Ze legden wortels, voor het geval ze die nodig hadden. Maar ze bleven doorgaan, bleven reizen."

"Juist," zei Julie. "Weet je nog waar Alex het over had? Haplo... iets?"

"Haplogroep X," zei Reggie. "Hij zei dat hij zo de bewegingen van oude volkeren met dat genetische kenmerk kon traceren van hun oorsprong tot hun eindbestemming."

Sarah draaide zich om. "Wacht... Alex zei dat hij een manier had om dat te doen?"

Reggie keek haar verward aan. "Ja - dat was waar hij zich zo druk over maakte toen hij ons vond. Nou, dat en jou. Hij was behoorlijk opgewonden over jou."

Ben voelde de spanning in de kamer toenemen. Alex had zijn leven gegeven om Sarah te redden.

"Wat zei hij *precies*?" vroeg Sarah. "Vertel me alles."

HOOFDSTUK 84

JULIE

TERWIJL BEN, Mevr. E en Reggie Sarah inlichtten over wat Alex hen had verteld over het Haplogroep X onderzoek waar hij aan werkte, richtte Julie haar aandacht op een andere kwestie.

Ze hadden hier *iets* gevonden. Het was een lege hal, maar het was duidelijk dat het voor een bepaald doel was gebouwd. Ben had net zijn bezorgdheid geuit, dat hier ooit iets was geweest. Iemand had lang geleden de tijd en energie genomen om deze hal uit de kalksteen te hakken en hem te vullen met iets van groot belang.

Julie stopte een halve meter voor de deur die de Hal van het Archief scheidde van kamer 23.

Kalksteen.

Ze fronste haar wenkbrauwen en keek toen naar de steen onder haar voeten. Ze schopte er met haar teen tegenaan en voelde het harde, meedogenloze oppervlak tegen zich aandrukken.

Iets met kalksteen...

"Wat is er, Jules?" vroeg Ben, terwijl hij merkte dat ze stil was blijven staan. De anderen waren nu allemaal in kamer 23, en mevrouw E en Sarah waren bezig de rommel van de deur te verwijderen. De soldaten hadden zich blijkbaar een weg naar binnen gebaand, want de metalen deur hing nu nog maar aan één scharnier en het grootste deel van de onderste helft van de deur lag in een verwrongen puinhoop in de hoek.

"Ik dacht net aan iets..." zei ze. "Ik weet niet zeker wat het betekent. Als het al iets betekent."

"Wat is er?"

"Kalksteen," zei ze, nog steeds op haar voeten neerkijkend. "Deze plek is helemaal van kalksteen, toch?"

Professor Lindgren knikte. "Van de Mokkatam Formatie, waar het hele Gizeh Plateau op rust. Er was hier een lagune, vijftig of zestig miljoen jaar geleden, en de samengeperste stukken koraal uit die lagune werden een perfecte rustplaats voor de lagen modder en zand die later kwamen en zich tot de steen vormden."

"En de piramides waren daar mee bedekt, toch?"

"Ja," zei professor Lindgren. "De Grote Piramide had ook een helderwit omhulsel van kalksteen, waarvan vandaag niets meer over is."

"En we weten precies waar de kalksteen vandaan kwam? De kalksteen die gebruikt werd voor de dekstenen?"

Professor Lindgren leek verbaasd. "Wel, dat is een kwestie van discussie. Hoewel Egyptologen vaak bepaalde plekken rond het plateau aanwijzen, wordt aangenomen dat de kalksteen van die zuiverheid van ver weg moet zijn aangevoerd."

Bens hoofd ging omhoog, en hij maakte oogcontact met Julie. "Zuiverheid."

Ze glimlachte en knikte toen. "Zuiverheid. Kalksteen van die *zuiverheid...*"

"...was misschien helemaal geen *kalksteen,*" zei professor Lindgren.

"Dat is wat ik denk," zei Julie. "Sarah, die ketting van jou - je vader zei dat hij die gevonden had in het artefact dat hij je gaf?"

"Alleen de steen. Toermalijn. Niet de ketting."

"Het is dus waarschijnlijk in het object gestopt door degene die het in Groenland heeft gedropt.

"En gebaseerd op Alex' Haplogroep X gegevens, lijkt het erop dat Groenland precies op de route lag die de oude volkeren namen vanaf de Middellandse Zee."

Professor Lindgren en Sarah leken nu opgewonden, ze werden geanimeerd. Julie voelde de opwinding ook. Sarah liep naar haar vader toe en hield de ketting voor zich. "De Atlantiërs reisden van de Middellandse Zee naar de Amerika's en deden onderweg Groenland aan. Zij hebben ook *deze* plek gebouwd. Dat betekent dat deze steen van de Atlantiërs is, en zijn zuiverheid - het bijna kleurloze wit ervan - vertegenwoordigt de sleutel tot hun rijk."

"En ik durf te wedden dat het alleen voorkomt op plaatsen als Santorini," voegde Reggie eraan toe. "Gevormd door vulkanische activiteit, hydrothermale openingen, dat soort dingen.

Julie's gedachten gingen nog steeds tekeer. "Dus de Atlantiërs gebruikten Tourmaline als een soort visitekaartje, ze lieten het achter op plaatsen waar ze reisden. Om mensen naar huis te wijzen."

"Maar waarom een hoop ervan hier dumpen?" vroeg Ben. "Als ze een soort monument zoals een piramide aan het bouwen waren, waarom dan al die tijd besteden aan het opgraven van Toermalijn om het als 'dekstenen' te gebruiken? Het lijkt erop dat ze het druk genoeg hadden, rond de wereld reizen en zo."

"Ze hebben de hele piramide in Toermalijn gehuld, tegen hoge kosten in arbeid, vracht, mankracht en middelen. Het moet met een reden zijn. Als ze iets wilden dat er alleen maar goed uitzag, hadden ze de steen van het plateau zelf kunnen gebruiken."

Julie keek naar Sarah. "Je zei dat Toermalijn *piëzo-elektrisch* was?"

"Ja," zei Sarah. "Oefen druk uit, en het genereert een kleine lading."

"En de piramide was omhuld met duizenden tonnen van dit spul."

"Dat is een hoop druk," zei Agent Sharpe.

"Precies," zei Julie. "Wat zou er dan gebeuren in direct zonlicht? Stel dat de zon erop schijnt, waardoor de stenen uitzetten..."

"En daardoor een enorme hoeveelheid druk veroorzaken!" Zei Sarah. "Dat is het! De piramide was geen tombe, of een monument. Het had een *doel*."

"Het was een *wapen*."

"Het *ultieme* wapen," zei Julie. "Denk er eens over na - de verbinding zou opgeslagen zijn in de piramide, en de piëzo-elektrische kwaliteiten van de Toermalijn zouden het opladen wanneer het onder druk stond - druk veroorzaakt door de uitzetting van die stenen door de hitte van het zonlicht. Genoeg van die druk en het zou een elektrische lading afgeven, die de samenstelling binnenin verder zou verwarmen. Het zou de bel zijn, maar op een enorme schaal."

Ben knikte instemmend. "En de bouwers kunnen spiegels of trechters hebben gebruikt om de lading van de verhitte verbinding uit de openingen in de piramide te leiden."

"Op een vijand."

"Juist," zei Ben. "Het is het perfecte verdedigingsmechanisme. Iedereen die te dichtbij komt, wordt gezapt. En het zou niet veel zappen van de jongens op de frontlinies nodig hebben voor de rest van het leger om uit te flippen."

"Dus de Egyptenaren hadden een verbazingwekkend wapen in hun bezit," zei Sarah. "Gebouwd door de Atlantiërs zelf. Maar ze gebruikten het niet - het omhulsel werd verwijderd en verscheept voor andere projecten in de volgende eeuwen."

"En we weten dat ze nooit toegang hadden tot de Hall of Records onder de Sphinx."

"Ze hebben dus waarschijnlijk nooit geweten *hoe* ze het wapen moesten gebruiken,' ging Sarah verder. "Ze gingen verder met hun leven, bouwden kleinere - en minder perfecte - piramides, kerfden het hoofd van de Sfinx in de vorm van een van hun farao's, en vergaten helemaal hun mysterieuze bezoekers van duizenden jaren eerder."

"Klinkt alsof we het uitgedokterd hebben, dan," zei Ben. Hij wendde zich tot Rachel Rascher. "Zullen we kijken of we deze crimineel in een cel kunnen krijgen?"

Julie was het bijna eens toen ze weer bevroor. "Nee," zei ze. We hebben iets veel groters om ons zorgen over te maken."

"GROTER DAN OMGAAN MET EEN RACISTISCHE NAZI DIE ONS ALLEMAAL PROBEERDE TE VERMOORDEN?"

Julie zette zich schrap. *Hoe kon ik dat niet eerder doorhebben?* "Ja. De terroristische aanslag in Athene," zei ze, haar handen bevend. "Het was een 'proces', precies zoals ze zei -" Julie wees naar de nog steeds niet bewusteloze Rachel - "en eentje die ze gebruikte om haar nazi-achtige rassenzuivering te rechtvaardigen."

"Maar heeft ze niet iets gezegd over -"

"Een *groter* proces," eindigde Sarah. "Ze zei dat ze zichzelf aan de wereld zouden openbaren."

"Ik vraag me af wat dat betekent?" Vroeg Reggie. "Waarschijnlijk niets goeds."

"*Zeker* niets goeds," zei Julie. "En ik durf te wedden dat het iets groter is dan wat er in Athene is gebeurd."

"Dus het gaat waarschijnlijk om dat klok ding," zei Ben. "Een grotere versie van wat er in het museum is gebeurd."

"Dan moeten we het vinden," zei Julie. "Het moet daar ergens zijn. Een klok, zoals die hier, en die in het museum in Athene. Het moet niet moeilijk zijn om hem te vinden, toch?

Reggie schudde zijn hoofd. "Het zou kunnen. Misschien is het helemaal geen klok - de sleutel tot de werking van het wapen was het spul erin. Wat het ook was dat de Atlantiërs maakten en erin stopten, en het dan elektrisch oplaadden om het op te warmen."

"Dus we zijn op zoek naar een poeder. Of een vloeistof," zei Ben. "En een manier om het aan te sluiten."

"Juist."

Ben knikte. "Nou, dan blijft zowat alles over."

"Laten we tenminste uit deze kerker gaan en terug naar een land waarvan we weten dat we het kunnen vertrouwen," zei Julie.

Reggie grijnsde. "Ja? En welk land is dat?"

"Eerlijk genoeg," zei Julie. Zij wist dat de CSO op zogenaamde "werkbare voorwaarden" met de regering werkte, maar hun handvest was nog steeds strikt binnenlands. Ze waren gebonden aan hun overeenkomst om officieel in de Verenigde Staten te opereren, met jurisdictie die zich uitstrekte tot het buitenland op basis van de verklaarde missie.

Het probleem was dat de "verklaarde missie" moest worden goedgekeurd door het bestuur, dat bestond uit alle leden van de CSO, de heer en mevrouw E - de stichtende partners - en individuele leden van elke tak van het Amerikaanse leger.

Terwijl de CSO en Mr. en Mrs. E meer dan het quorum voor stemrecht hadden, was het leger nog steeds... het leger. Stemmen tegen het Amerikaanse leger was nooit een goede langetermijnstrategie, zelfs niet als de contractclausules van plausibele ontkenning en politieke immuniteit ter sprake werden gebracht.

Feit bleef dat de acties van de CSO in Egypte en Santorini *geen* officieel goedgekeurde missies waren, goedgekeurd door een stemming - zij waren hier, technisch gezien, op reddingsmissie voor een van hun vrienden. Dat de heer E. de expeditie had gefinancierd was geen feit dat een sterke verdediging zou hebben in de rechtbank, als het daar kwam.

Julie keek naar de vrouw aan de zijkant van de kamer, bewusteloos. Ze begon zich net te roeren.

"Ze zal het weten," zei Julie, wijzend naar Rachel. "Dit komt allemaal door haar. Die vrouw weet waar deze 'laatste test' is."

"We kunnen haar niet ondervragen," zei Agent Sharpe. "Het is tegen..."

"Dat kunnen we, en dat zullen we," snauwde Reggie. "*Wij zijn* degenen die hier zijn, *wij zijn* degenen die haar vingen."

"Je hebt hier geen gezag," zei hij. "*Ik* heb hier geen gezag. Ik kwam hier voor mijn zus, die nu dood is. Ik heb geen back-up, geen team. Nog niet. Maar als we weer naar buiten kunnen, kan ik wat telefoontjes plegen. We kunnen niet zomaar...

"Sharpe, je moet je terugtrekken," zei Ben, dichter bij de man komend. "Je hebt ons bij elke stap tegengehouden, maar nu we hier zijn, zal ik niet toestaan dat je mijn team verhindert zijn missie voort te zetten."

"Je *missie?* Luister naar jezelf, Harvey. Je klinkt alsof je denkt dat je een soldaat bent. Je bent een *burger.* Je hulp wordt echt op prijs gesteld, maar nu we mevrouw Rascher hebben opgepakt, wil ik haar naar de juiste autoriteiten brengen."

Julie schudde haar hoofd en keek rond naar de patstelling. Sharpe was woedend, zijn ogen kristalhelder. Hij probeerde waarschijnlijk om te gaan met een reeks van emoties op dit moment: zijn zus was dood, er was een neo-Nazi partij verborgen onder de Sphinx, en nu probeerde een team van burgers het recht in eigen handen te nemen.

Ze liep naar hem toe. Ze wist niet zeker of ze hem wilde troosten of in zijn gezicht slaan - ze begreep wat hij voelde, maar ze wist ook dat ze dit hier en nu moesten beëindigen. Rachel erbij halen zou alleen maar leiden tot ruzie tussen alle internationale organisaties die dachten dat ze jurisdictie hadden. Er zouden jaren van rechtszaken, wachten, juridische manoeuvres en gevangenisstraf volgen, maar als er ooit gerechtigheid zou geschieden, zou dat nog tientallen jaren duren.

En hoe 'gerechtigheid' er ook uitziet, het zal niet genoeg zijn, dacht Julie.

Ze stond oog in oog met Sharpe, probeerde de juiste woorden te vinden om haar zaak uit te leggen. Ze moesten te weten komen - *nu* - wat Rachel wist, en hoe het te stoppen. Er was geen andere keuze.

Ze legde haar hand op Sharpe's schouder. "Niemand van ons neemt het je kwalijk dat je hier bent," zei ze.

"Wat?" vroeg hij.

"Niemand van ons neemt het je kwalijk. Wij zouden hetzelfde gedaan hebben. We zouden *alles* gedaan hebben om Sarah terug te krijgen, en haar vader. Dat is het verhaal dat we zullen vertellen, als het moet."

"Wat zeg je nu?"

"Als het erop aankomt, krijg je hier geen problemen mee. We zullen er voor zorgen, hoe dan ook."

"Dank u, maar ik denk niet dat -"

Voordat hij zijn zin kon afmaken, hoorde Julie het scherpe terugslaan van een aanvalsgeweer. Haar oren suisden, maar ze draaide zich om om te zien wat er gebeurd was.

Professor Lindgren, trillend, hield een van de wapens van de soldaten vast, en richtte het op haar.

Langs haar mikken.

Ze draaide zich om naar de twee mensen aan die kant van de kamer en zag dat Rachel Rascher wakker was, haar ogen wijd open.

Ze bloedde. Een schotwond in de zijkant van haar borst lekte bloed. Ze stikte en hoestte toen. Ze viel zijwaarts, toen achterover tegen de muur, waar ze zittend op de grond gleed.

"Ik - ik vertelde haar ..." Professor Lindgren begon. "Ik zei haar dat ik dat zou doen. Dat is - dat is wat ik haar vertelde."

Reggie en Ben liepen naar Lindgren toe en ontwapenden hem, hielden zijn armen vast en leidden hem de kamer uit. Sarah volgde, haar gezicht een combinatie van shock en desoriëntatie.

Julie rende naar Rachel toe, die nu een piepende ademhaling had en bloed hoestte.

"De laatste test," zei ze. "Waar is die?"

Rachel grijnsde.

"Waar is het?" vroeg Julie opnieuw. "Zeg het me."

Rachel probeerde te lachen, maar haar mond was gevuld met bloed en gal. Ze spuugde, en raakte bijna Julie.

Julie keek toe, wetende dat de vrouw hier zou sterven. Agent Sharpe keek op hen neer, observeerde het gesprek maar verroerde zich niet om te helpen.

"Het is voorbij, Rachel," zei Julie. "Er is niets meer over. Geef ons iets."

Rachels neusvleugels wapperden terwijl ze naar Julie staarde. Ze kon zich moeilijk concentreren, en haar pupillen waren verwijd.

Haar mond ging open, toen weer dicht, en uiteindelijk vielen er twee woorden uit. "Twee... maanden."

"Twee maanden?" vroeg Julie.

Voor ze het kon bevestigen, trok Rachels mond zich nog eens op tot een sneer, waarna haar hoofd doodmoe opzij viel.

Julie stond op en liep de kamer uit.

Twee maanden.

HOOFDSTUK 86

BEN

PROFESSOR LINDGREN WAS GESCHOKT, maar nog steeds helder. Hij wist wat hij gedaan had, en zijn ogen toonden weinig berouw.

Ben zat naast hem in de gang, wachtend tot Julie naar buiten kwam. Hij wendde zich tot de oudere man en stond op het punt te spreken, toen de professor zijn hoofd liet zakken en Ben aankeek.

"Ik zei haar... Ik zei haar dat ik zou..."

Ben legde zijn hand op de schouder van de man. "Ik weet het," zei hij. "Ik weet het. Ik begrijp het. Oké?"

De man keek in Bens ogen met een nieuwsgierigheid, een vraag.

Ben schraapte zijn keel. "Ik bedoel dat ik niet precies *kan* weten wat... hoe je je voelt. Ik heb geen dochter. Of kinderen." Ben voelde zijn wangen een beetje blozen. *Schaam ik me?* "Ik bedoel alleen dat ik meer dan eens in een situatie heb gezeten die van leven of dood is. Het is niet makkelijk om die beslissing te nemen."

"Was het de juiste beslissing?" Professor Lindgren vroeg het, zijn stem trilde. "Ik - ik heb haar vermoord."

"Dat heb je gedaan," zei Ben. "Dat is gebeurd. Hoe je er verder mee gaat is wat telt."

"Maar zij..."

"Ze deed dingen die onvergeeflijk zijn," zei Ben. "Misschien verdiende ze het niet om daardoor te sterven. Misschien wel."

Hij haalde zijn schouders op en keek achterom naar de deuropening in wat kennelijk het kantoor van de vrouw was geweest. Julie en Reggie waren nog steeds daarbinnen, nu vergezeld door mevrouw E. Ze waren de lades van het bijzettafeltje aan het doorzoeken, de weinige meubels die er in de kamer stonden aan het omgooien, en mevrouw E. was op haar computer aan het klikken, proberend te bepalen of het de moeite waard was de harde schijven te redden of alles te vernietigen.

Ben hoopte dat ze zou besluiten om te bergen; elk bewijs dat ze hier beneden vonden zou nuttig zijn in de komende maanden - de komende debriefings van de regering, de politieke omzwervingen, en de uiteindelijke aanklachten van wie dan ook met deze vrouw zou hebben gewerkt.

Ben keek rond in de bijna lege voorkamers. *En waar* zijn *die werknemers en wetenschappers?* Dacht hij. *Er waren hier een paar mensen eerder; ze zijn nu allemaal weg.*

Hij kreeg het gevoel dat de medewerkers, stafleden en wetenschappers die met Rachel Rascher hadden samengewerkt, waren gevlucht kort nadat de schoten door de lucht begonnen te zweven, onwillig om hun leven te riskeren voor het lievelingsproject van hun baas.

Toch vroeg Ben zich af hoeveel van hen daarna zouden opduiken, geïntrigeerd door de ontdekking van het grootste archeologische geheim in de moderne geschiedenis, in de hoop geld te verdienen met de bevindingen van de nu leiderloze factie.

Ben vroeg zich ook af hoeveel van hen al bezig waren met hun eigen netwerken, informatie en gunsten aan hun vrienden en collega's te ontfutselen, om het onderzoek voort te zetten in een nieuwe en veiliger omgeving, buiten bereik van de dreigende fall-out. Ben vergeleek deze gedachte met het afhakken van een van de Hydra's hoofden - waar er een was, zouden er twee ontspruiten.

Waar Rachel Rascher zichzelf had geïmplanteerd als het feitelijke hoofd van een neonazi-regiment van wetenschappers en vervolgens was verwijderd, zouden waarschijnlijk twee of meer nieuwe "hoofden" opstaan, ergens in de wereld.

Ben zuchtte en haalde diep adem. *Het houdt nooit op,* dacht hij. De nazi's waren al lang geleden verslagen, dacht hij. En hun moderne tegenhangers waren niets meer dan onwetende pseudo-activisten met weinig sociale vaardigheden, maar nu hadden ze een heel netwerk blootgelegd van capabele, toegewijde partijleden, die al jaren in het volste geheim opereerden.

Dat betekende dat hun werk hier nog niet af was. Of beter gezegd, hun werk *ergens* was nog niet klaar. Wat Julie en Reggie ook vonden in het kantoor, wat mevrouw E ook vond op de computer, alles was een aanwijzing die hen naar de volgende plek kon leiden. Rascher was iets van plan geweest, en Ben betwijfelde of dat plan was gestorven met de initiatiefnemer. Degene die nog steeds bezig was met de klok en zijn mysterieuze eigenschappen, zou de teugels in handen nemen en beginnen aan de laatste akte van Raschers toneelstuk.

"Je zult ze moeten stoppen," zei professor Lindgren.

Ben was bijna vergeten dat de man nog naast hem zat. Hij knikte. "Dat doen we." Toen glimlachte hij. "En *dat zullen we.*"

"Ik zal helpen," zei Lindgren. "Hoe ik ook kan.

Ben knikte weer, langzaam. "Ik weet het. En misschien moeten we die gunst ook nog inroepen. Maar voor nu hebben we allemaal wat rust nodig. En jij - ik denk dat jij je dochter moet gaan zoeken."

Lindgren stond op, kreunde tegen wat voor kwaaltjes zijn lichaam ook had verzonnen, en stak een hand uit naar Ben. Sarah zat gebogen in de hoek van het kantoor en keek rond naar het CSO team terwijl ze hun ronde deden. Ze sprak niet.

Ben pakte de hand van de man en schudde hem. "Bedankt voor alles," zei hij.

Lindgren schudde zijn hoofd en spotte. "Jullie zijn mij niets verschuldigd, zeker geen bedankje,' zei hij. "Integendeel, jullie hebben allemaal mijn leven gered - en dat van mijn dochter. Er is niets in de wereld dat ik kan doen om jullie terug te betalen -"

Ben wuifde het weg. "Stop," zei hij. "We hadden het ook gedaan als we je niet aardig vonden."

HOOFDSTUK 87

REGGIE

REGGIE HAD DE KAMER BIJNA EEN UUR LANG DOORZOCHT, een taak die minstens vijfenveertig minuten tevergeefs leek te zijn. Er stonden geen meubels in de kamer, behalve een computerbureau en een klein bijzettafeltje tegen de muur.

Mevrouw E had bevestigd dat de harde schijven van de machine waardevol zouden zijn voor hun voortdurende zoektocht en onderzoek naar wat zich hier precies had afgespeeld, en in het bijzettafeltje had Julie - na te hebben ingebroken met de fijnzinnigheid van een overijverige drilboor - een klein in leer gebonden dagboek gevonden. Aan de binnenkant van de kaft stond een inscriptie van ene Sigmund Rascher, ongetwijfeld het familielid waar Rachel Rascher het over had gehad.

De rest van het dagboek was in het Duits, en niemand van de groep kon de taal spreken of lezen, maar Reggie zag een paar keer Grieks en nam aan dat het om een commentaar en een kopie ging van het stuk dat Rachel eerder had genoemd.

"Wat heb je gevonden?" Ben vroeg het toen Reggie uit het kantoor stapte.

"Nou," begon Reggie, "als je een waardeloos oud bureau en een computer van begin 2000 niet meetelt, niets."

Reggie zag een kant van de lippen van zijn vriend tegen zijn wang drukken. "Niets?"

"...en een dagboek."

Reggie lachte toen Bens ogen open schoten. "Een dagboek?"

"We denken dat het Rachels overgrootvaders dagboek is," zei hij. "Het is in het Duits, met lange passages in het Grieks. Tot nu toe ziet het er veelbelovend uit dat het een commentaar is op Plato's verloren werk - het *Boek der Beenderen*, het boek waar Rachel en Agent Sharpe het over hadden. Het is niet alles, maar het is een begin."

"Wacht even," zei Ben. "Waar *is* Agent Sharpe?"

Reggie liep stijf, zijn been verzorgend, maar het bleek dat het bloeden was gestopt. Als zodanig, had hij Ben of Sharpe of iemand anders niet nodig om hem te helpen.

"Hij ging vooruit, om er zeker van te zijn dat we een vrije uitgang zouden hebben," zei Reggie.

Ben keek hem aan, maar antwoordde niet.

"Hoe dan ook," ging Reggie verder, "het lijkt op hetzelfde dagboek waar ze het over hadden. Niet het originele *Boek der Beenderen*, maar meer dan we anders hebben."

"Ik begrijp het."

"Anders dan dat, niets. Mrs E denkt dat Julie of haar man de beveiliging van de harde schijven kan kraken, maar zelfs dan is het een gok - ze zijn versleuteld met beter dan state-of-the-art, wat betekent ... Ik heb geen idee. Maar het is waarschijnlijk net zoiets als Nick Cage uit Alcatraz krijgen."

Ben fronste zijn wenkbrauwen. "Je weet toch hoe die film eindigde?"

Reggie haalde zijn schouders op. "Analogieën zijn niet echt mijn ding."

"Juist. Hoe dan ook, we moeten hier snel weg voordat de Egyptische pakken binnenkomen en de plaats plunderen. We zullen hier in het beste geval weken vastzitten, om stomme vragen te beantwoorden."

"Dat heb je goed," zei Reggie. Hij wendde zich tot de rest van de groep en riep hen naar zich toe. "Klaar om te gaan?"

Julie en mevrouw E kwamen uit het kantoor. Professor Lindgren liep er vlak achteraan, zijn arm over de schouder van zijn dochter. Beiden leken ontdaan, maar ook gretig om te vertrekken.

"Sharpe is verderop," zei Reggie. "We gaan dezelfde weg terug als we gekomen zijn. Het heeft geen zin om hier op te ruimen - de Egyptenaren hebben al een puinhoop op hun handen. We moeten weg voordat de media en andere ambulancejagers hier zijn. Ik denk dat er *veel* geld te verdienen valt met de rechtszaken die komen gaan.

Hij keek om zich heen of er bezwaren waren en toen hij die niet vond, draaide hij zich om en liep naar de tunnel die uit de voorkamer naar de hoofdweg leidde.

De route was eenvoudig, en zelfs zonder veel licht goed te volgen. Reggie leidde de groep in één rij, en toen hij bij de ingang van de Vallei Tempel kwam, wachtte hij tot Ben naast hem kwam staan.

"Heb je iets nodig?" vroeg Ben.

Reggie antwoordde niet. In plaats daarvan keek hij door de donkere kamer, waar pilaren stonden, methodisch en nauwgezet verspreid door de hal, die talrijke natuurlijke dekking boden voor iedereen die zich probeerde te verbergen.

Hij keek naar de schaduwen die door de massieve pilaren werden geworpen. *Er is hier iemand*, dacht hij. *Iemand wacht op ons.*

Hij had het mis.

In plaats van *één* persoon die op hen wachtte, waren het *er twintig*

Reggie sprong terug in de brug toen hij beweging zag vanuit duizend verschillende richtingen.

"Er is hier iemand," fluisterde hij.

"Wie?"

"Ik weet het niet," antwoordde hij. "Maar *veel* van hen. Twintig of meer. Allemaal achter de pilaren."

Een stem riep. "Harvey. Gareth Red. Kom naar buiten. We hebben je omsingeld."

Reggie keek naar Ben. Bens gezicht vertoonde niet dezelfde verbazing als dat van Reggie. In plaats daarvan was het een verwrongen puinhoop van pure woede.

Ben zoog zijn adem in. "Het is Agent Sharpe," zei hij. "Hij heeft ons bedrogen."

HOOFDSTUK 88

BEN

BEN WIST NIET ZEKER WAT HIJ MOEST DENKEN. Hij wist niet zeker wat te voelen. Hij was al lang een man van weinig woorden, maar van veel emoties - veel ervan tegenstrijdig. Zolang hij zich daarvan bewust was, had hij geprobeerd zo stoïcijns mogelijk te zijn - om zijn emoties alleen te tonen in situaties waarin hij ze niet onder controle had. En hij had vele jaren geprobeerd om ervoor te zorgen dat er *geen* situatie was waarin hij de controle zou verliezen en zijn emoties zou tonen.

Maar zijn stoïcisme had hem niet voorbereid op een situatie waarin hij zou worden bedrogen door een Interpol-agent, aan een schijnbaar onschuldige man kameraadschap en steun zou worden beloofd, en vervolgens door dezelfde man in de rug zou worden gestoken, plotseling geholpen door twintig andere gewapendragende agenten.

Hij voelde de adrenalinestoot opkomen, het teken dat zijn drang tot emotie zijn zintuigen begon te beheersen.

Gelukkig - hoewel hij dat op dat moment niet voelde - was zijn beste vriend er om hem tegen te houden.

"Wacht," zei Reggie.

"Nee," antwoordde Ben, zijn stem net zo serieus als die van Reggie.

"*Wacht*," zei Reggie weer. "Ze hebben geweren."

"*We* hebben..."

"Ze hebben *allemaal* geweren," zei Reggie. "En ze weten *allemaal* hoe ze ze moeten gebruiken."

"Maakt niet uit," zei Ben. "We moeten ze opjagen. Als we aan de binnenkant van de..."

"En hoe zit het met Lindgren?" vroeg Reggie. "En zijn dochter? Moeten *zij* een tegenoffensief met ons houden? De linkerkant flankeren en voorwaarts gaan naar de uitgang terwijl ze de omgeving onder controle houden? Reggie ademde diep in. "Verdomme, en *ik dan?* Ik ben hier bijna dood. Ik voel mijn been al bijna een uur niet, en als mijn hartslag niet omlaag ging, zou ik al op de grond liggen."

Ben zweette naast Reggie. Hij wist dat hij gelijk had. Hij had al eerder moeilijke situaties meegemaakt, en Ben vertrouwde altijd op Reggie's professionele militaire oordeel in tijden als deze. En als Reggie's gevoel - en blessure - hem vertelde de handdoek in de ring te gooien...

"Kom op," schreeuwde Sharpe, zijn Frans geaccentueerde stem galmde door de hal. "Laten we dit afhandelen. Ik heb drieëntwintig man bij me van de Egyptische Mukhabarat, en we hebben een verklaring van de afdeling Prehistorie van het Ministerie van Oudheden dat we iedereen moeten aanhouden en ondervragen die betrokken is bij -
"

Ben keek naar Reggie. "Een *verklaring?* Is dat een soort Interpol versie van een mandaat?"

Reggie haalde zijn schouders op. "Het lijkt niet veel gewicht te hebben hier, gezien. Maar die wapens zeggen iets anders."

"Wat gaan we dan doen?"

Reggie dacht even na. "Weet je, het is lang geleden dat ik vierentwintig tegen drie in de minderheid was."

"Sarah heeft ook een geweer."

"Oké, dus vierentwintig voor *vier*. Maar ik weet niet zeker of ik het tel, op dit moment. Dus laten we het vierentwintig tegen drie noemen."

Sharpe riep nog eens. "Laatste kans, Harvey. Laat me je handen zien. Stap langzaam uit."

Reggie keek naar Ben, en hij kon zien dat zijn vriend hem stilletjes smeekte. *Het is voorbij, man.* Hij probeerde verdriet en verbazing over te brengen, maar Ben wist dat hij net zo van streek was als hij. Hij zette zijn geweer neer op de zanderige vloer van de tempel en stapte toen naar voren, in een van de stralen zonlicht die door de pilaren braken.

"Oké, Sharpe," schreeuwde hij. "Ik leg mijn wapen neer."

Ben en de anderen volgden hun voorbeeld en stapten de centrale gang van de tempel in, nadat ze elk hun wapen aan de groeiende stapel hadden toegevoegd. Elk van hen kwam naar buiten met hun handen omhoog, achter hun hoofd.

Sharpe zei iets tegen een van de mannen naast hem, en twee van de soldaten stapten naar voren en grepen Reggie, en trokken hem ruw achter een van de pilaren. Ze trokken zijn handen achter zijn rug en bonden ze vast met een ritssluiting, en leidden hem toen weg.

Ben kreeg een soortgelijke behandeling van nog twee soldaten, en binnen enkele minuten werd zijn hele team - inclusief Professor Lindgren en Sarah - vastgebonden en de tempel uitgeleid. Toen hij Agent Sharpe passeerde, grijnsde hij.

"Waar gaat dit over, Sharpe?" Vroeg Ben. "We vertrouwden je."

Sharpe liet zijn hoofd hangen "Sorry, Harvey. Ik weet dat je dat deed. Maar dit ging nooit alleen over mijn zuster."

"Ze was hier nooit?"

"Oh, dat was ze," antwoordde de man terwijl hij met Ben meeliep. "Maar ze werd kort na de gebeurtenis in Athene vermoord. Rachel Rascher zou haar nooit hebben laten leven. Ik - ik dacht dat ik haar kon redden, maar..."

"Dus zij heeft je zus vermoord. Rascher is nu ook dood. Er is daar beneden niets. Dus... wat is er ?"

"Kijk, Harvey," zei Sharpe. "Het is niet dat ik aan haar kant sta met dit. Het zijn allemaal kwakzalvers, wat mij betreft. Maar -" hij stopte en keek rond, dan verlaagde zijn stem. "Dit is iets dat al een tijdje aan de gang is."

"Ik weet het," zei Ben. "Rachel zei dat haar overgrootvader -"

"Nee," zei Sharpe, zijn hoofd schuddend. "Ik bedoel niet haar onderzoek. Ik heb het over dit onderzoek."

"De Egyptenaren?"

Hij knikte. "De Egyptenaren, de Grieken, heck - zelfs de Duitsers en de Russen zijn geïnteresseerd in het onderzoek en de wetenschap. Alleen het Egyptische ministerie van Oudheden weet wat er hier allemaal is gebeurd, maar ze laten het zich niet zomaar afpakken door burgers.

"Je bedoelt dat *je* het ons op geen enkele manier laat afpakken," zei Ben.

Agent Sharpe keek hem aan, zijn ogen koud en berekenend. "Ik doe gewoon mijn werk, Ben."

"Dit is waarom je ons uit beeld wilde hebben in Santorini, is het niet?"

"Mijn taak is altijd geweest om te beschermen wat het hier ook is, zodat de Egyptische regering - en andere belanghebbende partijen - het onder de pet kunnen houden."

"Je werd ingehuurd om een leugen te helpen bestendigen, Sharpe."

"Ik ben *ingehuurd* om de geschiedenis te beschermen." Hij stopte. "Bennett, luister naar me. Je speelde *altijd al met vuur met* dit. Ik heb gedaan wat ik kon om jou en je team te beschermen - de politie bellen toen ze het vuur op je openden, en proberen te voorkomen dat deze soldaten je hersens eruit knalden toen je voor het eerst landde in Cairo."

"Goh, bedankt voor je steun, Sharpe."

"...en ik had je *makkelijk* kunnen laten uitschakelen zodra je de brug had verlaten. Denk je dat de Egyptische regering het erg vindt dat een paar burgers CIA-agent spelen in hun land - *zonder* steun van hun eigen regering?"

Ben draaide zich om om de man te beoordelen. Sharpe was dunner en kleiner, maar hij had een fitte lichaamsbouw. Maar zelfs met Ben's handen op zijn rug gebonden, wist hij dat hij hem kon uitschakelen met een goed geplaatst schot in de neus van de man.

"Je bent nogal een held, Sharpe. Wat zouden we zonder jou moeten?"

"Genoeg met de bravoure, Ben. We gaan je niet vermoorden. En als ik het kan regelen, denk ik dat ik jullie ook uit de gevangenis kan krijgen."

"Nogmaals, wat zouden we zonder jou moeten?"

"Maar we zullen het notitieboekje nodig hebben."

Ben keek hem wezenloos aan. "Welk notitieboekje?"

"Doe niet zo dwaas, Bennett. Je zit er al middenin. Eén telefoontje en je bent hier weg, een vrij man, met je team intact en levend." Hij pauzeerde, om er zeker van te zijn dat Ben volgde. "Maar als ik dat telefoontje *niet pleeg...*"

Ben wendde zich tot Julie, die het kleine dagboek bij zich had dat ze in Raschers kantoor hadden gevonden. Ze had het in haar achterzak gestoken, en de staart van haar shirt bedekte het.

Julie schudde haar hoofd. *Nee.*

Ben zuchtte. "Sharpe, ik weet niet wat je..."

Sharpe stapte abrupt naar voren en gaf Ben een klap op zijn neus. Het was gewelddadig, en Ben voelde zijn lichaam wankelen terwijl sterren rond zijn zicht zwermden.

"Harvey, laat het me niet nog eens vragen."

"Er is iets aan de hand, Sharpe," zei Ben. "Veel mensen gaan sterven."

"Rachel Rascher heeft je dat verteld?"

"Je hoorde het zelf, Sharpe. Wat er gebeurde in Athene - dat was slechts de setup. Er was iets *anders* gepland, en we hebben slechts twee maanden om het uit te zoeken."

Sharpe grijnsde. "Een stervende vrouw vertelde je twee woorden, en nu heb je een plan om de wereld te redden? Je bent net zo misleidend als zij was."

Ben's neusgaten wapperden en zijn kaak klemde toen hij zijn evenwicht hervond. Hij keek neer op Sharpe. "Je bent een klootzak, Sharpe. Ik wist het toen ik je ontmoette."

"Eerste indrukken zijn moeilijk te breken, Bennett."

"Sharpe..."

"Wat u ook denkt dat er gaat gebeuren, is iets *waar echte* organisaties, zoals Interpol, de Verenigde Naties, en alle betrokken lokale regeringen voor kunnen zorgen. En ik denk niet dat ik je nog eens hoef te vragen om *ons niet in de weg te lopen.*"

Ben keek nog eens naar Julie en knikte toen. "Geef het aan hem, Jules."

Ze stond op het punt te protesteren, maar hij schudde zijn hoofd. Uiteindelijk pakte ze het dagboek en stapte naar Sharpe. Hij pakte het uit haar hand, bladerde door een paar pagina's om er zeker van te zijn dat het echt was. Tevreden, stak hij het in zijn zak en keerde terug naar Ben.

"Dank je, Harvey, voor je *voortdurende* medewerking met dit -"

Ben sprong naar voren en sloeg de bovenste helft van zijn voorhoofd in Sharpe's neus. De neerwaartse beweging zou er niet voor zorgen dat het bot in de navelholte zou schieten, wat betekende dat het Sharpe ook niet zou doden.

Maar het zou pijn doen - veel pijn.

Sharpe viel, verfrommelde op de grond als een lappenpop. Hij jankte een beetje toen hij viel, bloed spoot uit zijn neus en spoot over zijn kin en nek. Hij probeerde het met een pols weg te vegen, maar het spoot alleen maar over zijn gezicht. Hij probeerde op te staan, maar viel terug op een knie.

Een paar soldaten kwamen dichterbij, maar Ben kon zien dat ze niet van plan waren hun gevangenen hier, in het midden van een heilige tempel, te executeren.

Sharpe kreunde, rolde zich toen zittend op de stoffige aarde. Hij stak een vinger uit naar Ben, terwijl hij zijn neus vasthield. "Haal - haal ze hier weg," zei hij. Toen, tegen Julie, vervolgde hij. "Er wacht een vliegtuig. Een privé vliegveld. Het staat op mijn naam, maar ze verwachten jullie. Praat met de man aan de gate."

"Vind je het erg om deze uit te doen?" vroeg Julie, over haar schouder naar haar polsen kijkend.

"Als je bij de poort bent," zei Sharpe, hijgend door het bloed. "Ik wil niet dat je rare ideeën krijgt over het verkennen van nog meer oude sites vandaag."

Ben draaide zich om, maar Sharpe bleef achter hem schreeuwen. "En kom hier *niet terug*. Ik zal een formele klacht indienen bij de Egyptische autoriteiten die uw toegang tot dit land effectief zal blokkeren. Als je probeert binnen te komen, zul je -

"Ik heb nooit veel om de hitte gegeven, Sharpe," zei Ben, nog steeds marcherend naar de uitgang.

De soldaten gingen uit elkaar, bewust van wat Agent Sharpe had gezegd of niet bereid om te proberen Ben te stoppen. De anderen, inclusief Reggie, volgden mee, hun handen nog steeds op de rug gebonden.

Terug buiten in de hitte ontdekte Ben dat het hele plateau was afgesloten, en dat er barricades waren opgeworpen voor veel van de ingangen naar de antieke plaatsen. Op de wandelpaden waren geen toeristen te bekennen, alleen bewakers en Gizeh-medewerkers liepen rond, waarvan velen met elkaar in gesprek waren.

De Mukhabarat soldaten van de tempel volgden hen naar buiten, een paar van hen hielden hun wapens in de aanslag terwijl het team verder ging. Geen van de overige werknemers schonk veel aandacht aan hen, hetzij omdat zij al op de hoogte waren van het plan, hetzij omdat zij hoopten uit de buurt van de gewapende soldaten te blijven.

Het was duidelijk dat het park was gesloten nadat de soldaten het vuur hadden geopend op het CSO-team, en dat de plaats kort daarna was ontruimd.

Zo konden ze gemakkelijk naar de poort lopen, en hoewel ze een paar geïnteresseerde blikken van de bewakers kregen, bereikten ze de poort zonder lastig gevallen te worden. Daar toonde Reggie hen hoe ze de rand van een geslepen stuk metaal dat aan de poort zelf was gelast, konden gebruiken om hun boeien door te snijden.

Toen ze klaar waren met zichzelf te bevrijden, kwamen twee mannen gekleed in blauwe jumpsuits met een soort regeringsembleem op de borst hen tegemoet aan de poort. Ze leken ongewapend, maar stapten voorzichtig op de groep Amerikanen af. De man links sprak hen aan in wankel Engels.

"Jullie zijn degenen die een vliegtuig zoeken?" vroeg hij.

Ben knikte. "Een vliegtuig zou geweldig zijn. En eentje met wat whisky aan boord zou *fantastisch* zijn."

HOOFDSTUK 89

EPILOOG

"BEN, HET IS ZINLOOS," zei Julie. "Sharpe laat ons niet *in de buurt van* het dagboek. En zelfs als hij dat deed, zouden we het *maanden* moeten bestuderen om het te ontcijferen."

Ben keek de tafel rond, schraapte toen zijn keel en sprak. "We hebben het dagboek niet nodig."

"Maar je zei dat we achter die kerels aan zouden gaan - wie ook de rest van Raschers wensen uitvoert."

"Dat zijn we," zei Ben. "En we gaan ze stoppen."

"We weten niet eens waar we moeten beginnen," zei Reggie. "En nogmaals - we hebben het dagboek niet."

Ben keek neer op zijn aantekeningen, lukraak geordend op de iPad die voor hem op tafel lag. De groep was terug in Alaska, samen met professor Lindgren en zijn dochter Sarah. Mr. E was afwezig, niet verrassend, maar mevrouw E zat naast Julie, tegenover Ben. Ze deelden allemaal de kleine keukentafel die Ben en Julie naar de woonkamer hadden verplaatst, en na een uitgebreid diner van Ben's chili, waren ze aan het debriefen en hun volgende stap aan het plannen.

"Ik denk dat ik een idee heb," zei Ben.

"Als je gaat zeggen 'breek bij Interpol in en steel het dagboek...'" zei Reggie.

Ben keek zijn vriend aan.

"...dan doe ik mee."

Ben lachte. "Nou, nee, deze keer niet. Maar ik *zou* Sharpe graag nog eens in zijn gezicht krijgen."

"Je bedoelt weer met je hoofd op zijn gezicht slaan?" Reggie spotte.

Ben trok een wenkbrauw op. "Het enige wapen dat ik op dat moment had. Ik was tenminste klaar om te vechten. Jij lag daar, leeg te bloeden, te wachten tot ik je zou redden."

Reggie grinnikte. "Mijn ridder op het witte paard," zei hij.

"Dus Sharpe is hier niet bij betrokken?" vroeg Julie, het gesprek weer op gang brengend.

"Nee, ik denk niet dat er een manier is om het dagboek van hem te krijgen. Maar ik weet niet of we het nodig hebben."

"Hoe is dat?"

"Nou, Sarah zei dat Rachel haar en haar vader vertelde dat ze ook een kopie had van Plato's verloren werk. Het *Boek der Beenderen*, toch? Als het net zo is als Plato's andere werken, zullen andere fragmenten en stukken - zelfs hele manuscripten - na verloop van tijd opduiken."

"Dus... we wachten? Tot een van deze manuscripten 'opduikt?'"

"Nee - laat me uitpraten." Hij wendde zich tot Sarah's vader. "Professor Lindgren, weet u nog wat u in de brief aan Sarah schreef? De aanroeping?"

Professor Lindgren nam een slok van de wijn die voor hem stond en zette het glas op tafel naast zijn lege kom. "'*We zijn dubbel bewapend als we met geloof strijden.*'"

"Plato," zei Ben. "Zo kwamen we erachter dat je Sarah naar iets leidde dat met Atlantis te maken had."

"Juist..."

"Maar herinnert iemand van jullie zich de vluchtauto in Santorini? Degene die Sarah oppikte?"

Er waren lege blikken rond de tafel.

"Het was geregistreerd op naam van een *priester*. Een geestelijke uit Santorini."

"Oké, dus u denkt dat een priester betrokken was bij Sarah's ontvoering," zei professor Lindgren.

"Niet noodzakelijk - ik denk dat Rachel een weldoener had die veel meer kon financieren dan wat de Egyptische regering kon bieden. Ik denk dat ze een regeling heeft getroffen met een groep die nog *meer* geïnteresseerd is in de ware geschiedenis van Egypte."

Julie deed haar hand voor haar mond. "Heb je het over de kerk?"

"De *katholieke* kerk, ja," zei Ben. "Met een hoofdletter 'C.' Het Vaticaan."

"Wat - wat zouden zij er mee te maken hebben?"

"Het is duidelijk," zei Reggie, die ineens rechter op zijn stoel ging zitten. "De kerk heeft altijd aan de Egyptische kant van de geschiedenis gestaan. Dat de piramiden in de laatste paar duizend jaar zijn gebouwd, en dat de grote beschavingen *na* de Grote Zondvloed zijn verrezen."

"Maar waarom zou de kerk Rachel dan financieren, als ze probeerde te bewijzen dat de Atlantiërs *van voor de* kerk *dateren*?"

"Kijk naar het grote geheel," zei Ben. "Historisch gezien is de katholieke kerk niet zozeer geïnteresseerd geweest in de *waarheid*, als wel in het *controleren van* de informatie. Priesters lazen voor uit bijbels die vertaald waren naar het Latijn, ook al spraken of verstonden de parochianen die taal niet, omdat ze de informatie die erin stond wilden *controleren*. Pas relatief kort geleden begon men bijbels te vertalen naar talen die de mensen konden begrijpen.

"Als ze de boodschap beheersen, kunnen ze de bevolking beheersen."

"Dus ze zijn geïnteresseerd in het verborgen houden van wat Rachel vindt," zei Mrs. E.

"Ik geloof het wel," zei Ben. "Ze konden zelf niet in de Egyptische tempel komen, maar Rachel was in een perfecte positie om financiering van hen aan te nemen. Vergeet niet dat zij een heel ander plan had - het kon haar niet schelen dat de Kerk de informatie in handen kreeg als zij er klaar mee was."

"Ik begrijp het," zei Sarah. "Dus we moeten uitzoeken of de kerk iets heeft dat ons kan helpen."

"Precies. Maar we moeten het doen op een manier die niet de aandacht op ons vestigt. "

Reggie spotte. "Dus we kunnen niet gewoon de telefoon pakken en de paus bellen."

"Waarschijnlijk niet. Maar we *kunnen* proberen om in de Vaticaanse archieven te komen."

"We kunnen het proberen," zei Reggie. "Maar het is niet waarschijnlijk. Niemand van ons heeft de kwalificaties die nodig zijn om zelfs maar door de voordeur binnen te komen, laat staan in het Archief zelf. Om nog maar te zwijgen van het feit dat ze officieel niet bestaan."

"Nee," antwoordde Ben. "Maar we kennen iemand die ons misschien kan helpen."

Ben hield zijn telefoon omhoog en wachtte tot hij verbinding maakte. Volgens zijn berekeningen bevond de man aan de andere kant van de lijn zich in een tijdzone die slechts een paar uur voor die van hen lag, dus hij zou beschikbaar moeten zijn. Bovendien had Ben hem een paar uur eerder een sms gestuurd om toestemming te vragen om te bellen.

De videochat verbond, en het gezicht van een ronde, donkerharige man verscheen op het scherm van de telefoon.

"Harvey!" zei de man. *"Hoe gaat het met je?*

"Het gaat goed, Archie," zei Ben. "Het is een tijdje geleden."

Pater Archibald Quinones was een Jezuïtische priester die aan hen was voorgesteld door Reggie, in het Amazonegebied. Hij had hen vergezeld op hun schrijnend avontuur, en had daarna geholpen de beginnende CSO te financieren als een stille vennoot.

Zijn roeping als jezuïet gaf hem toegang tot kerkelijke bronnen die slechts een handvol mannen - en nog minder vrouwen - deelden.

Ben was nergens zeker van, maar hij had het gevoel dat de oudere man hen op zijn minst in de juiste richting kon wijzen.

Ben hield het scherm omhoog naar de rest van de groep, nam de tijd om Sarah en Graham Lindgren voor te stellen en draaide toen de telefoon weer naar hem toe.

Nou, Ben. Het klinkt alsof je de laatste tijd nogal een avontuur hebt gehad.

"Daar ben ik het wel mee eens," zei Ben glimlachend.

'En ik vermoed dat uw avontuur nog niet ten einde is,' zei Quinones. *'Ik begrijp uit wat je me hebt verteld dat je moet inbreken in de Vaticaanse archieven?'*

"Zoiets, denk ik."

Wel, ik veronderstel dat we moeten praten.

OVER DE AUTEUR

Nick Thacker is een thrillerauteur uit Texas die in Hawaii en Colorado woont. In zijn vrije tijd leest hij graag in een hangmat op het strand, skiet hij, drinkt hij whisky en trekt hij op met zijn mooie vrouw, twee honden en twee dochters.

Voor meer informatie en een lijst van Nick's andere werk, bezoek Nick online: www.nickthacker.com

Het Atlantis Artefact: Harvey Bennett Thrillers, Boek #6

Copyright © 2022 by Nick Thacker

Gepubliceerd door Conundrum Publishing

www.conundrumpub.com

Dit is een fictief werk. Namen, personages, plaatsen en incidenten zijn het product van de fantasie van de auteur of worden fictief gebruikt, en elke gelijkenis van fictieve personages met werkelijke personen, levend of dood, bedrijfsvestigingen, gebeurtenissen, of plaatsen is geheel toevallig.

Alle rechten voorbehouden. Niets uit deze uitgave mag worden verveelvoudigd, opgeslagen in een geautomatiseerd gegevensbestand, of openbaar gemaakt, in enige vorm of op enige wijze - elektronisch, door fotokopieën, mechanisch, of op enige andere wijze - zonder voorafgaande toestemming van de uitgever en de auteur, behalve in het geval van korte citaten uit kritische artikelen of recensies.

* 9 7 8 1 9 5 9 1 4 8 0 5 0 *